From Zero to Hero

매장꾼의 아들 3

샘 포이어바흐Sam Feuerbach | 이희승옮김

글루온

Der Totengräbersohn

Der Totengräbersohn : Buch 3 ⓒ 2018 Sam Feuerbach
All rights reserved.

Korean language edition ⓒ 2022 by Silence Book
Korean translation rights arranged with Sam Feuerbach through EntersKorea Co., Ltd.,
Seoul, Korea.

글루온은 사일런스북 임프린트 브랜드로 과학서와 소설을 전문으로 출간합니다.

매장꾼의 아들 3

지 은 이 | 샘 포이어바흐(Sam Feuerbach)
옮 긴 이 | 이희승
펴 낸 이 | 박동성

펴 낸 곳 | **사일런스북** | 경기도 수원시 장안구 송정로 76번길 36
전   화 | 070-4823-8399   팩   스 | 031-248-8399
홈페이지 | www.silencebook.co.kr

2022년 5월 29일 초판 1쇄 발행
I S B N | 979-11-89437-34-3 (04850)
I S B N | 979-11-89437-31-2 (세트)
가   격 | 15,000원

요한나 벤덴, 그리고 우쉬 미르발트에게 특별한 고마움을 전하며

목차

낙인

튜니카의 긴 소맷자락이 다시 에미코의 팔을 가렸지만 파린은 눈을 뗄 수가 없었다. 다른 사람들은 아무도 눈치채지 못한 걸까? 불꽃을 둘러싼 거꾸로 서 있는 별, 그리고 그 별을 둘러싼 원. 에미코의 팔에 새겨진 감히 부를 수 없는 존재의 낙인.

어느새 자정이 가까워져 오고 있었다. 회의는 영원히 계속될 것만 같았고, 열두 명의 남자들은 변함없이 자리를 지켰다. 그들의 중심엔 뷀텐 제국의 지배자, 발단 그라쿠스가 있었다. 그가 토론을 이끄는 가운데 막강한 영향력을 지닌 고관들이 저마다 정치적 소견을 늘어놓았다. 공로를 인정받아 회의에 참석하기는 했지만 파린과 플라우디우스, 드로그단, 그리고 바랄돈에게는 몸에 맞지 않는 옷처럼 불편하기만 한 자리였다. 그래서 그들은 시종일관 침묵의 전문가답게 입을 꾹 다물고 있었다. 매장꾼의 아들은 어차피 권력자들의 작전에 대해 눈곱만치도 아는 바가 없었다. 게다가 기사의 팔뚝에 새겨진 감히 부를 수 없는 존재의 낙인을 발견한 뒤부터 마치 벌겋게 달아오른 숯 위에 앉은 사람처럼 안절부절못하고 있었다. 설령 한마디라도 거들 의지가 있었던들 이런 기분으로는 정상적인 대화가 불가능했다. 에미코에게 용서받았다는, 그리고 악령의 존재를 숨기지 않아도 된다는 기쁨은 온데간데없이 사라졌고 순식간에 당혹감이 그를 덮쳤다. 에미코도 모르고 있을까, 아니면 진작 알고도 교묘히 감춰 온 걸까? 혹시 적이 이미 에미코의 정신을 지배하고 지금 이 대화를 엿듣고 있는 건 아닐까?

에미코 부하들과는 대조적으로 고관들은 쉬지 않고 떠들어 댔다. 베이컨 껍데기처럼 번지르르한 말잔치 속에 그럴듯한 추측들이 난무했다. 논제마다 반론이, 제안마다 반대 제안이 어김없이 뒤따랐다. 가장 중요한 문제는 역시 네코르인이라는 이름의, 악령을 섬기는 자들에 대항할 가장 효과적인 방법에 관한 것이었다. 이 부분에서는 저마다 효율을 강조했다. 왕의 자문 기구는 역시 무엇보다도 효율을 중시했다. 최고의 효율을 자랑하는 회전목마처럼 돌고 또 돌았다. 그리고 그 회전목마가 그리는 원의 중심엔 언제나 두 가지 핵심 질문이 자리 잡고 있었다. 그 스승이라는 자는 누구일까? 그리고 그는 어디에 있는 걸까?

에미코는 그저 잠자코 듣기만 했다. 악령이나 악령이 들린 사람들에 대해 아무런 언급도 하지 않았다.

창문 밖에 어슴푸레 날이 밝아 오고 있었다. 하지만 고관들 가운데 두 명은 여전히 네코르인들에 대한 선제 타격에 관해 토론을 계속하는 중이었다. 물론 효과적인 선제 타격 방법에 대해서.

이제는 그라쿠스도 지쳤는지 자리에서 일어나 참석자들을 둘러보며 손을 들었다. "결국 최종적인 결정은 내 몫이지만 오늘은 너무 늦은 것 같군. 피곤해서 일단은 눈을 좀 붙여야겠어. 내 늙은 몸이 이제 좀 쉬라고 말하는군."

좌중이 일제히 공손하게 웃었다.

마침내 회의 참석자들이 각자의 방으로 돌아갔다. 하지만 파린은 에미코와 둘만 남을 때까지 조용히 기다렸다.

에미코가 숱이 많은 눈썹을 치켜뜨며 물었다. "스콰이어, 이 늦은 시간에 중요한 용건이라도 있나?"

긴장한 파린이 침을 꿀꺽 삼켰다. 하지만 이미 각오했기에 머뭇거리지 않고 곧바로 용건을 꺼냈다. "기사님, 기사님의 왼팔에… 낙인이 있습니다!"

"그게 무슨 소리야?" 에미코는 조금 신경질적인 목소리로 소매를 걷어 올리다가 소스라치게 놀랐다. 그리고 믿을 수 없다는 듯이 오른손가락으로 낙인의 표면을 더듬어 보았다. 그의 밝은 갈색 눈은 펜타그램을 둘러싼 원만큼이나 동그랗게 변해 있었다.

"나는… 나는 정말로 모르는 일이야. 나는 네코르인이 아니다. 그건 너도 알고 있지 않느냐? 어떻게 이런 일이 일어날 수 있지?"

파린의 머릿속에서 징글징글이 조금 지친 목소리로 말했다. 에미코와 감히 부를 수 없는 존재 사이에 신체 접촉이 있었던 거지. 그렇지 않고서는 그의 팔에 낙인을 새길 수 없었을 테니까.

"기사님, 이곳, 지게스문트 성에서 네코르인들의 악령과 접촉이 있었던 게 분명합니다."

"북새통에 여러 사람과 몸이 닿았지. 나를 붙잡고, 때리고, 묶은 사람들만 해도 한두 명이 아니야. 그렇다면 그 스승이라는 자가 지금 이 성에 있다는 건가?"

"그렇지 않다면 어떻게 기사님께 낙인을 찍었겠습니까? 이제 감히 부를 수 없는 존재는 언제든지 기사님을 장악할 수 있게 되었습니다." 파린은 적이 그들의 대화를 엿듣는 건 아닌지 불안해하며 들릴 듯 말 듯 한 목소리로 속삭였다. 파린이 나벤슈타인의 대주교를 염탐했듯이 이미 악령이 이 자리에 있는 건지도 몰랐다. 망상의 도움으로 대주교의 머릿속에 들어가 까마귀와의 대화를 엿들은 것처럼. 그때 까마귀는 분명히 말했었다. '스승이 낙인을 찍을 숙주가 필요합니다. 매장꾼을 죽이기 전에 에미코에게 미리 낙인을 찍어야 합니다. 악령이 어쩔 수 없이 기사의 몸속으로 숨어 들어가게 되면 에미코도 그 악령도 우리 손에 들어오게 되는 것이지요. 그렇다면 악령은 영원히 네코르인의 것이 됩니다. 에미코에게 낙인을 찍는 즉시 그의 스콰이어를 처치할 겁니다.'

기사는 창백한 얼굴로 의자에 주저앉았다. 아홉 개의 초가 켜진 촛대가 에미코의 얼굴과 탁자 위의 왼팔을 비추고 있었다. 그는 낙인을 없앨 수 있을지도 모른다는 실낱같은 희망으로 오른손으로 왼팔을 세게 문지르기 시작했다.

하지만 곧 소용없는 일임을 깨닫고 암울한 목소리만큼이나 암울한 제안을 했다. "이럴 수는 없어. 팔을 잘라 버리면 어떨까?"

"그건 안 됩니다, 기사님!"

"너의 악령에게 당장 물어보도록 해라. 혹시 그 방법이 효과가 있는지." 에미코가 화난 목소리로 말했다.

아주 용감한 아이디어야, 네 기사님은 언제 봐도 놀랍단 말이야. 까짓것 잘라 버리라고 해. 그래도 팔은 하나가 더 있으니까. 어쩌면 성공할지도 모르지.

"성공할지도 모른다고? 그럼 너도 확실하지 않다는 거잖아." 파린이 생각했다.

확실한 건 단 하나, 인간의 삶에서 확실한 건 없다는 사실뿐이지. 죽음만 빼고 말이야.

망상의 말은 여전히 '확실하지 않아.'처럼 들렸다. 파린은 단호하게 말했다. "기사님, 악령은 팔을 절단하는 방법이 별 소용없다고 말했습니다. 낙인은 신체의 다른 곳에 다시 나타날 수 있다고 합니다."

아하, 좋아. 내가 그런 말을 했다 이거지? 징글징글이 화난 목소리로 말했다. 반듯하고 완벽하고 예의 바른 나의 벌레가 얼굴색 하나 변하지 않고 거짓말을 하는군.

기사가 고통스러운 한숨을 내쉬었다. "그렇다면 유일한 방법은 자살뿐이군. 네코르인들의 도구가 되느니 차라리 내 손으로 목숨을 끊는 게 낫겠어."

파린은 소스라치게 놀랐다. 에미코는 결코 허튼소리를 하는 사람이 아니었다. "안 됩니다. 분명 악령에게서 기사님을 구해 낼 방법이 있을 거예요. 기사님을 구하기 위해서라면 뭐든지 하겠습니다."

에미코는 말없이 파린을 바라볼 뿐이었다.

"징글징글, 팔을 잘라 내지 않고도 낙인을 없앨 방법이 있지 않을까?" 파린이 큰 소리로 물었다.

"네 안의 악령을 징글징글이라고 부르나?" 에미코가 물었다. 그의 이마에 난 주름이 한층 더 깊어졌다.

잠깐! 듣고 보니 정말 불쾌하네.

"예, 그리고 악령은 저를 벌레라고 부르죠. 하지만 지금 그건 중요한 문제가 아닙니다."

에미코가 주먹으로 탁자를 내리쳤다. "네 말이 맞아. 어쩌면 클레멘스가 너를 공격하던 날 네가 읽었던 그 책 속에 해답이 있을지도 몰라. 그 책 속에 낙인이 그려져 있었으니까. 그 책을 서재에 두고 왔어."

괜찮은 아이디어야. 낙인을 없애는 게 정말로 가능하다면 에미코의 도서관에 있던 오래된 책 속에서 뭔가를 발견할 수 있을 거야.

희망의 빛이 비쳤다. 한 가닥 실낱같을지언정. 하지만 도서관은 저 멀리 북쪽 슈투름바흐트 성에 있었다.

"기사님, 필요하다면 기사님께 처음부터 끝까지 그 책을 읽어 드리겠습니다. 분명 방법이 있을 거예요."

에미코는 대답 대신 천천히 고개를 끄덕였다. "좋아, 그리고 고맙다. 하지만 슈투름바흐트까지 가는 데 몇 주는 걸릴 거고, 그사이 다른 사람들이 위험에 처하게 될지도 몰라."

"하지만 그게 유일한 방법입니다. 우선은 낙인이 눈에 띄지 않도록 잘 숨기세요. 그리고 저와 함께 하루빨리 슈투름바흐트로 돌아가셔야 합니다."

"그라쿠스 폐하께서는 나에게 이곳 지게스문트 성을 다스리라고 명하셨다. 이 성에서 내 능력이 가장 잘 쓰일 수 있기 때문이지. 특히 스승을 찾아내고, 그를 무력화 시키는 임무에 가장 적합한 사람이 나이기 때문에. 그것이 폐하의 명령이다."

"특별한 상황이니 사실대로 털어놓는다면 폐하께서도 이해해 주실 거예요."

"이해? 물론이지!" 기사의 눈이 잠깐 번뜩였는가 싶더니 눈동자가 돌기 시작했다. 그릇 안에서 구르는 구슬처럼. 그리고 다음 순간, 눈이 허옇게 뒤집힌 에미코가 자리에서 벌떡 일어나 고함을 지르며 파린에게 달려들었다. 눈 깜짝할 사이에 일어난 일이었다. 피할 겨를도 없이 어느새 에미코의 팔이 파린의 목을 휘감았다.

"너를 죽이라는 악령의 명령을 받았다. 금방 끝내 줄 테니 겁낼 필요 없어. 단번에 목을 부러뜨려 주지."

무시무시한 목소리에 파린은 그 자리에 얼어붙었다. 온몸이 뻣뻣해져 아무런 저항도 하지 못하고 꼼짝없이 앉아 있을 뿐이었다. 그를 움켜쥔 근육질의 팔에 목이 꺾이는 건 이제 시간문제였다. 인제 와서 몸을 움직여 봐야 소용이 없을 것만 같았다.

에미코는 공격할 때만큼이나 재빨리 파린을 놓아주고 말했다. "미안하다. 감히 부를 수 없는 존재가 내 안에 들어와 갑자기 널 죽이라고 명령한다면 어떻게 될지 보여 주려고 한 것뿐이야."

파린은 당황한 채 목을 자신의 목덜미를 만졌다. "에… 기사님, 정말로 실감 나는 가르침이었어요, 그리고… 아프기도 했고요."

"그렇지 않으면 이해하지 못할 테니까. 넌 폐하를 그저 연로하고 상냥한 삼촌쯤으로 생각하겠지. 하지만 그건 그의 한쪽 면일 뿐이야. 폐하는 자신이 할 일을 하는 분이다. 뒤도 돌아보지 않고 단호하게, 타협 따위가 끼어들 여지는 없지. 그러지 않았다면 수십 년간 왕좌를 지킬 수 없었을 거야. 만약 내가 쓸모없는 존재가 된다면 관대함을 베풀어 다시 북쪽 성으로 돌려보내 주겠지. 하지만 내가 잠재적인 위험 요인이 되고 자신의 목표를 이루는 데 방해가 된다는 사실을 알게 되면 절대로 나를 살려 두지 않을 거야. 그리고 방금 있었던 일이 바로 그런 상황 중 하나다."

몸소 체험해 보니 무슨 말인지 알 것 같았다. 여전히 목덜미가 아팠다. 불쾌한 기억, 도서관에서 창으로 그를 공격했던 병사를 떠올려 보면 에미코의 연기를 과장으로 치부할 수만은 없었다. "분명 무슨 방법이 있을 거예요. 우리가 그 스승이라는 자를 찾아서 죽이면요? 그럼 기사님은 자유의 몸이 되실 거예요."

맞아! 감히 부를 수 없는 존재가 죽는다면 낙인이 찍힌 모든 인간을 구

할 수 있게 되겠지. 다만 악령을 죽이는 건 어마어마하게 어려운 일이야. 악령들은 정말로 끈질긴 불멸의 기생충 같은 존재거든.

"아하, 그렇구나!" 파린이 생각했다.

방금 그 말투는 뭐야? 어딘지 모르게 기분 나쁜데?

"아니, 아니야. 우린 어떻게든 기사님을 도와야 해."

에미코에 대한 걱정이 파린을 사로잡았다. 지난 며칠간 무리한 탓에 그의 몸은 여전히 고통을 호소하고 있었다. 끔찍한 경험의 충격에서 회복되기도 전에 피할 수 없는 또 다른 도전이 마치 모루를 내리치는 망치처럼 그를 내리쳤다.

"징글징글, 분명 악령에 대항할 방법이 있을 거야. 죽일 수 없다면 다른 방법이라도."

딱 한 가지 방법이 있기는 해. 악령을 쫓아내는 거지. 징글징글이 이 례적으로 들뜬 목소리로 말했다. 기이한 만족감이 담겨 있는 목소리였다. **그래, 감히 부를 수 없는 존재를 이 벌텐 제국에서 쫓아내는 거야. 그러려면 일단 그를 찾아야 하는데. 우선 우리가 누구를 찾으려는 건지부터 알아내야겠지.**

에미코가 한숨을 쉬며 말했다. "밤에는 사슬로 몸을 묶어야겠어. 낮 동안에는 항상 나를 주시하거라."

"예, 기사님!"

"일단은 잠을 좀 청하도록 하자."

"예, 기사님!" 파린은 드로그단과 플라우디우스, 그리고 바랄돈이 있는 침실로 무거운 발걸음을 옮겼다. 명치끝이 답답했다.

왜 해 질 녘 노을은 그토록 아름다운데 새벽의 하늘은 음울하기만 한 걸까? 혹시 거기에도 신의 의도가 담겨 있을까? 고개를 숙인 채 하루를 시작하고 감사의 마음으로 끝내라는? 에미코에 대한 걱정에 모든 기쁨이 사라져 버렸다. 궁전만큼이나 화려한 지게스문트 성조차 그의 눈에 들어오지 않았다. 계단이 있는 탑은 날렵했고, 우아한 총안과 박공과 발코니는 저마다 다채로운 갈색 톤을 뽐내고 있었다. 실내 장식도 밝고 화려했다. 벽 곳곳에 카펫이나 그림이 걸려 있었고 바닥은 모자이크로 장식되어 있었다. 육중하고 딱딱한 슈투름바흐트는 감히 지게스문트의 아름다움을 따를 수 없었다. 하지만 간밤에 채 두 시간도 눈을 붙이지 못한 파린에게 이 모든 것들이 눈에 들어올 리 없었다. 제아무리 동화 속에 나올 법한 아름다운 성이라도 기사의 암울한 비밀 앞에서는 어둠 속의 보석이나 마찬가지였다.

어디선가 규칙적으로 삐걱거리는 소리가 들렸다. 또 누가 이렇게 이른 시간에 일어난 거지? 우물 앞에 서 있는 아로스가 보였다. 그녀는 도르래를 돌려 두레박으로 물을 퍼 올린 뒤 항아리에 붓고 있었다. 하인들의 숙소가 있는 건물 입구에는 키가 아침 풍경을 바라보며 미소 짓고 있었다. 짧은 이름만큼이나 키도 작은 기이한 사내였다. 아로스를 보고 있는 걸까? 그는 태양 빛이 없을 때조차 그림자처럼 아로스와 붙어 다녔다. 저들의 단단한 결속은 어디서 오는 걸까? 키가 늘 아로스가 원하는 것을 어떻게든 해 주려 애쓰기 때문일까?

이미 머릿속은 복잡한 생각들로 꽉 차 있었다. 그래서 파린은 더 생각하지 않기로 했다. 아로스는 파린이 드로그단과 플라우디오스와 바랄돈을 구하고 지게스문트 성을 점령하는 데 큰 공헌을 했다. 처음에는 당돌함 때문에 그녀를 싫어했지만 이제는 어느 정도 그녀의 입장을 이해할 수 있을 것 같았다. 거지와 다를 바 없던 고아원 출신의 가난한 소녀. 그녀도 파린과 마찬가지로 시궁창에서 기어나와 벨텐 제국 어딘가에서 자신의 자리를 찾아가는 중이었다.

"잘 잤어?" 그가 아로스에게 인사를 건넸다.

"아우, 깜짝이야! 난 아직 잠이 덜 깼거든. 그러니까 할 말이 있으면 나중에 해 줘." 아로스는 뒤도 돌아보지 않고 퉁명스럽게 대답했다.

파린은 '그럴 거면 왜 이렇게 일찍 일어난 거야?'라고 대꾸하려다가 더 좋은 생각을 해냈다. "그럼 뭐, 할 수 없지. 너한테 피젤을 선물할 생각이었는데 잠이 덜 깼다니까 뭐. 그럼 생각해 보고 며칠 뒤에 말해 줘." 진짜 하품이 나왔다. 그도 그럴 것이 너무 이른 아침이었다.

아로스는 마치 물 한 바가지를 뒤집어쓴 사람처럼 그대로 튀어 올랐다. "뭐? 방금 뭐라고 했어?"

"너한테 내 말을 주려고 기사님께 새 말을 한 마리 사 달라고 청해 뒀거든."

늘 무뚝뚝하기만 했던 그녀의 얼굴이 순식간에 돌변했다. 그것도 마치 급변하는 날씨처럼 순식간에 몇 번이나. 그녀의 감정은 말로 표현할 수 없는 기쁨과 깊은 불신 사이를 오가고 있었고, 그녀의 입술은 단도의 날보다도 얇아졌다. "나한테 원하는 게 뭔데? 날 매수할 생각은 하지도 마."

"제길, 어떻게 알았어?" 파린이 말했다. "한 가지… 부탁이 있기는 해."

아로스가 양손 엄지를 허리띠에 걸고 배를 한껏 내밀며 말했다. "아하! 내 그럴 줄 알았어! 그런 선물 따위가 아침에 눈을 뜨자마자 떨어질 리가 없지. 네가 원하는 게 뭔지는 몰라도 말해 봐야 소용없을걸? 쥐들의 여왕은 아무도 매수할 수 없으니까."

"그것참 안됐네. 내가 바라는 건 그냥 피젤한테 상냥하게 대하고 잘 돌봐 달라는 거였거든. 그게 너한테 그렇게 무리한 요구라면 어쩔 수 없지 뭐…."

몇 초가 흘렀을까? "뭐? 그게 다라고? 그러기만 하면 나한테 말을 준다고?" 그녀의 눈도 입술만큼이나 가느다랗게 변했다. 키의 딸이라고 해도 믿을 것 같은 그런 눈이었다. "세상에 공짜는 없어!"

그녀는 이런 지혜를 몸소 터득한 걸까? 아니면 머리를 땋은 작은 사내 키에게서 들은 걸까? 카바노 강 폭포에서 떨어지는 물로도 그녀의 몸에 밴 불신을 씻어 내지는 못하리라.

"그게 다야. 스콰이어로서 맹세하는 것 말고는 무슨 말을 더 해야 네가 믿을지 모르겠다."

아로스는 반은 얼빠진, 그리고 나머지 반은 기쁨에 가득 찬 얼굴을 하고 그 자리에 서 있었다. 가늘게 뜬 눈은 다시 원래대로 돌아왔다. "그러니까… 피젤이 이제 내 말이라는 뜻이야?"

파린이 고개를 끄덕였다.

"지… 지금 무슨 말을 해야 할지 모르겠어. 이런 선물은… 어떤 아주머니한테 원피스를 받은 적이 있긴 하지만… 몸에 걸친 것 말고는 내 거라고 말할 수 있는 게 아무것도 없어. 그러니까… 이렇게 엄청나게 값진 선물은…."

잠시 침묵이 흘렀다. 아로스가 정말로 할 말을 잃었기 때문이었다. 그녀의 얼굴이 기쁨으로 환하게 빛나자 에미코에 대한 걱정으로 무거워진 파린의 마음도 잠시나마 위로를 받는 것 같았다. 깊게 드리운 그림자를 비추는 한 줄기 빛처럼. 아로스는 파린의 내면에서 무슨 일이 일어나는지 구체적으로 알지 못했지만 망상의 존재를 느꼈고, 이해할 수 없는 어떤 존재라고 불렀었다. 그랬다. 징글징글은 정말로 이해하기 힘든 존재였다.

바로 그때 바랄돈이 밖으로 나왔다. 그가 그들 쪽으로 다가왔다. 그러면서도 언제나 그렇듯 아로스에겐 눈길 한 번 주지 않았다. "아직 너한테 못한 말이 있어. 늦었지만 지금이라도 해야 할 것 같아서." 어색함을 견디며 그가 말했다. "하우펜 마을 출신 파린, 너한테 큰 빚을 졌다. 내가 너한테 못된 짓을 했는데도 넌 내 목숨을 구해 줬어."

"그건 벌써 다 지난 일이야."

"우리 아버지의 무례함도 너그러운 마음으로 이해해 줄 수 있을까?"

투르겐손 공작에 대한 유쾌하지 않은 기억은 여전히 생생했다.

"아버지는 원래 나쁜 분이 아니셔, 사실은 항상 정의의 편에 서려고 노력하시지만… 그땐 너무 많이 실망하셔서 화가 나셨을 뿐이야. 네가 아니라 내가 에미코 기사님의 스콰이어가 될 줄 알고 계셨거든."

"정의의 편이시라는 건 무슨 뜻이지?"

"에미코 기사님의 성에 오시기 전까지 아버지는 왕궁 소속의 변호사로 계셨어. 귀족들 사이에 전해지는 말을 빌자면 아버지의 변론은 한때 최고로 인정받았대."

누구나 저마다의 스토리가 있는 법이지, 매장꾼의 아들이 생각했다.

"어찌 되었건 그런 끔찍한 공포는 처음이었어." 바랄돈은 약 5미터쯤 떨어진 사형대를 가리키며 말했다. 마가레타 대공 부인의 말한마디면 곧바로 교수형에 처해질 뻔했던 바로 그 장소였다.

"나도 이해해. 내 목에 밧줄이 감겼다면 난 아마 너무 무서워서 오줌을 쌌을 거야." 파린이 대답했다.

"흠, 못 믿겠는걸?" 바랄돈이 심호흡을 한 번 하고 말을 이었다. "우리를 구하려 적의 소굴로 다시 돌아와 자기 목숨을 내놓다니, 그건 나로서는 상상도 못 할 용감한 행동이었어."

"아로스가 없었다면 나도 오랫동안 망설였을 거고, 그랬더라면 아마 너무 늦었겠지. 그러니까 내가 네 목숨을 구할 수 있었던 건 아로스 덕분이기도 해." 파린이 말했다.

바랄돈은 아로스를 가만히 응시했다. 처음엔 잔뜩 굳어 있던 그의 얼굴도 곧 부드럽게 변했다. 그의 표정에 이해심과 겸손이 드러났다. "고마워, 아로스. 내가 생각했던 것보다 난 아직 배워야 할 게 많은 것 같아."

"파린한테 리젤을 선물로 받았어." 아로스가 기쁨을 감추지 못하고 말했다. 그녀의 얼굴은 그런 시시한 일 따위는 벌써 다 잊었다고 말하고 있었다. 그녀의 머릿속에는 온통 선물로 받은 말 생각뿐인 것 같았다.

"정말? 하지만 별로 놀랄 일은 아니야. 파린은 정말 놀라운 스콰이어거든. 나와는 비교도 할 수 없을 만큼." 바랄돈은 마치 파린이 그 자리에 없는 사람이라도 되는 것처럼 칭찬을 아끼지 않았다. 그가 헛기침을 했다. 그리고는 이 한 마디를 남기고 서둘러 자리를 떴다. "너희 둘 모두에게 미안하구나."

아로스가 그의 뒷모습을 보며 물었다. "그런데 쟤는 대체 뭐하러 우리한테 왔던 거야?"

"고맙다는 말을 하려고 온 거야. 그리고 쉽지 않았을 텐데 더 많은 이야기를 털어놓았어. 난 그런 점 때문에 바랄돈이 대단하다고 생각해."

"그러거나 말거나. 그럼 피젤을 보러 갈까?"

"그래, 좋아."

둘은 마구간으로 향했다. 암말이 히힝거리며 그들을 맞이했다. 아로스는 신이 나서 왼손을 피젤의 코앞에 가만히 가져갔다. 오른손으로는 목덜미를 가볍게 쓰다듬었다. 둘은 놀랍도록 호흡이 잘 맞았다. 리젤은 강아지처럼 꼬리라도 흔들 기세였다.

"아로스, 넌 이제 어쩔 계획이야?"

"몰라."

"운명이 우리를 만나게 한 걸까? 예언가 프레니아의 말이 좀처럼 머릿속에서 떠나지 않아."

"뼈를 보는 사람과 예언가 얘기 말이야?"

"뼈를 보는 사람을 제시간에 예언가와 만나게 하여라. 악령과 환영의 동맹만이 벨텐 제국을 지옥 불로부터 지켜낼 수 있다."

"흠. 벨텐 제국, 지옥 불… 그런 것들은 고아원에서 자란 나 같은 아이에겐 너무 엄청난 얘기들이야."

"하지만 예언의 내용이 정말로 맞았잖아. '제시간에'라는 술집에서 우리가 정말로 처음 만났었으니까."

그녀가 진지한 얼굴로 고개를 끄덕였다. "그때 유리창 너머로 술집 안을 살펴보던 납작코를 보고 정말로 깜짝 놀랐었어."

"그건 정말로 우연 이상의 무엇이 아니었을까?"

"흠, 모르겠어. 우연이 아니었다면 어떤 설명이 가능할까? 말이 씨가 되어 이루어진 예언이랄까?"

"정말로 그렇다면 그다음 말도 현실이 되는 걸까? 그러니까 지옥불로부터 지켜낸다는 얘기 말이야." 파린이 물었다.

"나는 세상의 구원자가 아니야. 내 한 몸 지키기도 벅차다고." 그녀의 표정은 다시 무엇으로도 뚫을 수 없는 갑옷만큼이나 단단해졌다.

"이제 폐하께서 나벤슈타인의 병사들이 너를 쫓지 않도록 조처해주시지 않을까?"

"그럴 수도 있겠지. 하지만 대주교 하차르트는 나를 포기하지 않을걸? 어떻게든 나를 붙잡으려 할 거야. 나랑 할머니 사이의 관계를 눈치챘으니까."

"할머니라니, 그게 누군데?"

"그러니까… 어떤 마녀였어. 나벤슈타인의 대주교가 대광장에서 그 할머니를 화형에 처했는데 할머니는 소리를 지르지 않았어. 내가 절대로 소리 지르지 않는 것처럼 말이야."

아로스의 말을 전부 이해하기는 힘들었지만, 그동안 그녀가 꽤 많은 일을 겪었던 것만큼은 분명해 보였다.

"대주교는 끔찍한 인간이야. 그가 널 잡으려는 이유가 뭔데?" 파린이 물었다.

"너도 그자를 알아?" 아로스의 미간에 주름이 깊이 잡혔다.

"응, 에… 그러니까 조금."

"나한테 숨기는 게 있지? 내가 모를 것 같아?"

"복잡한 얘기라서 그래." 아로스는 꾸밈이 없는 아이였고 파린은 그런 그녀를 신뢰했다. 그래서 이 기이한 소녀에게 모든 걸 다 털 어놓아야 하는 건 아닌지 고민이 되기 시작했다. 처음부터 전부 다. 독 섞는 노파 게룬다의 시체 위에 갑자기 나타난 기이한 펜던트부 터 허락도 없이 자신의 머릿속으로 몰래 기어들어 와 인생을 꼬이 게 만든 악령까지. 아니, 그렇게 말하면 안 되겠지. 징글징글을 나 쁘게 말하는 건 온당치가 않아. 결국 파린이 이 자리에 오기까지는 징글징글의 믿기 힘든 힘과 능력이 큰 역할을 했으니까. 아로스에 게 비밀을 털어놓으면 어떻게 될까? 그럼 결국 자신의 기사 에미코 의 팔에 나타난 낙인 얘기도 해야 하고, 그것 때문에 일어날 끔찍한 결과도 설명해야겠지?

바로 그때 키가 마구간으로 들어왔다. "스콰이어, 친구 아가씨, 그리고 한 마리 말. 어느 화가의 마음이 밝아지고 있어."

'말'이라는 중요한 단어 때문에 아로스의 관심은 다시 난생처음 생 긴 자신의 소유물로 쏠렸다. "키, 파린이 나한테 피젤을 선물했어!"

키가 고개를 끄덕이며 말했다. "말은 힘이나 속도가 아니라 성격 이 중요해." 그리고 특유의 가느다란 눈으로 파린에게 시선을 돌렸다. "그리고 스콰이어도 마찬가지!"

정말 알 수 없는 사내였다. 그의 표현은 놀랍도록 확신이 넘쳤고, 진부하다고 보면 진부했지만 일면 지혜로워 보이기도 했다.

"피젤, 잘 들어." 파린이 조금 전까지만 해도 자신의 것이었던 말에게 말했다. "아로스한테 상냥하게 굴어야 해. 알겠지? 나를 처음 만났을 때보다는 훨씬 더 상냥하게 대해 줘."

암말은 평상시처럼 눈을 동그랗게 떴다. 눈망울이 촉촉해지기는커녕 이상한 스콰이어가 뭐라고 하는 건지 도무지 모르겠다는 표정이었다.

"파린, 에… 그러니까 나는 이제껏 고맙다는 말을 해 본 적이 거의 없어서…" 아로스가 말했다.

"그럼 안 해도 돼. 나중에 또 보자." 파린은 몸을 홱 돌려 마구간을 성큼성큼 걸어 나갔다.

피젤

아름다운 성에 산다고 반드시 좋은 사람이 되는 건 아니야, 아로스는 생각했다. 탐욕, 음모, 위선 따위는 장소를 가리지 않았다.

하지만 그녀는 이곳에서 진정한 용기와 정의가 무엇인지도 알게 되었다. 무엇보다도 이 성의 새 주인이 된 기사를 모시는 스콰이어를 통해서였다. 그는 아로스를 놀라게 했다. 기이한 청년은 도무지 예측할 수 없고 그의 참모습은 과소평가되기 일쑤였다. 미천한 매장꾼이 어떻게 왕이 주관하는 회의에 참석할 수 있게 되었을까? 예전 같으면 상상도 못 할 일이었다. 귀족이라는 자들은 언제나 끼리끼리 어울렸고, 민초들과는 최대한 거리를 두는 것으로 자신들의 가치를 돋보이려 했으니까. 하지만 파린에게는 그들과 다른 어떤 특별함이 있었다. 그는 아로스를 놀라게 하고 그녀의 내면 깊은 곳에 동요를 일으킬 수 있는 사람이었다. 그리고 자신의 말을 아로스에게 선물했다. 별다른 이유도 없이. 그건 그녀가 아는 비뚤어진 세계와 도무지 들어맞지 않았다.

아로스는 두 팔을 창문가에 기댄 채 생각에 잠겨 있었다. 하인들의 거처로 쓰이는 이 건물 2층에 그녀와 키가 머무르는 방이 있었다. 그녀는 호기심 어린 눈으로 성의 안뜰을 내려다보았다. 창밖에서 왁자지껄한 소리가 들려왔다. 그들의 폐하, 발단 그라쿠스가 기

마 부대 병사들을 이끌고 나벤슈타인으로 돌아갈 채비를 하는 중이었다. 하지만 이번에는 안장을 얹은 말 대신 흰 말 두 마리가 끄는 여행용 마차가 준비되어 있었다. 그녀의 세계를 뒤흔드는 또 하나의 광경이었다. 아로스는 평생 벨텐 제국의 왕을 직접 만나게 될 거라고 생각해 본 적이 없었으니까. 그런데 마치 평범한 농부와 얘기하듯 왕과 대화를 나누기까지 하다니! 왕의 외모는 벨텐 제국의 지배자라고 보기에는 다소 평범했다. 또 다른 이륜마차 위에는 마가레타 폰 지게스문트 대공 부인이 앉아 있었다. 그녀는 나벤슈타인에 도착하는 대로 법정에 서게 될 운명이었다. 죄목은 물론 왕권에 대한 반역 행위였다. 동정심 따위는 일지 않았다. 대공 부인으로 살면서 원하는 건 뭐든지 다 얻었는데도 만족하지 못한 여자. 그녀와 그녀의 남편은 네코르인과 결탁하여 왕권에 맞섰다. 사람들은 그런 행위를 대역죄라고 불렀다. 보통 그 대가는 참수였다. 장작더미 위에서 화형을 당하는 끔찍한 죽음과는 달리 단번에 모든 게 끝나 버리는, 어쩌면 자비로운 죽음이었다. 대공 부인은 남색 실로 수놓은 밝은색의 긴 드레스를 입고 있었다. 옷깃은 금으로 장식되어 있었고, 공작 깃털이 달린 모자를 쓰고 있었다. 발에 묶인 굵은 쇠사슬만이 그녀의 모습에 어울리지 않았다. 양옆에는 그녀를 감시할 군인들이 타고 있었다.

이틀 뒤에 떠난다고 하지 않았나? 아로스는 생각했다.

물론 그랬다. 하지만 그라쿠스는 적들에게는 물론 아군에게조차 거짓 정보를 흘려 적들을 교란시킬 줄 아는 노련한 왕이었다.

그라쿠스는 가죽으로 만든 상의 위에 초록색 망토를 둘렀다. 그런 그의 모습은 벨텐 제국의 지배자라기보다는 숲속을 어슬렁대는 늙은 방랑자에 가까웠다. 인파의 끄트머리에 선 파린을 보는 순간 그의 주름진 얼굴이 다소 부드러워졌다.

"스콰이어, 우리는 나벤슈타인에서 다시 만나게 될 거야." 왕이 파린에게 한쪽 눈을 찡긋하며 말했다. "나의 기사 에미코가 그대를 잘 돌봐 줄 걸세. 아니, 그 반대일 수도 있겠군." 왕은 이제 마차에 올라 자리에 앉았다. 대장처럼 보이는 병사가 출발 신호를 보냈다. 군인들은 왕과 죄수와 함께 벨텐 제국의 수도를 향해 출발했다.

이제 뭘 해야 하지? 리젤이 있는 마구간에 가서 푹신한 짚에 몸을 묻고 잠을 청하고 싶었다. 카펫이 걸린 벽은 그녀에게 불필요한 사치였다. 하지만 키에게 마구간에서 지내자고 말할 수는 없었다. 뒤를 돌아 키를 보았다. 그녀의 키 작은 친구는 두 눈을 감은 채 바닥에 양반다리를 하고 앉아 있었다. 무덤의 묘비만큼이나 미동도 없고, 아무 말도 없고, 심지어는 숨도 쉬지 않는 것처럼 보였다. 어쩌면 그는 심장 박동도, 소화도 멈출 수 있는 사람인지도 몰랐다. 그는 그걸 명상이라고 불렀다.

아로스의 머릿속에서도 새벽에 우물 앞에서 파린과 나눈 대화가 떠나지 않았다. 악령과 환영의 동맹. 아로스는 손바닥으로 찰싹 소리가 나도록 자신의 이마를 때렸다. 왜 지금껏 그 생각을 못 했을까! 엄청난 힘을 가진 악령이 스콰이어를 지배하고 있는 게 분명했다. 그녀는 분명 파린에게서 어두운 힘을 느꼈었다. 다시 생각에 잠겼다. 네코르인들이 악령을 섬긴다고 했었는데? 어떻게 된 거지? 졸칸 대공이 갑자기 어두운 그림자와 함께 나타났을 때, '제시간에'라는 이름의 여관에서 일어난 일은 뭐였을까? 분명 뭔가 심상찮은 사건이었다.

"흠, 아무래도 파린하고 얘기를 좀 해 봐야겠어. 그때 술집에서 일어났던 일에 대해 말하는 게 좋을 것 같아."

키가 마치 딴 세상에 있던 사람처럼 아주 천천히 눈을 떴다. "대화는 좋은 거야. 대화는 어둠을 쫓아 버리지."

"그럼 파린도 자신의 악령에 대해 말해 줄지도 몰라." 아로스가 무심코 중얼거렸다.

키는 조금도 놀라지 않고 물었다. "악령은 누구에게나 있는 거 아니야?"

오후에 아로스는 파린이 마구간지기와 목장 쪽으로 가는 것을 보았다. 그렇지, 그는 새 말이 필요하니까. 아차 리젤에게 말라비틀어진 사과를 가져다주려고 했었지. 아로스는 성의 안뜰 쪽으로 재빨리 걸음을 옮겼다. 파린은 막 적갈색 말을 마구간 뒤쪽 울타리에서 끌고 나오는 중이었다. 마구간지기는 남아서 커다란 백마의 발굽을 살펴보고 있었다.

"이리 와 봐, 아로스." 파린이 말을 가리키며 말했다. "내가 소개해 줄게. 이쪽은 뤼베₉야."

"흠, 네가 지은 이름이야?"

"아니, 내가 아니야. 얘가 망아지였을 때 무 한 바구니를 몽땅 먹어치웠대. 그때부터 얘 이름이 뤼베였대."

"그런 식이면 내 이름은 귀리죽이어야겠다."

파린이 하얀 이를 드러내며 아로스에게 미소 지었다. 하지만 곧 진지한 얼굴로 그가 물었다. "나벤슈타인의 고아원 출신이라고 했지?"

"응." 아로스는 짧고도 강한 어조로 답했다. 더 말하고 싶지 않은 주제라는 뜻이었다. 그녀는 갈색 말 주위를 한 바퀴 빙 돌아보고 파린에게 물었다. "그리고 너는 매장꾼이고. 맞지?"

"응." 파린도 짧게 대답했다. 더 말하고 싶지 않은 주제라는 뜻이었다. 그는 뤼베의 목덜미를 부드럽게 쓰다듬었다.

"그렇다면… 현재의 일에 집중해 보는 게 낫겠어. 네 안에 있는 악령에 관해 얘기해 봐." 파린이 움찔했다. 아로스는 진지하게 묻고 있는 게 분명했다. 그렇지 않았다면 방금 자신의 떨떠름한 표정을 보고 떨떠름하게 웃었을 테니까.

"대체 어쩌다가… 그런 생각을 하게 된 거지?" 파린이 당황한 기색을 애써 감추며 물었다.

"내가 예언가라는 거 벌써 잊었어? 그리고 너는 뼈를 보는 사람이고. 악령과 환영 이야기는 네가 먼저 꺼냈잖아.”

파린은 한참 동안 아무 말도 없었다. 얼핏 보기에 그는 어딘가 모자라고 굼떠 보였지만 눈빛만큼은 생기를 잃는 법이 없었다. 혹시 지금 악령과 대화라도 나누는 중일까?

아로스가 호기심을 참지 못하고 물었다. “그래서 네 악령이 뭐래?”

파린의 얼굴은 ‘아차, 들켰다!’라고 말하고 있었다. “에… 그러니까…” 그가 비밀스럽게 주위를 돌아보고는 들릴 듯 말 듯 한 작은 목소리로 물었다. “너 혹시 내 머릿속 망상 이야기를 하는 거야?”

“그래. 우린 서로에게 솔직해질 필요가 있어. 원래 동맹이 그런 거 아니야?”

“좋아. 악령이 자기가 얼마나 대단하고 멋진지 너한테 얘기해 주래.”

아로스가 웃음을 터뜨렸다. “그 악령, 되게 재미있는 녀석인가 봐.”

파린은 진지한 얼굴로 고개만 끄덕였다. “응, 엄청 웃기긴 해. 하지만 좀 단순하기도 하고.” 파린은 머릿속에서 들리는 목소리에 잠시 귀를 기울였다. “자기가 없다면 난 그냥 겁쟁이일 뿐이라고 전해 달래.”

며칠 전이었다면 물론 그 말에 동의했겠지만 일련의 사건을 겪으며 아로스는 파린을 완전히 달리 보게 되었다. “그 말은 못 믿겠어. 네가 정말로 겁쟁이라면 나에게 그 말을 그대로 전하지도 않았겠지.”

"그건 그렇고, 아로스. 난 우리의 싸움이 이제 겨우 시작 단계가 아닐까 하는 생각이 들어서 두려워. 그 스승이라는 자는 네코르인을 이끄는 우두머리인데 다른 악령이 그를 지배하고 있어. 그래서 그는 극도로 위험하고 어디로 튈지 예측할 수 없지. 사람들은 그 악령을 감히 부를 수 없는 존재라고 불러." 그가 조심스럽게 덧붙였다. "감히 부를 수 없는 존재는 인간에게 낙인을 찍어. 손목 위쪽에 찍힌 낙인을 통해 그 사람의 몸 안에 숨어들어 간 다음 마음대로 조종하지."

"그 말을 믿으라고?"

"믿기 어렵다는 건 알지만, 사실이야." 파린이 허리띠에서 칼을 뽑더니 화단의 부드러운 흙 위에 무언가를 그리기 시작했다. 땅에는 금세 오각형 별이 생겨났다. 그는 한가운데에 무언가 다른 형태도 그려 넣었다. 굉장한 솜씨였다.

"원으로 둘러싸인 거꾸로 선 별, 그리고 한가운데에 불꽃. 감히 부를 수 없는 존재의 낙인이 바로 이렇게 생겼어." 파린이 설명했다. "이런 표시가 있는 사람을 보게 되면 무조건 도망쳐야 해. 알겠지? 방화와 약탈을 일삼는 사탄 추종자들에 대해서 들어본 적이 있지?"

아로스는 파린의 그림을 보며 고개를 갸웃했다. 분명 어디선가 본 적이 있는 그림이었다. "응. 소문이 자자하니까." 아로스가 조심스럽게 대답했다. 파린은 분명 '우리의' 싸움이라고 말했다. 대체 언제부터 그의 싸움이 그녀의 싸움이 된 걸까?

"그 스승이라는 자를 하루빨리 붙잡아야 해. 그가 없어지면 네코르인들은 구심점을 잃게 돼. 문제는 대체 그가 누구인지, 어디에 있는지 아는 사람이 없다는 사실이야."

여러 기억이 그녀의 뇌리를 스쳤다. "키와 함께 '제시간에'에 있을 때 기이한 경험을 했어. 나벤슈타인의 대성당이 무너지던 날 죽었던 졸칸 대공이라는 자가 갑자기 멀쩡히 살아서 우리 앞에 나타났어. 그는 사악한 마법의 기운에 둘러싸여 있었는데 갑자기 그림자 군인들이 나타나서 우리를 공격하기 시작했어." 기억을 떠올리던 아로스는 갑자기 한기를 느꼈다. 이제야 생각이 난 것이었다. "네가 방금 그린 바로 그 그림이 졸칸 대공의 왼팔에도 있었어. 난 그게 문신인 줄로만 알았는데…. 혹시 그가 네가 찾는 그 스승이 아닐까?"

파린이 잠시 생각에 잠겼다. "그 뒤에 졸칸 대공을 다시 마주친 적이 있어? 이 근처에서?"

"아니, 그랬다면 내가 몰라봤을 리가 없지."

파린은 혼란스러운 나머지 마치 자신의 갈색 말처럼 발로 땅을 헤집기 시작했다. 여전히 아로스에게 무언가 숨기고 있다는 사실에 마음이 편치 않았다. "그런데 너는 그때 그 여관에서 뭘 하고 있었어?" 파린이 물었다.

"바르바로사 호 선장을 기다리는 중이었어. 가끔 거기에 나타난다는 소문을 들었거든."

"흠… 그 사람을 만나서 뭘 하려고? 그 사람, 해적이라고 하던데?"

궁금한 게 많기도 해라. "내 과거에 대해서 알고 싶어서." 자신이 납치된 공주로 밝혀지는 기적을 꿈꾸는 고아원 아이들 이야기까지는 하고 싶지 않았다. 물론 아로스는 그런 허황된 꿈을 꿔 본 적이 없었다.

"드로그단에게 한번 물어볼게. 어쩌면 "바르바로사 호에 대해서 좀 더 자세한 이야기를 들을 수 있을지도 몰라."

"넌 이제 어떻게 할 거야, 파린?"

"난 다시 북쪽의 슈투름바흐트 성으로 떠나야 할 것 같아."

"왜?"

파린은 오래 망설이지 않고 대답했다. "또 다른 악령에 관해 알아내야 해. 기사님의 도서관에 악령에 관해 카르탄어로 기술된 아주 특별한 책이 있어. 그 책을 찾아야 해."

"너는 글을 읽을 줄 알아? 게다가 고대의 카르탄어를?" 아로스가 깜짝 놀라 물었다.

"응, 에… 그러니까 그냥 조금." 파린은 우물쭈물하다가 사실대로 털어놓기로 했다. "내 머릿속에 있는 악령이 카르탄어를 읽을 줄 알아."

"우와, 그렇다면 정말 특별하고 굉장한 악령이잖아!"

파린이 한숨을 쉬며 대답했다. "응, 게다가 칭찬을 들으면 벌꿀을 찾은 곰처럼 기뻐하지. 그러면 내가 더 피곤해지니까 그 얘기는 이쯤에서 그만해 줘." 파린이 잠시 눈을 감고 투덜거렸다. "징글징글!
아니, 그 얘기는 안 해."

"악령 이름이 징글징글이야?" 쥐들의 여왕의 채워지지 않는 호기
심을 파린과 그의 악령이 자극하고 말았다. "무슨 얘기를 하면 안
된다는 건데?" 아로스가 물었다.

"제길. 이놈의 망상 때문에 미쳐 버리겠어."

아로스는 파린의 이마를 곁눈질했다.

나의 하루야, 혹시 나도 언젠가는 악령과 대화하는 날이 올까? 한
다리 건너서라도 말이야.

"왜? 빨리 말해 봐." 그녀가 다그치듯 물었다.

"흠…."

"흠 뭐?"

"네 칭찬 때문에 징글징글이 너한테 영원히 사랑에 빠졌대."

"오! 맛이 좀 간 모양이네. 그것 말고는 네 악령, 별 이상 없는 거
야?" 아니면 파린이 지금 그녀를 놀리는 거였나?

"어차피 악령은 영원히 죽지 않는 존재야. 그러니까 '영원히 사랑
할 거'라는 말은 너무 신경 쓰지 않아도 돼. 그냥 누구든 다른 사람
이 나타나서 그를 칭찬할 때까지만 꾹 참고 기다리면 돼."

"파린, 솔직히 악령 얘기는 정말 당황스럽다. 나는 내 문제만으로
도 충분히 머리가 아파."

"예언가로 사는 건 어떤 기분이야?"

"생각보다 별로야. 마음에 부담만 되지. 내 눈에는 대부분 폭력이나 살인과 연관된 미래가 보이거든. 그런 것들이 원래 인간에게 내재해 있나 봐. 그뿐만 아니라 나한테 일어나는 현상이 내 몸에 좋지 않은 영향을 끼치는 것 같아. 미래를 볼 때마다 내 몸이 쇠약해지는 걸 느끼거든. 그래서 앞으로는 미래를 보지 않으려고 해."

"그래! 아무도 너한테 강요할 수는 없지. 그럼 이제 어떻게 할 거야?"

"오늘 저녁에 키랑 얘기해 보려고."

"흠, 솔직히 나도 예언에 대해 신경 쓸 겨를이 없어. 더 급히 해결해야 할 복잡한 문제가 있거든."

아로스는 파린이 자신에게 미래에 관해 더 많은 걸 알아내라고 조르거나 대답을 강요하지 않는 게 마음에 들었다. 그녀의 손에는 아직 말라비틀어진 사과가 있었다. "이제 리젤에게 사과를 가져다 줘야겠다." 그녀가 서둘러 마구간으로 향했다. 자신의 뒷모습을 물끄러미 바라보는 파린의 시선을 느끼면서.

낯설기만 한 기쁨을 느끼며 아로스는 오후 늦게 자신의 방으로 돌아왔다. 사과를 주고 목덜미를 쓰다듬자 리젤은 기분이 좋은지 그녀의 셔츠를 살짝 깨물었다. 아로스는 리젤에게 푹 빠져들고 있었다.

키는 방 한가운데에서 기이한 자세로 명상을 하는 중이었다. 그는 한 발로 서서 다른 다리와 양팔을 천천히, 그러다가 또 빨리 흔들었다. 키는 자주 그런 동작을 했다. 그럴 때마다 다른 세상에 있는 사람 같았다. 마치 구름 위에서 춤을 추며 아래로 떨어지지 않으려는 사람처럼 고도의 집중력을 발휘하곤 했다.

아로스는 참을성 있게 키의 수련이 끝나기를 기다렸다가 물었다. "키, 이제 우린 어떻게 해야 하지?"

"친구 아가씨는 벌써 계획이 있는 것 같은데 물어보는 이유가 뭘까?"

키는 마치 시간의 어금니를 가진 사람처럼, 아니면 투명한 유리잔 안을 들여다보듯 그녀의 마음을 꿰뚫어 보고 있었다. "나와 상관없는 일에 휘말려 들고 싶지 않아." 그녀가 말했다. "시장에서 할머니를 만나지만 않았더라면 그럴 일도 없었을 거야. 그런데 할머니가 나에게 뼈를 보는 사람을 찾으라고 했어. 그리고 그 사람이 파린이라는 사실에는 의심의 여지가 없어."

"넌 옳은 선택을 할 거야." 키 작은 사내는 두 손을 턱 아래에 합장하고 잠시 고개를 숙였다.

마법사

머리카락이 얼굴에 붙었다. 간지러워 집중을 할 수가 없었다. 그래서 노력이 헛수고가 된 걸까? 아니면 핑곗거리를 찾은 걸까? 그녀는 잡념을 몰아내고 다시 안간힘을 썼다. 하지만 이번에도 허탕이었다. 그래도 포기하지 않고 탁자 위의 편자를 응시했다. 그리고 집중하려고 집중했다. 편자는 행운을 가져온다더니 다 헛소리인 것 같았다. 행운은 무슨! 이 보잘것없는 쇠붙이는 그냥 골칫거리에 불과했다. 너무 자주 들여다본 탓에 어느덧 녹슨 자국과 긁히거나 울퉁불퉁해진 자리가 어디인지까지 속속들이 알고 있을 정도였다.

"이 망할 말발굽아, 좀 움직여 봐." 벌써 몇 달째더라? 그녀는 생각과 집중력만으로 물건을 들어 올리는 연습을 하는 중이었다. 하지만 아무리 애를 써도 U자 모양의 쇳덩이는 눈곱만큼도 움직일 생각이 없어 보였다.

오늘도 마찬가지였다. 노파는 씩씩거리며 자리에서 벌떡 일어났다. "이 망할 것 같으니!" 길고 앙상한 손가락으로 편자를 집어 들어 벽에 힘껏 던졌다.

움직이긴 했네!

불행히도 그건 단단한 벽이 아니었다. 빌어먹을 쇳덩어리는 밧줄로 팽팽하게 당겨 놓은 천막 범포에 맞고 그대로 튕겨 나와 정확히 그녀의 어깨로 날아들었다. 앗! 날아든 편자는 빠른 데다가 육중하기까지 했다. 눈물이 저절로 났다. 이게 무슨 멍청한 짓이람? 이번에는 슬퍼서 눈물이 났다. 벨텐 제국의 무능한 마법사가 눈에서 짜디짠 눈물이 나오게 하는 마법을 부리고 있었다. 어쨌든 해냈으니 그게 어디야. 한 손으로 어깨 아래로 옷을 내려 상처 부위를 살펴보았다. 붉은 피멍이 생겼다. 이 정도면 적어도 한 달은 사라지지 않고 총천연색으로 변하겠네. 통증도 심했다. 예전에는 지금처럼 통증에 민감하지 않았었는데. 노파는 의자에서 천천히 몸을 일으켜 색색의 액체가 담긴 앰플과 플라스크가 놓인 투박한 선반을 보았다. 별로 쓸 만한 게 없어 보였다. 힘없이 고개를 흔들며 한쪽 구석에 놓인 상자 쪽으로 천천히 걸음을 옮겼다. 그리고 상자 안에서 연고가 들어 있는 도가니를 꺼냈다.

차라리 편자 대신 깃털을 갖다 놓고 입으로 후 불어 보는 게 어떨까?

아니, 그녀는 마음을 가라앉히고 아랫입술을 비죽 내밀었다. "너는 벨텐 제국 최고의 마법사야." 그러자 그녀의 뒤통수에서 내면의 목소리가 들려왔다. '하지만 그건 네가 벨텐 제국에서 유일하게 살아 있는 마법사이기 때문이지'.

다시 앓는 소리를 내며 자리에 앉았다. 그래, 마지막 예언자였던 니네브가 몇 달 전 나벤슈타인에서 마녀로 몰려 화형을 당했으니 이제 남은 건 나 하나뿐이야. 그녀는 슬픔에 잠겨 스승을 떠올렸다.

그동안 얼마나 큰 도움을 받았는지! 니네브는 어느 날 갑자기 그녀의 인생에 불쑥 나타나 7년, 7개월, 그리고 7일 동안 그녀의 스승이 되어 주겠다고 말했었다. 뭐, 그러시다면, 7시간도 채워 주시지 그러셔? 그때 프레니아는 그 낯선 여자의 말에 건성으로 대꾸하고 정신 나간 여자 취급을 했었다.

하지만 니네브의 말은 현실이 되었다. 다음날부터 수련이 시작되었고 프레니아는 치료술, 허브의 효능, 물약의 제조법 등에 관한 모든 지식을 전수받았다. 게다가 그녀의 가르침에는 속세 너머의 것까지도 포함되어 있었다. 프레니아는 6년째 되던 해에 초감각의 세계에 대해, 7년째 되던 해에는 마법의 비밀에 대해 깨닫게 되었다. 그녀의 인생에서 가장 흥미진진했던 시기였다. 그녀는 밀물과 썰물의 힘을 알게 되었고, 빛의 강렬함과 어둠의 깊이와 고통의 위력에 관한 놀라운 경험을 했다. 편자를 공중에 띄우는 마법쯤은 니네브에게는 누워서 식은 죽 먹기였다. 그녀는 그걸 공중부양이라고 불렀다. 하지만 프레니아는 자연의 원소에서 힘과 에너지를 뽑아내 마법 현상으로 바꾸는 방법을 끝내 터득하지 못했다. 니네브의 수련생이었을 때에는 물론이고, 지금까지도. 인간의 주위에는 엄청난 힘의 영역들이 있었다. 자연의 힘, 선의 힘, 그리고 악의 힘. 그 힘들의 메커니즘은 인간들이 이해할 수 있는 영역 밖에 있었는데, 프레니아는 수련을 통해 그것들을 알아채는 능력을 더 섬세하게 단련시켰다. 그녀는 바람이나 태양 같은 보이지 않는 세계를 느꼈다. 하지만 그것들을 사용하지는 못했다.

그녀는 파린이 갑자기 자신의 천막 앞에 나타난 순간, 그리고 처음 그의 손을 잡았던 순간을 떠올렸다. 갑자기 소름이 끼쳤다. 뼈를 보는 사람, 파린. 그의 내면의 힘이 그녀의 몸으로 전해졌다. 니네브가 벌써 몇 년 전에 예고한 일이었다. '대회 중에 그들이 너에게 올 것이니, 뼈를 보는 사람을 제시간에 예언가와 만나게 하라. 악령과 환영의 동맹만이 벨텐 제국을 지옥 불에서 구할 수 있다.' 처음에 프레니아는 말도 안 되는 소리라고 여겼다.

아무렴, 난세일수록 세상은 더 큰 구세주를 찾기 마련이니까.

하지만 7년째 되던 해에 니네브의 진정한 능력을 경험하면서 그녀의 예언에 대한 믿음도 점점 커져 갔다. 그리고 정말로 몇 년 뒤, 예언대로 그들, 뼈를 보는 사람과 악령이 나타났다. 임무를 수행하기 위해서는 어떻게든 파린 가까이에 머물러야 했다. 그래서 그녀는 기사 에미코의 성에서 치료사로 일해 보라는 제안을 수락했다. 이제 그 대가로 은화 몇 닢을 받으며 슈투름바흐트 성의 어느 그늘에 천막을 치고 지낼 수 있게 되었다. 이 성의 가장 좋은 점이 바로 그늘이었다. 적어도 일 년 중 가장 더운 몇 달 동안은. 그 시기를 제외하고는 회색의 투박하고 육중한 벽이 늘 마음을 무겁게 짓눌렀다.

그녀는 턱을 괴고 앉아 생각했다. 에미코는 독특한 인물이었다.

그와 마주친 건 딱 두 번뿐, 첫 만남은 대회 기간 중에 중독된 그를 치료했을 때였고, 두 번째 만남은 그가 프레니아에게 성에 남겠냐고 제안했을 때였다. 성에 남는다는 것은 하인이 되어 누군가를 섬기는 것을 뜻했다. 물론 전혀 내키지는 않았지만 분명 파린의 부탁을 받은 에미코가 선의로 제안한 자리였다. 뼈를 보는 사람, 모든 일이 평범하기 그지없는 한 젊은이를 중심으로 돌아가고 있었다. 그는 벌써 예언가를 만났을까? 그리고 아주 멀리, 어느 이끼 낀 그늘의 천막에 앉은 그녀가 대체 뭘 도울 수 있을까? 게다가 그녀의 몸은 하루하루 늙어 가고 있었다. 허기가 졌다. 화덕 옆에 놓인 오래된 빵이 눈에 띄었다. 하지만 이미 한 쪽에 초록빛과 검은색 곰팡이가 피어 전혀 먹음직스러워 보이지 않았다.

말발굽 소리가 가까워져 오고 있었다. 눈 깜짝할 사이에 왕궁의 가죽 제복을 입은 키 작은 사내가 천막 입구에 나타났다. 가슴엔 노란색과 검은색이 어우러진 매 그림이 태양 빛에 빛나고 있었다.

"므음!" 성주가 없는 슈투름바흐트 성에서 가장 높은 사람. 그가 할 수 있는 말이라고는 몇 가지 짧은 소리들뿐이었다. 사람들은 그를 슈툼멜 기사님이라고 불렀다. 신체와 언어의 장애가 있었지만 그를 아는 이들은 누구나 그를 존경했고 높이 평가했다. 정말로 기적 같은 일이었다. 사람들은 자신들과 조금이라도 다른 이들을 무조건 피하거나 조롱했으니까. 심지어 일 년에 한 번 열리는 큰 장터에서는 이런 사람들을 구경거리로 삼아 손님들을 꾀기도 했다.

원래 프레니아는 방해받는 걸 싫어했지만 이번만큼은 불청객이 반가웠다. 그녀가 고개를 들고 물었다. "슈툼멜 기사님, 무슨 용건으로 저를 찾아오셨는지요?"

그는 먼저 프레니아에게 고개를 숙여 인사하고, 두 손을 가슴 앞에 모아 '부탁'의 신호를 보낸 뒤 고개를 텐트 입구로 돌렸다.

"물론입니다. 기사님을 따르겠습니다."

그들은 풀밭을 지나 무미건조한 담벼락을 향해 걸어갔다. 인간의 전쟁에 대한 야욕이 만들어 낸 산물. 싸움, 살인, 정복, 방어…. 이 모든 건 모두 전쟁 그 자체에 대한 갈구였다. 철통같은 슈투름바흐트 성은 용도에 지나치게 충실했다. 그나마 시각적 변화를 주는 요소라고는 규칙적으로 반복되는 총안의 요철과 포문이 유일했다. 그녀는 밀려드는 혐오감에 시선을 돌렸다. 자연을 보고 있으면 마음이 편안해졌다. 성벽 반대편으로 초록빛이 싱그럽게 펼쳐져 있었다. 그곳에서는 여름의 향기가 났고, 갖가지 곤충들이 한낮의 태양을 즐기고 있었다. 귀뚜라미는 다채로운 소리로 노래를 불렀다. 그녀는 꽃이 핀 풀밭도 사랑했다. 자신의 천막만 한 면적의 땅 위에서 그녀는 마흔 종류가 넘는 동물과 식물들을 찾아냈다. 다양한 생명이 만들어 내는 놀라운 조화에 대해 생각하며 프레니아는 다시 철통같은 성벽으로 시선을 옮겼다.

슈툼멜은 그녀를 성 외곽 주거지로 데려갔다. 성안에서의 삶을 누릴 수 없거나 허락받지 못한 이들, 나무꾼, 무두장이, 박피공 같은 직업을 가진 이들이 모여 사는 동네였다. 그는 한 손으로 작은 오두막을 가리켰다. 비뚤어진 문짝에 창문 하나 없는 초라한 집이었다. 열린 문틈으로 통곡 소리가 새어 나왔다.

프레니아는 슈튐멜을 따라 안으로 들어갔다. 그녀의 후각이 먼저 최악의 상황을 감지했다.

한 여인이 울면서 묻고 있었다. "정말로 그 방법뿐인가요? 이렇게 기운이 없는 아이에게…."

무슨 일이 일어나고 있는 걸까? 눈이 어둠에 적응할 시간이 필요했다. 두 개의 횃불에서 연기와 그을음이 피어오르고 있었다. 다음으로 프레니아의 눈에 들어온 광경은 불빛만큼이나 음울했다. 사내와 여인이 짚으로 대충 엮어 만든 잠자리 앞에서 여섯 살쯤 된 사내아이의 발치를 내려다보고 있었다. 아이는 미동도 없었다. 눈은 감은 채였고 이마는 흐르는 땀에 반짝였다. 왼쪽 위팔과 어깨에는 갈색빛으로 변한 붕대가 감겨 있었다. 아이 옆에는 흰 가운을 입고 모자를 쓴 다른 사내가 무릎을 꿇고 앉아 있었다. 의원 에나리우스. 프레니아도 그를 알고 있었다. 오른손에는 망치를, 왼손에는 정을 들고 있던 그는 자신의 임무에 집중한 나머지 프레니아가 들어오는 것도 눈치채지 못했다. 뾰족한 정의 끝은 아이의 머리를 향하고 있었다. "머리의 혈압을 떨어뜨리려면 두개골에 구멍을 뚫어야 하네. 그러면 아이를 쇠약하게 만든 창상열도 다소 내리게 될 거야." 그가 서서히 망치를 치켜들었다.

놀란 프레니아가 재빨리 다가가 망치를 든 에나리우스의 손을 낚아챘다. "미쳤어요?" 그녀가 머리를 거세게 휘저으며 말했다.

에나리우스가 팔을 뿌리치고 자리에서 일어났다. 그의 얼굴에는 오만함이 가득했다. "누군데 감히 나를 방해하고 내 치료법을 의심하는 거지?" 그는 눈을 한 번 깜빡이고 말을 이었다. "아하, 어디서 굴러들어 온지도 모르는 점쟁이! 약초를 쓴다는 마녀였군. 이게 대체 뭐 하는 짓이야?"

프레니아는 아직 그의 손에 들린 정과 모피로 만든 깔개 위에 놓여 있는 손 드릴을 노려보았다. "대체 무슨 생각으로… 의원님이 석수장이나 미장이라도 되나요? 그 아이에게서 당장 물러나세요!"

"위중한 아이를 치료 중이니 어서 물러나게. 환자의 이마를 한번 만져 보겠나? 열 때문에 극도로 쇠약해져 있어."

"그럼 차라리 머리 전체를 절단하시죠. 그 방법이 도움이 될 테니까." 프레니아의 얼굴은 분노로 가득했다. 이런 천하의 돌팔이 같으니라고! "이 아이로 위험한 실험을 할 생각이라면 꿈도 꾸지 마세요!"

에나리우스는 당장이라도 프레니아에게 달려들 기세였다. 한 손을 치켜들어 그녀를 때리려 했다.

슈툼멜의 낮고도 단호한 목소리가 들렸다. "에음!"

의원은 황급히 팔을 내리고 말했다. "기사님, 거기 계신지 몰랐습니다. 용서하십시오."

프레니아가 무서운 얼굴로 명령했다. "이 아이의 털끝 하나도 건들지 마세요."

순간 의원의 눈에서 교활함이 빛났다. 그의 표정은 많은 이야기를 하고 있었다. 이 상황에서 점쟁이 프레니아는 신이 보낸 구세주나 마찬가지였다. 그는 이미 아이를 포기한 지 오래였다. 그런데 때마침 책임감을 벗어던질 기회가 오다니! 가망 없는 아이의 죽음을 그녀 탓으로 돌릴 수 있게 된 것이었다.

프레니아는 깊은 한숨을 쉬었다. 그제야 그녀도 괜히 나서서 큰소리를 치다가 책임을 떠맡게 되었다는 사실을 깨달았다. 밀가루 한 포대보다 무거운 책임감이 그녀를 눌러 왔다. "일단 아이를 밖으로 데리고 나가세요. 바깥 날씨가 저렇게 좋은데 대체 이 연기 자욱한 어두운 오두막 안에서 뭘 하는 거죠? 숨 막혀 죽으려고요?"

"예, 그러지요." 곱사등에 깡마른 소년의 아버지가 두 팔을 아이의 작은 몸 아래에 밀어 넣더니 조심스럽게 안고 나가 풀 위에 눕혔다.

피로 젖은 매트를 보고는 프레니아가 단호하게 말했다. "당장 저것부터 버리세요. 아이를 위해 깨끗한 짚으로 만든 잠자리가 필요합니다."

에나리우스는 교만한 웃음을 지으며 그 광경을 지켜보고 있었다. 그렇게 간단한 일이 아닐걸. 이런 방법으로는 아이를 살릴 가능성은 없었다. "내 치료법이라면 그래도 희망이 있었는데…." 그가 어깨를 으쓱하며 말했다. "그대는 자신이 무슨 일을 하고 있는지도 모르는군. 그건 아이를 잿더미에 올리는 거나 다름없는 짓이야. 이제 아무도 나에게 뭐라 할 수 없겠군. 다 잘난 당신의 책임이니까. 아이와 부모를 위해서라도 반드시 성공하길 바라오."

그건 치료 방법만큼이나 부적절한 훈계였다. 아이의 엄마가 울음을 터뜨렸다. 아이를 잿더미에 올린다는 말은 영원한 이별을 의미했다. 이제 지하 세계로의 문이 열리고 아이는 머지않아 저승길에 오를 것이다.

프레니아는 애써 태연한 척하며 대꾸했다. "나는 내가 할 수 있는 일을 할 겁니다. 이 아이의 이름이 뭐죠, 에나리우스?"

의원은 어깨를 으쓱했다. "그걸 왜 나한테 묻지? 그게 치료에 무슨 도움이 되는데?"

"인제 그만 돌아가세요!" 프레니아가 다시 발끈했다.

에나리우스가 씩씩거리며 말했다. "반드시 대가를 치르게 할 것이다! 혼쭐을 내주지. 모두들 기대하시게." 참을 수 없는 분노에 입꼬리가 실룩댔다. 그는 모자를 깊이 눌러쓴 뒤 생뚱맞게 성호를 긋고 오두막을 떠났다.

드디어 환자에 집중할 수 있게 되었다. 프레니아는 기다란 손가락으로 아이의 어깨와 위팔에 감긴 붕대를 풀고 밝은 태양 빛 아래서 상처를 살펴보았다. 썩어 가는 살덩이의 냄새가 코를 찔렀다. 응고된 핏자국 사이로 노란 고름이 길게 흘러나오고 있었다. 구더기 한 마리가 고름 줄기의 작은 뿌리처럼 상처 안에서 꿈틀대고 있었다.

프레니아는 울고 있는 아이의 엄마를 보고 말했다. "아이의 이름이 뭐죠?"

"노아입니다."

"좋아요, 노아를 돕기 위해 할 수 있는 모든 걸 할게요. 부모님을 안심시킬 목적으로 다 잘 될 거라는 말은 하지 않겠습니다. 하지만 아이는 아직 살아 있잖아요." 그녀는 다시 환자에 집중했.

"어떻게 하다가 다쳤죠?"

"별 것 아닌 상처였어요. 아이들과 잡기 놀이를 하다가… 저기 뒤쪽 블랙베리 덤불 옆에서요." 다시 흐느끼는 소리가 들렸다.

프레니아는 아이의 가슴에 손을 올렸다. 아이의 심장은 토끼처럼 빠르게 뛰고 있었다. "엿새 전쯤 그런 일이 있었나요?"

"네, 그런데 어떻게 아셨어요?"

"창상 감염의 진행 단계를 보고요. 이런 부상에는 열과 오한이 따르게 되어 있죠. 하지만 분명한 건 머리를 여는 게 적절한 치료법이 아니라는 사실이에요." 의원의 치료법을 떠올리자 다시 끔찍한 기분이 들어 프레니아는 고개를 절레절레 흔들었다.

아이의 아빠가 작은 목소리로 물었다. "아이를 살릴 수 있나요?"

"상처가 곪기 시작한 지 얼마 되지 않았습니다. 다행히 독성이 아직 피 속으로 옮겨간 것 같지는 않아요. 그러니 아직 포기하기는 일러요. 하지만 솔직히 쉽지는 않아요. 손이나 발에 이런 염증이 있다면 최악의 경우 절단하는 방법이 있어요. 하지만 어깨는 그럴 수 있는 부위가 아닙니다." 그녀는 아이의 아빠를 응시했다. "의원을 처음 데려온 게 언제죠?"

"어제저녁에야 의원을 불렀어요. 치료비가 없어서…." 그는 힘없이 고개를 숙였다.

이런 상황에서는 어떤 대답이든 상처만 될 뿐이었다. "먼저 열을 내려야 합니다. 차가운 수건으로 닦아 주세요. 깨끗한 물을 많이 가져오고요. 물도 마시게 해야 합니다. 그리고 상처는 매일 씻어 내야 해요." 에나리우스는 분명 그런 조치들을 취하지 않은 듯했다. 아이 아빠는 잠시 사라졌다가 나무로 만든 물통 두 개를 들고 다시 나타났다. "슈툼멜 기사님이 모시고 온 분이라면 분명 그럴 만한 이유가 있을 거예요." 그가 말했다. "성안에 가서 우물물을 길어 올게요. 제 아이를 잘 부탁드립니다."

이제 어깨의 짐은 한층 더 무거워졌다.

"흐르음." 그녀의 옆에서 슈툼멜이 작은 소리를 냈다.

그건 격려처럼 들렸다. 이 시점에서 그녀에게 필요한 바로 그것. 노아의 부모는 그녀를 데리러 올 수 없었다. 의원 에나리우스의 권위가 워낙 막강했기 때문이었다. 그렇다면 슈툼멜은 대체 왜 그런 결정을 내렸을까? 나중에 물어봐야겠다. 지금은 더 급한 일이 있으니까. "노아의 몸은 감염과 싸워야 합니다. 우리는 곁에서 도와야 하고요. 그의 몸이 병과 싸울 수 있도록 기운을 북돋우는 약을 만들어 볼게요." 자신의 능력을 믿어 보기로 결심하자 마음의 짐이 조금이나마 가벼워지는 것 같았다. 어떤 약재를 써야 할지는 여전히 확실치 않았지만.

"감사합니다!" 아이의 엄마가 말했다. "저희에게 자식이라고는 이 아이 하나뿐이에요."

"깨끗한 리넨 수건이 있나요?"

아이의 엄마는 고개를 끄덕이고 오두막으로 들어갔다.

프레니아는 노아의 상처를 씻어 내기 시작했다. 한 시간쯤 지났을까? 피와 고름을 닦아 내고 보니 시작은 정말로 평범한 긁힌 상처에 불과했다. 너무 작고 별것 아니어서 꿰매는 건 생각도 할 수 없었던 게 당연했다. 프레니아는 노아의 부모를 똑바로 응시하며 말했다. "오늘 저녁에 다시 올게요. 노아가 물을 많이 마실 수 있도록 신경 써 주세요." 그녀는 주의 깊게 하늘을 살피며 바람의 냄새를 맡았다. "비는 내리지 않을 거예요. 아이를 바깥 그늘 쪽에 눕혀 둬도 괜찮아요. 몸을 잘 덮어 주기만 하면요."

프레니아는 다시 자신의 천막으로 돌아와 생각했다. 노아를 살릴 묘약을 만들어야 했다. 열을 내리면서 염증과 싸워 이길 수 있게 기력을 보충해 주는 약을. 열 자체에는 이상이 생긴 몸을 지키는 순기

능이 있었다. 하지만 열이 너무 높아지면 환자는 기운을 잃었다. 프레니아는 조리대에 냄비를 올리고 사과식초를 부은 뒤 허브와 마늘과 꿀을 넣었다. 그리고 체온과 비슷한 온도가 되고 꿀이 녹을 때까지 그것들을 서서히 데웠다. 산마늘 액과 아르니카 뿌리에서 얻어 낸 추출물 몇 방울과 두꺼비 독도 아주 조금 첨가했다. 그다음엔 걸쭉해질 때까지 계속해서 왼쪽으로 조심스럽게 저었다.

프레니아는 약을 들고 다시 노아를 찾아갔다. 그의 상태는 아침보다 더 나빠져, 상처 주위의 피부가 더 검게 변해 있었다. 부패는 배고픈 맹수처럼 무섭게 피부를 잠식해 가는 중이었다. 역한 냄새도 한층 심해졌다. 프레니아는 노아의 입속에 조심스럽게 약을 흘려 넣었다. 소년의 작은 입이 힘겹게 액체를 삼켰다. 그 모습을 바라보는 부모의 얼굴에 기대와 의심이 오갔다.

"물은 얼마나 마셨지요?" 프레니아가 물었다.

"한 컵 정도요." 아빠가 대답했다.

"밤이 되기 전까지 한 컵을 더 마시게 하세요. 반드시 그렇게 해야 합니다. 몸에서 수분이 너무 많이 빠져나갔어요."

그는 말없이 침을 꿀꺽 삼켰다. 프레니아가 그를 응시했다. 이 정도까지 부패가 진행된 창상에서 회복될 가능성은 거의 없다는 사실을 인지하고 있는 게 분명했다.

"밤사이에 도움이 필요하면 저를 부르세요. 그렇지 않으면 내일 아침 해가 뜰 때 다시 오겠습니다." 그녀가 말했다.

노아의 아빠는 힘없이 고개를 끄덕였고, 엄마는 흐느꼈다.

프레니아는 오두막을 나와 천천히 걸었다. 자신의 의술로도 노아를 살리기는 힘들다는 사실을, 가능성이 아주 희박하다는 사실을 누구보다 잘 알고 있었다.

초흐르테난

암울한 생각들이 파린을 괴롭혔다. 감히 부를 수 없는 존재가 에미코의 정신을 지배하게 되는 상황을 상상하지 않으려고 안간힘을 썼지만 생각하지 않겠다고 생각하는 순간 생각이 났다. 끔찍한 생각을 떨쳐 버리기 위해 무기와 갑옷을 보관하는 작은 창고로 갔다. 그리고 에미코의 판금 갑옷을 찾아 끈과 경첩의 상태를 세심하게 점검했다. 한쪽에 놓인 작은 의자에 앉아 흉갑의 금속 표면에 얼굴이 비칠 때까지 광도 냈다. 볼록한 표면에 마치 매일 숫양 한 마리씩을 먹어치운 사람처럼 뚱뚱한 얼굴이 나타나 그를 바라보고 있다. 웃을 상황은 아니었지만 피식 웃음이 나왔다.

이그, 멍청한 벌레 같으니라고. 머릿속에서 익숙한 목소리가 말했다.

파린은 아랑곳하지 않고 손에 든 방패를 뒤집었다. 마지막으로 가죽 부분에 기름을 먹인 뒤 장비들을 하나하나 제자리에 정리했다.

나는 벌텐 제국의 인간을 두 부류로 나누지. 돈이 있는 인간과 돈이 없는 인간.

"오!" 파린이 생각했다. 징글징글이 슬슬 지겨운가 봐. 위험해. 일장연설과 훈계와 잔소리의 폭풍이 몰려오겠군.

악령이 분발하지 않도록 그는 입을 다물었다. 하지만 아무 소용이 없었다.

그건 너와 같은 종에 대한 수백 년간의 여러 연구를 통해 얻은 내 지식 가운데 하나야.

물어보지 말자. 파린은 휘파람을 불기 시작했다. 즐거운 마구사의 노래였다. 하지만 그것도 소용없었다.

돈이 있는 자들은 자신의 침대에 누워서 잠을 자거나 앉아서 편히 쉬거나 밥을 먹지. 그리고 너무 많이 먹어서, 혹은 어떻게 더 큰 부자가 될 수 있을지 생각하느라 피곤해져서 다시 침대에 누워.

"아하, 그렇구나."

제아무리 화강암으로 만든 성벽이라 해도 한번 발동이 걸린 악령을 멈추기엔 역부족이었다. 돈이 없는 자들은, 그러니까 절대다수의 사람들은 말이야, 자신의 침대에 눕거나 일을 해. 일을 너무 많이 해서 피곤해지고 그래서 다시 침대에 눕지. 계속 그렇게 돌고 도는 거야. 두 종류다 쓸모가 없다니까.

무슨 얘기를 하고 싶은 거지?

나의 벌레는 당연히 두 번째 부류에 속하지. 뼈 빠지게 일하고 자기 자신을 혹사하지만 그래 봤자 빈털터리야.

"그래, 그래. 알겠어. 네 말이 맞아." 파린이 동의했다. 그리고… 늘어져라 하품을 했다. 열심히 일하고 나면 늘 눕고 싶은 생각이 들었다.

첫 번째 부류가 점점 더 부자가 되고 더 많이 잘 수 있게 되는 데는 다 이유가 있어. 그렇게 지칠 때까지 골머리를 썩이지 말고 좀 자고 나서

직접 에미코에게 물어봐. 벌레도 휴식이 필요한 법이니까.

"뭔 소리야? 난 그렇게 피곤하지는 않아. 그런데 좀 쉽게 말할 수는 없는 거야? 가끔씩 네 말은 한참 생각하지 않으면 무슨 뜻인지 알 수가 없어."

검도 광내는 것 잊지 마.

파린은 말없이 검을 꺼내 날을 점검하기 시작했다.

휴, 정말로 내가 좀 더 쉽게 설명해야 하나 봐. 이봐, 벌레, 내 말은 검이나 닦는 것 말고 더 급한 일이 없냐는 뜻이야.

"내일 아침 일찍 슈투름바흐트 성으로 떠날 거야. 그 전에 할 일을 다 해놓는 게 나한텐 중요하다고."

그러니까 정말로 돌아가서 책을 가져오겠다는 거지?

"안 그러면, 네가 알려 주기라도 할 거야? 감히 부를 수 없는 존재의 낙인에서 어떻게 벗어날 수 있는지?"

내가 아는 건 벌써 다 얘기했어. 하지만 생각해 봐. 그 책을 북쪽까지 가서 가져오는 건 시간이 너무 오래 걸려. 이곳으로 다시 되돌아오기까지는 최소한 3주가 걸릴 거라고. 그리고 내가 아는 한 너는 중간중간 개미집에도 걸려 넘어지고, 네 다리에도 걸려 넘어지고, 길도 잃을 거고, 수없이 많은 네크르인들과 마주칠 거야. 아니면 일사병에 걸리거나 또…

"맙소사! 징글징글, 네 도움이 없다면 나는 까마귀 떼 한가운데에 있는 외로운 벌레 신세일 뿐이라는 거 잘 알고 있어. 네가 있어서 정말 다행이라고 생각해."

55

바로 그거야, 나 같은 수호 악령이 있다니 정말 편하지 않아?

"물론이야. 하지만 널 이용하고 싶지는 않아." 제1기사였던 피고처럼 하고 싶진 않단 말야, 파린이 몰래 생각했다.

망상이 갑자기 신이 나서 말했다. 좋은 아이디어가 떠올랐어.

파린이 손을 멈추고 징글징글의 말에 집중했다. "말해 봐, 듣고 있어."

너는 그냥 네가 제일 잘할 수 있는 일을 하면 돼.

"내가 제일 잘할 수 있는 일이 뭔데? 갑옷에 광택 내는 거?"

뭐라는 거니. 겸손은 그만 떨라고. 징글징글이 다정하게 말했다. 하긴 광택 내기용 솔로 쓰기에 네가 좀 쓸모 있긴 하지.

파린은 한숨을 쉬었다. "하하하, 참 웃기기도 하다."

나도 동감. 악령의 목소리가 다시 진지해졌다. 아니, 그런데 그거 말고.

"그래? 내가 또 뭘 잘하는데?"

잠자기. 그건 네가 벌써 네 인생의 절반 동안 연습해 온 거니 잘할 수밖에 없지.

"아하, 그렇고말고. 이제 돌고 돌아 다시 잠 얘기로 돌아왔네."

난 지금 진지하게 말하는 거야. 너는 누워서 잠들고, 그러고 나면 같이 초흐르테난을 찾아가는 거지.

"쇼르테난?"

응, 뭐 비슷했어. 에버그레이라고도 부르지. 부르기도 그게 더 편하긴 해.

"에버그레이? 그게 누군데? 아니 뭔데?"

비스듬한 차원.

"아하, 그렇구나."

왜 '아하 그렇구나!'야? 비스듬한 차원이 도대체 뭐냐고 물어볼 차례 아니야?

"대단한 징글징글, 대체 비스듬한 차원이 뭔지… 나한테 설명해 주면 정말 고맙겠다."

넌 당연히 모를 수밖에. 그건 물론 차원들 사이의 차원이지.

이번엔 '아하, 그렇구나.'가 입 밖으로 나오려는 걸 꾹 참았다. 망상은 질문받는 걸 좋아했다. "모르는 게 없는 징글징글. 차원들 사이의 차원이라는 게 도대체 뭐지?"

그건 변할 수 있는 차원이야. 꿈이나 환영 비슷한.

"그게 무슨 도움이 되는데?"

그건 나도 잘 몰라. 하지만 시도는 해 볼 만해. 나한테 계획이 있어. 자세히는 몰라도 대략적인.

"흠…. 인생이라는 게 다 대략적인 계획이긴 해." 파린은 잠시 곰 곰이 생각에 잠겼다. "안 그래도 내가 잠이 들면 네가 뭘 하는지 궁금하긴 했어. 가끔 밤에 잠에서 깨어나면 네가 아주 멀리 있는 것처럼 느껴졌었거든. 그러니까 네 계획이라는 게 구체적으로 뭔데?"

슈투름바흐트 성까지 왕복하는 수고를 덜어 보려는 거지. 한 번만 눈을 딱 감고 기대해 봐.

"하루라도 빨리 에미코 기사님을 도울 수 있다면 해 봐야지."

네가 잠드는 즉시 널 메력갈게. 어때?

"네가 무슨 일을 하려는 건지 제대로 알고는 있는 거지?"

언제 그렇지 않은 것 같은 적이 있었어?

삐딱한 악령, 삐딱한 차원, 삐딱한 계획. 파린은 그렇게 말하려다가 꾹 참았다. 징글징글은 툭하면 삐지곤 했으니까. "좋아, 동의했어. 기사님을 위해서라면 어떤 위험도 감수할 거야."

걱정하지 마. 고리안 폰 지게스문트와의 마상 창 시합보다 아주 조금 더 위험할 뿐이니까.

"뭐라고?"

그래도 분명 도움이 될 거야. 그리고 내가 같이 있잖아.

파린이 고개를 비스듬하게 기울이고 말했다. "네 제안이니까, 징글징글. 난 널 믿어. 다른 방법이 없고, 또 그 방법이 도움이 된다면 한번 해 보자."

그는 검을 다시 칼집에 집어넣었다. 언젠가 감히 부를 수 없는 존재의 조종을 받은 에미코가 자신에게 이 검을 겨누는 날이 올까? 그런 생각을 하면서도 그는 기사의 무기와 갑옷을 완벽한 상태로 준비해 두었다.

침실로 가니 플라우디우스와 드로그단과 바랄돈은 이미 잠들어 있었다.

저 뚱보는 묵시록에 나오는 지옥을 지키는 개처럼 코를 고네. 이렇게 시끄러운데 네가 잠이 들 수 있을지 모르겠다.

"최선을 다할게. 내 인생의 절반을 바쳐 연습해 온 거니까." 파린이 속삭였다.

아, 내 말을 열심히 들었군. 아주 좋아.

파린은 곧 침대에 누워 두 눈을 감고 천천히 숨을 고르기 시작했다. '잠이 온다. 잠이 온다. 조금만 있으면 곧 잠이 들 거야.'라고 생각하며 완전히 긴장을 풀기 위해 노력했다.

하지만 생각대로 되지 않았다. 갑자기 침대가 빙그르르 돌기 시작했다. 눈을 뜨자 심한 어지럼증이 찾아왔다. 회전 속도는 점점 더 빨라졌다. 그가 도는 건지, 천장이 도는 건지 알 수 없었다. 아니, 방 전체가 반대 방향으로 돌고 있는 걸지도 몰랐다. 회전하는 힘에 눈알이 빠질 것만 같았다. 그의 몸이 아래로 떨어지나 싶더니 금세 붕 떠올라 수직으로 빛줄기를 통과하며 날아갔다. 구름과 나무와 초원이 쉭 소리를 내며 스쳐 지나갔다. 밝은 빛이 눈동자에 부딪히며 산산이 부서졌다. 파린은 있는 힘을 다해 두 눈을 꼭 감았다.

초흐르테난에 온 걸 환영해.

파린은 간신히 두 눈을 떴다. 처음에는 누가 자신을 거꾸로 먹구름 속에 처박아 둔 줄 알았다. 정신이 몽롱해서 제대로 생각을 할 수가 없었다. 사방이 회색으로 덮여 있었다.

"여기가 에버그레이야!?" 그가 중얼거렸다. "그런데 어느 쪽이 바닥이야?"

엄살 좀 그만 부려. 당연히 아래가 바닥이지.

정신을 차리고 보니 정말로 그는 똑바로 서 있는 게 아닌가? 다리가 어딘가를 디디고 있긴 했지만 평소보다 훨씬 약한 강도의 느낌인 게 문제였다. 확인은 불가능했다. 짙은 안개에 휩싸여 무릎 아래로는 아무것도 보이지 않았다.

이곳을 지배하는 자연의 법칙은 네가 사는 차원과는 완전히 달라. 그래서 너는 더 멀리, 그리고 더 높이 뛸 수 있지. 중력이 약하거든.

파린이 기운 없는 목소리로 신음했다. "더 멀리 토할 수도 있을까? 나 어지럽고 토할 것 같아."

그럼, 그럴 수 있겠네. 그러지 말고 한번 해 봐.

정말 징글징글한 징글징글이었다.

"그런데 중…력? 그게 뭐야?"

중력은 사물을 아래로 떨어지게 하는 힘이야.

여전히 이해가 되지 않았다. "아래로 떨어지지 않으면? 사물은 당연히 아래로 떨어지는 거잖아. 위로 떨어지는 게 가능해?"

그건 당연한 게 아니야. 사과가 왜 가지에서 바닥으로 떨어지지?

"당연하지. 사과는 날 수 없으니까! 떨어지지 않고 날아다닌다면 그건 새겠지."

망상이 한숨을 쉬었다. **그만하자. 언제나처럼 내가 너한테 너무 무리한 요구를 했어.**

"맞아, 우린 해야 할 일이 있잖아." 파린은 조심스럽게 한 걸음 한 걸음 발을 옮겼다. 바닥의 안개 때문에 마치 구름 위를 걷는 기분이 었다. 몸무게가 가벼워진 것도 영향을 주는 것 같았다. 키 큰 나무 들이 주위를 에워싸고 있었다. 그것들은 반달이 뜬 밤에 보았던 벨 텐 제국의 숲속에서처럼 은빛으로 빛나고 있었다. 아무런 색도 구 별할 수 없었다. 갈색과 초록색은 모두 회색 음영으로 변해 있었다.

"여긴 정말 모든 게 잿빛이야! 이제 어디로 가야 해?"

계속 네 코만 따라가. 아주 유용한 대답이었다.

그들은 천천히 푹신한 바닥을 따라 걸었다. 일주일 동안 큰비가 내린 뒤의 풀밭 같은 느낌이라고 해야 할까? 바닥이 보이지 않으니 불안했다. 하지만 그보다 더 거슬리는 건 걸음을 옮길 때마다 발아 래에서 들리는 기이한 소리였다. 파린이 불안함에 멈춰 서서 물었 다. "계속 내 발에 밟히는 게 뭐야?"

위험할 건 없으니 안심해. 그냥 애벌레, 벌레, 그리고 거미 같은 것들 뿐이니까.

그 말을 증명하듯 갑자기 딱 소리가 크게 울려 퍼졌다. 거대한 바 퀴벌레를 밟아 터뜨린 것 같았다.

"으악, 여긴 너무 끔찍해. 이제 그만 잠에서 깨야겠어."

엄살 좀 그만 부려. 게룬다보다 더하잖아.

"뭐? 그 노파도 여기에 왔었어?"

당연하지. 하지만 그때는 골탕을 좀 먹이려고 데려온 거였어. 그 뒤로

자기 가슴에 십자가를 새기기 시작하더라고. 망상이 낄낄댔다. 그게 무슨 소용이 있다고.

"게룬다랑 사이가 별로였나 봐."

넌 참, 같은 말도 빙빙 돌려서 하는 재주가 있어. 그러니까… 차라리 네가 게룬다보다는 참아 줄 만해.

엄청난 칭찬이었지만 파린은 들은 척 만 척 했다. "이제 그 얘기는 그만하자. 우리 여기서 뭘 하려는 거야? 그러니까 네… 대략의 계획이라는 게 뭐야?"

알프차라크를 찾을 거야.

"아, 그렇구나."

물어봐 줘서 고마워. 그는 꿈의 악령이고 이 근처에 어딘가에 있을 거야. 계속 앞으로 가 봐.

"꿈의 악령이 뭔지 내가 물어보지 않아도 설명해 줄래?"

흠, 별로 그러고 싶지 않은데. 널 놀라게 하고 싶거든.

파린은 한기를 느꼈다. 발아래서는 여전히 끔찍한 소리가 들렸다. 자세히 보기 위해 걸음을 멈추고 한쪽 발을 들어 올렸다.

가만히 있으면 걔네들이 네 바지 사이로 기어올라 와서 물어.

파린은 깜짝 놀라 나무통 안에서 포도를 으깨는 농부처럼 펄쩍펄쩍 뛰었다.

에그, 장난이야. 게룬다한테도 비슷한 장난을 쳤었는데 수천 마리 돼지만큼이나 시끄럽게 꽥꽥대더군. 망상은 생각만 해도 신이 나는 모양이었다. 계속 걸어가면서 발을 힘껏 디뎌. 우리가 왔다는 걸 알리려면 그렇게 해야 한다고.

"이제 잠에서 깨어나고 싶어!"

일단 내 말대로 해 봐. 우린 지금 제대로 방향을 잡은 거라고. 꿈의 숲속에 낯선 자가 돌아다니는 걸 숲의 주인 알프차라크가 모를 리 없으니까. 우리를 발견하면 다짜고짜 엄청나게 화부터 내겠지. 일단 그가 나타난 뒤에는 내가 알아서 얘기할 테니까 너는 아무 말도 하지 말고 가만히 있어야 해. 내 말 명심해, 알겠지?

파린은 입술을 꾹 다문 채, 그리고 발밑에 간지러운 기분을 느끼면서 계속해서 걸어갔다. 얼마 가지 않아 나무 위에서 음울한 목소리가 들려왔다. "침입자다! 대체 학살자가 내 숲에서 뭘 하는 거지?"

학살자라고? 그거 아주 듣기 좋은 이름인데? 징글징글만큼이나 귀엽군, 파린이 생각했다.

"우리를 좀 도와줘!" 망상이 큰소리로 외쳤다.

나무들 사이로 비웃는 소리가 들려왔다. 곧이어 오른편 잿빛 떡 갈나무 둥치 뒤에서 무언가가 움직이는 것 같더니 어떤 형상이 모습을 드러냈다. "벌써 두 번째군. 네가 바닥을 쿵쿵거리는 녀석을 두 번이나 나의 제국에 데리고 왔어. 그건 내가 정말로 싫어하는 일이지!"

파린은 놀라서 그 형상에서 눈을 떼지 못했다. 돌출된 두 개의 커다란 눈에 세로로 긴 눈동자가 자신을 노려보고 있었고, 그 주위로는 비늘과 혹과 짧은 수염과 털이 둘러싸고 있었다. 목과 귀는 없었고, 대신 머리에 작은 뿔이 두 개 솟아 있었다. 두꺼비와 염소와 멧돼지를 섞어 놓은 듯 보이는 형상이었다. 키는 파린만 할 것 같았는데 안개 위에 떠 있어서 실제보다 훨씬 더 커 보였다.

알프차라크는 징그럽게 인상을 쓰며 말했다. "우후! 이 녀석은 지난번 늙은이보다 훨씬 더 못생겼네. 그때 그 늙은이 이름이 뭐였더라? 게… 게… 뭐지?"

여기 이름을 기억 못 하는 놈이 하나 더 있군. 그렇게 생각하니 약간의 호감이 생기는 것도 같았다. 하지만 생각할수록 화가 났다. 뭐라고? 가… 기… 그러니까… 내가 허브를 키우던 마녀보다 못생겼다고? 그거야 뭐, 개인적인 의견이고 취향의 문제니까. 파린은 애써 마음을 가라앉혔다. 게다가 이건 어쨌든 꿈일 뿐이잖아.

"그 예쁜 노파 이름은 게룬다였어. 그리고 너무 뭐라고 하지 말고 우리를 좀 도와줘." 징글징글은 말을 돌리지 않고 바로 본론으로 들어갔다.

"나는 나 자신만 돕는다." 알프차라크는 비늘로 뒤덮인 긴 팔로 팔짱을 꼈다. "또다시 누굴 데리고 나타나는 것도 모자라 감히 나한테 도와달라는 부탁까지 해?"

징글징글은 에버그레이에서 환영받는 존재임이 분명했다.

"그렇게 꼬장꼬장하게 굴지 말고. 게룬다가 부싯돌을 들고 온 걸 내가 어떻게 알았겠어?" 징글징글이 결백을 주장하는 소리가 들렸다.

꿈의 악령이 화가 나서 코를 씩씩거렸다. "하마터면 그 늙은이가 내 숲을 몽땅 태워 버릴 뻔했다고."

"그치만 결국 그렇게 하진 않았잖아." 징글징글의 목소리가 다급해졌다. "타키 중요한 문제야. 네 도움이 필요해."

"라키라고 부르지 마. 넌 원하는 게 있을 때만 나를 그렇게 부르지."

"에이, 그럴 리가. 넌 항상 내 친구였어. 그리고 약속할게. 날 도와주면 나도 너한테 줄 게 있어."

"아니, 싫어." 숲의 악령은 머리를 이리저리 흐느적댔다. "학살자에게 뭘 받아 봤자 오히려 재수만 옴 붙으니까."

"잘됐네. 그럼 그냥 도와줘."

숲의 악령은 오른손 세 손가락 중 가운뎃손가락을 둥글게 부풀어 오른 이마에 대고 말했다. "아니, 그래 봤자 나한테는 좋을 게 없잖아. 내가 왜 그래야 하지?"

"재수 옴 붙지 않으려면 무자비한 학살자에게 받을 게 없어야 하니까!" 징글징글의 목소리가 전쟁의 구호처럼 잿빛 사이로 울려 퍼졌다.

"그 대답은 마음에 드는군. 좋아, 그렇게 하지. 그런데 너는 뭘 원하지?"

"슈투름바흐트 성에 점술가가 있어. 프레니아라고 하지. 프레니아의 꿈 속으로 가서 얘기를 좀 하고 싶어."

파린은 깜짝 놀라 숨을 멈췄다. 이 기울어진 차원에서 프레니아를 만나려고 한다고? 정말 천재적인 아이디어였다. 그렇게만 된다면 생각지도 못했던 완전히 새로운 방법을 찾은 것이었다.

"넌 벌써 여기 왔잖아. 저 녀석도 같이." 라키는 파린에게 어두운 잿빛 시선을 보냈다. "내 도움이 왜 필요하지? 어떻게 하면 되는지 알고 있으면서." 숲의 악령이 교활한 목소리로 물었다. 속눈썹이 없는 눈꺼풀이 흔들렸다.

"당연히 네 도움이 필요하지. 어디서부터 찾아야 해? 이 숲속의 나뭇잎 하나하나가 벨텐 제국 사람들의 꿈이잖아. 여기서 무턱대고 프레니아의 꿈을 찾으려고 하면 10년은 족히 걸릴걸?"

"히히. 최소한 그렇지. 그렇게 많다는 걸 내가 깜빡했네." 라키는 징글징글이 자신의 손안에 있다는 사실을 즐기는 모양이었다.

"이제 쳇바퀴는 그만 돌리고 어서 말해 봐. 프레니아의 꿈이 어디 있지?"

"그러면 곧바로 여기서 사라지고 다시는 내 앞에 나타나지 않는 거지?" 라키는 자신의 단호함을 강조하기 위해 다시 한번 비늘 덮인 팔로 팔짱을 끼었다. 팔이 얼마나 긴지 몸을 두 번은 휘감을 수 있을 것만 같았다.

"우선 할 일부터 모두 끝내고 나서. 그 일만 잘 되면 더는 너를 귀찮게 하지 않을게. 최소 오백 년 동안은 말이야. 물론 그 전에 네가 날 그리워하게 되겠지만."

"그래, 네가 예고도 없이 이렇게 불쑥 나타나지만 않는다면 기꺼이 그리워해 주지."

"좋아."

"따라와." 알프차라크가 앞으로 나아갔다. 공중에 붕 뜬 채로.

파린은 빠지직 소리를 내며 그의 뒤를 따랐다. 기이한 악령의 뒷모습을 바라보는 그의 심경이 말할 수 없이 복잡했다. 정말 모든 게 그저 꿈일까? 이 악령은 정말로 존재할까? 아니면 그가 상상 속에서 만들어 낸 존재일까? 라키는 얇은 다리로 춤을 추듯 짙은 안개 위를 스치며 갔다. 기이한 우아함이었다.

한참이 지나서야 그가 멈춰 섰다. "다 왔어. 저기 단풍나무가 보이지? 저 가지들 속에 프레니아 스비네가른의 꿈들이 있어. 최대한 집중하고 기다려 봐, 무슨 일이 일어날지."

늘어진 가지마다 손 모양의 커다란 단풍잎들이 매달려 있었다.

손바닥을 펴서 나무껍질에 대 봐. 징글징글이 설명했다. **그리고 네 정신 속에서 프레니아를 상상해 보는 거야. 우리가 그녀 쪽으로 가야 해. 프레니아는 우리의 시도에 딱 맞는 사람이야. 끔찍이도 상냥했던 대주교 하차르트의 머릿속으로 들어갔던 때를 떠올려 봐. 그때랑 비슷한 방식이야, 다만 이번에는 꿈의 숲이 매개체가 되는 거지.**

파린은 조금 머뭇거리면서 앞으로 걸어 나가 징글징글이 시키는 대로 했다. 거칠고 갈라진 단풍나무 껍질의 감촉을 느끼며 집중하기 위해 두 눈을 감았다. 점술가 프레니아! 슈투름바흐트 성 아래

풀밭에서 그녀와 처음 만난 순간을 떠올렸다. 천막 안에서 수정 구슬을 앞에 두고 앉아 있는 그녀가 보였다. "난 그저 미신을 믿는 멍청이들에게 그들이 듣고 싶은 이야기를 들려주고 주머니에서 돈을 꺼내게 만들 뿐이야." 그녀가 호통을 쳤다.

잿빛 고요함뿐이었다. 아무 일도 일어나지 않았다. 파린은 더 기다리지 못하고 살짝 눈을 떴다. 나무껍질의 윤곽이 흐려졌다. 눈물이 흘러내리며 두 뺨을 간지럽혔다. 소매로 눈물을 훔치자 다시 눈앞이 선명해졌다. 촛불 하나가 침대 옆 작은 나무통 위에서 가물거리고 있었다. 주위를 둘러보니 그곳은 사방이 모두 둥근 공간이었다. 둥근 탑 안에 들어온 걸까? 한참이 지나서야 파린은 자신이 프레니아의 누더기 천막 안에 있다는 사실을 알게 되었다. "프레니아?" 파린이 머뭇거리며 속삭였다. "저예요, 파린."

프레니아가 몸을 일으켰다. "찌그러진 바퀴벌레 같으니라고! 내가 지금 잠에서 깨어난 거야, 아니면 꿈을 꾸는 거야? 뼈를 보는 사람, 아니 파린! 네가 어떻게 내 머릿속에 들어온 거지?" 그녀는 자리에서 벌떡 일어나 머리를 마구 흔들어 댔다.

"엠… 설명하자면 길어요. 도움이 필요해요. 아주 급한 일이에요. 에미코 기사님에게 감히 부를 수 없는 존재의 낙인이 생겼어요. 그를 구해야 해요."

"천천히, 천천히 좀 설명해 봐. 대체 지금 무슨 일이 일어난 거지? 내 꿈에 젊은 남자가 마지막으로 나온 게 언제인지 기억도 안 난단 말이야!" 그녀가 킥킥대며 웃었다.

"지금 심각하다고요. 기사님이 아주 큰 위험에 빠졌어요. 사악한 악령이 어느 때고 그를 지배할 수 있게 되었으니까요. 우리가 그 낙인을 없애 버릴 방법을 찾아야 해요."

프레니아가 고개를 갸우뚱했다. "그런데… 내가 어떻게 너를 도울 수 있지?"

"슈투름바흐트 성안에 책이 한 권 있는데 그 책 속에 우리가 찾는 정보가 있어요."

"나는 지금 다른 걱정거리로 머리가 복잡해. 그런데 뼈를 보는 사람까지 내 머릿속에 들어오는 건 도무지 감당이 안 돼."

징글징글이 더 참지 못하고 끼어들었다. "잘 들어, 이 늙은이야! 잠에서 깨는 대로 에미코의 서재로 가서 책을 가져와. 어두운 가죽 표지로 된 커다란 책이야. 어때, 하나도 어렵지 않지?"

프레니아가 눈을 비비며 물었다. "뭐라고? 방금 내 머릿속에서 어떤 끔찍한 녀석이 소리를 질렀어. 파린, 아직 거기 있어?"

"네, 여기 있어요. 그 끔찍한 녀석 말을 꼭 좀 들어 주세요. 예전에 제 손을 잡았을 때 제 안에 다른 존재가 있는 걸 느꼈다고 하셨잖아요. 그 존재가 없으면 우리가 이렇게 대화할 수도 없었을 거예요. 기사님의 생명이 위험해요. 그러니 뭐든지 해야 하고, 그러려면 그 악령에 관한 책 속에 도움이 될 만한 내용이 있기만을 바랄 수밖에 없어요."

"대체 무슨 생각이야? 병사들이 서재를 지키고 있을 거라고. 뭐라고 설명을 하지? 나를 들여보내 줄 리가 없잖아. 게다가 나는 그것 말고도 해야 할 일이 있어. 죽어 가는 어린애를 살려야 한다고!"

징글징글이 조바심을 내며 한숨을 내쉬었다. **아주 전형적이야. 인간들이란 할 수 없는 이유를 찾아낼 때만큼은 기가 막히게 상상력이 풍부하다니까.** 그가 목소리를 높였다. "**넌 반드시 방법을 찾아낼 거야. 책은 책상 위에 있어.**"

"미친 짓이야. 완전히 미친 짓이라고. 그러고 나면 어떻게 하려는 거지?"

"**그 책을 손에 넣으면 우리가 다시 꿈속에서 너를 찾아올 테니 같이 책을 읽어 보는 거지.**" 징글징글이 자랑스럽게 설명했다. 그의 목소리만 들어도 이런 천재적인 계획이 누구의 머리에서 나왔는지 알 수 있을 것 같았다.

파린은 드디어 책 속의 내용을 읽어 볼 수 있다는 사실에 흥분한 나머지 숨 쉬는 것도 잊고 있었다. 프레니아와 책이 있는 슈투름바흐트 성까지 가려면 벨텐 제국 전체의 절반이 되는 거리를 여행해야 했다. 그렇게 멀리 떨어져 있는데 정말로 이 방법이 성공할 수 있을까?

하지만 프레니아는 여전히 내키지 않는 모양이었다. "이게 어떻게 된 일이야? 그러니까 지금 나는 잠에서 깨어난 걸까, 아니면 꿈을 꾸는 걸까?"

"지금은 자고 있어. 하지만 잠에서 깨면 책을 찾아와야 해. 안 그러면 악마가 널 데리러 올 줄 알아."

"흥, 그런다고 내가 무서워할 줄 알아? 나 자신 이외에 누구도 내 인생을 결정할 수 없어. 당장 꺼져!" 프레니아는 흥분한 나머지 주먹을 쥐고 추어올리기까지 했다. "푸아, 기가 막혀! 파린, 넌 어떻게 이런 끔찍한 녀석을 참고 사는 거야? 내가 자기 명령을 따르려고 대기하는 사람이야? 나한테는 지금 더 중요한 일이 있다고!"

"무슨 일인데요? 우린 지금 에미코 기사님 얘기를 하는 거예요." 파린은 프레니아의 예상치 못한 대답에 화도 나고 놀랍기도 했다. "기사님보다 중요한 사람은 없다고요."

"아니, 내 생각은 달라." 그녀는 단호하게 대답한 후 발을 끌며 탁자 주위를 서성거렸다. "큰 병에 걸린 아이가 있어. 그 아이의 이름은 노아인데 이제 겨우 여섯 살이야. 아이를 돕기 위해 무슨 일이든 하겠다고 약속했어. 왜 노아의 목숨이 기사의 목숨만큼 중요하지 않다고 말할 수 있지?"

그녀의 질문은 수천 개의 모루보다 더한 무게로 파린의 머리를 내리쳤다. 천막 안의 풍경이 흐려졌다. 당황하여 어떤 대답도 떠오르지 않았다. 그건 그가 더 잘 알고 있어야 하는 사실이었다. 프레니아는 이렇게 물을 수도 있었다. '왜 매장꾼의 아들은 이장의 아들보다 가치 없는 사람이어야 하지?' 당황한 파린이 더듬거리며 대답했다. "기, 기사님을 너무 걱정한 나머지 미처 거기까지 생각하지 못했어요."

"나는 그 누구의 삶도 다른 이의 삶과 저울질하지 않아. 네 임무가 얼마나 중요한지 나도 잘 알고 있어. 하지만 나는 내게 주어진 의무를 다해야 한단다."

"미안해요. 그 아이는 어디가 아프죠?"

"상처 부위에서 괴저가 상당히 진행됐어. 이미 위독한 상태야." 파린은 그녀의 근심과 책임감과 좌절을 느낄 수 있었다. "내가 그 아이를 구할 수 있을지는 모르겠어. 하지만 최선을 다해야 해, 그러니까…" 그녀는 말을 잇지 못했다. 대신 깊은 한숨이 그녀를 뒤흔들었다.

파린 생각에도 쉽지 않을 것 같았다. 상처에서 발전한 감염 때문에 급사한 이들의 시신을 여러 번 보았기 때문에 누구보다 잘 알고 있었다.

그때 갑자기 알프차라크가 끼어들었다. "네 천막을 좀 둘러봐, 이 늙은이야."

프레니아는 소스라치게 놀라 그 자리에 얼어붙었다. "이번엔 또 다른 목소리야! 내가 미쳐가나 봐."

"넌 벌써 오래전에 미쳤는데 무슨 호들갑이야. 네 선반이랑 물약들을 당장 보여 줘 봐. 안 그러면 널 도울 수가 없다고." 라키의 악령다운 직설적인 언어는 징글징글의 그것과 아주 흡사했다.

"그가 시키는 대로 하세요." 파린이 부탁했다.

"우와! 이게 무슨 일이지? 내 머릿속에 끔찍한 악령들이 또 있어?"

"아니에요, 둘 뿐이에요."

프레니아는 나무 선반으로 눈길을 돌렸다. "벌써 만들기 시작한 약이 있어. 그런데 아이를 구하기엔 효과가 너무 약한 것 같아 걱정이야."

파린은 프레니아의 천막에 처음 들어섰던 날을 떠올렸다. 그때는 태어나서 처음 보는 그 물건들이 어디에 쓰이고 무엇을 위해 필요한지 이해하지 못했었다. 하지만 이제 거기에 놓인 도가니와 앰플, 그리고 유리병들을 말 그대로 '다른 눈'으로 보게 되자 모든 물건에 쓰임과 이유가 있음을 알게 되었다. 뱀과 버섯과 거미와 두꺼비에 각각 어떤 독들이 들어 있는지 곧바로 구별할 수 있었다. 약초 추출물과 그것들을 만들어 내는 도구들도 마찬가지였다. 도자기로 만든 절구, 화강암으로 만든 막자사발, 유리로 만든 플라스크와 피펫, 그리고 약을 만드는 데 필요한 다른 여러 도구.

"약에는 뭘 넣었지?" 라키가 물었다.

"꿀이랑 명이, 아르니카, 그리고 두꺼비 독."

"좋아. 흠… 선반 맨 오른쪽에… 디기탈리스 톱풀 오일을 한 방울 넣어 봐." 악령이 지시했다. "그래도 아직 부족해. 그거 말고 또 뭐가 있지? 다시 한번 둘러봐."

프레니아는 그 자리에서 한 바퀴를 빙 돌았다.

"조리대 위에 저 둥근 덩어리 같은 건 뭐지?" 알프차라크가 물었다.

"그냥 곰팡이 핀 빵 덩어리야. 천막 안이 워낙 더워서 금방 저렇게 변해 버려."

"촛불로 한번 비춰 봐."

프레니아는 시키는 대로 빵 바로 옆으로 초를 가져갔다. 그녀는 아무 말도 하지 않았지만 파린은 그녀의 머릿속에 커져 가는 의심을 정확히 읽어 낼 수 있었다.

"운이 좋았어! 우리한테 필요한 게 여기 있네. 빵에서 검은 곰팡이를 문질러서 그릇에 담아 봐. 그러고 나서 내가 시키는 대로 하면 돼. 약을 완성하려면 그것 말고도 또 필요한 성분이 있어."

프레니아는 믿을 수 없다는 듯이 고개를 저으면서도 라키가 시키는 대로 움직였다. 뱀독과 허브 오일, 그리고 곰팡이를 첨가한 끝에 약은 완성되었다.

"이제 다시 누워서 눈을 감아. 아침에 늦지 않게 아이에게 가서 약을 먹이도록 해. 네 시간 간격으로 한 숟가락씩 닷새 동안 먹이면 돼. 우리가 할 수 있는 일은 그게 다야. 그가 이겨 낼 수 있을지는 자연이 결정해."

"그야 항상 그런 거 아니야?" 파린은 프레니아가 여전히 회의적이란 걸 느꼈지만, 그녀는 그래도 고개를 끄덕였다. 다른 선택의 여지가 없었기 때문이었다.

"**라키, 이제 허브 구경은 끝난 거야?**" 악령의 인내심에 한계를 느꼈는지 징글징글이 끼어들었다.

파린이 숲의 악령에게 물었다. "너는 허브와 약재에 대해 많이 알고 있구나. 혹시 감히 부를 수 없는 존재의 낙인을 지워 버릴 수 있는 묘약 같은 것도 만들 수 있어?"

비늘로 덮인 얼굴이 밝은 잿빛에서 어두운 회색으로 변했다. "뭐? 어떻다고? 감히 부를 수 없는 존재에게 맞서겠다고? 나는 빠질래. 인제 그만 사라져 줘."

예전에 어느 현명한 악령이 스콰이어 벌레에게 '일단 그가 나타난 뒤에는 내가 알아서 얘기할 테니까 너는 아무 말도 하지 말고 가만히 있어야 해.'라고 말한 거 기억 안 나? 그렇지만 발상 자체는 나쁘지 않았어. 징글징글이 큰 소리로 물었다. "라키, 무슨 겁이 그렇게 많아. 우리를 도와줄 거지?"

"아니! 설령 그럴 생각이 있다 해도… 아무도 초흐르테난에서 세상으로 무언가를 들고 갈 수는 없어. 여기로 가지고 온 물건이 아니라면 말이야. 예를 들어 부싯돌 같은 거."

꽁한 녀석 같으니라고. 흠… 그럼 남은 방법은 단 하나, 우리의 새 친구에게 도움을 기대하는 수밖에. 망상이 한층 더 커진 목소리로 말했다. "할멈, 이제 일어나서 우리가 알려 준 대로 하는 거야. 당장!"

"지금?" 프레니아가 물었다.

"점쟁이 할멈, 너희들 세상엔 '당장'이라는 단어에 얼마나 다양한 해석이 가능한 거야?" 징글징글이 으르렁거렸다. "잘 들어 할멈! 내 말은 바로 지금. 즉시, 곧바로를 의미하는 거야."

"파린, 너랑 같이 사는 악령에게 전해. 어디 한번 해 보시지. 악령이면 악령답게 지옥에나 가라고 해!"

"나쁜 뜻은 아니에요. 우리를 도우려고 그러는 거예요. 제발 그의 말을 들어주세요." 파린이 대답을 듣기도 전에 천막이 팽이처럼 돌기 시작했다. 주위가 흐릿해지는가 싶더니 모든 것이 빛을 잃은 에버그레이가 나타났다. 파린은 단풍나무에 손바닥을 힘껏 눌렀다. 안개가 그의 발을 휘감았다.

제길. 프레니아가 그들을 꿈에서 쫓아낸 것이었다.

"히히, 이번 할멈은 그래도 부싯돌 할멈보다는 낫네." 라키가 기쁜 목소리로 말했다. "굉장했어, 학살자. 너의 매력 가운데 몇 가지는 나도 좀 참고해야겠는데?"

"아직 끝난 게 아니야. 내일 밤 다시 올게." 징글징글이 결연하게 말하며 이를 갈았다. 파린은 그게 자신의 이라는 사실을 한참이 지나서야 깨달았다.

멈춤

프레니아가 눈을 떴을 때 천막 안은 컴컴했다. 빛줄기 하나 새어들어 오지 않았다. 아직 이른 새벽인 것 같았다. 아무튼 해가 뜨기 전인 것만큼은 분명했다. 뼈를 보는 사람, 파린이 꿈속에 나타났다. 혼자가 아니라 버르장머리 없는 악령도 데리고. 그것도 모자라 라키라는 이름을 가진 숲의 악령까지. 그가 뭘 시켰더라… 빵에 슨 곰팡이를 긁어내라고 했다. 생각을 정리하기가 힘들었다. 아 그래, 성에 가서 무슨 커다랗고 한심한 책을 가져오라고 했어. 그녀는 앓는 소리를 내며 상체를 돌려 선반을 바라보았다. 두꺼비만큼 유연한 동작으로. 머리가 아팠다. 갑자기 세 명의 목소리가 머릿속에 나타나 제멋대로 떠들어 대고 말도 안 되는 요구를 해 댔으니 그럴 만도 했다. 어처구니없는 어느 노파가 어처구니없는 꿈을 꿨어. 힘겹게 두 팔을 짚으며 자리에서 일어섰다. 이제는 다리 힘만으로는 일어서기도 힘든 몸이 되고 말았다. 촛불이 불안하게 일렁이고 있었다.

"예전엔 나도 젊었었는데…." 프레니아가 평생을 통해 얻게 된 삶의 지혜를 담아 한탄했다. 결국 사람은 무언가 꼭 붙잡고 기댈 것이 필요하기 마련이지. 그녀는 미심쩍은 눈초리로 탁자 한가운데에 놓인 플라스크를 살펴보았다. 밝은 잿빛 액체가 담긴 플라스크. 어제 저녁에 분명히 노아에게 줄 약을 만들어 선반에 올려두었는데 왜 이게 여기 있는 거지? 프레니아는 초를 들고 곰팡이 슬은 빵 덩어리를 훑어보았다. 초록빛으로 피어오른 곰팡이 한쪽에 밝은 얼룩이 있었다. 누군가가 칼로 빵의 표면을 긁어낸 자국이었다.

"내가 꿈에서 그런 거야." 중얼거리는 그녀의 몸은 손에 들린 양초의 불꽃보다 더 심하게 떨렸다. "니네브, 내가 더 많은 일을 할 수 있게 되고, 더 많은 것을 이해하게 될 거라 하셨죠. 이것으로 스승님의 말이 다시 한번 증명되었네요. 뼈를 보는 사람, 파린은 어쩌다 여기까지 오게 된 별 볼 일 없는 청년이 아니었어요." 갑자기 잠자고 있던 그녀 안의 무언가가 깨어났다. 온몸에 기운이 넘치고 정신은 전에 없이 명료해졌다.

노아의 부모는 밤새 찾아오지 않았다. 좋은 징조일까, 아니면 불길한 징조일까? 그녀는 탁자 위에 놓인 병을 집어 들고 다시 한번 안에 담긴 약을 살펴보았다. 좋아! 한 손으로 천막 입구를 젖혔다. 프레니아는 노쇠한 몸이 허락하는 한 가장 빠른 걸음으로 풀밭을 지나고 언덕을 올라 무두장이의 오두막으로 향했다. 동쪽 하늘에 희미한 은빛 띠가 새로운 하루의 시작을 알리고 있었다. 하지만 그것을 보고 한 줄기 희망의 빛이라 생각하기엔 아직 불확실성이 너무 컸다.

멀리서도 그림자로 알아볼 수 있었다. 주저앉아 있는 이들. 노아의 엄마는 무릎을 꿇고 앉아 아이를 내려다보고 있었다. 담요를 덮고 누운 노아는 창백한 얼굴에 미동도 없었다.

"잘 잤어요?" 프레니아가 짧게 인사하고 허리를 굽혀 노아의 목에 조심스럽게 손가락을 댔다. 맥박은 거의 잡히지 않을 만큼 약하게 뛰고 있었다.

"이제 다 끝났어요." 떨리는 목소리에 죽어 가는 아이를 바라보는 어미의 고통이 전해졌다.

프레니아는 왼손으로 아이를 일으키고 입술 사이에 약병을 가져다 댔다. "한 모금만 삼켜 봐, 노아. 들리니? 어서 삼키렴. 너는 강한 아이야. 이 약이 너를 도울 거야."

노아는 본능적으로 몇 방울을 빨았다. 프레니아는 다시 조심스럽게 아이를 눕혔다. 엄마는 아이에게서 한순간도 눈을 떼지 못했다. 아이의 얼굴을 평생 잊지 않기 위해 영원히 마음속에 새기려는 몸부림이었다. 프레니아는 이런 상황을 겪을 때마다 같은 생각을 하곤 했다. 누군가가 제멋대로 인간의 운명을 가지고 장난을 치는 게 아닐까? 대체 누구일까? 누가 인간의 삶과 죽음을, 행복과 불행을 결정하는 걸까? 신이? 사탄이? 아니면 둘이 경쟁이라도 하는 걸까? 그 어떤 음모가 숨어 있다 해도 어린 노아는 아무런 상관도 없는데! 그저 놀다가 실수로 블랙베리나무에 긁혔을 뿐인데!

프레니아는 조심스럽게 붕대를 갈았다. 곪은 상처의 검은 가장자리가 더 넓게 퍼져 가고 있었다. 죽은 조직을 잘라 내야 했지만 지금처럼 약한 몸 상태로는 불가능했다.

"약을 네 시간 간격으로 먹여야 하니 오전에 한 번 더 들르겠습니다."

노아의 엄마가 힘없이 고개를 끄덕였다. 그것이 그녀의 최선이었다.

다시 천막으로 돌아와 유리병을 탁자 위에 올려 두었다. 이제야 생각을 정리할 여유가 생겼다. 간밤에 파린과 그의 악령 친구들과 나눴던 대화를 다시 한번 머릿속에 떠올렸다. 그들은 기사의 서재에 있는 두꺼운 책을 가져와야 한다고, 아주 급한 일이라고 말했었다. 에미코가 그녀를 고용할 생각으로 불렀을 때 딱 한 번 그곳에 간 적이 있었다. 프레니아는 인상을 찌푸렸다.

용기를 내어 성으로 향했다. 마지막 오르막길은 유난히 가파르고 울퉁불퉁했다. 침울한 성안으로 들어가지 말라는 마지막 경고 같았다. 마주치는 사람마다 마치 머리가 셋 달린 히드라를 보듯 그녀를 쳐다보았다. 하지만 하나뿐인 그녀의 머리는 너무 많은 생각을 하느라 복잡하기만 했다. 이 성에서 사람들이 자신을 반갑게 맞아 주는 날이 오기까지는 오랜 세월이 걸리겠지. 애초에 성주가 그녀에게 원했던 임무가 무엇이었더라? 약초 연구가? 치료사? 아니면 점술가? 아니, 이방인! 그랬다. 그녀는 낯선 이방인이었다.

내려진 도개교 끝 성문 양쪽에 문지기 둘이 보였다. 그들은 긴 창을 들고, 자신들에게 다가오는 노파를 마치 적군이라도 되는 양 노려보았다. 불만과 의심의 눈길이 프레니아를 막아섰다.

"멈춰라!" 한쪽이 말했다.

"멈춰!" 다른 한쪽도 말했다. 둘이 아주 일심동체구먼.

"멈추지, 멈추고말고. 인생에서도 잠깐 멈춰야 할 때가 있는 법이니까." 프레니아는 가쁜 숨을 몰아쉬며 말했다. 하지만 문지기들은 아랑곳하지 않았다.

왼쪽 문지기가 본론으로 들어갔다. "성안으로 들어가려고요?"

무슨 이런 질문이 있담? 그의 머리에 쓴 투구는 너무 작아 머리를 누르는 것처럼 보였다. 프레니아가 콜록거리며 말했다. "아니요, 난 그냥 여러분과 잠깐 수다나 떨고 싶어서 저 가파른 언덕을 기어올라왔을 뿐이에요." 오, 문지기들에게 너무 난해한 유머를 구사했군. 그들은 수다가 뭔지도 모르는 사람처럼 보였다.

왼쪽의 멈춰가 대답했다. "아주 마음에 드는군요. 그럼 이제 인생이 평평한 풀밭이 아니라 가파른 언덕이라는 걸 알게 되셨겠네요." 무뚝뚝한 미소를 지으며 그가 덧붙였다. "이제 충분히 수다를 떤 것 같은데요? 볼일을 다 보셨으면 다시 내려가시죠. 좋은 하루 보내시고요."

오른쪽 문지기가 낄낄대며 말했다. "똑바로 내려가시다가 오른쪽으로 꺾어지면 됩니다. 그럼 이만."

나이 지긋한 노파를 놀리다니. 하지만 그녀는 이내 사내들을 과소평가했음을 인정했다. 얼른 생각을 바꿔서 다시 시도해 보는 방법밖에 없었다. "좀 봐줘요. 이제 내 늙은 몸은 이런 과로에 익숙하지가 않아요. 급한 일이에요. 슈툼멜 기사님과 할 얘기가 있어서 왔습니다."

문지기의 표정이 한결 부드러워졌다. "기사님은 오늘 일찍 성 밖으로 외출하셨습니다."

"언제 돌아오시는지 아시나요?"

"저녁에 오실지도 몰라요. 자세한 건 마르칸에게 물어보면 돼요. 물론 그러려면 먼저 우리가 할머니를 들여보내 줘야겠죠?"

"난 점술가 프레니아예요. 이렇게 부탁할 테니 좀 알아봐 줘요."

"아, 그렇군요. 에미코 기사님을 모신다고 들었어요. 그렇다면 들어가시도록 허락합니다."

이렇게 간단하게 문제가 해결될 줄이야. "고마워요. 어디로 가면 마르칸을 만날 수 있죠?"

"하인들의 숙소가 있는 건물 입구에 가면 찾을 수 있을 거예요. 왼편 작은 방이에요."

프레니아는 문지기들에게 상냥하게 고개를 숙여 인사를 하고 성문을 통과했다. 정말로 예상치 못한 반응이었다. 이로써 에미코가 멍청이들을 문지기로 세우지 않는다는 사실이 확인됐다. 그녀는 앞으로 사람을 섣불리 판단하지 않고 좀 더 친절하게 행동해야겠다고 다짐했다.

하인들의 숙소 입구에는 아무도 없었다. 볼일이 있어 본관에 갔을지도 몰라. 성의 중앙에 위치한, 투박하고 거대한 회색 토끼장 같은 건물. 하인들에게 물어보았지만 본관에도 마르칸은 없었다.

갑자기 불을 내뿜는 용의 머리가 무서운 눈으로 그녀를 노려보고 있었다. 그래 봐야 노크용으로 달린 장식일 뿐이었지만. 어쩌다 보니 기사의 서재 앞이었다. 안쪽에 쇠붙이가 달린 나무 용은 누군가가 두드려 주기를 바라고 있는 것 같았다. 에미코가 없는 동안 이곳은 비어 있을까? 프레니아는 손잡이를 잡고 문을 두드려 보았다. 생각보다 훨씬 요란한 소리가 성안에 울려 퍼졌고 그녀는 소스라치게 놀랐다. 복도에 천둥 같은 메아리가 울렸다. 다시 사방이 조용해졌다. 그녀는 천천히 주물 손잡이를 아래로 눌렀다. 문은 당연히 잠겨 있었다. 대체 뭘 기대한 거야?

"아, 친애하는 나의 동료께서 안으로 들어가시려고!" 뒤를 돌아보니 흰 모자를 쓴 의원 에나리우스가 그녀를 내려다보며 야비한 미소를 짓고 있었다. "환자의 상태는 좀 어떤가?" 프레니아를 경멸하는 마음을 애써 숨기지 않는 말투였다. "내 치료를 부정하고 중단시킨 게 큰 실수였다는 건 물론 알고 있겠지?" 그가 의기양양하게 물었다.

거만한 인간! 화가 치밀었다. 역시나 오늘도 아이가 아니라 자기자신이 중심이었다. "그 이야기라면 그만두시지요. 혹시 슈툼멜 기사님이 언제 돌아오시는지 알고 계시나요?"

"기사님은 오늘 아침 일찍 외출했다고 들었소. 그러니 이번에도 기사님 뒤에 숨을 수는 없을걸? 그런데 슈툼멜 기사님이 안 계신 동안 이곳까지 찾아온 이유가 뭔지 설명해 주시겠소?"

프레니아는 아랫입술을 비죽 내밀었다. 이 세상에 자신의 수수께끼 같은 꿈 얘기를 알아서는 안 되는 단 한 사람이 있다면 그가 바로 에나리우스였다. "당신과는 상관없는 일이에요. 서재 문을 열려면 누구에게 물어봐야 하죠?"

그의 거만한 미소와 자신의 허리춤에 찬 열쇠 꾸러미를 향한 시선이 대답을 대신했다.

"문을 열어 줘요. 기사님을 위해서 급한 임무를 수행해야 해요."

"자세히 설명하지 않으면 출입을 허가할 수 없는 제 입장을 이해해 주시지요. 용건을 정확히 말씀해 주시겠습니까?" 에나리우스가 태도를 바꿔 달콤한 목소리로 물었다.

슈툼멜을 기다리지 않으려면 방법이 없었다. 사실대로 한번 말해 보자. "독서대 위에 놓인 책을 가지러 왔어요. 거기에 중요한 내용이 있다고 합니다. 그 책을 가져가야 해요."

"당신이 그 책을 가져간다고? 무슨 중요한 내용이 있다는 거지?"

"그건 말씀드릴 수 없습니다."

"말을 할 수가 없는 것이오, 아니면 말하지 않으려는 것이오?"

"말을 할 수 없는 거예요."

"친애하는 동료님. 그것만으로는 부족하오." 의원이 실망한 목소리로 말했다. 하지만 잠시 후 갑자기 그의 표정이 밝아졌다. "그렇게 중요한 일이라면 들여보내 주겠소. 화해를 위한 일종의 배려라고 생각해 주시기를." 그의 눈빛이 어쩐지 마음에 들지 않았다.

"갑자기 마음을 바꾸신 이유가 뭐죠?"

"신성한 의술을 행하는 사람끼리의 연대? 인류의 건강을 위해 앞으로 우리의 의학 지식을 서로 나누는 게 어떨지요?" 이제 그의 표정에는 친근감마저 느껴졌다. 그는 허리춤에 찬 열쇠 꾸러미에서 서재 열쇠를 찾아 문을 열었다. 찰칵 소리가 들렸다.

"감사합니다." 프레니아는 인사를 하고 조금 머뭇거리며 서재 안으로 들어섰다. 그녀의 시선이 벽에 걸린 곰의 털과 벽난로를 지났다. 그리고 마침내 검은 가죽 표지의 책에 이르렀다. 그녀는 망설이지 않고 책상 쪽으로 걸어가 책을 집어 들었다. 표지에 새겨진 펜타그램을 보자 공포가 밀려왔다.

"으스스한 악령이 서린 물건이군! 악령, 저리 꺼져라." 문 앞의 의원에게는 들리지 않을 만큼 작은 목소리로 그녀가 중얼거렸다. 그리고 마치 물릴까 봐 두렵기라도 한 듯 책을 몸에서 최대한 멀리한 채 서재 밖으로 나와 주위를 두리번거렸다. 하지만 어느새 에나리우스의 모습은 보이지 않았다.

"에나리우스?" 프레니아가 큰 소리로 불렀다. 이상한 일이었다. 그는 대체 어디로 사라진 걸까? "서재 문을 다시 잠가야죠." 다시 한번 불러 보았지만 역시 아무 대답도 없었다.

이상한 느낌을 뒤로 한 채 그녀는 본관 건물을 빠져나왔다. 기이한 일들이 계속되는 하루였다. 이제 곧 노아에게 돌아가 약을 먹여야 할 시간이었다. 책을 옆구리에 끼고 성의 안뜰을 지났다. 우물 옆을 지날 때 보초병 대장과 정찰병들이 그녀에게 다가왔다.

"저기 있다. 도둑을 잡아라! 중요한 책을 훔쳤다." 그중 한 명이 소리치자 군인들 뒤에서 아는 얼굴이 모습을 드러냈다. 조금 전까지 그녀에게 연대를 제안했던 의원 에나리우스였다. 그가 안타까운 표정을 지으며 물었다. "어떻게 그런 짓을 할 수가 있지? 에미코 기사님께서 크게 실망하실 것이오."

군인들은 험상궂은 얼굴로 그녀를 에워쌌다. 한 명은 칼까지 빼들었다. 죄질이 나쁜 도둑은 그렇게 체포되었다.

"나는 이 책을 보관하라는 기사님의 명을 따른 것뿐이에요." 그녀가 항변했다. "도둑질이 아니라고요!" 하지만 자신의 귀에도 빈약하게 들리는 변명임을 인정하지 않을 수 없었다.

"정말 안타깝군." 에나리우스가 말했다. "지금 대체 무슨 거짓말을 하는 거요? 에미코 기사님은 저 멀리 남쪽 지게스문트 성에 머무르고 계시잖소. 대체 어떻게 그런 명을 받았다는 거요?"

프레니아는 그 말에 반박할 방법이 없음을 깨달았다. 도살장에 끌려온 양처럼 성의 안뜰에 무기력하게 서 있는 그녀가 옆구리에 끼고 있는 것은 하필 악령에 관한 책이었다.

에나리우스가 고개를 저으며 말했다. "나는 그대가 이 정도일 줄은 몰랐소. 사람을 잘못 보고 속은 나 자신에 화가 나는군."

대장이 에나리우스를 위로했다. "열 길 물속은 알아도 한 길 사람속은 모른다 하지 않았나? 너무 스스로를 책망하지 말게, 친구."

"고맙네, 제발트. 저 여자가 합당한 벌을 받게 되길 바랄 뿐이네."

"물론 그렇게 할 것이네."

프레니아는 넋이 나간 사람처럼 우두커니 서서 두 사내를 보았다. 저 둘은 그녀의 운명을 끝장내려 작정한 모양이었다. 대체 어떻게 이런 허술한 덫에 걸려들 수 있지?

에나리우스는 아직도 용건이 남은 듯했다.

"누가 시킨 일이오?" 그가 거칠게 책을 뺏어 들더니 인상을 찌푸렸다. "맙소사, 이게 대체 뭐지? 대체 누구에게 검은 마법에 관한 책을 넘기려던 것이오? 네코르인? 아니면 단독범인가? 검은 마법을 통해 더 큰 힘을 가지려고?"

군인들은 깜짝 놀라 그녀를 노려보다가 자기들끼리 소곤댔다. 제발트라는 이름의 대장은 이까지 갈며 말했다. "어떻게든 배후를 알아내야 한다."

그녀는 뾰족한 수가 생각나지 않았다. 파린과 악령 둘이 나타난 꿈 이야기를 털어놓아야 하나. 제대로 답변을 못 하면 그녀는 화형대에 오르고 말 것이다. 그녀는 이제 옴짝달싹할 수 없는 신세였다.

에나리우스는 프레니아의 침묵을 기꺼이 자백으로 해석했다. 그러더니 세상이 이렇게 무서운지 몰랐고, 충격을 금할 길이 없다는 표정으로 고개를 흔들어 댔다. 프레니아는 그의 사악함을 과소평가했다. 어제 그녀 때문에 슈툼멜 기사가 있는 자리에서 웃음거리로 전락했던 에나리우스. 그녀의 새로운 철천지원수. 슈툼멜은 대체 어디에 있는 걸까? 그가 천막까지 찾아와 그녀를 무두장이 가족에게 데려가지 않았더라면 이 불행한 상황까지 올 일은 없었을 텐데. 단순히 슈툼멜이 그녀의 치료법을 인정했다는 사실만으로도 에나리우스의 적개심에 불을 지피기엔 충분했다. 이제 그는 수단과 방법을 가리지 않고 자신의 경쟁자를 제거할 계획이었다. 그렇지, 이런 깨달음은 언제나 뒤늦게 찾아오는 법. 어쩌다 한 번쯤이라도 사건이 터지기 전에 미리 깨달을 수는 없는 거니, 프레니아!

"일단 감옥에 가둬라. 나중에 처리하겠다." 대장이 명령했다. 군인들이 그녀를 끌고 갔다.

이런 일이 벌어지기까지 거의 60년이라는 세월이 흘렀구나. 다른 이들이 저도 모르는 사이 지혜를 쌓을 만큼 긴 세월. 그동안 그녀는 애써 아둔함을 일군 셈이었다. 프레니아는 바닥엔 짚이 깔린 감옥의 차디찬 벽에 기대앉아 자신을 원망하고 있었다. 하지만 지금 이 순간 그녀의 처지보다 더 안타깝고 걱정되는 건 노아의 상태였다. 병을 낫게 할 마지막 기회였는데, 새로 만든 약을 가져다줄 수가 없다니! 아이를 떠나보낼 부모의 얼굴이 떠올라 그녀를 괴롭혔다. 결정적인 순간에 이렇게 패배한다면 니네브에게 받은 수련은 다 무슨 소용이란 말인가?

벽 틈으로 들어오는 빛이 점점 희미해지는 걸 보니 날이 저물고 있었다. 노아가 나을 수 있다는 희망도 함께. 좁은 창문은 3미터 높이에 나 있어서 밖을 내다볼 수 없었다.

그녀는 온종일 그 자리에 앉아 있었다. 목이 쉴 때까지 슈툼멜을 불렀다. 처음에는 끊임없이 외쳤지만 이젠 이따금 쉰 소리가 날 뿐이었다. 그리고 그녀의 노력은 여태껏 아무 소용도 없었다.

이제 완전히 어둠이 내렸다. 멍청하게 앉아 있는 자신의 모습도 어둠 속에 묻혀 갔다.

목소리가 가까워지고 있었다. 무거운 문이 요란한 소리를 내며 열렸다. 횃불의 밝은 빛에 눈이 부셨지만 그녀는 막연한 희망에 용기를 내어 눈을 부릅떴다. 슈툼멜일까? 아니, 그녀의 앞에는 제발트와 에나리우스가 군인들과 함께 서 있었다.

에나리우스가 슬픈 얼굴로 말했다. "당신에게 알려 줘야 할 소식이 있어. 무두장이의 아들을 돕기 위해 말을 타고 갔지만 너무 늦었어. 아이는 죽어 있었고, 집 앞에는 이미 관이 놓여 있었지. 당신의 완전히 잘못된 치료가 무두장이의 하나뿐인 자식을 죽였어."

"거짓말!" 프레니아가 외쳤다. 예상한 결과였지만 공포와 슬픔이 뼛속까지 스며들었다.

군인 하나가 화난 목소리로 말했다. "나도 그 자리에 있었다. 이 도둑년아! 그리고 이 두 눈으로 불쌍한 아이의 시신을 똑똑히 봤지."

제발트가 진정하라는 듯 손을 들고 말했다. "어차피 이 마녀에겐 후회할 시간이 얼마 남지 않았다."

그마저도 프레니아를 마녀라고 불렀다. 그녀는 힘없이 고개를 숙였다. 상황은 점점 나빠지고 있었다. 모든 게 그녀 탓이었다. 평생을 점술가이자 치료사로 위태롭게 살아온 삶이었다. 그녀가 걷는 길 양쪽엔 언제나 마녀로 몰릴지도 모르는 위험한 낭떠러지가 도사리고 있었다. 그리고 결국은 발을 헛디딘 것이었다.

"그럴 수도 있지. 하지만 너무 성급하게 판단해서는 안 된다오." 에나리우스가 입술을 비죽이며 말했다. 하필 그가 그녀를 변호하는 역할을 자처하다니. 그는 분명 이런 방식으로 자신의 승리를 최대한 만끽하고 있었다. "에미코 기사님이 남쪽 성에서 돌아오시는 대로 이 여자의 운명을 결정할 거요." 그가 짐짓 관대한 얼굴로 말했다.

에미코가 돌아오기까지 열두 달은 족히 걸릴 것이었다. 늦어도 겨울쯤에는 이 축축한 감옥에서 비참한 파멸을 맞게 될 게 뻔했다.

"슈툼멜 기사님과 얘기하고 싶어요." 그녀가 외쳤다.

"그분은 에미코 기사님을 대신하시느라 눈코 뜰 새 없이 바쁘시지. 그래도 말씀은 드려 보겠소."

물론 이 사악한 인간이 그럴 리가 없었다.

"대장, 이자가 마녀로 의심된다고 그대의 병사들이 말했었소. 그러니 잘 감시해야 하오. 사탄과 함께 계략을 꾸미는 여자들이 얼마나 위험한지 그대도 알고 있을 것이오. 내 슈툼멜 기사님께 모든 사실을 보고할 것이오."

"물론 원하신다면 그리하시지요. 하지만 에미코 기사님이 돌아오시기만을 기다릴 수는 없습니다. 그분을 대신하여 내일 아침에 그녀를 재판에 세우겠습니다."

에나리우스는 이렇게 빨리 일이 진행될 줄은 몰랐다는 표정을 지으며 말했다. "그렇지요. 아마도 그게 최선일 겁니다." 그가 한숨을 지었다. 마치 이런 중차대한 범죄를 방지하지 못한 자신을 책망이라도 하듯.

그녀는 에나리우스의 사악함과 영향력 모두를 과소평가했다. 그는 자신의 재능을 교활하게, 그리고 열정적으로 쏟아붓고 있었다.

사내들이 떠나자 프레니아는 다시 어둠 속에 홀로 남겨졌다. 아니, 슬픔과 절망과 함께였다. 자책감이 천 마리 쥐처럼 그녀를 갉아먹고 있었다. 엉금엉금 기어 다니며 감옥 안을 더듬어 보았다. 어딘가에 분명히 그들이 넣어 준 물 잔이 있을 텐데. 이 얼마나 관대하고 자비로운 배려인가. 그녀는 물을 한 모금 마시고 거친 돌에 기대어 눈을 감았다. 잘못될 가능성이 있는 모든 일이 다 잘못되고 있었다.

요정 니네브

아로스가 창틀에 걸터앉아 중얼거렸다. "키, 기사의 허락도 받았고 돈을 내지 않아도 된다지만 여기서 지내는 게 마음이 편하진 않아. 난 다른 사람한테 빚지고 사는 걸 별로 좋아하지 않거든. 그리고 말이 나와서 말인데, 계속해서 너 혼자만 돈을 쓰는 건 말도 안 돼. 이제 나도 돈을 벌 거야."

키가 가느다란 두 눈으로 온화한 미소를 지으며 말했다. "친구 아가씨는 화가에게 빚을 지지 않았어."

"네가 그렇게 생각해 줘서 정말 고마워, 키. 하지만 나는 좀 더 독립적인 사람이 되어야 해."

키는 아로스의 발을 보았다. 그녀의 딱딱하고 거친 가죽 신발은 앞쪽이 낡은 끈으로 묶여 있었다. "친구 아가씨는 아직 시간이 있어. 길을 찾으려 애쓰지 마. 길이 스스로 찾아올 거니까."

아로스는 키의 말에 놀랐다. 길이 움직인다고? 게다가 그냥 기다리면 다 잘될 거라는 말은 지금껏 그녀가 경험한 세계와 맞지 않았다. "기다리고 있으면 저절로 찾아오는 건 성가신 일들과 걱정뿐이야." 그녀는 곰곰이 생각하다가 키에게 말했다. "네 표현은 거의 깨달은 할머니의 말처럼 들리네." 아로스는 허리춤의 주머니에 노파의 어금니가 들어 있는지 확인했다. 마녀로 몰려 나벤슈타인의 장작더미 위에서 화형당한 그녀의 유일한 유품.

"인내는 조급함을 먹고 자라. 노파는 5년 동안이나 친구 아가씨를 찾아다녔어." 키가 말했다.

나벤슈타인 장터에서 노파를 만난 날이 다시 떠올랐다. 그녀의 머릿속에는 깨달은 할머니의 주름진 얼굴이 생생했다. '얘야! 너를 찾기까지 5년이란 시간이 걸렸구나. 이제부터 잘 들어라. 그리고 내가 하는 말을 기억해. 너는 너 자신이 누구인지 모른단다. 나 다음이 바로 너야. 내 말을 잊지 마. 내 죽음이 헛되어서는 안 돼.'

아로스는 코를 찡그렸다. 그녀가 남긴 말은 여전히 잊지 않고 있었다. 그리고 어느덧 자기 자신에 대해 조금 더 알게 되었다. 어떤 사람들은 그녀를 예언가라 불렀는데, 그것 때문에 그녀의 삶은 더 풍부해지는 대신 더 복잡하게 꼬여만 가고 있었다. 그녀의 내면에서 무언가가 꿈틀대고 있었다. 그것은 뱃속 어딘가에서 시작되어 심장으로, 그리고 이성으로 퍼져 나갔다. 이마에는 나이에 걸맞지 않은 깊은 주름이 생겼다. 그녀의 시선이 자동적으로 키를 향했다. 작은 방의 나무 바닥 위로 쿵 하고 떨어진 질문이 키를 향해 굴러갔다. "그 할머니가 5년 동안 나를 찾아다닌 걸 어떻게 알았어? 너한테 한 번도 말한 적이 없는데."

그들의 시선이 부딪쳤다. 굳은 턱이 키의 얼굴을 더욱 초췌하게 만들었다. 그는 입술을 굳게 다물었다. 얼굴은 빛을 잃었다. 침묵이 흘렀다.

"키! 나한테 숨기는 게 있는 거지?"

키는 작은 목소리로 중얼거렸다. "화가는 노파한테서 직접 들었어."

"뭐라고? 그럼… 너도 깨달은 할머니를 안다는 뜻이야?"

그가 고개를 끄덕였다. 외모만큼이나 작고 눈에 띄지 않게. "깨달은 노파는 위대한 마법사야. 예로부터 전해 내려오는 예언자들의 계보가 있는데 그녀가 마지막이었지."

아로스가 자리를 박차고 일어났다. 그리고 화난 얼굴로 두 손을 허리에 짚고 물었다. "왜 지금에야 그 얘기를 하는 거지? 그것 말고 뭘 더 알고 있는데?"

시시각각으로 변하는 키의 안색이 아로스의 의심을 부추겼다. 간신히 화를 억누르며 진정하려고 애를 썼다. 참을성 없이 마구 뛰는 자신의 심장 소리를 들으며 그녀는 참을성 있게 기다렸다.

키가 입을 열었다. "예언자의 이름은… 니네브야."

"아하, 니네브면 요정 이름인데, 그러면 노파가 요정이란 말이네?" 아로스는 요정 따위는 눈곱만큼도 믿지 않았다. 차라리 사랑 때문에 피를 철철 흘리는 멍청한 거인을 믿으면 믿었지. "무슨 동화 이야기를 하려는 거야?" 그녀가 씩씩댔다. "네 말은 이제 한 마디도 못 믿겠어. 대체 나한테 원하는 게 뭐지?"

"니네브는 죽었어."

"그건 나도 알아, 나도 그 자리에 있었으니까."

"화가는 벌써 오래전에 친구 아가씨에게 말을 하려고 했어. 약속을 했거든."

"대체 무슨… 뭐라고?" 아로스는 입을 다물었다. 자신이 예감한 것을 예감하고 싶지 않았다. 눈을 질끈 감았다. 그렇게 하면 방금 알게 된 사실을 잊게 되기라도 하는 것처럼, 그게 안 된다면 그 끔찍한 깨달음의 순간을 무기한 연기라도 할 수 있다면!

저 멀리에서 키의 목소리가 들려왔다. "화가는 친구 아가씨를 돌봐 주라는 임무를 받았어."

운명도 우연도 아니었다. 모든 게 더러운 거래일뿐이었다. 그리고 그 거래의 중심에 조종당하고 끌려다녔던 아로스라는 멍청이가 있었다. 말도 안 돼! 그럴 리가 없어. 그녀는 키의 말을 믿고 싶지 않았다. 거부감이 밀려왔다. "그래도 우린 우연히 항구 선착장에서 만났잖아. 네가 나무를 그리고 있었을 때 말이야."

키는 아무 말도 하지 않았다. 그의 키는 그사이 더 작아진 것 같았다.

"그러니까… 너는…" 아로스는 심호흡을 한 뒤 간신히 말을 이었다. "우리가 만난 게 처음부터 계획적이었다는 거야? 속임수로 내가 너를 믿게 만들었어?"

"화가는 만남을 기대했어. 아무것도 강요하고 싶지 않았어. 그리고 속임수 같은 건 전혀 없었어." 그가 결백을 입증하려는 듯 양손을 들어 올렸다.

"그렇지만… 그렇다면 왜 미리 말하지 않은 거지? '아로스, 잘 들어. 내 이름은 키고 깨달은 노파가 나를 보냈어. 널 돌봐 주는 게 나의 임무야.'라고 말할 수도 있었는데 그러지 않았잖아. 지금 뭘 하자는 거야? 몰래 속임수로 내 인생에 숨어들어 와서 내 친구인 척하다니!" 분노와 함께 그만큼 큰 실망이 그녀 안에서 소용돌이쳤다.

"친구 아가씨는 절대로 내가 그렇게 하도록 놔두지 않았을 거야. 화가가 자신을 돌봐 주도록 허락한 건 친구 아가씨가 스스로 내린 결정이어야 했어." 키의 표정에는 확신이 묻어났다.

우와! 마치 내가 엄청나게 고집 세고, 엄청나게 까다롭고, 엄청나게 자존심 강한 사람이라도 되는 것처럼 들리네. 말도 안 돼! 그럴 수는 없어! "모든 게 꾸며 낸 계획이었어, 이제 네 말은 못 믿겠어!" 아로스가 외쳤다. 견고한 둑이 와르르 무너져 내렸다. "이건 배신이야. 하필 가장 친한 친구가 나를 배신했어! 왜 어른들은 늘 거짓말만 하는 거지?" 눈물이 왈칵 쏟아졌다. 그리고 눈물 때문에 그녀는 더욱 분노했다. 자신의 상처를 드러내다니 끔찍한 기분이 들었다. 비명을 지르는 것만큼이나. 비명이라도 지르고 싶었다. 하지만 이 거짓말쟁이 화가 앞에서 그런 모습까지 보이고 싶지 않았다. 절대로 비명 따위는 지르지 않아.

"친구는 친구 아가씨의 마음을 아프게 하고 싶지 않았어. 모든 걸 친구 아가씨의 자유로운 선택에 맡기고 싶었어."

"친구? 친구 아가씨? 난 네 친구가 아니야. 넌 그 멍청한 요정의 임무나 수행하는 심부름꾼이고, 난 너한테 하나도 중요한 사람이 아니잖아. 돈이라도 받은 거야?" 아로스는 제정신이 아니었다. "더는 네 얼굴을 보고 싶지 않아. 그러니 이제 어디 가서 네 보호가 필요한 다른 사람을 찾아봐. 어딘가에 진짜 멍청이가 있을 테니까!"

"친구 아가씨는 자신이 노파의 계보를 이을 마지막 사람이라는 걸 몰라!"

"그리고 넌 너 같은 부류의 마지막 사람이겠지!" 아로스는 밖으로 뛰쳐나갔다. 어떻게든 도망치고 싶었다. 친구를 가장한 가짜에게서 최대한 멀리.

어떻게 마구간까지 달려왔는지 기억도 나지 않았다. 어느새 그녀는 짚에 몸을 깊이 파묻고 누워 있었다. 분노는 조금도 가라앉지 않았다. 리젤이 커다란 갈색 눈으로 아로스를 내려다보았다. "이제 내 친구는 너뿐이야." 아로스가 조용히 속삭였다. "다른 사람들은 내가 환영을 본다는 사실 때문에 날 이용하려고만 해. 흙투성이 발 아로스 따위엔 아무도 관심이 없지." 리젤이 위로하듯 콧김을 내뿜으며 갈기를 흔들었다. "그거 알아? 난 아무도 행복하지 않은 이 성이 지긋지긋해. 감시와 보초가 지긋지긋해. 하찮은 사내들과 뼈를 보는 사람도. 벨텐 제국은 거대한 고아원이야. 결국 나는 또 혼자야." 외로움이 심장을 갉아먹었다. 하지만 그렇다고 해서 그녀의 계획이 달라진 건 아니었다. 그녀 자신이 정말로 소망하고 바라는 바를 이루겠다는 계획. 하지만 그것들의 본질은 무엇일까? 그녀는 코를 훌쩍이며 생각했다. 사실 그녀가 바라는 건 그저 평범한 삶이었다. 굶

주리지 않고, 너무 큰 고민 없이 리젤과 함께 사는 삶. 가끔씩은 오늘 아침처럼 행복하다는 느낌이 찾아오는 삶. 하지만 그게 얼마나 덧없는 꿈이었는지 이제야 깨달았다. 그건 그녀에게 너무 과분한 소망일 뿐이었다.

나의 하루야, 맞아, 아침에 널 칭찬했던 걸 취소해야겠어. 저녁이 되기도 전에 말이야. 오늘 또다시 현실을 깨닫게 해 주는 데 성공했구나, 축하해.

키가 있는 방으로는 절대로 다시 돌아가고 싶지 않았다. 그녀가 소유한 건 모두 바로 여기, 마구간 안에 있었다. 말에 재갈을 물리고 출발할 준비를 했다. 마지막으로 말아 놓은 말 덮개와 물주머니를 안장 뒤에 묶고 허리춤의 주머니를 살펴보았다. 그래도 다행히 에미코를 구출한 데 기여한 대가로 받은 2실링이 들어 있었다. 그거 말고는 또 뭐가 있었지? 부싯돌 하나와 무기라기보다는 버섯 채취용으로 적당한 작은 칼이 있었다. 그리고 물론 깨달은 노파의 어금니도. 아차, 무슨 요정이라고 했지! 그 교활한 노파가 그녀에게 교활한 가짜 화가를 붙였다. 의심할 여지 없이 노파는 어딘가 특별한 인물이었다. 그 사실만큼은 아로스도 부인할 수 없었다. 고아원 원장에게 죽도록 맞던 날 쥐 떼가 나타나 그녀를 도왔던 사건은 여전히 의문으로 남아 있었다. 그녀가 어떤 계보에서 마지막이라고 키는 말했었다. 휴! 그런 그녀가 남긴 거라고는 잿더미와 어금니 하나뿐이야. 그런 특별한 사람의 운명이란 고작…! '그들의 계보에서 마지막이야.'라는 말이 다시 그녀의 머릿속에서 메아리쳤다. 그는 분명 '마지막이었어.'가 아니라 '마지막이야.'라고 말했었다. 그게 정말로 니네브에 대한 얘기였을까? 아니면 혹시…. 알 수도 없고 알고 싶지도 않았다. 생각이 너무 많으면 세상은 더 나아지지 않고 오히려 점점 성가시고 복잡해지고 뒤죽박죽이 될 뿐이었다. 왜 그녀는 생각들을 그냥 내려놓지 못하는 걸까? 왜 고민을 멈추지 못하는 걸까? 그냥 그렇게 뒤돌아 나올 게 아니라 정확히 무슨 뜻으로 한 말인지 캐물었어야 했는데. 상관없어, 어차피 이미 늦었어. 그리고 차라리 그게 다행인지도 몰라. 다시는 배신자를 만나고 싶지 않아.

"가자, 피젤. 우린 이제 이 불행한 곳을 떠나는 거야. 화가와 뼈를 보는 사람 따위는 상관없어. 그들은 자꾸 우리를 우리가 원하지도 않는 방향으로 끌고 가려고 해. 이제 내 길은 나 혼자 결정할 거야."

피젤을 끌고 마구간을 나선 흙투성이 발 아로스는 폴짝 뛰어 말 등에 올라탔다. 그리고 열려 있는 커다란 성문을 지나 밖으로 나갔다. 성에서 대공 부인의 계략을 알아채고 도망쳐 나와 키와 함께 숨어 있었던 바위 옆을 지났다. 그때의 기억을 떠올리며 그녀는 코를 찡그렸다. 셔츠에 붙은 빵부스러기처럼 이제 털어내야만 하는 기억이었다.

후덥지근한 여름 바람을 맞으며 아로스가 투덜거렸다. "똑똑한 척하는 거짓말쟁이 키 따위는 이제 필요 없어. 이젠 오로지 나 자신만 믿을 거야. 그러면 다른 누구 때문에 실망하거나 상처받을 필요

99

가 없으니까."

다리로 피젤의 몸을 지그시 눌러 걸음을 재촉했다. 인제 어쩌지? '무조건 지게스문트 성에서 벗어나고 보는 거야.'가 일단 그녀의 확실한 목표였다. 일단 벗어나고 나면 무슨 생각이 떠오르겠지. 최악의 경우 쥐들의 여왕이니 쥐들에게 가면 되니까.

쇠사슬

그렇게 피곤한 데는 이유가 있었다. 상상조차 못 한 경험이었다. 간밤에 그는 잠든 시간 대부분을 악령 둘과 함께 초흐르테난이라는 이름의 차원에서 보냈다. 그곳은 정말로 비스듬한 차원이라 부를 만했다. 천둥 번개를 몰고 다니는 거대한 먹구름 속처럼 기이한 곳이었다. 그곳에 비하면 잿더미는 차라리 반짝이는 무지개라고 말할 수 있었다. 파린은 커다란 성문 근처 총안이 있는 통로에서 두 팔을 성벽에 기대고 서 있었다. 초록 숲과 저 멀리 보이는 들판과 바로 성 아래 풀밭에 핀 꽃들을 바라보았다. 감동적이었다. 말로 표현하기 힘든 우아함. 바라만 보아도 흐뭇해지는 청아함. 색깔! 파린은 더 심취하기 전에 생각을 멈추고 정신을 띄워 보냈다. 징글징글은 재빨리 자유의 순간을 포착했고, 기회를 놓치지 않았다. 망상은 특별한 능력을 보여 주는 걸 징글징글하게 좋아했다. 그리고 그런 식으로 징글징글 없는 파린의 존재란 그저 보잘것없고 형편없는 작은 벌레에 불과하다는 걸 상기시켜 주면서 쾌감을 느꼈다. 파린은 피로감이 온데간데없이 사라지는 것을 느꼈다. 근육으로 힘이 흘러들어 오고, 두 눈과 귀, 코의 감각은 예민해졌다. 지평선에 뭔지 모를 초록빛으로 보이던 것도 선명하게 볼 수 있었다. 너도밤나무와 자작나무로 이루어진 숲속에 무언가가 나무를 오르고 있었다. 다람쥐였다. 400미터는 족히 되는 거리에서 붉은빛과 갈색빛 털까지도 알아볼 수 있다니! 귀뚜라미가 찌르르 울어 대고 새들이 저마다의 소리로 지저귀고 있었다. 심지어 벌레가 풀 사이를 기어가는 소리도 들리는 것 같았다. 게다가 후각은 또 얼마나 예민해졌는지 풀과 땅과 바람이 예전보다 훨씬 강렬하고 깊고 진한 향을 풍겼다.

"초흐르테난에 있다가 돌아오니 감각을 느낀다는 게 얼마나 고마운 일인지 알 것 같아."

망상도 마른 스펀지가 물을 빨아들이듯 사방의 빛깔과 소리와 향기를 빨아들였다. 인간만 없다면 벌텐 제국도 꽤나 괜찮은 곳일 텐데.

"굉장한 칭찬이네. 칭찬 얘기가 나왔으니 말인데, 꿈의 숲으로 들어가자는 네 아이디어는 정말 천재적이었어. 프레니아와 마치 바로 옆에 있는 것처럼 대화를 했잖아."

타키가 도와주지 않는다면 그런 류의 정신이동은 아예 불가능했어. 그리고 타키가 아이의 병을 낫게 할 약을 알려 주다니 좀 놀랐어. 걔한테 그런 면이 있는지 전혀 몰랐거든.

"너랑 알프차라크 사이의 관계는 뭐랄까…"

나랑 너의 관계랑 비슷하지. 양파처럼 벗겨도, 벗겨도 새로운 관계.

"벗겨도 벗겨도 새롭다고? 네 표현력이야말로 벗겨도 벗겨도 새롭군!"

그런데 네가 어떻게, 왜, 타키의 복잡한 이름을 기억하는 거지? '키'조차 네 머리가 기억하기엔 너무 길고 복잡한 이름인데 말이야.

"에? 키가 누구였더라? 그런데 숲의 악령은 왜 너를 학살자라고 부르는 거야?"

무슨 질문이 그래? 너는 선한 놈, 나는 악한 놈. 우린 각자 심성에 따라 사는 거지. 그가 평소보다도 특별히 사악한 목소리로 말했다. **내가 보기에 넌 지금까지 우리의 역할 분담을 제대로 파악한 것 같은데. 어찌 보면 네가 고집부린 대로 된 거고.**

징글징글은 질문을 자기 맘대로 해석하고 더 이상의 토론을 원천 봉쇄하는 천부적인 재능이 있었다. 그게 아니면 능구렁이처럼 화제를 돌리든가. 하지만 이번만큼은 파린도 그렇게 호락호락하게 물러설 생각이 없었다. "좋아, 그럼 넌 왜 악한 학살자야?"

별레, 그럼 내가 선한 학살자이길 바래?

"말 돌리지 마. 왜 라키가 너를 학살자라고 부르지?"

아, 그건 그냥 별명일 뿐이야.

"어떻게 해서 그런 별명이 생겼는데?"

아, 그건 내가 전쟁의 아수라장, 뾰족한 칼과 피를 사랑하기 때문이겠지.

"그게 정확히 무슨 뜻이야? 나한테는 무슨 얘기든지 할 수 있잖아. 징글징글한 디테일까지 모두 다 말이야."

인간아, 그러기에 넌 너무 감상적이야.

바람이 익숙한 목소리를 싣고 왔다. 오십 미터쯤 떨어진 북쪽 총안 앞에 서서 망을 보고 있는 플라우디우스와 드로그단이 시야에 들어왔다. 파린은 처음부터 그들이 자신을 친구로 생각해 준 것에 감사했다. 그들은 아직 파린을 발견하지 못한 것 같았다.

"여기가 바로 우리가 성안에서 네코르인들에게 습격당했을 때 파린이 아래로 뛰어내린 곳이야." 플라우디우스의 목소리가 들렸다.

오, 그들은 파린 이야기를 하는 중이었다. 예민한 청각 덕분에 마치 바로 옆에 서 있는 것처럼 단어 하나하나까지 똑똑히 들을 수가 있었다. 둘은 성벽 위로 몸을 숙여 아래를 내려다보았다. "우와! 진짜 높은걸? 8미터는 족히 넘을 것 같아. 나였다면 분명 다리가 부러졌을 거야." 플라우디우스가 말했다.

"너 정도로 과체중이라면 당연하지. 하지만 나라고 해도 별반 다르지 않았을 거야." 드로그단이 동의했다. "그런데 우리의 스콰이어는 발도 삐끗하지 않았단 말이야." 목소리에 놀라움이 묻어났다. "가끔씩 파린 때문에 정말로 깜짝 놀랄 때가 있어."

"넌 벌써 몇 달 동안 파린이랑 검술 훈련을 했으니까 나보다 더 잘 알 거 아니야. 연습 때는 어땠어?"

드로그단이 심각한 말투로 대답했다. "기본적으로 그 아이의 움직임은 그렇게 둔한 편이 아니야. 하지만 열여덟 살에 검술을 배우기 시작했으니 어차피 어느 정도 이상의 경지에 오를 가능성은 없다고 봐야지. 검술이라는 게 아주 어린 나이부터 꾸준히 반복해서 동작이 몸에 배고 반사적으로 움직이지 않으면 힘드니까. 반면 파린은 움직이기 전에 항상 생각부터 해. 속도가 생명인 대결에서는 시간이 너무 많이 지체되지. 노련한 상대를 만난다면 30초도 안 돼서 패하고 말 거야."

"흠, 그럼 파린이 마상 창 시합에서 우리 기사님 못지않은 고리안 폰 지게스문트를 상대로 이기기까지 한 걸 어떻게 설명할 수 있지?"

"그러게 말이야. 나도 벌써 같은 생각을 하고 또 했어. 그건 그 자리에 있었던 네가 더 잘 알 거 아니야. 내가 그 자리에 있었다면 파린이 그렇게 위험한 시합에 나가는 걸 극구 말렸을 거야. 더군다나 연습도 한 번 안 해 봤는걸. 너도 알잖아. 마상 창 시합은 수년간의 경험이 필요한 경기야. 그러니까 절대로 이길 수 없는 대결이었다고. 거의 불가능해."

"다행히 아무도 그런 얘기를 미리 해 주지 않았고, 파린은 이겼어. 그것도 굉장한 기술로."

"내 두 눈으로 직접 보지 못한 게 아쉬워."

"넌 그때 다른 일로 바빴잖아. 뭐였더라? 아… 우웩."

플라우디우스의 뒤통수만 보였지만 파린은 그 순간 그의 장난스러운 미소가 눈에 보이는 것 같았다.

"그 얘기는 하지도 마. 그날 다 토해 버리는 바람에 이제 내 뱃속엔 쓸개즙이 하나도 안 남은 것 같다니까."

"네가 마상 창 시합을 놓친 건 진짜 아쉬워. 돈녀가 파린을 태워 준 것만 해도 거의 기적인데 그게 끝이 아니었어. 둘이 일심동체 한 몸이 되다니! 그 순간엔 정말로 파린이 돈녀의 등에서 태어난 존재처럼 보였다니까."

"파린은 리젤 등에서도 어쩔 줄을 몰라 하는데 말이야." 드로그단이 믿을 수 없다는 듯이 덧붙였다.

플라우디우스가 잠시 생각에 잠겼다. "고리안과 파린은 아주 빠른 속도로 달려나갔지. 난 아직도 그때 느꼈던 땅의 울림이 생생해. 난 파린이 너무 긴장한 나머지 창을 겨누는 걸 잊어버렸다고 생각했어. 그런데 정말 마지막 순간에 창을 내리더니 고리안을 말에서 떨어뜨렸어."

"그렇게 여러 종류의 행운이 한꺼번에 한 사람에게 올 수 있는 걸까?"

"나도 몰라. 어찌 되었건 시합에서 졌다면 어쩔 뻔했어? 천하의 개자식 고리안이 창끝에 씌웠던 보호 마개를 몰래 빼냈잖아. 기사님을 찔러 죽일 생각이었던 거야. 장작 위의 새끼 돼지처럼."

"기사님은 모든 걸 잃었겠지."

"정말 파린의 용기는 대단했어."

"무슨 소리야. 천운이 없었다면 파린은 죽었을 거야. 그러니까 사실 그건 용감한 게 아니고 무지하고 경솔한 행동이었다고."

"대회뿐만이 아니야. 파린이 우리를 풀어 주는 대가로 제 발로 성으로 되돌아왔을 때를 생각해 봐."

"그때 이후로 단 하루도 그 순간을 생각하지 않은 날이 없어. 그것도 정말로 도저히 믿을 수 없는… 아니 그걸 어떻게 표현해야 할지조차 모르겠어."

"네가 파린을 과소평가하는 거라니까. 그 아이는 자신이 무슨 일을 하는지 잘 알고 있어. 이제 정말 많이 컸지."

드로그단이 덧붙였다. "네 말은 파린이 이제 클 만큼 컸다는 뜻이겠지. 더 클 수 없을 만큼…."

친구들의 대화를 몰래 엿듣고 있자니 양심의 가책을 느꼈다. 그 것도 너무 오랫동안. 그래서 파린은 얼른 다시 자신의 정신을 불러 들였다.

그 순간 플라우디우스와 드로그단이 파린을 발견했다. 둘은 반갑게 이리로 오라는 손짓을 했다. 파린은 빠른 걸음으로 계단을 내려 갔다가 다시 다른 쪽에 놓인 사다리를 타고 올라갔다. 친구들이 웃는 얼굴로 그를 맞았다.

"거기서 뭘 하고 있었어?" 플라우디우스가 물었다.

"경치를 감상하는 중이었어요."

"아침 식사 때 안 보이더니, 여기서 만나 다행이다. 에미코 기사 님이 오후에 우리를 부르셨어. 너한테도 전해 달라고 하셨고." 드로 그단이 말했다.

사실 파린은 아침 식사 시간에 에미코를 만나 간밤에 있었던 일에 대해 얘기했다. 에미코는 슈투름바흐트까지 가지 않고도 책을 읽을 수 있다는 사실에 감탄했고, 시간을 단축할 수 있어 매우 기뻐했다. 파린은 비스듬한 차원에 모든 희망을 걸고 다음번 방문을 손꼽아 기다리는 중이었다.

파린이 딴생각을 하고 있다는 걸 노련한 드로그단이 모를 리 없었다. "듣고 있어? 오늘 기사님과 회의가 있어."

"또 지난번 같은 회의예요?" 파린이 인상을 찌푸렸다. "여러 사람이 앉아서 말잔치 하는 회의는 별로 생산적이지 않던걸요."

"오늘은 작은 회의일 거야. 에미코 기사님이랑 플라우디우스, 그리고 너랑 나만 올 거야." 드로그단이 하늘을 보며 말했다. 바람에 세차게 불어 먹구름이 하늘을 가렸다.

에버그레이의 인사인가 봐, 파린이 생각했다.

비가 내리기 시작했다. 이곳 남쪽에선 이따금 날씨가 변덕을 부렸다. 갑자기 굵은 빗방울이 후두둑 소리를 내며 떨어졌다. 파린은 여름비를 좋아했다. 하지만 플라우디우스와 드로그단은 그렇지 않은 것 같았다.

"얼른 피하자." 드로그단이 말하며 목을 웅크리고 먼저 가파른 계단을 내려가기 시작했다.

파린은 둘을 따라갔다. 부엌에 가서 먹을 걸 좀 가져와야지. 기사님과의 약속 시간 전까지 좀 쉴 수 있겠어.

언제나 그렇듯이 파린은 늦지 않으려고 서두르고 있었다. 에미코가 얼마나 지각을 싫어하는지 누구보다 잘 알면서도 어떻게 매번 이렇게 시간에 쫓기는 거지? 간밤의 일 때문에 피곤해서 아주 잠깐

만 쉴 생각으로 잠시 누웠는데 수면 부족 앞에는 장사가 없었다.

"좀 더 일찍 깨워 줄 수는 없었던 거야?"

내가 악령이야 수탉이야?

"좋은 생각이네, 수탉을 한 마리 데려와 키우든지 해야지." 파린은 빨리 걷기 위해 이제부터는 아무 말도 하지 않기로 했다. 약속 장소가 저 앞에 있었다.

제길, 문은 벌써 닫혀 있었다.

황급히 커다란 떡갈나무로 만든 손잡이를 돌려 조금 열린 문틈으로 몸을 비집고 들어갔다. 그래야 문을 닫을 시간과 노력을 조금이라도 절약할 수 있었으니까.

물론 플라우디우스와 드로그단과 에미코는 벌써 작은 책상을 가운데 두고 앉아 있었다. 사람들은 이곳을 통치자의 방이라고 불렀다. 고리안 폰 지게스문트 대공이 있던 시절에 붙여진 이름이었다.

"나의 스콰이어가 벌써 나타나셨군." 에미코가 화난 얼굴로 투덜거렸다. "이제 시작해도 될까요, 스콰이어 님?"

모래시계 쪽으로 고개를 돌렸다. 정확히 오후 2시였다. "에… 저는 딱 맞게 도착했는데요." 파린이 잠시 멈칫했다.

안 해도 될 변명이었다. 에미코가 호통을 치기 시작했다. "나보다 늦게 오면 무조건 지각이다. 스콰이어, 그걸 이해하기가 그렇게 힘든가?"

파린은 재빨리 고개를 끄덕였다. 다른 부하들이 있는 자리에서 에미코의 말에 반박하는 것은 곧 사형 선고였다. 그것도 최소한.

"너희 셋은…" 에미코는 턱을 긁적일 새도 없이 곧바로 본론으로 들어갔다. "내가 절대적으로 신뢰하는 유일한 부하들이다." 에미코의 매서운 눈이 셋을 차례대로 뚫어져라 응시했다. "그래서 오늘 너희만 있는 자리에서 한 가지 급한 사안을 알리려고 한다."

절대적인 신뢰를 받는 부하들이 서로서로 시선을 교환했다. 모두 무한 신뢰를 담은 에미코의 서론을 듣고 기뻤지만, 이런 노골적인 칭찬이 워낙 이례적이어서 놀랍기도 했고, 또 한편으로 도대체 무슨 말을 꺼내려는지 몹시 궁금해하는 얼굴들이었다.

에미코는 곧바로 일어서서 오른팔의 소매를 걷어 올렸다. 거꾸로 서 있는 별과 정중앙의 불꽃 그림이 선명하게 드러났다.

"너희는 모두 네코르인들이 행하는 사악한 짓거리에 대해 알고 있을 것이다. 그들의 우두머리는 스승이라고도 불리는데 악령의 지배를 받고 있다고 한다. 그리고 그 덕분에 나에게도 이런 표시가 생겼지."

"기사님, 그 표시가 무엇을 의미합니까?" 플라우디우스가 깜짝 놀라 물었다.

에미코가 굳은 표정으로 설명했다. "악령이 이 낙인을 통해 언제든지 내 안으로 들어와 나에게 명령을 내릴 수 있다는 뜻이다. 내가 내 의지와 상관없이 끔찍한 일들을 저지를 수도 있다는 뜻이지. 예를 들면 갑자기 달려들어 너희 셋을 죽여 버릴 수도 있다. 그래서 오늘 너희를 모이게 했다. 솔직히 말하면 나는 이 악마가 무엇을 기다리고 있는지 모르겠다."

드로그단과 플라우디우스의 눈이 동그래졌다. 말문이 막혀 입은 굳게 다문 채였다.

감히 부를 수 없는 존재는 동시에 여러 명의 머릿속에 들어갈 수 없어. 한 번에 한 명씩만 조종할 수 있지. 어차피 에미코가 자신을 벗어날 수 없다는 걸 알기 때문에 서두를 필요가 없는 거야.

"이야기를 계속하기 전에 너희의 팔을 먼저 보여라. 셋 다. 너희가 나와 같은 운명이 아니라는 걸 확인해야 하니, 양해해 주길 바란다."

오, 안 돼! 그런 생각은 해 본 적이 없었다. 만약에 플라우디우스와 드로그단 중 한 명에게도 감히 부를 수 없는 존재의 낙인이 있다면? 그럴 가능성도 충분했다. 그들이 붙잡혔을 때 그 스승이라는 자가 성안에 있었던 게 분명하니까. 그때가 아니라면 언제 에미코에게 낙인을 새겼겠는가? 그러니 당연히 최측근 중 누구에게도 낙인이 생기지 않았다는 걸 확인해야만 했다.

드로그단과 플라우디우스는 긴장한 얼굴로 소매를 걷어 올리고 자신들의 팔을 자세히 살폈다.

다행히도 낙인은 단 하나, 에미코의 팔에만 있었다. 그는 침착한 표정으로 다시 자리에 앉았다.

플라우디우스가 물었다. "기사님, 저희가 어떻게 기사님을 도울 수 있습니까?" 그의 얼굴이 창백했다.

"이 저주에서 벗어날 방법을 지금 찾는 중이다. 그때까지 누군가가 나를 감시해야 한다. 드로그단, 저기 쇠사슬이 보이는가?"

한쪽 벽에 투박한 자물쇠가 달린 두 개의 검은 사슬이 고정되어 있었다.

"밤마다 네가 내 몸에 쇠사슬을 묶고 열쇠를 보관해라. 어떤 일이 있어도 그 열쇠를 꺼내 주어서는 안 된다. 내가 명령한다 해도, 소리를 지르며 위협해도, 사정해도. 알겠는가? 어떤 일이 있어도 나를 풀어 주어서는 안 된다. 악령이 나를 지배하게 된다면 나는 더 이상 내가 아니다. 그때는 나도 너희의 생명을 위협하는 존재일 뿐이야."

"예, 알겠습니다." 드로그단이 마른 침을 삼키며 대답했다. "쇠사슬 말고 다른 방법은 없을까요? 만약에 아무에게도 위험하지 않게 어디 먼 곳으로 떠나시면 안 될까요?"

"내 팔에는 낙인이 있고 난 그것에서 도망칠 수 없다. 악령은 언제 어디서든 나를 찾아낼 수 있지. 내가 여기에 있어야만 너희가 나를 감시하고 이 쇠사슬로 통제할 수 있어."

바로 그거야! 제대로 이해했군. 역시 에미코는 항상 자기 자신한테 엄격하다니까.

에미코의 최측근 셋이 힘없이 고개를 늘어뜨렸다.

"우리의 적은 음흉하다. 따라서 안타깝게도 이런 극단적인 방법이 불가피하다." 기사는 한숨을 쉬었다. "우리는 오늘부터 매일 오후, 오늘과 같은 시간에 모인다. 늦지 않게!" 야멸찬 눈빛을 피해 보려고 했지만 허사였다.

"나는 너희를 믿는다. 그리고 어쩔 수 없는 상황이 온다면 나를 감옥에 처넣어라."

셋은 할 말을 잃은 채 고개만 두 번 끄덕였다.

"한 가지 더 있다." 이제야 턱을 긁적이며 에미코가 말했다. "플라우디우스와 드로그단. 내가 앞서 말한 이유로 판단력을 잃게 된다면 그때는 파린의 말을 따라라. 파린이 지휘권을 가지게 될 거야."

에미코의 선언에 누구보다도 놀란 사람은 파린이었다. 그의 양볼이 뜨거워졌다. 플라우디우스와 드로그단의 시선 때문일까? 미숙한 스콰이어가 자신에게 검술을 가르친 노련한 스승 드로그단과 오랜 기간 군인으로 복무한 플라우디우스에게 명령을 내린다니, 그건 놀랍다는 말로는 표현이 안 되는 파격이었다. 파린만 그렇게 생각하는 건 아니었다. 드로그단은 혹시 에미코가 벌써 제정신이 아니면 어떻게 하나 걱정하는 눈치였다.

'파린은 이제 클 만큼 컸다. 더 클 수 없을 만큼….' 매장꾼 아들의 머릿속에 몇 시간 전 드로그단이 했던 말이 자꾸만 맴돌았다. 그의 말이 현실이 된 순간이었다.

물론 에미코가 그들의 반응을 예상치 못했을 리가 없었다. "그런 결정을 내린 데는 그럴 만한 이유가 있다. 그러니 내 판단을 믿고 따라 주기 바란다." 그는 자신의 말이 진실성을 의심받는 걸 참지 못했다. "너희 셋이 따로 의논할 때는 파린의 결정을 따라라. 대외적으로는 드로그단이 지휘한다."

"예, 잘 알겠습니다!" 드로그단이 얇아진 입술을 이죽거리며 새로운 지휘 체계를 받아들였다.

"모든 일이 끝나고 나면 너희도 이해하게 될 것이다. 이것으로 회의를 마친다." 에미코가 자리에서 일어섰다.

감옥에서

"헤, 떠버리 할멈. 양초는 어디로 갔어? 왜 이렇게 컴컴하고… 이 하수구 냄새는 또 뭐야? 혹시 지금 변소에 앉아 있는 거야?" 머릿속에서 감성을 자극하는 비난의 음성이 들렸다. 인상적인 목소리. 무례하고, 뻔뻔하고 밉살스러운 목소리. 파린의 사랑스러운 동반자가 나타났군. 그녀는 몸을 일으켰다. 그동안 파린과 그의 인정머리 없는 악령을 완전히 잊고 있었다. "에… 아니야." 그녀가 사실대로 대답했다.

"히히, 그럼 다행이네. 난 또 순간적으로 할멈이 똥이라도 누고 있는 줄 알았지. 자, 어서 시작하자고. 책을 좀 보여 줘 봐."

"에…" 갑자기 감옥 안이 조금 전보다 더 끔찍하게 느껴졌다. 왜 이렇게 긴장하는 거지? 악령에게 해명할 필요는 없잖아.

"프레니아, 무사히 책을 가져왔어요?" 파린이 훨씬 더 상냥하게 물었다.

그렇다고 해도 상황이 전혀 달라지지 않는 게 문제였다. "그게… 사실은 나 지금 감옥 안에 있어. 에나리우스라는 의원이… 나를 속였어."

망상은 임신한 멧돼지처럼 땅이 꺼져라 한숨을 쉬었다.

"오, 맙소사. 어떻게 된 거예요?" 파린이 재빨리 물었다.

벽에 등을 기대고 있던 프레니아가 다시 바닥으로 천천히 미끄러지며 말했다. "그러니까 말이야." 그녀는 기운 없는 목소리로 성에 들어와서부터 지금까지 일어난 일들을 솔직하게 털어놓았다. 변명도 꾸밈도 없이 에나리우스의 배신과 자신의 어리석음과 체포와 노아의 죽음과 현재 상황에 대해 사실 그대로 담담하게 설명했다. 그녀가 말하는 동안 아무도 끼어들거나 질문하지 않았다. "내일이면 마녀재판이 열릴 거야. 제발트라는 장군이 사형을 집행할 거고. 그는 에나리우스와 친분이 있는 인물이지. 이렇게 되어 버려 정말 미안해." 한숨과 함께 그녀의 이야기는 끝이 났다.

깊고 긴 침묵이 흘렀다. 감옥 안에도, 그리고 머릿속에도. 파린과 악령들은 아직 거기에 있는 걸까?

"와, 이 할멈은 벌레보다 더 멍청하잖아! 초르그호로차 보르그헤차!" 징글징글이 비난을 퍼부었다.

"징글징글, 뭐라고 한다고 상황이 나아지진 않아." 파린이 달래는 소리가 들렸다.

"나한테는 아닌데? 이 할멈은 멍청하고 무능한, 아무짝에도 쓸모없는 얼치기야. 히야, 점술가 좋아하시네!"

"그만해. 차라리 어떻게 하면 좋을지 생각을 좀 해 보자."

"간단하지! 할멈을 이 시커먼 구덩이에서 썩게 만들어 버리거나 장작 위에서 불타 버리게 두자고. 그다음에 좀 쓸 만한 인간을 찾는 거야."

프레니아는 대꾸할 힘도 없어 고개만 떨어뜨렸다. 턱을 가슴에 파묻고 어둠 속을 응시했다. 저기 아래 어딘가 보이지 않는 곳에 발이 있겠지.

"조용히 해, 징글징글! 말도 안 되는 소리 좀 집어치워." 프레니아는 파린의 단호한 목소리에 깜짝 놀랐다. "프레니아, 제 생각은 제 머릿속 악령과 달라요. 우리가 도움을 요청했기 때문에 성으로 가신 거잖아요. 노아에게 약을 가져다주셨고, 성으로 가서 기사님의 서재를 찾아 책을 가지고 나오기까지 하셨어요. 모두 좋은 의도로 하신 일이에요. 감사합니다. 이젠 저희가 도와드릴게요."

망상이 화가 나서 날뛰기 시작하자 프레니아의 머리가 빙글빙글 돌았다. "말 한번 잘 했다! 고마워. 아아아주 아주 훌륭했어! 늙다리 징글징글의 말 따위는 들을 필요도 없지. 김새는 소리만 해 대는 녀석이니까. 대단히 성공적이야! 네가 봐도 굉장하지?"

"제발, 징글징글! 그게 다 무슨 소용이야." 파린이 한숨을 쉬었다. "네가 꿈의 차원인 초흐르테난을 생각해 낸 건 굉장했어. 지금 일이 좀 꼬이긴 했지만 여전히 굉장해. 그러니 최선의 방법이 뭘지 같이 생각해 보자."

악령은 우쭐해 하며 으르렁댔다. "내 계획이 다른 인간의 무능함 때문에 엉망이 되는 건 죽어도 못 참는다고."

"혹시 슈튐멜을 꿈속에서 만날 방법이 있을까? 슈튐멜을 이곳으로 보내서 프레니아를 도와 달라고 해 보는 거야." 파린이 물었다.

세 번째 목소리가 부름이라도 받은 것처럼 끼어들었다. "뭐라고? 그건 안 돼! 너희는 프레니아 스비네가른의 꿈에만 들어가게 해 주면 앞으로 500년 동안 내 눈앞에서 꺼져 준다고 했었잖아. 그게 우리의 약속이야."

이제 두 번째 악령까지 동참하다니. 노아를 치료할 약을 만들 수 있게 도와준 라키인데. 정말로 그마저도 등을 돌리는 건가?

"쟤 말이 맞아. 사탄의 약속은 교회의 제단보다 신성하다고!"

"잘 들어 너희 둘." 파린이 화난 목소리로 말했다. "이게 무슨 짓이야? 프레니아와 내가 왜 이런 일들을 해야 한다고 생각해? 그걸 한다고 부자가 되는 것도, 삶이 더 나아지는 것도 아니야. 우리한테는 아무 이득도 없는 일이라고."

"벌레, 그게 뭐가 어떻다는 거야?"

"우린 옳기 때문에 그 일을 하려는 거야. 프레니아는 노아와 우리를 도우려고 했어. 나는 에미코 기사님을 도울 거고. 너희는 그걸 멍청하다고 말해? 어리석고 무능하다고? 방법은 딱 두 가지야. 너희의 사악한 합의를, 인색함을, 냉소적인 이기주의를 끝까지 고수하든가, 아니면 건설적인 뭔가를 시도해 보는 거야. 어려울 때 돕는 거야말로 건설적인 행동이지."

"도와 달라… 그건 내가 항상 듣는 소리지. 왜 나는 도움이 필요하지 않을까?" 징글징글도 지지 않았다.

"아니, 넌 지금 당장 도움이 필요해. 넌 결점도 없고 오류도 없는 존재니까. 남을 돕는 게 너를 돕는 거야." 파린이 맞받아쳤다.

프레니아는 숨을 멈추고 머릿속의 다툼을 들었다. 파린의 이런 모습은 예상 밖이었다. 정말 놀라운 청년이야.

파린은 악령에게 대답할 시간도 주지 않고 계속했다. "이제 옳은 일을 하는 거야. 어서 결정을 내려."

세 번쯤 눈을 깜빡일 만큼의 시간이 흘렀을까, 라키가 입을 열었다. "축하해, 학살자. 제대로 된 녀석을 건졌네. 못생기긴 했어도 보이는 것 이상이라는 사실을 인정해야겠어."

"입 좀 다물어, 라키. 우리가 어떻게 슈툼멜의 꿈으로 들어갈 수 있을지나 가르쳐 달라고."

다시 침묵이 흘렀다. 한바탕 소란이 지나간 그녀의 머릿속에 천국 같은 고요함이 찾아들었다. 고요함 덕분에 프레니아는 잠시 마음을 진정시킬 수 있었다. 악령 둘과 뼈를 보는 사람, 그리고 뒤죽박죽이 된 자신의 영혼, 지금 그녀의 머릿속에서는 무슨 일이 일어나고 있는 걸까?

끼익하고 문이 열리는 소리에 잠에서 깼다. 날카로운 횃불의 빛이 그녀의 두 눈을 파고들었다. 슈툼멜과 마르칸이 그녀를 내려다보고 있었다.

"정말로 여기 있었어요! 기사님, 저는 정말로 몰랐습니다." 마르칸이 말했다.

두 사내가 그녀를 일으켰다.

"감사합니다!" 그녀가 말했다.

슈툼멜이 진지한 얼굴로 마르칸에게 고개를 끄덕였다. 마르칸은 곧바로 무슨 뜻인지 이해하고 대답했다. "본관 건물로 갑시다. 그리고 무슨 일이 일어났는지 설명해 주세요."

"예, 그렇게 하겠습니다." 설명이라면 벌써 연습까지 되어 있었다. "그런데 제가 여기에 있다는 걸 어떻게 아셨나요?" 꿈에 파린이 악령들과 함께 나타났는지 직접 물을 용기가 나지 않았다.

"잠시 후에 모든 걸 설명해 드리겠습니다." 마르칸이 말했다.

이른 아침이었다. 벌써 구름 사이로 아침 햇살이 빛나고 있었다. 셋은 본관으로 들어섰다. 통로는 낯이 익었다. 잠시 후 그들은 불을 뿜는 용의 머리 앞에 서 있었고, 함께 기사의 서재로 들어갔다. 슈툼멜은 책상 앞에 앉기가 무섭게 펜을 들고 양피지 위에 빠른 속도로 무언가를 적어 내려가기 시작했다. '파린이 꿈에 나타나서 그대가 있는 곳을 알려 주었습니다. 제발트는 그대가 중범죄를 저질렀다고 하더군요.'

"저는 부당한 일을 하지 않았습니다."

슈툼멜이 생각에 잠겼다가 다시 한 단어를 적었다. '투르겐손.'

마르칸이 양피지에 적힌 단어를 보고 목덜미를 긁적이더니 밖으로 나갔다.

투르겐손? 무슨 이름처럼 들리는데. 그녀가 아는 사람 중에는 그런 이름을 가진 사람이 없었다. 투르겐손이라는 사람이 뭘 도울 수 있단 말이지? 상황은 마녀재판을 향해 가는 듯했다. '불로써 정화한다.'라는 판결이 이미 내려진 거나 다름없었다. 사실 그녀는 자신의 직업 때문에 이런 일이 생길까 늘 두려웠었다. 스승인 니네브와 같은 운명에 처하고 싶지는 않았다. 프레니아는 힘없이 의자에 앉아 묵묵히 기다렸다.

한참 뒤에 마르칸이 돌아왔다. 화려한 옷을 입은, 인상이 고약한 남자와 함께였다. 그녀는 곁눈질로 남자를 살펴보았다. 뾰족한 턱은 넓적한 코와 전혀 어울리지 않았고 작은 두 눈은 붙임성이라고는 없어 보였다. 그의 얼굴은 이 자리에 불려 온 게 귀찮다고 말하고 있었다. 얼른 침대로 다시 돌아가고 싶겠지.

"그러니까 여기 마녀가 있단 말이지." 그게 그의 입에서 나온 첫 마디였다.

아주 고마운 인사로군. 이제 모두가 그녀를 마녀로 몰기 시작한 걸까? 벌써 결론을 내려 버린 이 사내에게 슈툼멜은 대체 어떤 도움을 기대하는 걸까?

"나는 투르겐손 공작이다. 그라쿠스 폐하의 조카지. 폐하 위에는 하느님뿐이다. 여기 이들이 지금 이 꼭두새벽에 그대를 변론해 달라고 나에게 부탁했다." 그의 목소리와 말투는 이미 비난으로 가득 차 있었고 그의 입에서 나오는 말들은 터지기 일보 직전의 폭탄 같았다. 투르겐손이라는 자는 팔짱을 낀 채 프레니아를 위에서 아래로 한번 훑어보았다. "귀족이 아닌 자를 변론하는 건 처음이군. 언제부터 하층민들이 변호사를 선임했지?"

실낱같은 희망도 그렇게 사라졌다. 고귀한 태생의 허풍쟁이들을 프레니아는 이미 오래전부터 증오해 왔다. 그런 자들이라면 미천한 그녀를 돕는 일 따위에는 눈곱만큼도 관심이 없을 게 뻔했다.

슈툼멜의 얼굴은 아까 그 표정 그대로였다. 반면 마르칸은 무슨 생각을 하는지 살짝 미소를 짓고 있었다. 마침내 그가 입을 열었다. "프레니아, 무슨 일이 일어났는지 말해 보세요."

진술을 해도 달라질 건 없다고 생각하면서도 프레니아는 시키는 대로 했다. 이야기가 끝났을 때 세 사내는 미동도 없이 그녀만 응시하고 있었다. 그들의 눈빛에는 동정도 거친 비난도 서려 있지 않았다. 하긴 지금 이 순간 그게 다 무슨 소용이 있겠냐만.

투르겐손은 슈툼멜 쪽을 보고 말했다. "이 가망 없는 사건을 나보고 맡으라는 말인가?"

슈툼멜은 단호한 얼굴로 투르겐손에게 잠시 시선을 고정했다가 부드럽게 고개를 끄덕였다.

투르겐손은 조금 부드러워진 눈길로 양 볼을 부풀리고는 중얼거렸다. "의원 에나리우스는 보통 상대가 아니야. 슈투름바흐트 성 사람들을 부추겨 이 여자를 마녀로 몰아가는 건 일도 아닐 걸세. 무두장이 아들의 죽음도 문제고. 죄목은 분명 절도, 마법, 그리고 살인이 될 거야. 그런 죄목으로는 죽음을 면하기가 거의 불가능해. 게다가 영주인 에미코의 부재 시 긴급한 상급 재판이 열릴 경우에는 제발트가 사형 집행인 임무를 수행하게 되어 있지. 에나리우스와 그가 막역한 사이임은 공공연한 사실이고."

투르겐손은 추악한 상황을 고상한 단어들로 잘 포장할 줄 알았다. 다만 그런다고 해도 상황이 나아지지 않는 게 문제였다.

"일단 조사부터 한 뒤에 의논해 보도록 하지. 에미코는 늘 공정함을 중요한 가치로 강조해 왔고 재판에서 판결을 내리기 전에 늘 백성들의 의견을 구했어. 그러니 이 사건은 공개적으로 다뤄질 거야. 특히 성주님이 돌아온 뒤 수긍할 수 있는 이유를 꾸며 대기 위해서라도 에나리우스와 제발트는 공개 재판을 택하겠지. 게다가 사형 집행이라면 더더욱 그렇고."

얼마나 안심이 되는 말인지! "하지만… 저는 아무 잘못도 하지 않았습니다. 제가 어떻게 알고 그 책을 가져올 생각을 했겠습니까?"

투르겐손은 자신의 턱을 손으로 건드리며 말했다. "흠! 하지만 에미코의 스콰이어가 그대의 꿈에 나타나 지시를 내렸다는 주장을 할 수는 없지. 그 말을 들으면 사람들은 곧바로 사악한 마법을 떠올릴 거고, 그대는 장작더미에 한 발 더 가까이 끌려가게 되는 거야. 하지만 그게 아니면 에미코의 서재에서 책을 가져온 행동을 어떻게 정당한 행동으로 설명할 수 있지? 에나리우스는 분명 이유를 물을 거고, 망설일 필요도 없이 그대가 죗값을 치러야 한다고 주장할 텐데." 공작은 마치 자신의 뇌를 굴려 보기라도 하려는 듯 고개를 이쪽저쪽으로 기울였다. "마지막 변론을 한 게 벌써 7년 전이군."

그의 고백에 프레니아는 한숨을 쉬며 아랫입술을 깨물었다. 슈툼멜은 그녀를 보며 "흐르음." 소리를 냈다. 그의 표정은 여전히 단호했다. 짧은 소리였지만 강한 확신이 묻어났다. 정말로 놀라운 사내였다.

그 순간 기적 같은 일이 일어났다. 아니면 그건 마법이었을까? 갑자기 투르겐손의 표정이 환하게 밝아졌다. "좋아. 내 그대의 변론을 맡지." 그가 프레니아에게 날카로운 시선을 보냈다. "그대는 질문을 받을 경우에만 입을 열도록 한다. 그리고 가능하다면 '예, 아니요'로만 대답하도록. 그렇지 않을 때는 물고기처럼 입을 다물고 있으라. 이해했는가?"

프레니아에게는 선택의 여지가 없었다. 그녀는 고개를 끄덕이고 마른 침을 삼켰다. 마녀! 화형! 오, 제발 그것만은. 벌써 이글거리는 불꽃이 턱밑까지 타오르는 것 같았다. 그녀를 화형대에서 지켜 주려면 공작에겐 변론 실력이 아니라 마법이 필요한지도 몰랐다. 투르겐손이 과연 생각의 힘으로 말굽을 움직일 수 있을까?

마녀를 불태워라

사람들이 하나둘 성 안뜰로 모여들었다. 에미코의 대리인 슈툼멜이 손짓으로 재판의 시작을 알렸다. 성주가 부재중일 때에 형 집행은 제발트가 맡게 되어 있었다. 그건 판결의 의무와 권한이 그에게 있음을 뜻했다. 물론 사형 선고도 마찬가지였다. 사건과 관계있는 인물들은 모두가 볼 수 있도록 단상 위에 섰다. 물론 그중에서도 맨 앞에 서 있는 사람은 직접적인 원인 제공자 프레니아였다. 고발인인 의원 에나리우스는 그녀의 오른편에, 변호인 투르겐손 공작은 왼편 기둥에 기대 서 있었다. 얼핏 보아도 그 기둥은 교수대의 일부였다. 어찌나 튼튼해 보이는지 세 명쯤을 동시에 처형할 수 있을 것 같았다.

교수대는 나랑 아무 상관도 없어, 프레니아는 마음을 진정시키려고 애썼다. 마녀는 교수형이 아니라 화형에 처해지니까.

재판관의 낭랑한 목소리가 그녀의 공포감을 파고들었다. "슈투름바흐트의 주민들은 들어라. 성주이신 에미코 기사님을 모시는 신하, 점술가이자 치료사 프레니아 스비네가른의 죄에 대한 재판을 시작한다. 그녀가 저지른 악행에 대한 질책과 소문이 파다하여 지체 없이 규명하고자 한다. 우선 프레니아 스비네가른이 어떤 죄를 지었는지 들어보겠다."

의원 에나리우스가 앞으로 나왔다. "여러 가지가 있지만 먼저 가장 확실한 것부터 밝히겠습니다. 이 여자는 성주님의 서재에 들어가 파렴치한 절도 행각을 벌였어요. 자신이 모시는 고귀한 분의 물건을, 기사님의 소중한 책을 몰래 훔쳐 나오던 중 현장에서 체포되었습니다." 그는 계속 말하기에 앞서 자신의 말이 사실임을 강조하는 전략을 택했다. "성을 지키는 병사들이 그 사실을 증언할 것입니다."

"맞습니다. 말씀하신 대로였어요." 성 안뜰에서 그녀를 체포했던 병사 중 하나가 외쳤다.

"그녀는 책을 들고 성 밖으로 나가려고 했습니다." 다른 병사가 큰 소리로 말했다.

"뻔뻔하기도 해라! 그 정도면 더 들어볼 필요도 없는 거 아니야?" 군중 가운데 누군가가 소리쳤다. "손을 잘라라."

"나 또한 충격을 금치 못하였습니다." 에나리우스가 마치 자신의 손을 잃게 된 듯 슬픈 얼굴로 고개를 숙였다. "하지만 그게 다가 아닙니다." 절망한 듯 자신의 가슴을 움켜쥐며 그가 검은 가죽 표지로 제본된 커다란 책을 높이 들었다. "이자가 훔친 책을 자세히 보시지요. 슈투름바흐트 성민 여러분, 이것은 검은 마법과 악령과 사탄에 관한 책입니다. 이런 물건을 소유하는 것 자체로 신성 모독이에요."

흥분한 사람들이 고함을 쳤다. 경악을 금치 못하여 성호를 긋는 이들도 많았다.

"이 여자는 악령과 결탁한 마녀요. 그리고 그녀는 어린 영혼을 붙잡아 영원히 지옥 불에서 고통받게 만드는 치료법을 쓰고 있습니다. 자신이 섬기는 어둠의 주인을 기쁘게 하기 위해서지요." 분한 감정을 억누르느라 그의 몸이 떨렸다. "그런 이유로 이자가 무두장이 아들의 영혼을 데려갔습니다. 프레니아 스비네가른은 마녀일 뿐만 아니라 아동을 살해한 살인마입니다."

"무슨 말이 더 필요하겠어요? 얼른 마녀를 불태울 잔가지들을 모아옵시다." 어느 농부가 외쳤다.

"옳소, 저 여자를 장작더미에 올려라!" 한 여자의 새된 소리도 들렸다.

"아니야. 먼저 손부터 자르고 그다음에 불태워야 해!"

군중들의 판결은 이미 내려진 지 오래였다. 초반부터 그녀를 혹독하게 몰아세우려는 에나리우스의 작전은 성공했다. 이제 꼼짝없이 죽은 목숨이었다.

"네 죄를 인정하는가?" 제발트가 번개보다 빠르게 물었다. 당장에라도 판결을 내리고 싶은 조급함으로.

"한 가지도 사실이 아니야!" 프레니아가 외쳤다. "다 거짓말이야. 난 죄가 없어!" 피에 굶주린 군중 앞에서 숨어 버리지 않으리라. 그녀는 분노하며 주위를 둘러보았다. 눈만 끔벅거리고 있는 에나리우스와 자신의 변호인인 투르겐손을. 투르겐손은 대체 뭘 하려고 이 자리에 선 걸까? 고귀하신 귀족 나리는 여전히 교수대에 기대서 있었고, 그의 멍한 눈은 재판 따위에는 관심도 없는 것처럼 보였다. 그는 프레니아에게 최대한 입을 다물고 있으라고 지시했었다. 혹시 그 지시는 자기 자신에게도 해당하는 것일까? 누구라도 그녀를 변호해 줄 사람이 필요했다.

"거짓말하지 마! 넌 마녀야!" 다른 군인이 나섰다. "책을 가지고 있는 너를 붙잡았을 때 나도 그 자리에 있었어. 그리고 불쌍하게 죽은 아이의 집에 찾아갔을 때도."

"불태워라! 불태워라!" 여기저기서 한마음이 된 사람들이 합창했다.

프레니아는 두려움에 눈을 감았다.

"병사! 앞으로 나오겠는가?"

투르겐손의 목소리가 들렸다. 하느님 바로 아래라는 폐하의 조카, 그 대단하신 분도 드디어 할 말이 있으신가 보군. 프레니아는 살며시 눈을 떴다.

투르겐손은 병사가 걸어 나와 군중들이 잘 볼 수 있는 자리에 설 때까지 기다렸다. "자네는 책을 들고 있는 피고를 어디에서 보았는가?"

한 여자의 목소리가 끼어들었다. "그게 지금 왜 중요하죠?"

투르겐손이 오른손을 들어 올리자 군중들은 다시 조용해졌다. "자 이제 말해 보시게. 피고를 발견한 장소가 정확히 어디였지?"

병사가 잠시 머뭇거리다가 대답했다. "그러니까… 여기서 별로 멀지 않은 곳이었습니다. 에… 저기 저쪽입니다." 그가 성 안뜰을 가리키며 대답했다.

투르겐손은 놀란 얼굴로 병사가 가리키는 쪽을 보며 다시 물었다. "저기라고? 그러니까 성의 안뜰 한가운데를 말하는 것인가?"

병사는 고개를 끄덕였다.

"그게 언제였지?"

"어제 점심때였습니다."

"아! 어제는 햇볕이 참 좋았는데. 그렇지 않았는가?"

"엠… 그렇습니다."

제발트가 참다못해 끼어들었다. "이제 판결을 내릴 시간입니다. 이 마녀의 말은 더 들어볼 필요도 없지 않습니까? 게다가 어제 날씨는 이 재판과 아무 상관도 없는 주제이니 논점을 흐리지 말아 주십시오. 투르겐손 공작님."

"맞아, 불태워라!" 공정함을 너무나 사랑하는 군중들이 흥분했다.

"아직 죄인이 마녀라는 사실이 증명되지 않았다." 투르겐손이 말했다. "이 여자가 그때 책을 몰래 숨기고 있었는가?"

"아니… 그렇지는 않았습니다. 그냥 평범한 모습이었습니다."

"존경하는 의원께서는 처음에 이 여자가 책을 몰래 훔쳐서 나가려다 붙잡혔다고 말했지. 그런데 그대의 말대로라면 사실은 화창한 대낮에 성의 안뜰 한가운데를 가로질러 걸어갔다고?"

"여기서 굳이 단어 하나하나를 문제 삼아야겠습니까?" 에나리우스가 신경질적으로 반응했다.

"나는 단어 하나하나가 아니라 모순된 진술을 지적하는 거요." 투르겐손이 손을 뻗으며 말했다. "책을 잠시 저에게 넘겨 주시겠습니까, 의원님?"

에나리우스는 눈을 가늘게 뜨고 에미코의 책을 내밀었다. 투르겐손이 그것을 손에 받아들고 물었다. "이 책이 에미코 기사님의 것이 확실합니까?"

"물론입니다. 이 책은 기사님의 서재에 있었어요. 마녀가 이 성에서 가장 높으신 분의 물건을 훔쳤습니다. 그래서 그 죄는 더욱 끔찍한 것입니다."

"그렇소, 이 책은 검은 마법, 악령과 사탄에 관한 것이오. 이걸 소유하고 있다는 사실만으로도 신성 모독이지요." 그가 자신의 손을 뒤집으며 말했다. "그건 물론 그 책이 에미코 기사님의 소유라 해도 마찬가지겠죠. 그러니까 의원님은 지금 우리의 성주님을 비방하시는 건가요?"

"그, 그건 아니지요. 기사님이시라면 아무 문제가 될 게 없지 않겠습니까?"

"프레니아 스비네가른이 어떻게 이 책을 가지고 나올 수 있었지요? 제가 알기로 서재는 항상 잠겨 있는데요?"

"그건 저도 잘 모르겠습니다. 저 여자에게 물어보시지요."

"그건…." 프레니아가 입을 열었다. 에나리우스가 문을 열어 주었다고 대답하려던 참이었다. 하지만 투르겐손과 눈이 마주쳤고 그녀는 곧바로 입을 다물었다.

"나는 먼저 의원님께 묻고 있습니다."

"저 여자가 서재에 들어간 경위는 모른다고 이미 말씀드렸습니다."

"경비병! 서재 문에 침입의 흔적이 있었는가?"

"아닙니다. 훼손은 전혀 없었습니다. 자물쇠가 열려 있었을 뿐입니다." 병사가 대답했다.

"의원님, 슈투름바흐트 성에서 에미코 기사님이 안 계실 때 서재의 열쇠를 보관하는 사람이 누구죠?"

"그런다고 저 여자의 죄가 사라지지는 않습니다. 사건은 너무나도 명확해요." 제발트가 격분하여 끼어들었다.

"우린 지금 검은 마법과 직접적인 연관이 있는 절도 행위에 대해 밝히는 중입니다. 그러려면 이 질문에 대한 답을 들어봐야 합니다. 그러니까, 누가 열쇠를 가지고 있지요?"

"공작님께서 한 개를 가지고 계시지요." 에나리우스가 어금니를 갈며 말했다.

"맞습니다. 그 밖에 또 누가 가지고 있지요?"

"슈툼멜 기사님…, 그리고 저도 하나 가지고 있고요."

"우리는 나중에 프레니아에게 듣게 될 것입니다. 그대가 덫을 놓기 위해 직접 서재의 문을 열어 주었다는 사실에 관해서 말입니다."

"그건 뻔뻔스러운 모함입니다! 그런 말도 안 되는 거짓말에 당하고 있지 않겠습니다."

"나중에, 나중에요. 아직은 누구도 그런 주장을 하지 않았습니다."

농부 아낙 둘이 키득키득 웃었다.

프레니아는 자신의 변호사가 사실은 마법사라는 사실을 알게 되었다. 말로서 마법을 부리는 마법사. 하지만 아직은 그의 마법도 화형대의 불을 끄기에는 역부족이었다. 간혹 수군대는 이들이 생겼지만 다수는 여전히 그녀가 죄인이라 확신하고 있었다. 어찌 되었든 에나리우스에 대한 의구심이 커지고 있는 것만큼은 분명했다.

투르겐손은 새로운 주제를 꺼내 들었다. "의원님께서는 프레니아가 일부러 잘못된 치료로 무두장이의 아들을 죽였다고 말씀하셨죠?"

"맞습니다. 그런 방법을 쓰면 아이는 죽을 수밖에 없어요. 그러니 결론은 자명합니다."

"의원님은 수년간 많은 환자를 치료하셨죠?"

"물론입니다. 멀리서도 저를 찾아오는 환자들이 있을 정도니까요."

"의원님께 치료받은 환자가 사망한 경우도 있었습니까?"

"지금은 제가 아니라 저 마녀에 대한 재판이 열리는 중입니다." 에나리우스가 발끈했다.

그때 어느 농부가 소리쳤다. "물론이죠. 내 마누라가 올봄에 사혈 치료를 받다가 죽었어요!"

그러자 투르겐손이 이번에는 군중들에게 질문했다. "존경하는 의원님이 그렇다고 살인이나 살해 혐의로 재판을 받은 적이 있습니까?"

사람들이 다시 웅성거리기 시작했다. 몇몇은 속이 시원한 얼굴이었다. 격렬한 논쟁을 흥미롭게 바라보는 사람들이 늘어나고 있었다. 반면 어떤 이들은 여전히 처형의 순간을 고대하는 듯했다.

의원 에나리우스의 인내심이 폭발했다. "사실 관계는 명확합니다. 투르겐손 공작님은 그럴듯한 말로 저 여자의 죄를 엉뚱한 곳으로 돌리려 하고 있습니다."

"맞아요." 누군가가 외쳤다. "마녀를 어서 태워 버리자!"

에나리우스가 다시 안정을 되찾은 듯 안도하는 표정으로 고개를 끄덕였다. "아이의 부모를 증인으로 불렀습니다. 우리는 이 여자의 파렴치한 행동에 대해 직접 들어봐야 합니다."

"저런." 투르겐손은 예상치 못한 상황에 놀란 것 같았다. 좋은 징조가 아니었다. 불안감이 프레니아의 창자를 짓눌러 왔다.

"이리 나오시게." 에나리우스가 뒤쪽에 손짓했다.

사람들이 자식을 잃고 비탄에 잠긴 어미에게 길을 내주었다. 프레니아는 노아 엄마를 알아보았다. 상대도 마찬가지였다. 그녀는 천천히 앞쪽으로 걸어 나와 프레니아에게서 3미터쯤 떨어진 자리에 섰다.

제발트가 부드러운 목소리로 질문했다. "그대의 상실감이 얼마나 클지 우리 모두 잘 알고 있다. 공정함을 바로 세우기 위한 재판이 열리고 있으니 그대의 불쌍한 자식에게 무슨 일이 일어났는지 슈투름바흐트의 선량한 백성들 앞에서 사실대로 고해 주기 바란다."

무두장이의 아내는 손가락으로 프레니아를 가리키며 말했다. "저 여자가…" 말을 꺼내기가 무섭게 눈물이 쏟아졌다. 그녀는 더 말을 잇지 못하고 흐느꼈다.

프레니아는 두 눈을 감았다. 에나리우스의 교활함은 자식을 잃은 부모의 고통을 눈앞에서 직접 보여 주는 전략으로 최고조에 이르렀다. 이제 분노한 군중들이 마녀에게 달려들 일만 남아 있었다. 이대로라면 화형대에 오르기도 전에 생을 마감할지도 모를 일이었다.

무두장이 아내의 흐느낌이 조금씩 잦아들었다. 갑자기 프레니아의 눈이 동그래졌다. 여자가 프레니아 쪽으로 다가오고 있었다. 자식의 죽음에 대한 복수를 계획한 걸까? 손에 칼 따위는 들고 있지 않았다. 그 순간 여자가 프레니아의 발아래 엎드리더니 치맛자락에 입을 맞추었다. "여기 이 여자, 치료사 프레니아가 내 아들 노아를 구했습니다. 이분이 아니었다면 누구도 해낼 수 없는 일이었어요. 기적이 일어났어요. 프레니아는 기적의 치료사예요."

성 안뜰에 정적이 흘렀다.

아무도 예상하지 못한 증언이었다. 에나리우스의 코와 두 뺨과 이마에 흉하게 주름이 잡혔다. 프레니아는 완전히 넋이 나간 사람처럼 입을 벌린 채 서 있었다. 그것도 여전히 실눈을 뜬 채로. 노아의 엄마가 혹시 너무 큰 충격을 받아 정신이 온전치 못한 건 아닐까? 혼란에 빠진 프레니아가 투르겐손에게 고개를 돌렸다. 놀랍게도 그는 놀란 것 같지 않았다.

사람들이 다시 웅성거리기 시작했다. 하지만 무두장이 아내의 행동에 대해서는 입도 뻥긋하는 이가 없었다. 그 누구도.

"**말도 안 돼!**" 에나리우스가 외쳤다. "아이는 죽었어. 내가 마지막으로 보았을 때 이미 숨을 거두기 직전이었다고!"

"의원님께서는 어떻게 그런 진단을 내렸지요?" 투르겐손이 물었다.

"오랜 경험이지요. 그 아이는 벌써 죽은 거나 다름없었어요. 저마녀가 그 아이를 죽인 거죠. 상처의 감염이 너무 많이 진행된 상태였습니다. 어제는 흰 천까지 덮여 있었어요. 이건 분명 속임수예요. 투르겐손 공작님의 술수인가요?" 그가 노발대발하며 노아의 엄마에게 외쳤다. "거짓말을 하는 대가로 돈이라도 받았는가? 부끄러운 줄 알아라!"

군중을 비집고 또 한 사람이 단상 앞에 섰다. 노아의 아버지였다. 무언가를 품에 안고 있었다.

무두장이의 아내는 에나리우스와 그의 질책을 무시했다. 그리고 감격스러운 얼굴로 프레니아의 다리를 부둥켜안았다. "덕분에 노아가 살았습니다. 아이는 아직 기력이 없지만 열은 완전히 내렸어요. 그리고 다시 먹고 마시기 시작했습니다. 우리 아이가 회복하고 있어요. 이 큰 빚을 어찌 다 갚을 수 있을지 모르겠습니다."

"저들이 나를 감옥에 가두었어요. 그래서 제시간에 노아에게 약을 가져갈 수가 없었죠." 프레니아가 갈라진 목소리로 간신히 말했다.

"약속한 시간이 지났는데 오시지 않아 천막으로 찾아갔습니다.

그리고 탁자 위에 놓인 약을 발견했어요. 그래서 일단 약을 가져가 시키신 대로 네 시간마다 아이에게 먹였어요."

"모두 거짓말이야. 아이는 죽었어!" 에나리우스가 성큼성큼 걸어 나가 무두장이의 손에 들린 천을 벗겼다. 몸을 덮고 있던 따뜻하고 부드러운 덮개가 갑자기 벗겨지자 놀란 아이의 얼굴이 나타났다. 아이는 지쳐 보였지만 커다란 천진난만한 눈으로 에나리우스를 바라보다가 두 팔로 아빠의 목을 감고 어깨에 몸을 밀착시켰다. 군인 하나가 이불을 주워 다시 조심스럽게 아이에게 덮어 주었다.

프레니아의 눈앞이 부옇게 흐려졌다. 꿈은 아니겠지? 그녀가 코를 훌쩍이며 생각했다.

에나리우스가 음산한 목소리로 무두장이를 비난했다. "네 아이가 죽었다고 네 입으로 말하지 않았느냐?"

"용서하십시오. 어제 의원님이 오시는 걸 보고는 아이에게 흰 천을 덮었습니다. 어쩔 수가 없었습니다. 의원님께서 지난번 우리 아이의 머리에 망치질을 하려고 하신 뒤부터 그 치료법이 너무나 두려웠을 뿐입니다." 무두장이가 느릿느릿 말을 이어 갔다. "게다가 저희를 협박하지 않으셨습니까? 슈툼멜 기사님도 그 자리에 계셨기에 증언해 주실 것입니다. 가까스로 회복하고 있던 아이가 행여 잘못될까 봐 겁이 났어요. 이런 저희의 사정을 헤아려 주세요."

놀란 사람들의 웅성거림이 점점 커졌다. 믿을 수 없다는 듯이 자신의 머리를 때리는 사람도 있었다. 어떤 이들은 큰 소리로 무두장이 가족을 축하해 주었고, 또 다른 사람들은 에나리우스를 비난하기 시작했다. 그럼에도 여전히 화형을 집행하라고 외치는 이들도 있었다. 그런 구제 불능의 인간들에게는 누가 왜 사형에 처해져야 하는지는 관심 밖의 문제였다. 그들에게 중요한 건 오로지 사형 선고와 집행 그 자체였다.

그곳에서 가장 조용한 두 명은 바로 슈툼멜과 투르겐손이었다. 슈툼멜은 눈썹을 살짝 치켜뜨며 투르겐손의 훌륭한 변호에 대해 만족감을 표현했다. 투르겐손은 아무도 모르게 윙크로 화답하며 슈툼멜의 신뢰에 감사를 표했다.

"이로써 검은 마법에 관한 고발을 철회한다." 집행관이 알렸다. "더 밝혀야 할 경위가 있지만 이는 공개 재판에서 다루지 않을 것이다."

신뢰가 완전히 추락한 친구 에나리우스를 어떻게든 분노한 관중들에게서 지켜보려는 계산이었다. 슈툼멜은 에나리우스가 들고 있는 책을 빼앗아 들었다. 에나리우스는 불과 몇 분 만에 일어난 반전에 완전히 넋이 나가 얼어붙은 조각상처럼 꼼짝도 하지 않고 서 있었다.

"므음." 슈툼멜이 프레니아에게 책을 건네며 말했다.

"감사합니다. 그리고…" 그녀는 자신을 변호해 준 투르겐손 쪽으로 시선을 돌렸다. 하지만 그는 이미 사라지고 없었다. 언어의 마법사가 자신의 임무를 훌륭히 완수한 뒤 홀연히 사라져 버렸다.

조제법

그 소식은 마지막으로 파린에게까지 전해졌다. 아로스가 자신에게서 받은 말을 타고 지게스문트 성에서 사라졌다고 했다. 그것도 당당히 성문을 통해서, 작별 인사도 없이. 더 이상한 건 보호자였던 작고 기이한 사내를 두고 홀로 떠났다는 사실이었다. 키는 굳은 얼굴로 성안을 돌아다녔다.

둘 사이에 무슨 사건이 있었던 게 틀림없었다. 좀 더 자세히 알아봐야 할까? 아리송한 예언은 어떻게 되는 걸까? 파린은 키를 찾아가 보기로 했다. 그는 마구간에 있었다. 조금만 늦었으면 큰일 날 뻔했군. 키는 떠날 채비를 하는 중이었다. 네코르인과의 싸움에서 도움을 준 것에 대한 감사의 표시로 에미코가 그에게 말 한 마리를 선물했었다.

"안녕하세요, 키. 지게스문트 성을 떠나실 건가요?" 파린이 인사했다.

말 등에 안장을 고정하던 키가 파린 쪽으로 고개를 돌렸다. "화가는 친구 아가씨를 따라가야 해요."

"제가 상관할 일은 아니지만 어쩌면 제가 도움이 될지도 몰라요. 무슨 일이 있었어요? 떼려야 뗄 수 없는 사이처럼 보였는데 갑자기 아로스가 홀쩍 떠나 버렸다니 믿기지 않아서요."

"스콰이어의 말이 맞아요. 이건 저희 둘의 문제입니다."

키의 의도보다 더 모질게 들리는 말이었지만 파린은 그의 괴로움이 얼마나 큰지 느낄 수 있었다. "미안해요! 괘물을 의도는 없었습니다. 솔직히 처음엔 아로스를 대하는 게 불편했어요. 하지만… 지금은 달라요. 이제 그 아이를 이전보다 더 잘 이해할 수 있을 것 같아서 도울 일이 있을지 여쭤본 것뿐입니다."

키의 표정은 조금 부드러워졌지만 동시에 가느다란 눈이 흐릿해졌다. "화가가 실수를 했어요. 친구 아가씨가 진실을 숨기는 걸 끔찍하게 싫어한다는 사실을 알았어야 했는데."

"무슨 진실이요?"

"하늘의 별들은 저마다 진실을 품고 있어요. 친구 아가씨는 아주 특별한 사람이지만 그건 그녀가 원하는 바가 아니죠. 화가는 그 이상 말씀드릴 수가 없습니다."

"제가 그냥 돕고 싶어서 그런다는 건 알고 있죠? 떠나기 전에 말해 주세요. 아로스는 대체 누구인가요?"

키는 잠시 생각에 잠겼다. "화가는 심장의 소리를 들을게요. 지금 나의 심장이 뼈를 보는 사람을 믿어도 좋다고 말하네요." 그러고는 목소리를 낮추고 말했다. "아로스는 마지막 돌란인이에요."

"돌란인? 그게 뭐죠? 한 번도 들어본 적이 없어요."

"그들은 매우 비상한 사람들이에요. 고통의 방랑자라고도 하지요. 미안합니다. 스콰이어에게 더 알려 줄 수가 없습니다." 그는 양손을 가슴 앞에 모으고 상냥한 얼굴로 허리를 굽혀 인사했다.

더 묻지 않는 게 예의일 것 같았다. "고마워요, 키. 앞으로 가는 길에 행운이 함께 하기를, 그리고… 아로스와 빨리 화해할 수 있기를 바랍니다."

"화가는 뼈를 보는 스콰이어에게 감사하고, 앞으로 좋은 일들이 있기를 바라요."

둘은 서로를 바라보며 미소를 지었다. 파린은 마구간을 나섰다.

깊은 생각에 잠겨 성의 안뜰을 거닐었다. 키 또한 특별한 사람이었다. 제발 그가 아로스를 다시 만날 수 있게 되기를.

매장꾼의 아들은 이제 에미코한테 가 봐야겠다고 생각했다. 기사를 보러 갈 때가 되면 늘 뱃속이 울렁거리는 것 같았다. 감히 부를 수 없는 존재는 대체 언제 기사의 정신을 지배하고, 끔찍한 일을 도모하려는 걸까?

파린은 그날 저녁 일찍 에미코를 방에 두고 나왔다. 며칠 새 낙인은 눈에 띄게 선명해졌다. 하지만 에미코의 행동은 예전과 다름없었다. 다행이었다. 그는 부지런히 호통을 치고, 신하들에게는 늘 최선을 다하라고 요구했다. 누구에게나 엄격했으며, 물론 자기 자신에게도 예외는 아니었다. 임무를 위해서는 잠을 푹 자야 했기 때문에 파린은 침실을 혼자 쓰고 싶다고 요청했다. 허리에 찬 주머니는 풀지 않고 누웠다. 왠지 오늘은 빈 몸으로 낯선 세상으로 출발하고 싶지 않았다. 오늘도 징글징글의 도움으로 비스듬한 차원 초흐르테난에서 다시 프레니아와 만날 수 있게 되기를! 지금까지는 의원 에나리우스가 걸림돌이 되어 계획에 차질이 생겼다. 프레니아와 그의 갈등은 미처 생각하지 못한 변수였다.

벌레, 그런 거라면 큰 소리로 생각해도 돼. 천하에 쓸모없는 늙은이 같으니라고.

망상은 아직도 꽁해 있었다. 역시나 망상다웠다.

"그래, 그거라면 네가 충분히 느끼게 해 줬잖아."

그래, 너는 입이 마르도록 칭찬이나 하고 있었고.

"네가 너무 빡빡하게 구는 거야, 누가 봐도."

네가 너무 우유부단한 거야, 누가 봐도.

역시 하나 마나 한 논쟁이었다. "인제 그만 잠을 청하는 게 좋겠어. 프레니아가 성공했는지 알려면 그 방법뿐이잖아."

잘 자, 벌레!

한참이 지나고 드디어 파린의 눈꺼풀이 무거워졌다.

초원에 내려앉은 새벽안개처럼 잿빛이 세상을 덮고 있었다. 망상은 오늘도 성공적으로 그의 정신을 데리고 초흐르테난으로 갔다.

알프차라크가 벌써 기다리고 있었다. "드디어 왔군. 너희에게서 해방될 날을 기다리느라 목이 빠질 지경이라고."

셋은 함께 프레니아의 단풍나무로 향했다. 어느새 발아래의 뿌드득 소리도 그렇게 거슬리지 않을 만큼 익숙해졌다. 기대감에 부풀어 나무에 손을 가져갔다. 그리고 눈을 감고 프레니아 생각에 정신을 집중했다. 눈앞에는 자꾸만 보고 싶지 않은 장면이 떠올랐다. 프레니아가 감옥에 쪼그리고 앉아 절망하고 자학하는 모습이었다.

사방은 잿빛 침묵뿐이었다. 파린은 황급히 눈을 떴다. 나무껍질의 윤곽이 그의 눈에 맺힌 눈물과 함께 흐릿하게 번져 갔다. 제대로 보기 위해 눈을 깜빡였다. 침대 옆에 놓인 작은 나무통, 그 위에 양초 불빛이 깜빡이고 있었다. 진전이 있다는 뜻이었다. 그들이 있는 곳은 프레니아의 천막이었다. "프레니아? 저예요, 파린."

잠에서 깨어난 그녀가 몸을 일으켰다. "정말로 다시 왔구나!"

"감옥에서 풀려나신 거죠? 우리가 꿈에서 슈튐멜을 찾아간 게 도움이 된 거예요?"

"응, 굉장한 일들이 일어났었어. 그리고 이렇게 풀려났지."

프레니아는 그동안 겪은 재판과 석방에 관해 이야기해 주었다. "투르겐손 공작의 변호가 내가 풀려나는 데 가장 결정적인 역할을 했어. 그 사람에게 어떻게 감사를 전해야 할지…."

"투르겐손이라고요? 왕의 조카 말이에요?" 파린이 끼어들었다.

"맞아. 그의 실력은 정말 대단했어. 최고의 변호사더군."

"최고의 개자식이지." 징글징글이 말했다.

하필 그 거만한 투르겐손 공작이? 매장꾼의 아들은 어깨를 으쓱할 수밖에 없었다. 그리고 선입관을 따를 것이 아니라 누구에게나 기회를 한 번 더 줘야겠구나 생각하며 흐뭇한 마음으로 바랄돈의 사례를 떠올렸다.

"자, 본론으로 들어가자고. 우리에게 중요한 건 단 하나, 바로 그 책이야."

"아, 네 매력 덩어리 짝꿍도 같이 왔구나." 프레니아가 별로 기쁘지 않다는 듯이 말했다. "라키인가… 뭔가 하는 그 다른 악령도 같이 온 거야?"

"네, 맞아요. 그리고 지금 우리 대화를 듣고 있고요."

"고마워, 라키. 그 굉장한 약 덕분에 노아를 살렸어. 정말로 고마워!"

라키는 당황한 것 같았다. 붉어진 눈이 빙글빙글 돌았고, 기다란 동공은 거의 동그랗게 변했다.

"라키! 너 정말 그러기 있어? 이 공정하고 행실 바른 악령 같으니라고. 그러고도 네가 악령이냐고? 이제 날개만 자라면 되겠네, 요 귀여운 녀석!" 비딱한 징글징글 같으니. 숲의 악령에게 관심을 빼앗겨 샘이 나는 모양이었다. "할멈! 이제 중요한 얘기나 하자고. 그래서 그 책을 가지고 왔어?"

"무슨 책 말이야? 파린, 네가 좀 도와줄래? 네 형편없는 바알세불^{악귀의 우두머리, 사탄} 친구가 지금 무슨 얘기를 하는 거야?" 프레니아가 물었다.

"약속하지. 다음번에 만나면 내가 반드시 파린의 손으로 네 목을 졸라 주겠어." 징글징글이 투덜거렸다. 싸우면서 친해진다는데, 둘은 늘 이렇게 티격태격이었다.

"파린, 저 투덜이에게 그대로 전해 줘. 책 가지고 있다고." 프레니아는 초를 들고 탁자 쪽으로 갔다. 탁자 위에 검은 가죽 표지로 제본된 커다란 책이 놓여 있었다. 그녀는 조심스럽게 책을 펼쳤다. "이젠 어떻게 해? 이건 모두 카르탄어야. 읽을 수가 없다고."

"하긴, 할멈은 자기가 뭘 할 수 있는지도 모르는 멍청이였지." 망상이 비난했다.

다음 순간 프레니아가 왼손으로 자신의 이마를 쳤다. "말도 안 돼. 읽을 수 있어. 읽을 수 있다고! 내가 카르탄어를 이해하고 있어. 나의 스승 니네브처럼! 이건 마술이고, 마법이야!" 그녀의 눈가가 촉촉해졌다. "그러니까… 내가 마법사가 된 거야."

"으이그, 내가 보기엔 익살꾼이 된 거 같은데. 이제 눈물을 닦고 얌전히 책 좀 읽어 보자고."

프레니아는 얼마나 감격했던지 징글징글이 아무리 약을 올려도 그저 어깨만 한 번 으쓱할 뿐 대꾸도 없이 책장을 넘기기 시작했다. 책 속에는 머리에 뿔이 나고 비늘로 덮인 악령의 흉측한 얼굴들이 가득했다. 그래도 그녀는 별로 개의치 않는 것 같았다. "우리가 찾고 있는 게 구체적으로 뭐지? 낙인에 관한 것?"

"맞아요." 파린이 말했다. "낙인을 사라지게 만드는 방법이 있는지 알아내야 해요. 원 안에 펜타그램이, 그리고 그 한가운데에 불꽃 그림이 있을 거예요."

"여기 있어. 감히 부를 수 없는 존재. 불과 혼돈의 제왕." 프레니아가 손가락으로 어느 페이지의 중간쯤을 가리키며 말했다.

징글징글과 파린, 그리고 프레니아는 다음 네 페이지에 걸쳐 기술된 감히 부를 수 없는 존재의 악행을 대충 살펴보았다. 세상을 지탱하는 자로도 불렸고… 계략과 혁명과 전쟁으로 인한 혼돈이라…. 바로 그때, 찾고 있던 내용이 보였다. 감히 부를 수 없는 존재의 낙인. 숨이 멎을 것 같았다.

프레니아가 큰 소리로 읽어 내려갔다. "희생양을 찾은 악령은 직접적인 신체 접촉을 통해 낙인을 찍는다. 그는 특히 불화의 씨를 뿌리고 기존의 질서를 어지럽히기 위해 영향력이 큰 인물을 이용한다. 낙인을 제거하는 것은 정화라고도 불리는데 거의 불가능한 것으로 여겨진다. 이에 관해서는 육체와 정신을 저주로부터 해방하고 낙인을 사라지게 하는 약이 있다고 어렴풋이 전해 내려올 뿐이다. 아래의 신비한 시가 그 약의 성분을 암시한다."

셋은 넋을 잃고 다음 몇 줄을 응시했다. 프레니아가 다시 큰 소리로 읽어 내려갔다.

"신비로운 정화의 영약,
뿌리인간과 까마귀풀,
햇빛과 청어껍질을 섞어 빚어낸다."

"이런 망할!" 징글징글이 즉시 주석을 달았다.

"'망할' 정도가 아니야." 프레니아가 말했다. "이건 불가능이야."

"왜요? 간단하게 들리는데요?" 파린이 말했다. "재료가 딱 네 개 잖아요. 그리고 복잡하게 들리는 것도 없어요. 한번 시작해 봐요."

"절대로 그렇지 않아. 이건 들리는 것과 다르게 엄청나게 어려운 일이라고." 프레니아가 한숨을 쉬며 대답했다. "뿌리인간과 까마귀 풀은 정말로 찾기 힘든 식물이야. 내가 아는 바로는 어디서도 돈으로 살 수 없고, 만약에 살 수 있다고 해도 아마 벨텐 제국의 절반쯤을 줘야 얻을 수 있을걸? 그걸 찾아내는 건 거의 불가능에 가깝고, 만일 찾아낸다고 해도 뿌리를 캐다가 자칫 목숨을 잃을 수도 있어."

징글징글은 프레니아의 말에 반론을 제기할 기회가 왔다는 사실만으로도 기뻤는지 평소와 달리 열성적인 태도로 자신의 계획을 말했다.

"할멈이 불가능하고 위험하다고 말하니까 왠지 더 구해 보고 싶어지는데! 자 첫 번째 재료부터 시작해 볼까? 뿌리인간! 어디서 그걸 찾지?"

"뿌리인간? 도대체 그게 뭐지?" 파린이 물었다.

라키가 말했다. "그건 벨텐 제국에 있는 기이한 마법의 식물을 말하는 거야. 인간의 몸이랑 비슷하게 생겨서 그렇게 부른다지."

"그 식물은 엄청 희귀하기도 하고, 채취하기가 보통 어려운 게 아니야." 프레니아가 덧붙였다.

"오, 뿌리인간. 그러고 보니 생각났어요. 저한테 그게 있는 것 같아요." 파린은 허리춤에 찬 주머니에 손을 넣어 뭔가를 꺼냈다.

"아… 알, 알라우네야." 프레니아가 감격스러운 목소리로 중얼거렸다.

"정말… 믿을 수가 없어." 숲의 악령도 파린이 들고 있는 뿌리를 보며 말을 잇지 못했다. "학살자, 축하해! 너 정말 쓸모 있는 녀석을 골라잡았구나."

"응, 맞아, 라키. 네가 봐도 그렇지? 그렇다고 너무 칭찬하지는 말라고, 그러다가 얘 정신이 어떻게 돼도 난 모르는 일이니까. 다시 아까 그 구절로 돌아가서, 다음은 뭐였더라, 까마귀풀. 그건 내가 어디서 들어봤는데."

"알라우네만큼이나 드물고 신비로운 식물이야. 저습지에서만 자라지. 그게 어디 있는지 아는 사람은 거의 없어. 나 역시 모르고." 프레니아가 말했다.

"그래, 저습지, 저습지라고 했지? 그곳에 대해서 들어봤어." 징글징글이 기억을 더듬었다. "거기까지 가는 것도 쉽지 않아. 서부산맥을 가로질러 가야 하거든. 그리고 분명 빌어먹을 곳일 거야."

"서부산맥이 어디야?"

"서쪽의 깊고 거대한 산악 지대."

"그럴 줄 알았어."

"그럼 묻지를 말던가."

"그래야만 한다면 같이 가서 까마귀풀을 구해 오자." 파린이 결심했다. "다음 재료는 뭐였지? 햇빛! 이것도 특별하고 신비한 식물이야?"

"아니, 그건 노란 공이 하늘에 나타나 비추는 거."

프레니아가 덧붙였다. "이건 우리가 어떤 방식으로 약을 조제해야 하는지를 알려 주는 거야. 정오 무렵에, 태양의 움직임에 따라, 나무 스푼을 오른쪽으로 돌리며 저어야 해."

"그게 다예요? 잘됐네요! 그럼 청어껍질은 청어껍질인가요?"

"그렇고말고. 벌레가 벌레인 것처럼."

"청어껍질은 양조 과정에서 변성을 만들어 내는 데 필수적인 재료야." 프레니아가 설명했다.

그게 뭘 의미하는지는 잘 몰랐지만 파린은 크게 숨을 들이쉬면서 말했다. "많은 사람 중 하필 점술가이면서 치료사인 프레니아가 우리에게 이 조제법을 알려 주게 된 건 절대로 우연이 아니에요. 프레니아, 이 약을 직접 만드셔야 해요. 우리가 있는 곳으로 오세요. 지게스문트 성으로요. 그사이에 저는 산맥 너머에 있는 까마귀풀을 구해 올게요." 파린이 단호하게 말했다.

"내가 움직이기에 쉽지 않은 길이지만, 얼마나 긴박한 상황인지 잘 알겠어. 좋아, 내일 바로 출발할게. 슈툼멜 기사님께 말씀드리면 함께 떠날 사람을 붙여 줄지도 몰라."

파린이 주먹을 불끈 쥐었다. 좋아, 드디어 한 걸음 더 앞으로 왔어.

수습 선원

2번 부두에 길게 줄을 선 사내들 사이에 지루한 표정을 짓고 있는 소년이 있었다. 벨텐 제국에서 가장 뛰어난 수습 선원의 인생에 기다림보다 더 큰 낭비가 있을까? 시간도, 소년의 심장도 멈춰 버린 듯했다. 이 많은 사람이 정말로 모두 바르바로사 호를 타려고 한다고? 그의 앞과 뒤에 줄을 선 덥수룩한 수염의 사내들이 저마다 자신이 겪은 무용담을 떠들어 대고 있었다. 누군가는 무시무시한 바다 괴물을 만났다고 했고, 또 다른 누군가는 선원들을 유혹해 잡아먹는 인어를 만났다고 했다. 그들의 밑도 끝도 없는 이야기는 그야말로 무궁무진해 보였다. 와! 저 사람들은 천운을 타고난 사람들이군. 모두 자신이 여러 차례 무시무시한 사고에서 유일하게 살아남았다고 떠들어 대는 걸 보니. 하지만 그 유일한 생존자들 때문에 더 오래 기다려야만 하는 소년은 운이 없다고 할 수 있었다. 그렇게 끔찍한 일을 겪고도 다시 배를 타겠다고 몰려들다니. 물론 소년이 그들의 새빨간 거짓말 따위를 믿을 리 없었다.

그도 물론 바다를 사랑했다. 하지만 바다 위를 수개월 동안 떠다니는 건 생각만 해도 지겨웠다. 코끝을 스치는 바람, 발아래 갑판과 물 이외에는 아무것도 없고, 어디를 봐도 똑같은 모양에 퀴퀴한 냄새를 풍기는 자루들만 쌓여 있는 곳. 흠, 벨텐 제국에서 둘째가라면 서러운, 타고난 수습 선원이 지금 무슨 생각을 하는 거지?

배는 항구에서 멀리 떨어진 곳에 닻을 내리고 있었지만 내항 부두에서 바라봐도 거대했다. 위풍당당한 네 개의 돛대가 마치 구름을 찔러 터트리기라도 하려는 듯 높이 솟아 있었다. 바르바로사 호의 규모는 상상을 초월했다. 배를 움직이기 위해서는 거의 200명에 달하는 선원이 필요했는데, 그중 항해 당직 선원 60명을 새로 뽑는다고 했다. 규모로만 보면 바르바로사는 물 위에 떠 있는 작은 마을이었다. 그게 정말로 가능할까? 나벤슈타인에서도 싸움은 그칠 날이 없는데. 게다가 도시와 달리 배 위에서라면 피할 곳도 없었다.

이제 두 명만 끝나면 그의 차례였다. 새치기라면 누구에게도 지지 않을 자신이 있었지만 오늘만큼은 얌전히 줄을 서서 차례를 기다렸다. 그의 새로운 슬로건은 바로 싸우지 말고 눈에 띄지 말자였다.

바로 앞에는 쉰 살도 넘어 보이는 사내가 서 있었다. 기름기가 흐르는 가죽옷에서는 파이프 담배 냄새와 땀 냄새가 났고, 챙이 넓은 모자를 쓰고 있었다.

나도 저런 모자가 있었으면, 소년은 생각했다.

뒤쪽에서는 다른 사내 둘이 소곤대는 소리가 들렸다. "진짜 이 배를 탈 생각이야? 저주받은 배라는 소문을 한두 번 들은 게 아니야. 선원 중 삼분의 일은 죽고, 삼분의 일은 곧바로 도망쳐 버린다던데…."

"알아, 대신 나머지 삼분의 일은 엄청나게 큰돈을 벌었다고 하잖아. 그리고 또 다른 삼분의 일은 다른 대륙으로 건너가 잘살고 있고."

소년은 셈을 잘 하지 못했지만 대체 삼분의 일이 몇 개까지 가능한 건지 의아한 생각이 들었다.

"14년 전 바르바로사 호에서 일어났던 피비린내 나는 사건 얘기도 들어? 그때 150명도 넘는 선원들이 죽었다고 하잖아." 수군거림은 계속됐다.

"배 안에 페스트가 퍼진 건 아닐까? 그런 일은 어느 마을이나 도시에도 일어날 수 있다고." 걱정하는 사내를 다른 사내가 안심시켰다.

"나도 모르겠어. 그때 간신히 살아남은 사람 말로는 선원들이 동시에 쓰러졌고, 눈, 코, 귀에서 피가 흘러내렸대."

"너도 참, 선원들의 거짓말에 속아 넘어가냐?" 다른 사내가 웃었다.

둘은 다시 침묵했다.

놀라고 있을 시간이 없었다. 이제 바로 앞 사내 차례였다.

"이름?" 뚱뚱한 사내가 흔들거리는 책상 앞에 펜을 들고 앉아 있었다.

"사람들은 저를 투덜이라고 불러요." 모자를 쓴 사내가 투덜대며 대답했다.

"투덜이, 아하." 손에 펜을 쥔 사내는 고개도 들지 않고 대답했다. "경력은?"

"마지막 항해에서 갑판장이었죠. 지금은 사관 복무를 희망합니다."

"마지막으로 탔던 배 이름이 뭐였지?"

"에스메랄다."

면접관은 고개를 끄덕였다. "갑판장 자리는 안 되지만… 다행히 부갑판장 자리가 비어 있군. 괜찮은가?"

"좋습니다!"

"왼쪽 입구로 가면 급여의 사분의 일을 선급으로 받을 수 있어. 배는 내일 아침 6시에 출발하네." 그가 사내에게 알파벳 'B'가 새겨진 나무토막을 건넸다. 사내는 건물 안으로 사라졌다.

이제 드디어 그의 차례가 왔다.

"이름?"

"사람들은 저를 그냥 니켈이라고 불러요." 그가 최대한 저음으로 대답했다. 하지만 결과는 기대에 훨씬 못 미쳤다.

책상 앞에 앉은 사내가 고개를 들고 오른쪽 눈썹을 살짝 치켜떴다. "경험은?"

"경험은 많아요. 배는 아직 못 타 봤지만. 하지만 그건 중요한 게 아니고요. 저는 바르바로사 선장을 만나고 싶습니다."

면접관이 기가 막힌다는 듯이 왼쪽 눈썹도 치켜떴다. "뭐…를 하려고?"

"귓구멍이 막힌 거예요?"

"이런 건방진 녀석을 봤나. 몇 대 맞아 봐야 정신이 들겠냐?"

그런 협박쯤은 두렵지 않았다. 책상 앞에 앉은 뚱뚱한 사내는 벨텐 제국에서 가장 잽싼 수습 선원을 붙잡기엔 너무 둔했다.

"어떻게 할 거예요? 선장에게 저를 데려가 줄 거예요?"

면접관이 입을 비죽거리며 말했다. "선장님은 지금 바쁘시니 대신 내가 폐하와의 만남이라도 주선해 주랴?"

"그럴 필요는 없어요. 그라쿠스 폐하라면 벌써 여러 번 뵌 적이 있으니까. 저는 붉은 수염 선장한테 용건이 있어요."

사내는 무언가 말을 하려다가 입을 다물었다. 황당함에 말문이 막힌 것 같았다. 천천히 자리에서 일어나 소년 뒤로 길게 늘어선 줄을 한 번 둘러보고는 다시 자리에 앉았다. 원하는 무언가를 찾지 못한 눈치였다. 그리고 모두가 들릴 만큼 크게 한숨을 쉬고는 간신히 화를 참으며 말했다. "나는 고용 담당이다. 갤리에서 일할 수습 선원 자리가 비어 있는데, 내 생각엔 그 자리가 너한테 딱 맞을 것 같아." 그는 몸을 뒤로 기대며 혀로 입술을 핥았다. "그러면 조리장에게 예의범절도 배울 수 있겠지. 보수는 4실링과 끼니, 그리고 잠잘 수 있는 그물침대다. 그게 싫으면 썩 꺼져. 어떻게 할 테냐?"

"어이, 왜 줄이 꼼짝을 안 하는 거지? 그 앞에 빨리 끝내지 않고 뭐해?" 뒤쪽에서 기다리던 사내가 고함을 쳤다.

소년은 소리가 나는 쪽을 향해 '멍청아, 얘기 중인 것 안 보여?'라는 표정을 지어 보였다. 기다림은 미덕이야. 그런 일로 움츠러들 그가 아니었다. 갤리와 조리장이 뭔지는 몰랐지만 물어보지 않는 편이 나을 것 같았다. "수습 선원은 무슨 일을 하죠?"

"별거 없어. 선원들이 온종일 시중을 드는 아주 좋은 자리지. 수습 선원이 불편함을 느끼지 않도록 배 전체가 최선을 다하니까 말이야." 사내는 깃털 펜에 시선을 고정한 채 미소 지었다.

거짓말쟁이, 소년은 생각했다. 나를 너무 순진하게 봤어. 하지만 이제 결정을 내려야 했다. 물론 수습 선원으로 고용되는 게 그의 계획이 아니었다. 하지만 방금 부갑판장이 된 사내가 선급금을 받는 걸 두 눈으로 똑똑히 목격하지 않았던가. 그것도 삼분의 일보다도 훨씬 많은, 사분의 일이나 되는 거금을! 우선 그 돈을 받은 뒤 배를 타지 않고 몰래 도망치면 될 일이었다. 세상에 이렇게 쉽게 돈을 버는 방법이 있었다니.

"좋아요, 할게요. 수습 선원 괜찮네요." 그는 좀 전의 사내와 마찬가지로 나무토막을 받기 위해 손을 내밀었다.

"명단에 적을게. 니켈이라고 했지? 여기, 이걸 허리에 감아라." 사내는 이를 드러내 보이며 새끼줄을 건넸다.

"그런데…" 소년은 잠시 고민했다. 아까 그 단어가 뭐였더라? 그래, 그거야. "…선급은요?"

"선급은 고급 선원들만 받는 거야. 넌 일반 선원이니까 해당이 안 되지. 그러니 항해가 끝날 때까지 기다려라." 사내가 소년을 비웃으며 다음 사람에게 물었다. "이름?"

"드디어!" 뒤에 서 있던 사내가 소년을 거칠게 옆으로 밀치며 말했다. "토르스텐손."

그럼 뭐, 할 수 없지. 아직 붉은 수염을 만나지는 못했지만 한 발짝 더 가까워졌어, 소년은 생각했다.

방금 고용된 따끈따끈한 수습 선원이 부둣가를 어슬렁거리고 있었다. 아직도 삼십 명쯤 되는 중년의 사내들이 줄을 서 있는 게 보였다. 그들은 모두 고용한다 해도 거대한 배를 채우기엔 역부족이었다. 면접관이 까다롭게 굴지 않고 거의 모든 지원자를 명단에 넣은 이유가 거기에 있었다.

저 멍청이가 자신이 방금 여자아이를 수습 선원으로 고용했다는 사실을 알게 된다면. 아로스는 오른손에 밧줄을 쥐고 빠른 속도로 돌렸다. 밧줄은 허공을 가르며 윙윙 소리를 냈다. 하지만 금방 싫증이 났다. 쳇, 이런 놀이를 하기에는 이미 너무 나이가 들었나 봐. 그녀는 밧줄을 가만히 바라보다가 허리에 묶었다.

이제부터는 어른이 되기 위해 더 많은 시간을 써 보자. 인내는 미덕이니까.

내항의 고요한 바닷물에 얼굴을 비춰보았다. 변장한 자신의 모습이 마음에 들어 슬며시 윙크했다. 그라쿠스 왕의 약속대로라면 이젠 병사들이 그녀를 쫓는 일은 없겠지만 어른들의 말은 믿을 수가 없었다. 가장 최근에 그 사실을 확인시켜 준 사람은 물론 키였다. 어른들은 온종일 거짓말만 한다. 그리고 그라쿠스는 어른들의 왕이다. 그러니 더 말해 무얼 할까? 그게 너무 빨리 어른이 되어서는 안 되는 또 하나의 이유였다.

만약에 대비하여 빨간 머리를 칼로 싹둑 자르고 검게 염색했다. 얼굴에는 검댕을 조금 묻히고 최대한 험악하게 보이도록 인상을 찌푸렸다. 변장은 생각보다 간단했다. 세상에 이렇게 못생긴 여자아이는 없을 테니까. 통이 넓은 리넨 바지와 리넨 셔츠도 성별을 감추는 효과가 있었다. 물론 사내아이 같은 체형도 한몫했다. 천을 잘라 묶어 작은 가슴을 숨기는 건 별로 어려운 일이 아니었다.

벨텐 제국의 아름다운 수도 나벤슈타인에 온 걸 환영한다, 니켈.

아침 일찍 도시 외곽에 리젤을 맡겨 두고 시내로 들어갔다. 그곳에는 다른 말들도 많았지만 아로스는 어쩐지 마음이 무거웠다. 여름에는 물과 풀이 충분해 아무 걱정이 없었다. 돈 몇 푼만 쥐여 주면 양치기들이 말들을 잘 돌봐 주었다. 오늘 저녁까지는 리젤도 아로스 없이도 잘 견뎌 줄 것이었다. 하지만 딱 하루만이야!

내항에는 작은 거룻배들이 분주하게 오가며 커다란 상자들을 바르바로사 호로 실어 나르고 있었다. 거대한 배의 현측에 하역용 기구가 부지런히 상자들을 옮겨 싣는 중이었다. 대체 저 많은 상자 안에는 뭐가 들어 있을까?

작은 빈 배 한 척이 다른 상자들을 실으려고 되돌아오고 있었다. 일꾼 하나가 그녀 바로 옆 말뚝에 밧줄을 이용해 배를 고정했다.

배에 타고 있던 사공이 아로스의 호기심 어린 시선을 의식하고 말했다. "꼬마야, 이 배는 곧 다시 바르바로사 쪽으로 갈 거다." 그는 배에 감긴 밧줄을 가리키며 말을 이었다. "너도 배를 탈 거니?

내가 데려다줄까?"

"지금 배 안에 선장이 있나요?"

"붉은 수염? 그야 당연하지. 붉은 수염은 절대로 뭍으로 내려가지 않는다고 하던데? 배 안에 선실이 있는데, 벌써 20년 동안 꼼짝않고 거기에만 있다는 얘기가 있어."

"그럼 저도 따라갈게요. 선장을 만나야 해요."

사내가 깜짝 놀라 물었다. "너 지금 진심이냐?"

"저는 농담 같은 건 안 해요."

"정 그렇다면." 사내가 어깨를 으쓱하며 대답했다. "얼른 타거라."

배에만 있었던 세월이 20년 이상이라니. 아로스에게는 영원처럼 느껴지는 긴 시간이었다. 어찌 되었건 그 말이 사실이라면 붉은 수염은 아로스의 과거에 대해 무언가 알고 있는 게 분명했다. 14년 전, 갓난아기였던 그녀를 다른 대륙에서 벨텐 제국으로 데려온 게 바로 이 배였으니까. 혹시 그는 아로스의 엄마가 누구인지도 알고 있을까? 어차피 엄마를 찾을 생각은 없었지만. 그녀는 입을 굳게 다물었다. 갓난아기를 고아원 문 앞에 쓰레기처럼 버려두고 간 배신자. 자신의 근원에 대한 의문은 그녀의 머릿속에서 떠나지 않았다. 어쩌면 어딘가에 나처럼 버려지고 학대받은 형제나 자매가 있지 않을까? 시장에서 만난 할머니 니네브는 나의 과거와 무슨 관계가 있는 걸까?

아로스가 생각에 빠진 동안, 일꾼 셋이 기중기의 도움을 받아 상자를 거룻배로 옮기기 시작했다. 말이 기중기였지 있으나 마나 한 도구여서 결국 사내들이 있는 힘을 다해 상자를 들어 올려야 했다. "이 상자는 정말 코끼리만큼이나 무거워." 한 명이 한숨을 쉬며 말했다.

"세 개 이상은 안 될 거 같군. 더 실었다가는 배가 가라앉을 거야." 다른 사내가 말했다.

아로스는 코끼리가 뭔지 몰랐지만 선원들만 쓰는 말이겠거니 생각하고 묻지는 않았다. 엄청나게 무거운 물건을 뜻하는 단어인 것만큼은 분명했다.

잠시 후 사공이 천천히 바르바로사 호로 노를 저어 갔다.

수습 선원은 배의 앞쪽, 상자 위에 앉아 다리를 흔들고 있었다. "이 안에는 뭐가 있어요?" 그녀가 투박한 나무 상자를 두드리며 물었다.

"서쪽 광산에서 온 동이야. 왜 그런지는 몰라도 다른 대륙에는 동이 없단다. 아니면 아직 아무도 못 찾은 건지도 모르지."

"그럼 배에는 또 뭐를 실어요?"

"포도주, 소금, 그리고 무기들을 많이 싣지. 넌 참 궁금한 게 많구나."

쥐들은 원래 호기심이 많은 법이에요. 그녀의 눈은 점점 더 커져서 곧 눈앞의 거대한 범선만 해졌다. 거대한 목선. 상상할 수 없는 규모의 돛단배. 그녀의 눈앞에 새로운 세상이 나타났다.

사내는 조심스럽게 바르바로사 호 가까이로 노를 저어 갔다. 이제 상앗대는 간신히 바닥에 닿았다. 그래서 썰물 때에만 큰 배에 짐을 옮겨 실을 수 있었구나. 이제 50센티미터 정도만 더 가면 바르바로사에 닿을 수 있었다.

"태워 줘서 고마워요." 아로스가 감사 인사를 남기고 다람쥐처럼 위로 기어올라 난간 위로 폴짝 뛰었다. 이제 그녀는 벨텐 제국에서 가장 큰 배 위에 있었다. 반대편까지의 거리가 족히 200미터는 되어 보였다.

"넌 대체 뭐냐?" 뒤쪽에서 낮은 음성이 들렸다. 키가 거의 2미터쯤 되어 보이는 나이 든 선원이 의심의 눈초리로 그녀를 내려다보고 있었다. 우락부락한 양쪽 팔뚝에는 닻 모양 문신이 있었다. 창의적이기도 해라! 갑자기 리젤 생각이 났다. 그녀의 팔에는 편자 두 개를 새기면 어떨까? 괜찮은 아이디어 같았다.

"그건 내가 묻고 싶은 말인데요?" 아로스가 대답했다. 그녀는 가능한 한 상냥하게 말하려고 애썼다. 싸우지 않겠다는 결심을 이렇게 빨리 포기할 수는 없었다. 사내는 검붉게 그을린 얼굴에 고참 선원들이 쓰는 모자를 쓰고 있었다. 그는 이 배에서 중요한 인물처럼 보였고, 중요한 인물처럼 행동하고 있었다.

"내 이름은 야콥. 이 배의 항해장이다. 이 배의 선적을 책임지고 있지. 그 밖에 돛과 항법과 다른 몇 가지를 담당하고 있어. 자, 내 소개가 끝났으니 이젠 네 차례다."

"수습 선원 니켈이에요. 제가 책임질 일은 하나도 없죠."

"그렇구나. 그러니까 새로 고용된 수습 갑판 선원이란 말이지?" 야콥은 차마 믿기 힘들다는 듯 자신의 코를 꼬집었다. "그런데 너는 몇 살이나 됐지?"

"벌써 열다섯인걸요." 아로스가 이미 세상만사를 다 알고 있는 것 같은 어른스러운 표정을 지어 보이며 대꾸했다.

"어쨌든 기어오르는 실력 하나는 굉장하구나. 우린 내일 출발하는데 벌써부터 여기서 뭘 하는 거지? 그리고 네 상자는 어디에 있고?"

"바르바로사를 가까이에서 보고 싶어서 내일까지 기다릴 수가 없었어요." 이번에는 면접관 앞에서처럼 자신의 목적을 섣불리 털어놓는 실수를 반복하고 싶지 않았다. 그녀는 셋까지 셌다. 자, 이 정도면 충분하겠지? "아 그리고, 갤리에 계신 선장님을 좀 만났으면 하는데요. 가능하다면 지금 당장이요."

야콥은 다시 놀라서 자신의 코와 입술을 만지작거렸다. 배에 관한 아로스의 해박한 지식에 놀란 게 분명했다.

"갤리는 중갑판에 있다. 저기 빵 굽는 오븐 보이지? 거기 가서 한 번 물어봐라. 난 여기서 짐이 제대로 묶이는지 감시해야 하니까." 그의 풍화된 얼굴이 씩 웃었다. 순간 그의 얼굴은 조금 전보다 친절해 보였다. 하지만 불친절한 어른보다 믿을 수 없는 게 바로 친절한 어른이었다. 불친절한 어른은 최소한 예측이 가능하니까.

갑판 한가운데에 커다란 구조물이 있었다. 안쪽에서 덜거덕거리는 소리가 크게 들려왔다. 이제 문을 열면 곧바로 선장을 만날 수 있을 것만 같았다. 그래, 20년 동안 배 위에만 있었다고 했지. 생각했던 것보다 일이 잘 풀리고 있었다. 아로스가 갤리 문을 열어젖혔다. 그곳은 부엌처럼 보였다. 석탄 아궁이 위에 수레바퀴만큼이나 커다란 조리대가 놓여 있었고 그 가장자리는 울타리에 둘러싸여 있었다. 파도가 칠 때 냄비들이 달아나지 못하게 하는 용도일까. 여러 개의 선반에는 칼과 국자, 그리고 삽만큼이나 거대한 숟가락들이 걸려 있었다. 헝클어진 은발에 회색 모자를 쓴 건장한 사내가 바닥에 쭈그리고 앉아 조리대 아래에 있는 아궁이를 이리저리 들쑤시고 있었다.

"혹시 붉은 수염 선장이세요?" 아차! 아로스는 질문과 동시에 그가 절대로 선장일 리가 없다는 사실을 알아차렸다. 야콥이라는 작자가 또 나를 속인 거야?

"그동안 별의별 소리를 다 들어봤지만 나한테 그런 걸 묻는 녀석은 또 처음 보는구나." 그가 쉰 목소리로 대답했다. "어이쿠, 혹시 네가 새로 들어온 수습 선원이냐?"

그의 질문은 비난처럼 들리긴 했지만 아로스는 대답했다. "맞는데요." 원했든 원하지 않았든 그녀의 대답에는 약간의 자랑스러움이 묻어났다. 긴 줄에 서 있던 수많은 수습 선원 지망자들 가운데 당당하게 뽑힌 그녀가 아니었던가!

"그럼 그렇게 게으름을 피울 게 아니라 얼른 석탄 자루를 가져오

너라." 회색 모자의 사내가 쪼그려 앉은 채 코를 후비며 퉁명스럽게 말했다.

여러 가지 문제가 한꺼번에 터져 버렸다. 일단 아로스는 선장을 만나러 온 것뿐이었다. 그런데 이 무뚝뚝하고 정나미 떨어지는 사내가 예의라고는 차려 본 적이 없다는 듯 다짜고짜 그녀에게 명령을 내리고 있었다. 게다가 그녀는 석탄이 어디에 있는지도 몰랐다. '대답을 모른다면 질문을 해.'라고 누군가가 말해 주었었다. "혹시 요리사세요?"

사내는 천천히 자리에서 일어났다. 구부러져 있던 뚱뚱한 몸은 두꺼운 철사만큼이나 똑바로 펴기 힘든 모양이었다. "지금 나한테 뭐라고 했냐? 통켄 이 망할 녀석은 대체 어쩌라고 나한테 이런 망할 쥐새끼를 보낸 거야?"

흥, 그냥 쥐새끼가 아니고 쥐들의 여왕이야, 이 멍청아, 아로스가 생각했다. 그런데 어떻게 척 보고 알았지?

"졸때기, 다시 한 번만 더 나를 요리사라고 부르면 널 바다로 던져 버릴 테다. 난 이 배의 조리장이야. 똑똑히 기억해라. 그리고 이제 빌어먹을 석탄을 가져와, 이 날파리 같은 녀석."

우와! 완전히 정신이 나간 놈이잖아, 아로스가 생각했다.

"왜 졸때기라고 부르는 거죠? 전 니켈이에요."

"그런 이름은 여기 없어. 빌어먹을 수습 선원은 졸때기라고 부른다. 졸때기. 이상!"

"졸때기, 이상이라고? 내 전에 일했던 수습 선원도 그런 이름이었어요?"

"물론, 그보다 더 전에 있던 수습 선원도 모두 그렇게 불렸지. 그렇게 불린 놈들이 몇 명이나 되는지 세다가 포기했다. 이제 석탄을 가지고 와, 그렇지 않으면 호되게 맞을 줄 알아."

"아무리 기다려도 소용없을걸. 파던 코나 계속 파시지!" 그녀는 씩씩거리며 뒤를 돌아 갤리 밖으로 나왔다. 문은 저절로 쿵 소리를 내면서 닫혔다. 배는 내일 아침 일찍 밀물이 들어올 무렵 출항하는데도 갑판에는 벌써 오가는 선원들이 많았다. 곳곳에 둥글게 감긴 밧줄이 놓여 있었고, 돛대 사이에는 다양한 두께와 길이의 밧줄들이 뒤엉켜 있어 보는 것만으로도 현기증이 날 지경이었다. 아로스가 아는 가장 큰 숫자가 '천'이었던가? 그녀는 작은 소리로 밧줄을 세기 시작했다. 천으로는 어림도 없을 것 같았다.

"선장을 만나려면 어디로 가야 하죠?" 아로스가 지나가는 선원에게 다시 물었다.

"어디? 그야 당연히 선미로 가야지. 그렇지만 선장을 방해하는 건 좋은 생각이 아니다." 대답을 남기고 그가 사라졌다.

"선미? 그건 또 어디에요?" 그녀가 소리치며 사내를 따라갔다.

대답 대신 사내는 자기 이마만 두드렸다.

선원들은 하나같이 너무 오래, 그리고 너무 외롭게 바다 위에서 생활한 바람에 미쳐 버린 것 같아. 아로스는 결론을 내리고 그들에게 조금 더 관대해져야겠다고 결심했다.

배의 뒤편으로 가니 안쪽으로 향하는 넓은 계단이 있었다. 벽은 고급스러운 나무로 장식되어 있었고, 선장에게 딱 어울리는 황동으로 만든 계단 손잡이도 보였다. 왠지 이 계단을 따라 내려가다 보면 자신이 찾는 사람을 만날 수 있을 것만 같았다. 첫 번째 방은 지게스문트 성의 넓은 홀을 떠올리게 했다. 아로스는 벽을 장식한 나무 무늬와 배 그림들을 보고 입을 다물지 못했다. 매끈하게 반짝이는 긴 탁자 앞에는 기다란 의자들이 놓여 있었다. 목재와 갓 구운 빵의 향기가 풍겨 왔다. 선원들의 생활은 꽤나 풍요롭구나, 아로스는 생각했다. 도시에 사는 평범한 사람들보다 훨씬 나은 삶인 것만큼은 분명했다. 그들에겐 요리사도 있었고, 아니 조리장라고 했지. 그리고 이렇게 근사한 식당에서 식사하는 걸 보면.

고급스럽게 꾸며진 홀 끝에 안쪽으로 향하는 문이 하나 보였다.

쥐의 본능이 말하고 있었다. 여기에서 더 깊이 들어가야 해. 그러면 붉은 수염의 은신처를 발견할 수 있을 거야. 아로스는 자신도 모르게 호흡을 멈추었다. 양옆으로 셀 수 없이 많은 문이 있었고, 더 아래층으로 향하는 나무 계단이 나타났다. 아로스는 계속 아래로 내려가 보기로 결심했다. 스윙도어를 지나자 이번에는 좁다란 출입구가 수없이 많은 복도가 나왔다. 이제 어디가 어디인지 헷갈리기 시작했다. 거대한 범선이었지만 분명 시작과 끝이 있는 공간이었다. 그런데 왜 이곳에서 방향 감각을 잃은 걸까? 뒤쪽에서 삐걱거리는 소리가 났다. 누가 이쪽으로 오는 걸까? 그녀는 재빨리 뒤를 돌아보았다. 하지만 아무도 없었다.

붉은 수염을 불러야 할까? '선장님!' 하고 큰 소리로?

그녀는 일단 가던 방향으로 계속 걸어가 보기로 했다. 배는 끝이 있는 공간이니까. 그 사실을 확인하기 위해서라도 그녀는 계속해서 복도를 따라 걸어가기로 작정했다. 정사각형 창문을 통해 바다가 보였다. 잠시 눈앞이 어두워졌다. 갑자기 어디서 나타난 그림자일까?

뭘 겁내는 거야, 흙투성이 발 아로스? 넌 웬만한 일에는 잘 놀라는 아이가 아니잖아?

그때 무언가 묵직한 것이 그녀의 뒤통수를 내리쳤다. 이상한 일이었다. 귓전에서는 큰 소리가 났지만 고통은 느껴지지 않았다. 뒤를 돌아 반격해야지! 하지만 다리가 말을 듣지 않고 옆으로 휘청거리면서 꺾여 버렸다. 눈꺼풀이 무거워지고 어둠이 그녀를 감쌌다.

이제 바닥에 부딪히겠지, 아로스는 생각했다. 하지만 거기까지였다. 아무것도 느낄 수 없었다.

여행

"우린 서부산맥을 지나서 저습지로 갈 거야."

그러니까 정말로 그 까마귀풀을 찾겠다는 거야? 그 약이 정말로 효과가 있다는 보장도 없잖아.

"그러니까 한번 시도해 보자는 거야. 더 좋은 방법이 있는 것도 아니니까. 그리고 프레니아가 약 만드는 걸 도우려고 벌써 남쪽으로 오고 있어."

난 그 할멈이 맹물을 끓인대도 절대 안 믿어.

"넌 프레니아를 별로 좋아하지 않는 것 같아. 라키는 너랑 정 반대고."

하! 그 녀석은 게른다도 어마어마하게 매력적이라고 생각하는걸, 뭐.

"착한 라키를 알게 된 건 굉장한 경험이었어."

그 녀석은 착하지 않아. 전혀, 조금도.

"그런데 라키는 초흐르테난에서 혼자 뭘 하는 거야? 지루하지도 않은가?"

전혀, 지루하기는커녕 인간들의 끔찍한 악몽 속에서 기쁨을 찾지. 그러니 지루할 틈 같은 건 없어. 아주 즐거워한다고.

"흠, 하지만 라키의 지식이 노아를 구했잖아."

그건 네가 항상 지독하게도 천사같이 굴고, 끔찍하게 선한 길을 고집하니까. 그건 지루할 뿐만 아니라 우리의 종족에게 아주 해로워. 그게 우리의 사악한 자아상을 파괴하고 우리 악령의 도덕을 붕괴시킨다고.

"넌 정말 끔찍한 투덜이야. 정말로 라키를 앞으로 오백 년간 찾아가지 않을 거야?"

내가 왜? 징글징글이 콧김을 뿜으며 말했다. 당연히 아니지. 그 녀석은 그냥 말만 그렇게 하는 것뿐이라고. 실제로는 내가 다시 찾아와 주기를 목이 빠져라 기다리고 있지.

망상의 사전에 자존감의 결핍이란 없었다. 파린은 숨을 한 번 크게 들이마셨다. "최대한 빨리 출발하려면 몇 가지 준비할 게 있어."

나도 같이 가야 해?

파린은 눈을 흘기며 대답했다. "원한다면 넌 여기 있어도 돼. 잘 살아라, 징글징글."

네가 그 펜던트를 불 속에 던지지만 않았어도….

"하지만 벌써 일어난 일이고, 난 그 결과를 인정하고 살아가야 해. 그리고 그건 너도 마찬가지고. 그러니까 그렇게 비싸게 굴지 좀 마. 내가 가는 곳엔 너도 함께 가야 한다는 거 잘 알잖아."

그렇지. 그런데 그거 네 다리가 내 다리니까 그렇지. 난 낑낑거리면서 산에 오르고 싶은 생각이 눈곱만큼도 없단 말이야. 산 위는 여름에도 춥고 으슬으슬해. 그리고 높고. 그리고 바람도 불고. 악령들은 추운 걸 정말 싫어한다고. 높은 것도. 그리고 바람도.

"뭔가를 해내려면 먼저 내면에 도사린 개, 돼지를 극복해야 한다는 거 몰라? 그만 좀 투덜대. 따지고 보면 내가 지금 네 계획을 따르고 있는 거잖아. 네가 에버그레이로 가 보자는 아이디어를 냈으니 여기까지 올 수 있었던 거야."

어쩐지 좀 칭찬처럼 들리는데⋯.

"그래, 칭찬 맞아. 프레니아와 기사님의 책 덕분에 중요한 고비를 넘긴 거잖아. 내 입으로 말하기는 좀 그렇지만⋯."

뭐가?

파린은 괴로운 듯 깊은 한숨을 쉬었다. "징글징글, 넌 진짜 천재야. 투덜대고 끔찍하긴 한데, 네가 천재라는 건 인정할게."

언제 출발할래? 더는 못 기다리겠어. 얼른 가서 에미코에게 얘기하고 와. 하지만 꼭 필요한 것만 얘기해야 해. 너도 알다시피 적은 언제든지 우리 얘기를 엿들을 수 있으니까.

파린은 맞은편에 앉은 에미코를 조심스럽게 관찰했다. 눈썹에 잔뜩 힘이 들어가 있었고 팔꿈치는 서재 책상 위에, 두 손은 모은 채였다. 어떻게 하면 자세한 내용을 언급하지 않으면서도 약을 만들 계획을 설명할 수 있을까? "기사님, 프레니아가 우리를 돕기 위해 이쪽으로 오고 있습니다. 그녀가 오는 동안 저는 약효에 도움이 되는 한두 가지 부재료를 준비해 놓아야 합니다. 그러기 위해 서부산맥의 저습지에 다녀와야겠습니다."

"뭐라고? 저습지! 그 음침한 곳으로 간다고? 그곳에 사는 건 죽음뿐이지. 거기까지 가서 뭘 하려는 거지?"

더 얘기하지 마. 안 그러면 감히 부를 수 없는 존재가 에미코의 머릿속에 들어가는 대로 우리 계획을 눈치채게 될 거야.

어떻게 하면 에미코에게 잘 설명할 수 있을까? 파린은 생각에 잠겼다.

"무슨 생각인지 털어놓지 못하겠는가?" 에미코가 맹수처럼 으르렁댔다.

"죄송합니다. 하지만 기사님의 팔에 낙인이 있는 한 비밀을 털어놓을 수가 없습니다. 기사님께 너무 많은 설명을 하는 건 곧 적에게 계획을 발설하는 행위입니다."

"믿을 수가 없어! 평소에 네가 그따위 말을 지껄였다면 벌로 이틀 동안 감옥에 가둬 버렸을 텐데. 하지만 지금은 특별한 상황이니만큼 네 신중함을 높이 살 수밖에 없다. 내가 모른다면 악령도 알아내지 못할 테니까."

파린이 고개를 끄덕이며 말했다. "기사님의 낙인을 제거하기 위해서는 그 무슨 일이라도 할 수밖에 없습니다."

에미코가 턱을 긁적였다. "악령이 내 정신을 지배하면 어떻게 되는 거지? 내 몸 안에 들어오는 건가?"

"예, 그렇습니다."

"그렇게 많은 사람에게 낙인을 찍었으니 수없이 많은 인간을 동시에 조종할 수도 있겠군."

"동시에는 아닙니다. 악령은 한 번에 한 명의 정신에만 들어갈 수 있어요. 그리고 숙주가 자신의 목적대로 끔찍한 일을 저지르게끔 조종하고 명령을 내리지요. 그런 다음 다른 인간의 몸속으로 이동한다고 합니다."

"아주 골치 아픈 상대군."

"저와 함께 떠날 세 명이 필요합니다. 누가 좋을까요?"

에미코는 잠시 생각에 잠겼다가 대답했다. "내막을 아는 사람 중 한 명은 나를 감시하기 위해서라도 반드시 여기 남아 있어야 해. 드로그단을 남기고 플라우디우스가 너와 함께 떠나도록 한다. 다른 두 명은 네가 원하는 대로 하고."

"바랄돈에게 한번 물어보겠습니다."

짙은 눈썹이 솟아올랐다. "난 너희 둘의 관계가 그리 좋지 않은 걸로 알고 있었는데. 바랄돈이 무예 시합에서 네 뒤를 엄호하기로 약속한 뒤 너를 일부러 위험에 빠뜨렸다고 하지 않았느냐?"

"그 문제에 대해 얼마 전 서로 터놓고 이야기를 했습니다. 이제는… 그를 신뢰합니다."

"신뢰라. 스콰이어, 그건 정말로 거창한 단어야. 그라쿠스 폐하가 언젠가 내게 말씀하셨지. 한 번 약속을 저버린 자는 다시 약속을 어기기 마련이라고. 그래서 폐하는 작은 죄든 큰 죄든 가리지 않고 사람들의 목을 치곤 했어." 에미코가 다시 턱을 긁적이며 말했다. "네 표현이 마음에 걸리지만 결국 결정은 네 몫이다. 그런데 '바랄돈에게 한번 물어보겠습니다.'가 대체 무슨 뜻이냐? 내가 그에게 너와 함께 출발하라고 말하면 함께 가는 것이다."

"하지만 그렇게 하면 그가 흔쾌히 함께 가려는 것인지 알 수가 없습니다."

"흠, 그게 중요한가?"

"제게는 중요합니다."

에미코는 파린을 물끄러미 바라보다가 말을 이었다. "알겠다. 또 누구를 데려가면 좋겠는가?"

"기사님 생각은 어떠세요? 저는 기사님의 다른 신하들에 대해서는 잘 모릅니다."

"그렇다면 렘볼트가 함께 갈 것이다. 그는 믿을 수 있고 노련하지. 평생을 용병으로 복무했는데… 겉모습만 보고 놀라지 말도록."

"감사합니다. 그럼 필요한 것들을 준비하겠습니다."

바랄돈은 마구간에서 새 마구를 점검하고 있었다.

"여기 있었구나, 너한테 부탁할 게 있어."

바랄돈은 호기심 가득한 얼굴로 고개를 들었다. "어지간한 게 아니고는 네 부탁이라면 거절하지 못할 거야, 파린."

"저습지로 가라는 임무가 내려졌어. 그러려면 서부산맥을 횡단해야 하는데 네가 함께 가 준다면 좋겠어. 인원은 넷이 될 거야. 플라우디우스와 렘볼트라는 기사님의 또 다른 신하도 함께 갈 거야."

마구간지기가 인상을 찌푸리며 끼어들었다. "저습지라고요? 예

171

전에 모셨던 고리안 폰 지게스문트 대공께서도 딱 한 번 그곳에 가신 적이 있었어요. 산속에 난 협로를 통과했다고 하셨는데 돌아오셔서는 다시는 그곳에 가지 않겠다고 하셨죠. 마을도 도시도 없고, 독사와 악취 나는 공기뿐인 끔찍한 곳이라고요. 게다가 어디에도 발을 디딜 단단한 바닥이 없었다고 하시던데. 저라면 절대로 못 갈 것 같아요." 그가 머리를 절레절레 흔들며 말했다.

"그 말을 듣고 보니 굉장한 모험이 될 것 같은데. 좋아, 갈게." 바랄돈이 미소를 지으며 말했다. "언제 출발하지?"

"내일 아침!"

"좋아, 그럼 시간이 별로 없네. 얼른 준비할게."

파린이 잠시 생각에 잠겼다가 말을 꺼냈다. "너희 아버지에 관한 소식을 들었어. 얼마 전 슈투름바흐트 성에서 재판이 열렸는데 공작님이 탁월한 솜씨로 굉장한 승리를 끌어내셨대."

바랄돈이 놀란 얼굴로 파린을 보다가 곧 시선을 떨어뜨렸다. "아버지가? 아버지는 굉장한 야심가셔. 그리고 가끔은…."

"에미코 기사님께 들었는데, 네가 들으면 좋아할 것 같아서." 바랄돈이 무안하지 않도록 파린이 얼른 화제를 돌렸다. "나도 준비할 게 아직 남았어." 파린은 대답을 듣기도 전에 재빨리 밖으로 나왔다.

"벌써 동행 한 명이 생겼어." 파린이 본관으로 돌아가며 생각했

다. 예상대로 플라우디우스는 주방 앞에 있었다. 간식 삼아 학세돼
지 다리 구이를 가볍게 먹어치우는 중이었다. 이는 곧 드로그단이 어
딘가 근처에 있다는 뜻이기도 했다. 역시나 그는 투척용 도끼를 숫
돌에 갈고 있었다. 저 중 한 개가 파린의 뒤통수를 가격했던 게 언
제였더라?

기름기가 번질거리는 손가락이 파린에게 손짓을 하고 있었다.
"아, 저기 저습지로 함께 떠날 동료가 오네." 플라우디우스는 곧바
로 돼지고기 한 입을 더 베어 물었다.

에미코가 벌써 파린의 계획을 전한 게 분명했다.

"난 여기 혼자 쭈그리고 있을 테니 너희들끼리 좋은 시간 보내.
젠장, 이건 말도 안 돼." 드로그단이 하던 일을 멈추고 문틀에 기대
서서 말했다. 그의 얼굴에 깊은 실망이 묻어났다.

"그 높은 산을 오르지 않아도 돼서 다행이라고 생각해. 그리고 저
습지라는데 무슨 재미가 있겠어." 플라우디우스가 위로했다.

"기사님을 지킬 사람 한 명은 남아 있어야 하겠지. 선물로 뭘 구
해 올 거야? 독사 아니면 거기에 가면 산더미처럼 쌓여 있다는 주
먹만 한 흡혈 거머리 한 마리?"

"당연하지, 너한테 딱 어울릴 엄청나게 징그러운 걸로 잘 구해 볼
게." 플라우디우스가 약속했다. "그런데 이번 원정에는 뭘 가져가면
좋을까?"

드로그단이 씨익 웃으며 말했다. "넌 물론 식량부터 챙기겠지?"

"그럼, 식량 좋지. 아니면 음식, 아니면 휴대식." 플라우디우스가 재차 동의했다.

"짐은 너무 무겁게 싸지 마. 불쌍한 말은 너 하나 태우는 것만으로도 충분히 힘들 테니까." 그렇게 말하면서도 드로그단은 플라우디우스의 어깨에 팔을 두르며 덧붙였다. "무사히 돌아와야 해." 지금껏 한 번도 들어본 적 없는 진지한 말투였다.

"노력해 볼게. 그동안 기사님 잘 부탁해."

둘은 서로 마주 보며 고개를 끄덕였다.

"한 가지 더 있어요, 드로그단. 이 뿌리를 잘 보관하고 있다가 프레니아가 도착하면 전해 주세요." 파린은 허리춤의 주머니에서 알라우네를 꺼내 드로그단에게 주었다.

드로그단은 고개만 끄덕였다.

저녁 무렵 플라우디우스와 바랄돈과 파린은 원정 계획을 세우기 위해 한자리에 모였다. 그때 리벳이 박힌 갑옷을 입은 마흔 살쯤 된 사내가 들어왔다. "렘볼트라고 하오. 기사님께서 저습지로 가는 원정을 함께 떠나라고 명하셨소."

플라우디우스가 인사했다. "아, 우리의 네 번째 대원이군! 얼마나 대단한 실력자이신지는 벌써 소문으로 들었지. 우리 대원이 된 걸 환영하오, 렘볼트."

렘볼트의 무뚝뚝한 표정은 전혀 변함이 없었다. "나는 에미코 기사님의 명을 따라 그대들을 따를 뿐이니 언제까지 출발 준비를 마쳐야 하는지 알려 주시오."

"내일 아침 일찍, 해 뜰 무렵에 출발할 거요." 플라우디우스가 설명했다.

"알겠소."

파린은 착잡한 심경으로 사내를 관찰했다. 흉터가 가득한 얼굴, 우락부락한 근육으로 단련된 다부진 몸. 반짝반짝 빛이 나는 갑옷과 신발. 어깨까지 오는 머리카락. 정수리에서 단정하게 탄 가르마. 그리고 생기가 넘치는 갈색 눈. 허리에는 장식 없는 나무 손잡이가 달린 긴 검을 차고 있었다. 그의 심각하고 무뚝뚝한 표정은 드로그 단과 플라우디우스가 주도하는 편안한 분위기와는 결코 조화를 이룰 수 없을 것 같았다. 나였다면 일부러 이런 사람을 데려가지는 않았을 텐데, 파린이 생각했다. 하지만 곧바로 자신의 선입견을 반성했다. 에미코가 이유 없이 렘볼트를 추천했을 리 만무하니까.

신선한 공기가 코끝을 스쳤다. 무더운 하루가 될지 뜨거운 하루가 될지는 아직 알 수 없었다. 성 안뜰에 네 명의 사내가 떠날 준비를 하고 있었다. 조심스럽게 말 등에 안장을 얹고, 그 위에 짐을 실었다. 렘볼트는 단도와 검과 거대하고 묵직한 철퇴를 챙기고 있었다. 쇠사슬 끝에 달린 성게 모양의 쇠붙이는 무시무시하고 위협적이었다. 시각적 효과만으로도 이미 상대를 제압하고도 남을 것 같았다.

"준비는 끝났어. 이제 출발하면 되겠다." 플라우디우스가 커다란 말의 목덜미를 부드럽게 두드리며 말했다.

파린은 아무 말도 없이 고개만 끄덕였다.

일행은 지게스문트의 성문을 나섰다. 드디어 미지의 세계로 떠나는 여정이 시작되었다. 총안 뒤에서 드로그단이 그들을 내려다보며 손을 흔들고 있었다. 불안이 파린을 엄습했다. 최소 몇 주 동안은 성에 돌아오지 못할 것이었다. 그리고 그사이 많은 일이 일어나겠지. 성을 떠난 파린 일행에게도, 그리고 에미코와 드로그단에게도. 그들은 빠른 구보로 말을 몰았다.

우선은 네코르인들의 위협에서 벗어나기 위해 최대한 빨리 서쪽으로 움직이는 게 중요했다. 플라우디우스와 파린이 앞섰고 그 뒤를 바랄돈과 렘볼트가 따랐다. 산에 도착하는 대로 말에서 내려 걸어야 했기 때문에 여분의 말이나 짐 싣는 말도 데려가지 않았다. 파린은 일행이 꾸린 짐들을 걱정스러운 눈길로 바라보았다. 렘볼트는 정말로 저 많은 무기를 지고 산을 오르려는 걸까? 플라우디우스의 식량은 군대의 절반을 먹이고도 남을 만큼 넉넉해 보였다. 바랄돈만이 파린과 비슷하게 칼과 침낭, 그리고 간단한 등짐 안에 꼭 필요한 몇 가지 물건들만 챙긴 것 같았다.

꼬박 이틀과 반나절을 서쪽을 향해 달렸다. 수풀이 우거진 길은 전속력으로 말을 달리기엔 너무 험했다. 게다가 곳곳에 구덩이와 돌들이 있어서 일행은 더디게 나아갈 수밖에 없었다. 대화도 별로 없었다. 지형도 험했거니와 어디서 나타날지 모르는 네코르인들 때문에 긴장의 끈을 놓을 수 없었기 때문이었다.

광야의 여름은 예상대로였다. 태양은 뜨거웠고 하늘엔 구름 한 점 없었다. 날이 갈수록 한낮의 공기는 점점 더 뜨거워져 한밤중에도 열기가 식지 않는 날들이 이어졌다. 모두 더위에 기진맥진해서 떠들 기운도 남아 있지 않았다. 렘볼트와 바랄돈은 워낙에 말이 없는 편이었고, 플라우디우스는 더위를 참아 내느라 온 에너지를 다 써 버린 것 같았다.

파린이 소매로 이마의 땀을 닦자 망상의 목소리가 들렸다.

엄살 좀 그만 부려. 초르그호로차의 지옥 불에 비하면 여긴 발에 동상이 걸릴 지경이야.

아무렴, 가만히 있을 징글징글이 아니지.

참, 그건 그렇고 렘볼트 저 인간 좀 짜증 나. 내가 저렇게 다른 사람의 지시대로 움직이는 인간들을 잘 알아서 하는 말인데, 저자는 자기가 지금 어떤 영웅하고 같이 다니는지도 잘 모르고 있다고.

"영웅? 영웅이라면… 지금 나보다는 네 얘기 하는 거 맞지?" 파린이 망상만 들을 수 있도록 조용히 중얼거렸다.

틀렸어! 그건 그냥 내 얘기라고. 너는 그냥… 뭐라고 할까… 어중이떠중이?

그럼, 그렇고말고. 파린은 대꾸할 말을 찾으려고 애썼다.

당연히 아무 생각도 안 떠오르겠지. 이런 재치라고는 없는 녀석.

"무슨 소리야. 나도 좋은 생각이 떠오를 때가 있어. 다만… 시간이 좀 필요할 뿐이야."

징글징글은 뭐가 그렇게 재미있는지 낄낄거리며 웃었다. 최소 하루에 한 번은 관심과 칭찬과 성취감이 필요한 녀석. 그런 것들이 악령의 영혼에 일종의 윤활유 역할을 하는 게 분명했다.

문득 흥미로운 생각이 떠올랐다. 허풍쟁이에 파렴치하고 사악한 악령에게도 영혼이 있는 게 분명해! 다만 스스로 깨닫지 못하고 있을 뿐. 파린의 짐작은 점차 확신이 되었다.

내리쬐는 한낮의 태양에 일행들뿐만 아니라 말들도 점점 지쳐가고 있었다.

렘볼트는 한동안 선두 쪽으로 나와 플라우디우스 옆에서 나란히 말을 달렸다. "말들에게 물을 먹여야 하니 좀 쉬었다 가야겠소."

"이 근처에 있는 개울이나 호수를 알고 있소?"

렘볼트는 어깨를 으쓱해 보였다. "나도 잘 모르오. 나는 나벤슈타인에서 왔고, 여기 서쪽은 처음이니까. 하지만 언제쯤 녹초가 될지는 알고 있지. 그러니까 지금이 쉬었다 갈 시점이라는 거요."

"그럼 파린에게 물어보시죠."

렘볼트가 깜짝 놀라 힐끗 파린을 보았다. "에미코 기사님의 방패나 닦는 스콰이어에게 무슨 결정권이라도 있는 거요? 솔직히 어떻게 저 아이가 기사님 곁에 남지 않고, 같이 원정을 떠날 수가 있었는지 처음부터 의문이었소."

플라우디우스가 담담한 얼굴로 대답했다. "저 아이가 우리 원정대의 대장이오."

렘볼트는 이제 고개를 돌려 아예 대놓고 파린을 뚫어져라 응시했다. 아무리 봐도 특별한 점이라고는 없는 평범한 청년이었다. 그는 다소 서툰 솜씨로 평탄하지 않은 길을 따라 말을 모느라 렘볼트의 시선을 알아챌 겨를도 없었다.

"어떻게⋯ 저런 자가 우리의 대장일 수가 있지?" 렘볼트는 다시 플라우디우스에게로 고개를 돌렸다. "성에서 사람들이 수군거리는 걸 들었소. 저 아이가⋯ 매장꾼이라고요."

"렘볼트, 왜 직접 당사자인 저에게 묻지 않으시죠? 그렇게 뒤에서 속삭이면 제가 못 들을 거라고 생각하시나요?" 파린이 물었다.

"난 지난 20년간 벨텐 제국의 가장 유명한 기사들을 모셔 왔어. 그런데 갑자기 스콰이어의 명령을 따라야 한다니 한 번도⋯ 상상해 보지 못한 일이라 그래."

파린의 뒤통수에서 낄낄거리는 소리가 들렸다. 내가 얘기했었지. 저 웃긴 녀석 때문에 재미있는 일이 좀 생길 거야. 그건 그렇고, 휴식 문제는 저 녀석 말이 맞아. 내가 보기엔 뚱보 상태가 아주 안 좋아. 한 시간 정도만 더 가면 언덕 너머에 개울이 있어. 쉬기에 딱 좋은 곳이지.

파린이 팔을 들어 잠시 멈추라는 신호를 보냈다. 파린의 말, 뤼베

179

가 불안한 듯 좌우로 몸을 흔들었다. 파린과 뤼베가 서로에게 익숙해지기까지는 아직 시간이 필요해 보였다.

렘볼트는 여전히 굳은 표정이었지만 눈빛에 드러나는 비웃음만큼은 감출 수 없었다.

"진정해, 뤼베." 뤼베가 다시 멈춰 서서 머리를 숙이고 풀줄기 몇 개를 물어뜯기 시작하자 파린이 단호하게 말했다. "렘볼트, 미리 상황을 설명해 드리지 못해 미안합니다. 그러니 지금 이 자리에서 결정해 주세요. 지게스문트 성으로 돌아가실 건가요, 아니면 저를 따라 저습지로 가시겠어요? 여기에서 제가 강조하는 부분은 '저를 따라'입니다."

렘볼트의 얼굴이 붉으락푸르락해졌다. 간신히 화를 삭이며 그가 물었다. "내가 놀라는 게 이상한 일인가? 어떻게 스콰이어 따위가 우리에게 명령을 내릴 수 있지?"

플라우디우스가 끼어들었다. "성 사람들이 수군거리는 소리를 귀담아들었다면 누가 마상 창 시합에서 폐하의 제1기사를 이겼는지도 들었겠지?"

"그럼 그 소문이 사실이란 말이오? 그렇다면 단도직입적으로 묻겠소. 어떻게 말도 제대로 타지 못하는 스콰이어가 고리안 대공을 말에서 떨어뜨릴 수 있단 말이오?"

화가 나는 건 그의 불신이 착각이 아니라 사실이기 때문이었다. 고리안 대공을 쓰러뜨린 건 파린이 아니고 망상이었으니까. 다른 한편으로 파린은 렘볼트가 자신에게 보여 준 무례함이 불쾌했다. "다 지난 일이에요." 그가 손을 저으며 말했다. "그건 그렇고 제 질문에 대한 답은 아직 듣지 못했습니다. 어떻게 하시겠어요?"

렘볼트가 입술을 샐쭉대며 말했다. "정말 대장이라도 되는 것처럼 행동하는군. 하지만 그대가 정말 그럴 자격이 있는지는 앞으로의 행동을 통해 밝혀지겠지." 손을 가슴에 얹고 그가 말을 이었다. "우리의 임무가 끝날 때까지 충성을 약속하리다."

"그렇게 말씀해 주시니 다행입니다. 참, 그리고 조금 전에 제안하신 대로 언덕 너머에서 잠시 쉬면서 말들에게 물을 먹이겠습니다."

"이 지역에 대해 알고 있소?" 렘볼트가 물었다.

"출발 전에 알아보았습니다."

용병 렘볼트는 처음으로 대답에 만족하는 것처럼 보였다. 파린이 느끼기에는 어찌하다 보니 대장의 주도권을 렘볼트에게 넘겨준 것만 같았다.

쯧쯧. 너희 둘 다 아무것도 모르는 얼치기일 뿐이야. 대장은 당연히 나지. 그렇지 않아?

지시를 내리고 싶어 안달이 난 목소리가 하나 더 있었다니, 파린은 미간을 찌푸렸다. "징글징글, 최종적인 책임은 나에게 있어. 내가 결정을 내린다고."

이런 귀여운 대장 벌레 같으니라고. 그럼 우리 이쯤에서 합의하는 게 어떨까? 우리가 대장인 걸로.

파린은 일단 그렇게 하자고 마음먹었다. 징글징글의 능력이 얼마나 대단한지, 그에게 얼마나 많은 빚을 졌는지 알고 있기 때문이었다. 하지만 망상과 그의 능력이 어느 선까지 개입하도록 허락해야 할지, 그리고 그것을 신뢰해도 되는지에 대한 고민은 사라질 줄을 몰랐다.

망상의 말대로 그들은 잠시 후 개울에 이르렀다. 물은 경쾌한 소리를 내며 북쪽에서 남쪽으로 흐르고 있었다. 모두 말에서 내렸다. 다리를 펴고 평온한 물소리를 들으니 기분이 상쾌해졌다. 하우펜의 집 앞 개울 생각이 났다.

렘볼트는 아무런 감정도 없는 표정이었다. 최대한 좋게 보면 그랬지만 여전히 파린을 무시하고 있는 게 분명했다.

바랄돈이 처음으로 입을 열었다. "언덕에 올라가서 망을 보고 올게. 어쩌면 멀리에 있는 네코르인들이 눈에 띌지도 모르니까."

파린은 고개만 끄덕였다. 자신은 미처 생각지 못한 아이디어였다.

잠시 후 바랄돈이 돌아왔다. 다행히 그의 편안한 얼굴이 적의 낌새를 발견하지 못했다고 말하고 있었다. "다시 출발하겠습니다." 파린이 말했다.

오후가 되자 날은 더욱 뜨거워졌다. 바람마저 맥을 못 추고 더위를 피해 어느 그늘로 달아난 것 같았다. 플라우디우스의 체력은 눈에 띄게 고갈되고 있었다. 코끝에서는 땀방울이 계곡물처럼 쉴 새 없이 흘러내렸고 셔츠는 완전히 땀으로 젖은 지 오래였다. 얼굴은 마치 화로 속 석탄처럼 붉게 작열하고 있었다. 파린이 걱정스러운 목소리로 물었다. "괜찮아요? 플라우디우스?"

"네코르인들한테 잡혀 죽는 게 아니라 날씨 때문에 죽을 것 같아." 그가 헐떡이며 대답했다.

"그 멍청한 투구부터 좀 벗지." 렘볼트가 말했다.

플라우디우스는 가죽 투구를 벗더니 불평했다. "그러면 일사병에 걸릴 거라고."

렘볼트가 가방에서 수건을 꺼내더니 물주머니에 담겨 있던 물에 수건을 적셔서 플라우디우스에게 건넸다. "이마에 감아. 좀 나아질 거야. 그래 봐야 효과는 잠시뿐이겠지만 이거라도 없으면 쓰러질 거라고. 그러면 우리 일정에도 차질이 생겨."

플라우디우스는 고마움의 표시로 고개를 끄덕였다. "나는 북쪽 출신이라 이렇게 더운 날씨엔 익숙하지 않아." 그의 해명엔 약간의 미안함이 묻어났다.

"어쨌든지 간에 그쪽은 너무 뚱뚱해서 보기에도 좋지 않아." 렘볼트는 지나치게 직설적이었다.

플라우디우스는 불필요한 에너지 소모를 줄이려는지 대꾸도 하지 않았다. 딱히 반박할 방법도 없긴 했다. 듣고 있자니 파린은 딱한 마음이 들었다. 덤불뿐인 이 뜨거운 사막은 앞으로 얼마나 더 가야 끝이 날까? 그가 사방을 둘러보았다. 지평선 부근에 회색 띠 모양의 무언가가 보였다. 보인다기보다는 사실 그건 직감에 가까웠다.

저건 서부산맥의 첫 번째 지맥이야. 100미터마다 가다 쉬다를 반복하지만 않는다면 이틀이면 도착할 수 있는 거리야.

"저 끝에 뭔가가 보이죠? 저기가 우리의 일차적인 목적지예요. 기운 내요."

오후 내내 걸었지만 산은 조금도 가까워지지 않았다. 한숨, 신음, 그리고 털썩 하는 소리와 함께 플라우디우스가 마른 흙바닥 쓰러졌다. "미안해. 세상이… 빙빙 돌아."

파린이 재빨리 말에서 내려 플라우디우스에게 물병을 건넸다.

"이럴 줄 알았어." 렘볼트가 무뚝뚝하게 내뱉었다.

파린은 화를 내려다가 렘볼트가 플라우디우스가 아니라 저 멀리를 보고 한 말임을 깨달았다. 남서쪽에 흙먼지 구름이 보였다. 그는 손을 이마에 올려 햇빛을 가리고 자세히 보았다.

혹시 네 대장님의 축복받은 시력이 필요하지는 않으신지?

"넌 아무래도 대장님과 허풍쟁이의 차이를 잘 모르는 것 같아. 하지만 뭐 그래야만 한다면…." 파린은 머릿속으로 생각하고는 정신 일부를 망상에게 넘겼다. 그러자 말을 탄 여덟 명의 사내가 눈에 들어왔다. 몇백 미터밖에 안 되는 거리였다. 제복 같은 건 입지 않았지만 갖가지 무기들을 가지고 있었다. 그들은 잠시 멈춰 서서 파린의 무리 쪽을 살피고 있었다. 타고 있는 말의 오른쪽 안장에는 창이 하나씩 매달려 있었다.

먼저 좋은 소식. 저들은 네크르인이 아니야. 이제 나쁜 소식. 저들은 자신들을 창의 전사라 불러. 사실은 뭐, 그냥 도적 떼라고 보면 되지. 옛날에 피고랑 지낼 때 한 번 만난 적이 있었는데, 딱 네 명만 골라 동강을 내줬더니 더는 시비 걸지 않더라고.

"여덟 명이고 말을 타고 있어요." 파린이 중얼거렸다.

"그렇게 단정하기엔 너무 멀리 떨어져 있어." 렘볼트가 말했다.

"어쩌면 우리한테 관심이 없을지도 모르지." 바랄돈이 기대하는 바를 말했다.

"그래 보이지는 않아. 우리 쪽으로 오고 있거든." 파린이 얼른 주위를 둘러보았다. 주변에는 움푹 팬 곳도, 바위도 없었다. 눈에 보이는 거라고는 무릎 높이의 관목들뿐이었다. 즉, 숨을 만한 곳은 없었다. "플라우디우스, 조금만 더 갈 수 있겠어요? 이곳은 평평하고 시야가 트여 창으로 공격하는 적을 막아 내기에 여러모로 불리해요."

"물론… 갈 수 있을 거야. 하지만 아… 너무 힘이 들어."

모두 힘을 합쳐 플라우디우스가 말에 오르는 걸 도왔다. 천천히 말을 타고 나아가며 파린은 안장을 꽉 움켜쥐었다. 창병들과 마주치기 전에 반드시 1킬로미터 전방의 바위 지대에 도착해야 했다.

바랄돈이 뒤를 돌아보며 말했다. "저들이 정말로 우리 쪽으로 오고 있어. 대체 왜? 아무 잘못도 없는, 그냥 지나가는 사람들을 공격하겠다는 거야?"

렘볼트는 어깨를 으쓱했다. "아무 잘못도 없는 사람은 없어. 그리고 이곳을 지나는 사람이라면 더욱 그렇지. 게다가 상대의 수가 적고, 말과 빼앗을 만한 물건들을 가지고 있다면." 그가 안장 위에서 흔들거리는 플라우디우스를 가리켰다. 플라우디우스의 체력은 이제 완전히 바닥이 난 상태였다. "저들과의 거리가 점점 가까워지고 있어. 동료를 포기하지 않는 한 따라잡히는 건 시간문제야."

"방금 그 말이 제안처럼 들리지 않았던 걸 다행으로 생각하세요." 파린이 화난 목소리로 말했다. 분노와 적개심이 솟아올랐다. "저들은 창으로 우리를 공격할 겁니다. 우리가 칼을 들기도 전에 벌써 창이 날아올 거예요. 그게 저들의 작전입니다."

"마음에 안 드는 작전이야." 플라우디우스가 한숨을 쉬었다.

"저도요." 파린이 동의했다.

"일단 나를 여기 두고 안전한 곳으로 움직여. 어쩌면 저들이 나를 그냥 두고 갈지도 모르니까."

"'어쩌면'이라는 모호한 가능성에는 기대지 않아요. 모두 함께 저들의 손에 죽든지 모두 살아남든지, 선택은 둘 중 하나뿐입니다."

적들은 빠르게 거리를 좁혀 왔다. 길이 험한데도 그들은 거침없이 말을 몰았다.

"정말로 여덟 명이잖아." 렘볼트가 중얼거렸다.

여행 3일째 되는 날, 벌써 그들에게 첫 번째 위기가 찾아왔다. 어떻게든 불행의 씨앗이 싹트는 것을 막아야 했다.

리워드와 윈드워드

처음엔 뒤통수가 아팠고 그다음엔 이마와 관자놀이에 통증이 느껴졌다. 아로스는 본능적으로 고슴도치처럼 몸을 동그랗게 말고 자신의 몸을 보호하며 외부의 충격에 저항했다. 무슨 일이 일어났더라? 마치 한 마리 달팽이처럼 기억이 스멀스멀 돌아왔다. 양쪽으로 문이 나 있는 복도. 배의 뒤쪽. 맞아, 네 개의 돛이 달린 배. 바로 거기였어. 그녀는 선장을 찾고 있었고, 그때 누군가 그녀를 뒤에서 공격하여 쓰러뜨렸지. 아직도 현기증이 났고 여태껏 경험한 적 없는 울렁거림을 느꼈다. 꼼짝도 하지 않고 누워 있었지만 상태는 조금도 나아지지 않았다. 어지럼증에 땅이 흔들리는 것 같았다.

"인제 그만 일어나시지, 게으름뱅이. 석탄 자루를 가져오라니까 뻔뻔하게 여기저기 돌아다녀? 몰래 도망치지를 않나, 한가롭게 잠이나 자지를 않나. 내가 본때를 보여 주마!" 화난 목소리가 쩌렁쩌렁 울렸다.

빌어먹을 요리사, 아니 조리장이라고 했지. 대체 뭐라는 거지?

아로스는 온 힘을 다해 자리에서 일어나보려고 했지만 몸은 말을 듣지 않았다. 잠깐… 그런데 지금 내가 어디에 누워 있는 거지? 악취가 풍기는 그곳은 감자 껍질이 담긴 자루 위에 쌓인 쓰레기 더미였다. 후들거리는 다리로 간신히 바닥을 디뎠다. "그러니까 비겁하게 뒤에서 나를 공격한 게 너였어?" 그녀가 조리장에게 쏘아붙였다.

"뭐라고? 그건 또 무슨 헛소리야? 내가 널 두드려 패려고 했다면 당당하게 앞에서 손을 날렸겠지." 그가 확인이라도 해 주듯 손바닥으로 그녀의 오른뺨을 후려쳤다.

아로스는 놀랐지만 눈 한 번 깜빡이지 않았다. 고아원 원장에게 너무 자주, 호되게 얻어맞은 덕분이었다. 그 기억에 비하면 이건 그저 뺨을 한 번 쓰다듬은 정도에 지나지 않았다. 하지만 얼얼한 뺨의 통증보다 참을 수 없는 건 굴욕감이었다. "한 번만 더 날 건드리면….."

"그러면 뭐?" 다시 찰싹 소리가 들렸다. 아까보다 더 큰 소리였고, 손길은 더 억세졌다. "이번엔 다른 쪽이다. 그러니 불평은 그만하도록. 오늘은 여기까지야. 설마 아직도 이해가 안 되는 건 아니겠지? 지금까지 졸때기들이 들어올 때마다 내가 허튼 생각을 못 하게 해 줬더랬지."

아로스는 당장이라도 사내에게 달려들어 눈을 뽑아 버리고 싶은 심정이었다. 하지만 아직은 그럴 힘이 없었다. 바닥은 여전히 흔들리는 것만 같았고 무자비한 두통도 여전했다. "두고 봐, 이… **요리사야**!" 그녀가 악을 쓰며 갤리의 문을 박차고 뛰어나갔다. 상쾌한 바람이 불어와 그녀의 뺨을 어루만졌다. 살랑살랑 흔들리는 배의 리듬에 맞춰 수평선이 부드럽게 위아래로 흔들렸다.

뱃사람들은 분주하게 갑판 위를 오가는 중이었다. 그녀의 눈길이 닿는 곳마다 밧줄을 타고 오르고, 크랭크를 돌리고, 밧줄을 잡아당기는 사내들이 있었다. 아로스는 그들의 모습에서 왠지 모를 불안함을 느꼈다. 대체 뭐지? 비틀거리며 항구 방향으로 걸음을 옮겼다. 이제 이 커다란 배에서 작은 거룻배로 옮겨 타고 나벤슈타인 항구로 돌아갈 시간이었다. 양손으로 난간을 꼭 붙들었다. 그런데 항구가 보이지 않았다. 도시도, 해안도, 육지도. 사방을 둘러보아도 온통 바다뿐이었다. 태양은 벌써 높이 떠 있었다. 얼음물 한 대야를 뒤집어쓰기라도 한 것처럼 정신이 번쩍 들었다. 아로스는 한 마리 개처럼 몸을 부르르 떨었다. 어떻게 된 일이지? 그녀가 정신을 잃은 사이 바르바로사가 출항한 게 분명했다. 그녀는 얼른 다시 배의 반대편으로 달려갔다. 하지만 그곳에도 마찬가지로 바다, 깊고 푸른 바다뿐이었다. 그제야 모든 게 명확해졌다. 배는 벌써 반나절 동안 바다를 헤치고 나아가 어느덧 망망대해에 이르러 있었다. 그들이 그녀를 납치했다. 마치 짐칸에 실린 궤짝처럼, 나무통처럼 그녀를 싣고 떠나 버린 것이었다.

"조리장이 화가 나서 너를 찾고 있어, 졸때기." 어느 선원이 귀띔해 주었다.

"내 이름은 아로스야." 아로스가 날카롭게 받아쳤다. "에, 아니, 니켈."

"네 이름이 뭐든 상관없어. 하지만 빨리 돌아가는 게 좋을 거야. 안 그러면 넌 며칠 내로 수프 안에 푹 익은 고기 신세가 될 테니까." 그가 아로스를 찬찬히 뜯어보며 말했다. "살점도 별로 없긴 하네.

190

허, 저기 온다!"

얼굴이 벌겋게 달아오른 조리장이 이쪽으로 걸어오는 게 보였다. 곧바로 통통한 손가락이 그녀의 팔뚝을 움켜쥐고는 마치 석탄 자루를 끌 듯 질질 끌고 가기 시작했다. 팔이 으스러질 것만 같았다. 석탄 자루를 끌고 가는 건 원래 그녀 몫이 아니었던가.

"걱정하지 마, 곧 너를 제대로 된 선원으로 만들어 줄 테니까."

조리장의 말은 사려 깊고 배려하는 마음으로 가득 찬 것처럼 들렸다. 아로스는 바로 그 점이 걱정스러웠다. 이런 종류의 사람들은 훗날 갑자기 비열함을 드러내는 경우가 많았다. 하지만 그녀가 그 정도에 겁먹을 거라 생각했다가는 큰코다칠 것이다. 그리고 어떤 경우에라도 소리는 지르지 않으리라. 절대로!

갤리로 돌아오자 조리장은 아로스를 구석으로 끌고 가 감자 자루 위에 내동댕이쳤다. 그러더니 재빨리 오른손에 칼을 들고 위협하듯 다가왔다. "어디 보자 이 한심한 녀석. 이제 확실히 알려 주지." 그가 칼을 들었다. 아로스는 무섭게 사내를 노려보았다. 그녀의 눈빛이 '어디 한번 찔러 봐, 이 멍청아.'라고 말하고 있었다.

"어서 받아!" 사내가 말하고는 아로스에게 칼을 건넸다. "둘 중의 하나를 택해. 그걸로 나를 공격하든가 아니면 이제 네가 할 일을 시작하든가."

아로스는 손에 칼을 쥐고 불과 몇 센티미터 앞에서 그녀를 내려다보는 성난 사내의 얼굴을 노려보았다. 칼의 손잡이를 세게 움켜

쥔 채 미동도 없이, 한마디도 없이.

"좋아! 그럼 감자부터 깎도록." 몇 개 남지 않은 사내의 누런 이가 사악하게 웃고 있었다. "그게 앞으로 몇 주간 네가 맡을 주된 업무야."

"뭐라고? 몇 주간? 다음 항구에 닿는 대로 난 내릴 거야. 너랑은 하루도 더 일할 생각이 없다고, 이, 이… 인간아!" 뚱보에게 어울릴 만큼 거슬리고 불쾌한 욕설을 덧붙이려고 했지만 애석하게도 적당한 단어가 떠오르지 않았다.

비웃음으로 가득한 조리장의 얼굴은 한층 더 사악해 보였다. "정 그렇다면 실컷 항구를 기다려 봐. 하지만 기다리는 동안은 어차피 달라질 게 없으니 열심히 감자 껍질을 벗기면 되겠군. 안 그러면 네 놈을 배 너머로 날려 주마."

"그게 무슨 소리야?"

"다음번 육지에 다다를 때까지 빨라도 8주가 걸린다는 뜻이야. 그때까지 넌 프라이팬, 냄비, 행주처럼 내 소관이야. 아, 그리고 내 코딱지처럼. 언제든지 내 손가락으로 널 짓뭉개 버릴 수도 있다는 뜻이야. 우리가 어떤 관계로 지내게 될지는 이제 네 결정에 달린 거니까, 알아서 해."

그의 제안에 아로스는 그야말로 할 말을 잃었다.

"졸때기, 넌 아무리 봐도 똑똑한 것과는 거리가 멀어 보이는데. 그래도 감자 껍질 정도는 제대로 벗길 수 있기를 바란다." 그는 다시 한번 생각에 잠겼다가 생색을 내듯 덧붙였다. "하긴 뭐, 젖 먹던 힘까지 다하면 그 정도는 해낼 수 있을지도."

아로스는 용케도 그의 조롱을 참아 냈다. 화가 머리끝까지 치밀어 올랐지만 정보가 필요했다. "그나저나 지금 우리는 어디로 가는 중인데?"

"이 배에서 일하겠다고 온 놈이 어디로 가는 줄도 모른다고?" 조리장이 황당해하며 되물었다. 이 졸때기는 주방 보조로서 전혀 쓸모가 없을 것 같다는 자신의 선입견이 역시나 옳았음을 확인한 표정이었다. "다른 대륙으로 가는 거지. 거기 말고 어디가 또 있겠어?"

수많은 생각과 근심들이 한꺼번에 몰려왔다. 리젤은 이제 어떻게 하지? 마음을 진정시켰다. 그래, 리젤은 도시 어귀의 초원에서 잘 지낼 거야. 그런데 그렇게 오랫동안 자신이 여자아이라는 사실을 숨길 수 있을까? 다른 대륙으로 가면 대체 뭘 해야 하지? 그리고 어떻게 돌아올 수 있을까? 선장을 만나 보려던 애초의 계획은 이제 중요하지 않았다. 뒤에서 그녀의 머리를 가격한 건 누구였을까? 이 배 안에 정체 모를 적이 있다. 그녀는 이를 악물고 조리장을 응시했다. 이 자식까지 합쳐서 둘이야. 잠시의 패배를 인정하는 법은 이미 고아원에서 배웠다. 그래 좋아. 잘 기억해 둬. 아주 잠시의 패배일 뿐이니까.

나의 하루야, 해가 저물기도 전에 너를 칭찬하면 안 되는 건 알지만 그래도 축하해. 정말 대단한 일을 해냈구나. 놀라워.

그녀는 손에 든 칼을 물끄러미 바라보다가 감자를 집어 들었다. 커다란 감자 하나를. 세상에서 가장 멍청한 고아원 출신의 소녀가 세상에서 가장 커다란 감자의 껍질을 벗기는 신세가 되어 버렸다.

세 시간이 채 지나지 않았을 때 오른손에 경련이 오기 시작했다. 조리장은 껍질을 너무 두껍게 깎는다며 두 번이나 꿀밤을 때렸다. 아로스는 꿀밤을 맞을 때마다 숫자를 셌다. 언젠가 반드시 두 배, 세 배로 갚아 주리라. 벨텐 제국에서 쥐들의 여왕을 건드리는 자는 누구도 무사할 수 없어. 게다가 끈적거리고 끔찍하고 깐죽거리는 요리사라면 더더욱.

"왜 그렇게 빤히 쳐다보는 거야, 응?" 조리장이 양팔을 허리에 얹고 물었다.

"볼일 보러 가려고!" 아로스가 말했다.

"그래서? 볼일 보는데도 내 도움이 필요해?"

"어디냐고 묻는 거야!"

"하느님 맙소사. 혼자 싸지도 못하는 멍청이야?" 조리장이 절박하게 하느님을 찾았다. "맨 앞 돛대 쪽으로 가. 오줌을 싸려거든 리워드바람이 불어가는 쪽 쪽으로 가고. 혹시 네가 싼 오줌 맛이 궁금하면 윈드워드바람이 불어오는 쪽 쪽으로 가서 한번 싸 보든가." 그가 웃었다. 선원의 유머 감각이란 이런 거구나. 대단하다, 대단해.

아로스는 리워드와 윈드워드가 무엇을 뜻하는지 도무지 알 수 없었다. 적당한 장소를 찾아보려 했지만 마땅한 곳이 없었다. 그래서 그녀는 배의 맨 앞쪽으로 가 보기로 했다.

이곳에서 앞으로 무슨 일이 생길까? 운명 따위는 믿지 않았다. 벌써 자신과 다른 이들의 운명에 너무 많이 개입해 버렸으니까. 주머니 속의 어금니가 생각났다. 그녀는 걱정스러운 얼굴로 허리춤에 찬 주머니 안을 들여다보았다. 어금니가 무사히 들어 있는 것을 확인하기 위해서였다. 내일 일어날 일을 미리 알 수 있다는 유혹은 곰을 유혹하는 꿀처럼 달콤했다. 아니, 이제부턴 예언은 필요 없어. 남은 여행 동안 평범한 수습 선원으로 지낼 거야. 뭐, 완벽하게 평범한 건 아니지만.

주방 노예 신세에서 잠시라도 벗어난 것에 감사하며 아로스는 뱃머리 쪽으로 향했다. 그러나 얼마 가지 않아 통로에 나뒹구는 사내들에 가로막혔다. 사내들은 당황한 얼굴을 쳐들고 자신들을 경멸의 눈초리로 내려다보는 열 명의 선원들을 노려보고 있었다. 작은 제복을 입고 커다란 채찍을 든 키 작은 사내의 모습도 보였다. "그러니까 너희는 자기가 이 배에 고용된 사실조차 모른다는 건가?" 성난 목소리가 카랑카랑 울려 퍼졌다.

긴 금발 머리 청년이 대답했다. "아무것도 모르는 척 뻔뻔하게 묻지 마쇼. 난 절대로 아니라고. 그 정도로 취했을 리가 없어. 술집에서 창녀가 내게 술을 먹였어. 그리고 이곳으로 끌려온 거라고. 너도 한패지? 지금 당장 나를 돌려보내 줘."

채찍을 든 사내가 이해한다는 듯한 말투로 물었다. "아하! 그러니까 넌 이 배에 고용된 사람이 아니라는 거지?"

"그렇다니까!" 금발이 재차 대답했다.

"아하! 그럼 너는 여기 있어서는 안 되는 거고?"

"그렇다고!" 금발이 다시 대답했다.

"아하! 이 배에 고용되지 않았고, 여기에 있어서는 안 되는 사람이라면…" 그는 깊은 고뇌에 빠진 듯한 표정을 짓더니 말을 이었다. "…그럼 이 배에 몰래 탔다는 뜻이군." 그는 뒤로 돌아 주위에 서 있는 선원 다섯 명을 불렀다. "몰래 숨어든 승객을 밧줄에 묶어 킬 홀렌으로 환영한다. 그게 바로 바르바로사의 오랜 전통이지. 처음엔 좌우 방향으로, 그래도 제대로 일하지 않거나 말을 안 듣는다면 앞에서 뒤로. 얼른 잡아." 그의 목소리는 기대감에 들떠 한층 더 날카로워졌다.

아로스는 초조하게 선원들이 금발 청년의 허리를 밧줄로 묶는 광경을 지켜보았다. 청년은 저주를 퍼부었지만 저항하기에는 역부족이었다. 선원들은 고래고래 소리를 치며 버둥거리는 청년을 난간 쪽으로 끌고 갔다.

"개자식들!" 그가 소리쳤다. "이거 놔! 내가 누군지 알아?"

낄낄거리는 웃음소리가 들렸다. 그들은 금발 사내의 팔과 다리를 붙잡고 그네처럼 앞뒤로 흔들면서 숫자를 셌다. "셋, 둘, 하나!" 부드러운 곡선을 그리며 그의 몸이 난간 위를 날아 바다로 떨어졌다.

아로스는 당황하여 그 모습을 바라보았다. 사내는 공포에 사로잡혀 팔을 허우적댔다. 조금 전까지만 해도 아로스는 선원들이 단순히 겁을 주려는 의도라고 생각했고, 정말로 사내를 바다로 던져 버릴 줄은 꿈에도 몰랐다.

선원 몇 명이 하던 일을 멈추고 그 광경을 구경하고 있었다.

제복을 입은 작은 사내가 외쳤다. "계속하라! 게으름을 피우는 자는 꼬리 아홉 개 달린 나의 고양이, 마우지 맛을 보게 해 주겠다." 그가 아홉 갈래 채찍을 휘둘러 댔다.

쥐들은 고양이를 끔찍이도 싫어했다. 그리고 쥐들의 여왕은 이제부터 저 작고 더러운 사내를 혼신을 다해 증오하기로 했다.

이제 선원들의 시선은 배의 반대편에서 선체 밑을 지나온 밧줄을 잡고 있는 사내 셋을 향하고 있었다.

그제야 상황이 이해되기 시작했다. 청년을 묶은 밧줄이 배의 아래쪽을 통과한 것이었다.

"더 빨리!" 키 작은 제복의 사내가 소리쳤다. 사내들은 서둘러 밧줄을 잡아당겼다.

"역겨운 짓이지. 저렇게 밧줄을 당기면 청년은 헤엄을 칠 수도 없고, 선체에 몸이 스치는 걸 막을 방법도 없어." 갑자기 조리장의 목소리가 들렸다. 아로스는 지금껏 그가 제 옆에 서 있다는 사실도 몰랐었다.

처음 보는 광경에 너무 놀란 나머지 그녀는 순간적으로 조리장에 대한 미움도 잊고 말았다. 채찍을 쥔 키 작은 사내는 조리장보다 몇 배는 더 끔찍한 인간이었다. "말도 안 돼. 숨이 끊기기 전에 꺼내 줘야 하는 거 아니야?"

"저렇게 배 아래를 통과한다고 익사하는 사람은 거의 없어. 자세히 봐. 시키는 대로 하지 않으면 머지않아 저게 네 모습이 될 테니까, 졸때기."

금발 머리는 물에 흠뻑 젖은 채 반대쪽에 모습을 드러냈다. 사내 셋이 밧줄을 도르래에 걸어 그를 끌어올렸다. 청년은 다리를 버둥 댔고, 얼굴은 고통에 일그러져 있었다. 옷은 거의 다 찢어진 상태였다. 가슴, 배, 무릎, 허벅지 할 것 없이 온몸의 살점이 뜯겨 나가 피범벅이었다.

"그럼, 그럼, 빌어먹을 바르바로사의 선체 밑은 조개로 뒤덮여 항구의 창녀들처럼 거칠지. 그러니까 선체 바닥에 닿지 않도록 조심했어야지." 그가 혀를 차며 말했다. "하긴 킬 홀렌을 당할 때는 그게 쉽지만은 않을 거야."

"조리장님, 저 채찍을 든 사람은 누구야?"

"이름은 론둘프, 부항해장이야. 마주치지 않게 조심해. 저 녀석에 비하면 나는 아마도 네 가장 친한 친구쯤 될 거다."

아로스도 이번만큼은 그의 말을 믿었다. 망할 놈의 꿀밤이 뒤따르긴 했지만.

선원들은 금발 머리를 다른 사내들 옆으로 내동댕이쳤다. 겁에 질린 회색빛 얼굴들이 동시에 눈을 깔았다.

부항해장 론둘프가 달콤한 목소리로 물었다. "여기 이 배에 고용되지 않았고, 이 자리에 있으면 안 되는 사람이 또 있나?"

이제 사내들은 한 명도 빠짐없이 바르바로사의 선원으로 일하는 것이 자신의 오랜 꿈이었고, 그래서 제 발로 걸어 들어왔다고 맹세했다.

"듣던 중 반가운 소리군." 론둘프가 말했다. 하지만 그의 표정에 반가움의 기색은 조금도 찾아볼 수 없었다. 그가 조리장을 발견하고 쏘아붙였다. "뭘 봐? 어서 가서 밥이나 하지 않고." 아로스를 보는 그의 눈길은 마치 한 양동이의 토사물을 보듯 했다. "네가 새로 온 수습생이냐? 폭풍 한 번이면 그대로 날아가 버리겠군."

아로스는 아무 말도 못 하고 그 자리에 서 있었다.

"예, 맞습니다." 조리장이 얼른 대답했다.

"아하! 그럼 얼른 데려가, 이 얼간아. 자꾸 얼쩡대면 바다로 던져버릴 테니까. 밧줄 없이 말이지."

조리장은 아무 말도 하지 않고 아로스를 갤리 쪽으로 잡아끌었다. 그리고 채찍을 든 사내가 그들을 볼 수 없게 되자 곧바로 저주를 퍼부었다. "천벌을 받을 악마 같은 자식."

"나도 동의해. 그런데 나 아직 화장실을 못 갔다 왔어." 아로스가 대답하고 팔을 뿌리쳤다. 대체 어쩌다가 이런 곳에 오게 된 걸까?

부항해장과 마주치지 않으려고 아로스는 아까와 반대 방향으로 뛰어갔다. 채찍을 든 땅딸보의 명령대로 분주하게 땀을 흘리는 선원들을 삼십 명쯤 지났다. 이제 그의 모습은 보이지 않았지만 어디선가 이해할 수 없는 명령을 내리는 고함 소리가 끊임없이 들렸고, 사내들은 정신없이 크랭크의 손잡이를 돌리고 있었다.

론돌프의 목소리가 절정을 향해 치닫고 있었다. "포어 세일을 올려라, 톱 세일을 올려라."

고개를 들어 보니 여기저기에 펄럭이는 돛이 펼쳐지며 하늘을 가렸다.

대체 무슨 소리인지 알 수가 없군, 그녀가 생각했다.

항해장 야콥은 그에 비하면 훨씬 더 좋은 사람 같아 보였다. 항해장들은 육지의 영주들만큼이나 할 말이 많아 보였다.

"시트를 거둬라." 다시 고함 소리가 들렸다.

주변 사내들은 용케도 그의 말을 이해했는지 두 개 조로 나뉘어 각각의 밧줄을 힘껏 잡아당겼다.

앞쪽 어디선가 종이 울리는 소리가 들렸다.

아로스는 선원들 사이를 헤치며 앞으로 나아갔다. 이곳은 나벤슈타인의 시장보다 더 북새통이었다. 배의 폭이 좁아지기 시작하고 10미터쯤 지나자 드디어 뱃머리에 이르렀다. 하지만 엄밀히 말하자면 그곳이 배의 끝은 아니었다. 끝없이 긴 장대 하나가 뱃머리를 지나 앞으로 쭉 뻗어 있었다. 마치 바다를 향해 공격을 감행하는

창처럼. 출범이라는 말 대신 '바다를 찌른다'는 표현을 쓰기도 하는
건 저 긴 창 때문일까? 아로스는 주위를 둘러보았다. 난간으로 둘러
싸인 텅 빈 곳밖엔 보이지 않았다. 화장실 따위는 어디에도 없었다.
조리장이 나를 골탕 먹이려고 거짓말을 한 걸까? 하나로도 모자라
이제 그보다 더 비열한 땅딸보 항해사 론둘프까지. 그가 타인의 고
통을 즐기는 모습을 아로스는 두 눈으로 똑똑히 보았다.

뱃머리의 바람은 더 세차게 귓가를 스쳤다. 퍼뜩 정신이 들며 이
곳에 온 이유를 떠올렸다. 이제 더는 참기가 힘들었다. 급히 대책이
필요했다. 갑판에 쪼그리고 앉을 수는 없었다.

"부크스프릿_{뱃머리에 비스듬히 세워진 돛대}을 가로막은 놈, 어서 비켜! 급
해 죽겠다고!" 나이가 지긋한 선원 하나가 그녀를 거칠게 밀치며 말
했다.

멍청이, 아로스가 생각했다. 여기가 배의 끝인 줄도 모르나 봐.
어디로 가겠다는 거야?

사내는 커다란 돛대 위로 뛰어올라 약 5미터쯤 앞으로 걸어가더
니 바지를 내리고 앉아 엉덩이를 밖으로 내밀었다. 양손으로는 돛
대의 움푹 팬 부분을 잡았다. 아래로 무언가가 쏟아져 내렸다. 바다
는 별로 개의치 않는 듯했다.

"나이를 보아하니 혹시 새로 온 졸때기냐?"

아로스는 고개를 끄덕였다.

"너도 볼일 보려고? 여기 한 자리 더 있다." 그가 아로스를 불렀다.

아로스는 고개를 저었다.

볼일을 마친 뒤 사내는 옆쪽에 있는 술이 풀린 두꺼운 밧줄을 붙잡았다. 밧줄은 둥글게 말린 채 물속에 반쯤 잠겼다가 다시 위로 올라와 감겨 있었다. 그는 한쪽을 가랑이 사이로 잡아당겨 문지르고 난 후 바지를 다시 올렸다.

이런 제길! 바로 저기였어. 너무나 인상적인 장면이었다.

뒤처리용 밧줄은 똑바로 쳐다볼 용기조차 나지 않았다. 지금까지 얼마나 많은 사람이 저걸 사용한 걸까? 아로스는 사내가 사라질 때까지 기다렸다.

자, 이제 최대한 빨리 끝내는 거야. 다른 누군가가 한 걸 그녀라고 못할 이유가 없지.

장대 위를 걸어가는 건 큰 문제가 아니었다. 드디어 나무가 살짝 팬 곳이 보였다. 선원들의 변소. 그녀는 방금 선원이 시범을 보인 대로 따라 했다.

미사

"조금만 더 가면 돼요. 힘내요, 플라우디우스!" 파린이 외쳤다. 바위 지대가 바로 앞에 있었다.

파린 일행보다 훨씬 빠른 속도로 말을 달린 창의 전사들은 어느새 그들 뒤를 바짝 뒤쫓고 있었다. 뿔이 두 개 솟은 검은 투구를 쓴 우람한 사내가 선두였다. 투구에 두꺼운 가죽 갑옷까지 갖춰 입었지만 그들은 더위에도 끄떡없어 보였다. 오히려 한껏 들뜬 얼굴로 하나같이 오른손에 창을 들고 먹잇감을 향해 달려들고 있었다. 파린은 대충 거리를 짐작해 보았다. 이대로라면 바위가 보이는 곳까지 도망치기는 쉽지 않아 보였다. 게다가 플라우디우스의 몸 상태로 적들의 공격을 막아 내는 건 무리였다. 그러니 8대 3의 싸움이 예상됐다.

"일단 저 앞쪽에서 숨을 곳을 찾아보세요." 파린이 자신의 정신 일부를 망상에게 넘겼다. "내가 시간을 벌게요. 가자, 뤼베." 그의 귀에 말의 심장 소리와 거대한 허파가 뿜어내는 가쁜 숨소리가 들렸다. 이제 파린과 뤼베는 한 몸이었다. 그는 본능적으로 자신의 체중을 안장으로 옮기고, 그와 동시에 고삐와 허벅지 힘으로 뤼베의 방향을 바꾸려 했다. 뤼베는 파린이 원하는 바를 곧바로 알아차렸다. 말의 몸뚱이가 오른쪽으로 회전하더니 뒷다리에 힘을 싣고 유연한 동작으로 껑충 뛰어올랐다가 다음 순간 적을 향해 빠르게 달려나갔다. 그의 내면에서 분노의 파도가 밀려왔다. 어디서 왔는지 알 수 없는 충동이 다른 모든 감정을 압도하고 있었다. 기꺼이 너희의 피를 쏟아 주마. 마른 입술을 핥았다. 도덕도, 양심의 가책도, 자비도 모두 버렸다. 죽이거나 죽거나. 이제 그것뿐이었다.

바랄돈과 플라우디우스는 계속해서 바위 쪽으로 달렸다. 하지만 렘볼트가 방향을 바꿔 파린을 따라오기 시작했다. 그가 뒤에서 소리쳤다. "뭘 하는 건가? 이건 자살 행위야!"

매장꾼의 아들은 야수처럼 고함을 지르더니 속도를 높였다. 그의 검이 칼집에서 덜거덕 소리를 냈다. 등자를 딛고 일어선 파린은 살짝 몸을 비틀며 머리 위로 검을 치켜들었다. 기이한 동작이었다. 그리고 자기 자신이 내지르는 쩌렁쩌렁한 고함 소리를 들었다. "**보르그 헤차!**" 무슨 뜻인지는 알 수 없었다. 저주, 전투 구호, 죽음의 절규. 아무래도 상관없었다. 지금 이 순간은 그저 검 손잡이의 진동에만 집중할 뿐이었다. 오로지 생명을 빼앗기 위해 탄생한 매끈한 강철. 빼앗는 것은 언제나 내어 주는 것보다 낫다. 훨씬 더 낫다.

하하! 내가 빼앗을 테니 너희는 내놔!

파린이 창을 들고 있는 적에게 맹수의 이를 드러냈다. 그때 예상치 못한 일이 일어났다. 머리에 뿔이 달린 거인이 갑자기 왼손을 들어 무리를 멈춰 세웠다. 무슨 일이지? 그의 눈이 이글거리며 불타올랐다.

망상은 살판이 나서 외쳤다. **뭐 해? 서둘러! 렘볼트한테 몇 놈을 뺏**

기기 전에.

파린은 입술을 굳게 다물었다. 그리고 쏜살처럼 빠르게 적을 향해 달려갔다. 다시 몸과 정신을 통제하기 위해서는 엄청난 의지력이 필요했다. "잠시 멈추고 무슨 일이 일어나는지 봐야겠어. 저들이 갑자기 공격을 멈췄잖아."

그래서? 그럼 더 좋지! 머릿속 악령의 폭력을 향한 열망은 가라앉을 줄을 몰랐다.

파린은 고삐를 꽉 쥐고 뤼베의 걸음을 늦췄다. 뒤쫓아 온 렘볼트가 그의 곁에 다가섰다.

노련한 용병이 소리쳤다. "대체 무슨 생각을 하는 거야? 이건 미친 짓이야!"

멈춰 선 뤼베가 씩씩거리며 숨을 가다듬었다. 뜨거운 날씨에도 콧김이 뿜어져 나오는 게 보였다. 이제 적들과의 거리는 채 10미터밖에 되지 않았다. 긴 창을 들고 있는 여덟 명의 적 앞에서 파린의 검과 렘볼트의 철퇴는 그다지 위협적으로 보이지 않았다.

예기치 못한 순간을 노렸다가 공격하는 거야! 저들이 반응하기 전에 나무에서 과일이 떨어지듯 목에서 머리를 뚝 떨어뜨리는 거지.

양편의 시선이 마주치며 불꽃이 일었다. 험악하고 결연한 의지가 담긴 시선. 적들을 한 명 한 명 노려보는 파린의 시선은 '너희는 이제 곧 죽을 목숨이야.'라고 말하고 있었다.

정적을 깨고 맨 먼저 움직인 건 뿔 달린 투구를 쓴 창의 전사였다. 갈라지고 쉰 목소리였지만 분명히 알아들을 수 있었다. "저건 분명 늙은 용병 후레자식 렘볼트야. 내 거시기를 걸지."

늙은 용병은 태연하게 대답했다. "그럴 필요 없어. 어차피 별 볼 일 없는 네 거시기 따위에는 아무도 관심 없으니까, 이 황소 대가리야. 이런 날씨에 검은 요강을 뒤집어쓰고 다니는 멍청이는 너밖에 없다는 사실을 진작 알았어야 했는데. 게다가 요강 위에 얹은 우스꽝스러운 뿔은 또 뭐야?"

파린의 뜨거운 피도 끓어오르기를 멈췄다. 하지만 차분하게 말할 수 있을 정도로 진정하려면 시간이 좀 더 필요할 것 같았다.

조금 전까지 놈들이 너희를 죽이려고 한 거 있었어? 얼른 죽여 버려! 망상의 목소리는 안달이 나서 부르르 떨리기까지 했다.

진정하자! 그러니까 창의 전사들 대장과 렘볼트는 서로 아는 사이야. 그것은 곧 이 싸움을 피할 수 있다는 뜻일까?

"네 옆의 무지막지한 강아지 똥구멍은 또 뭐야?" 황소 대가리가 물었다.

"나는 네 고차원적인 단어 선택이 진작부터 마음에 들었어. 얘는 내 친구야." 렘볼트가 대답했다.

"하! 너한테 친구가 있을 리가. 그러니 거짓말은 집어치워, 이 후레자식아." 황소 대가리가 킥킥대며 웃었다. "어찌 됐건 네 애송이 영웅의 말 타는 모습은 전설 속 토이룹의 기마 영주처럼 보이는군. 칼을 휘두르는 모습도 마찬가지고." 무슨 뜻인지는 몰라도 그의 말은 어쨌든 진심으로 칭찬하는 것처럼 들렸다.

뒤에서 말발굽 소리가 들렸다. 바랄돈이 다가왔다. 모든 걸 각오한 듯한 얼굴이었다.

"이제 막 솜털이 빠지기 시작한 시건방진 녀석이 한 놈 더 나타났군. 대체 이런 애송이들을 데리고 뭘 하려는 거야? 네가 얘들을 젖이라도 먹여 키우는 거야?"

렘볼트는 이번에도 시큰둥하게 말했다. "유모는 바로 너지. 네 똘마니들 젖이나 더 먹여. 멍청한 소리는 이제 집어치우고 말해 봐. 이쯤에서 그만둘까? 혹시 아직도 우리의 말이 탐이 난다면 여기서 한번 붙어 보든가. 금 따위는 없어. 혹시 우리가 부자처럼 보여?"

"암, 그 말을 기꺼이 믿어 주지. 넌 허구한 날 무기랑 창녀랑 술에 가진 돈을 모두 탕진했으니까."

"맞아, 어디 그뿐이겠냐. 그런 거 말고도 쓸데없는 데다가 많이 써 버렸지. 하지만 너 자신을 한 번 돌아보시지! 너랑 네놈 패거리도 돈 많은 영주처럼 보이진 않으니까." 렘볼트가 무심하게 대답했다. "이제 어쩔 거야? 오늘은 서로 가던 길이나 계속 가고 다음을 기약하는 게 어때?"

"통행료만 좀 지불한다면 그 제안을 받아 주지. 우린 8대 3이야. 너희 편 뚱보는 우리를 상대하기엔 맛이 간 것 같아 보이니까. 그 녀석, 바위 뒤로 기어들어 가는 꼴이 아주 귀엽던걸."

"너희는 우리 똥이나 받아. 그 밖엔 콧물 한 방울도 어림없지."

"콧물은 사양할게." 황소 머리가 파린의 검과 렘볼트의 철퇴를 번갈아 보며 입을 비죽이더니 그들이 타고 있는 말을 천천히 살펴보았다. "너희의 무기는 별 볼 일 없어 보이는데. 그 허술하기 짝이 없는 가시 달린 몽둥이는 팔아 봐야 몇 푼 받지도 못할 테고. 그리고 그 늙고 질긴 말은 한 끼 식사 거리도 안 되겠네."

렘볼트가 철퇴를 부드럽게 돌려 보이며 말했다. "내 고슴도치를 비웃지 마. 몇 푼 받고 팔아먹을 일도 없거니와 네 명줄을 확실히 끊어 줄 명물이지. 내가 이걸 그냥 멋으로 들고 다니지 않는다는 건 너도 잘 알 거라고 생각하는데."

"물론이지, 렘볼트. 우리는 한때 같이 그라쿠스 왕에 맞서 싸우지 않았던가. 낭자한 피가 무릎까지 철벅거렸었지."

"그리고 같이 전쟁에 패했지. 다행히 죽지 않고 살아남긴 했지만."

둘이 한때 전우였다고? 어쩐지 처음 생각했던 것보다 희망적으로 들렸다.

"세 영주의 전투도 생각이 나는군." 황소 머리가 이를 드러내며 말했다. "그때 네가 반대편에 서서 내 머리를 박살 내려고 했어."

"아니, 박살이 아니고 동강 내 버리려고 했지! 박살과 동강은 엄연히 다르잖나. 하지만 네가 한시도 가만히 있지 못하고 설쳐 대는 바람에 네 목에 달린 흉측한 뚜껑을 제대로 날리지 못했었지."

오, 파린이 기대했던 저 둘 사이의 아름다운 추억이 박살 나는 소리가 들렸다.

"황소 머리, 너도 알다시피 그건 개인적인 감정이 아니었어. 내 영주가 더 좋은 금액을 제시했었거든." 렘볼트가 다 지난 일이라는 듯이 말했다.

"더 말해 뭐하겠어. 피차 다 아는 일인데. 용병들은 더럽고 뻔뻔할수록 환영받아. 그리고 타의 추종을 불허하는 더러움과 뻔뻔함이 우리 둘을 하나로 묶어 주지. 하지만 이번 한 번뿐이야." 그가 뒤돌아서 패거리를 바라보았다. "보아라, 이자는 알맹이가 없는 빈껍데기에 불과하다. 하지만 싸움 실력만큼은 악마 저리 가라지. 그러니 우리가 들이는 피와 땀에 비해 손에 쥘 수 있는 게 별로 없어. 그러니 이만 철수한다." 그가 바닥에 침을 한 번 뱉고 말을 이었다. "하지만 렘볼트, 다음에 만나면 네 그 흉측한 머리통을 날려 준다고 이 자리에서 확실히 약속하지. 그리고 이 약속은 내가 살아생전 지키는 첫 번째 약속이 될 거야."

패거리 가운데 둘이 작은 목소리로 투덜댔고 나머지는 고개를 끄덕였다. 황소 머리는 일부러 파린 곁을 아슬아슬하게 스치며 말머리를 돌렸다. 그의 눈에는 호기심과 경탄과 미움이 뒤섞여 있었다. 황소 머리가 남쪽으로 방향을 돌려 질주를 시작하자 나머지 창의 전사들도 그를 따랐다. 파린은 안도하며 그들의 뒷모습을 보았다. 아직도 가쁜 숨은 진정이 되지 않았다. 깊게 심호흡을 했다. 피 튀기는 싸움을 피했다니 여전히 믿기지 않았다.

초르그호로차 보르그헤차! 뭣 때문에 노상강도들이 슬쩍 내뺀 거지? 막

재미있어지려던 참이었는데. 이 겁쟁이들! 젖먹이 얼간이들! 차라리 게론다랑 버섯이나 키우는 게 더 재미있겠네. 징글징글은 여전히 흥분을 가라앉지 못했다.

"사실은 보이는 것보다 훨씬 아슬아슬했어." 렘볼트가 창의 전사들 쪽을 보며 인상을 찌푸렸다. "이제 말해 봐. 적이 여덟 명이나 되는데 혼자 달려가다니 대체 무슨 생각을 한 거야?"

"적들을 놀라게 하려고요. 정말로 그들이 공격을 멈췄잖아요. 그 덕분에 젊은 시절 친구와 편안하게 담소를 나누실 수 있었고요."

"그걸 담소라 부르다니…. 어쨌든 그대는 정말로 특이한 스콰이어야. 아까 검을 들고 적들에게 달려갈 때는 마치 말 위에서 태어난 사람 같았소. 옛 야전 원수의 모습 같았다고 할까. 잠시 나는…. 아, 그 얘기는 그만두지." 렘볼트는 별일 아니라는 듯이 고개를 흔들었다. "무슨 말이냐 하면… 지금 그쪽 모습은 아까와 달리… 꼭 난생처음 안장 위에 앉은 갓난아이 같다는 거지."

뭐라고 대꾸해야 할까? 육신의 통제력을 되찾게 되면 악령이 보여 준 엄청난 동작은 기억 속에만 남을 뿐. 징글징글이 자신의 몸을 통해 남들에게 시연해 보인 승마술과 검술은 파린이 오랜 세월에 걸쳐 훈련한다 해도 흉내 내기조차 어려울 것이었다.

"나는 플라우디우스에게 가 볼게." 바랄돈이 바위 지대 쪽으로 갔다.

파린도 조심조심 말을 돌려 바랄돈을 따랐다. 렘볼트가 자신을 의심한다는 것을 눈치챘지만 파린은 크게 개의치 않기로 했다.

플라우디우스는 벌겋게 달아오른 얼굴로 바위에 기대에 앉아 있었다. "어떻게 됐어?" 그가 앓는 소리를 내며 물었다.

"창의 전사 대장이랑 렘볼트가 오래전부터 알던 사이였어요. 이험한 곳에서 다시 만났다고 기뻐하면서 옛날얘기를 나누던걸요. 그러고 나서 평화롭게 헤어졌어요."

"휴우! 정말 잘 됐다. 내가 정말 면목이 없다. 나만 이렇게 뒤로 빠져서 미안해."

"괜찮아요. 일단 그늘에서 좀 쉬었다 가요." 파린은 적이 없는지 주변을 살폈다. 이제 창의 전사들은 완전히 멀어져 있었다. 잠시일지라도 우선은 걱정거리가 사라졌다.

플라우디우스가 고개를 숙인 채 말했다. "한 가지만 말할게. 넌 정말 좋은 녀석이야, 파린. 하지만 지나치게 배려심이 많아. 예를 들어 내 일만 해도 그래. 이번에도 운이 좋았고, 싸움을 피할 수 있었다니 정말 다행이야."

바랄돈이 작은 목소리로 덧붙였다. "운이 좋았던 건 우리가 아니라 여덟 명의 적들이에요."

"무슨 소리야? 너희는 다 미쳤어!" 렘볼트가 씩씩대며 말했다. "대체 내가 어쩌다 이런 일에 말려들었지?"

저녁이 되자 그들은 다시 안장 위에 올랐다. 플라우디우스도 이제 말 등에 앉아 몸을 가눌 정도로 기력을 회복했다. 험했던 길도 다소 평평한 구간에 접어들었고, 덕분에 빠르게 말을 달려 어두워지기 전까지 제법 먼 거리를 이동할 수 있었다. 일행은 이제 붉은 노을을 향해 달리고 있었다. 어둠이 드리우자 파린은 가까운 분지 안에 잠잘 곳을 마련했다. 플라우디우스는 저녁을 걸렀다. 오늘 하루, 도움은 못 될망정 일행에게 짐이 되었다는 사실이 그를 괴롭혔는지도 몰랐다.

"이제부터 뜨거운 낮에는 이동하지 않을 거예요." 파린이 말했다. "대신 내일 아침 해가 뜨자마자 출발하기로 해요. 렘볼트, 보초를 서 주세요. 다음은 제가 맡을 테니 깨워 주시고요."

렘볼트는 보일 듯 말 듯 하게 고개를 끄덕였다. 파린은 침낭을 펴고 다리를 쭉 뻗었다. 리더의 역할이 이렇게 힘들 거라고는 미처 생각지 못했었다. 마음은 쉽게 진정되지 않았다. 그는 내면의 소리에 주의를 기울였다. 악령의 존재가 느껴지지 않았다. 마지막 순간에 가까스로 싸움을 피한 이후로 망상은 한 번도 나타나지 않았다. 그새 다시 토라진 걸까?

이튿날은 별 소란 없이 흘러갔다. 하지만 풍경은 달라져 덤불의 높이가 한층 높아졌다. 갑자기 말라비틀어진 가지가 달린 나무들이 나타났다. 몇 개 되지 않는 나뭇잎들이 돌돌 말려 있었다. 이 지역에는 오랫동안 비가 내리지 않은 것처럼 보였다. 높은 산맥을 가까이에 등진 지형적 이유 때문일까? 서쪽으로부터 다가오는 비구름이 산맥에 가로막혀 그곳에 비를 다 뿌려 버리기 때문일까? 얼마 후 거대한 벽이 시야에 들어왔다. 서부산맥! 벨텐 제국에서 가장 높은 지대. 파린은 산맥의 저 멀리 하늘까지 치솟은 산의 정상을 한참 동안 올려다보았다. 구름까지 봉우리가 닿아 있는 산의 절경은 아무리 봐도 질리지 않았다. 그 장엄함에 저절로 탄식이 흘러나왔다. 신은 왜 산을 창조했을까? 인간이 얼마나 하찮은 존재인지 알려 주려고? 아니면 인간들에게 그곳이 세상의 한쪽 끝이라는 사실을 보여 주기 위해서? 제아무리 커다란 방목장이라도 끝을 알리는 울타리는 있는 법이니까.

파린은 입술을 꾹 다물고 자신에게 용기를 불어넣었다. 우리 넷이 반드시 이 울타리를 뛰어넘고 까마귀풀을 찾아내 기사님을 구하리라.

그곳에서 다시 산어귀까지 도착하기까지 어마어마하게 오랜 시간이 걸렸다. 검고 거대한 덩어리는 바로 코앞에 우뚝 솟아 있는 것처럼 보였지만 좀처럼 그들을 품어 줄 생각이 없는 것 같았다. 이윽고 가파른 암벽 앞에 서자 넷은 그저 놀라움에 말문이 막혔다.

"상상했던 것과 너무 달라." 바랄돈이 말했다. "가파른 경사로가 있을 줄 알았는데 성벽 앞에 서 있는 기분이야. 그것도 세상에서 제일 큰 성벽."

"다행히 화살이나 불덩이가 날아오진 않네." 렘볼트가 응답했다.

"기사님께서 남쪽으로 더 가다 보면 산과 산 사이로 난 좁은 길이 나온다고 하셨어요. 그리고 밧줄로 연결된 다리를 통해 또 다른 산으로 건너갈 수 있다고요. 그 다리가 저습지로 갈 수 있는 유일한 길이래요." 파린이 상세히 설명했다.

넷은 일단 산 그림자 아래에서 휴식을 취했다. 플라우디우스가 좀처럼 기력을 회복하지 못했다. 산 아래는 훨씬 시원했지만 그동안의 험한 여정에 지속해서 에너지가 고갈된 탓이었다.

이번에는 파린과 바랄돈이 첫 번째와 두 번째 보초를 맡았다. 다행히 창을 든 황소 머리와 그의 패거리는 다시 나타나지 않았다.

아침 일찍 그들은 남쪽으로 출발했다. 파린은 산속으로 접어드는 길을 찾느라 계속해서 주의를 기울이며 말을 몰았다. 정오 무렵에야 드디어 진입로의 입구가 나타났다. 아니, 입구라기보단 차라리 갈라진 틈에 가까웠다. 일행이 간신히 한 줄로 걸을 수 있을 정도의 폭이었다. "기사님이 말씀하신 그대로예요. 여기가 맞아요." 파린이 말했다.

"정말로 길이 여기뿐이라면…" 플라우디우스가 회의적인 시선으로 좌우를 둘러보며 말했다. "지나는 객들을 공격하기에 딱 좋은 지형이야."

"여긴 지나는 사람들도 거의 없어. 언제 올지도 모르는 여행객들을 하염없이 기다리는 멍청한 강도들이 있을까?" 렘볼트가 안심시켰다.

"저길 봐요!" 파린이 외쳤다. 끝없이 이어진 골짜기 한 모퉁이에 대야 모양의 분지가 보였다. 분지 한가운데에서 연기 기둥이 하늘을 향해 굽이쳐 오르고 있었다.

"저건 대장간에서 나는 연기야. 사람이 산다는 뜻이지. 인간만이 불을 피우고 철을 단련하니까." 렘볼트가 무뚝뚝하게 말했다.

저녁 무렵에 작은 마을에 이르렀다. 첫 번째 나타난 집은 아무도 살지 않는 것처럼 보였다. 지붕은 무너진 채였고 입구에는 문도 달려 있지 않았다.

무리는 갈라진 흙길을 따라 천천히 걸어갔다. 길 양편으로 짚으로 덮은 허름한 초가집들이 보였다. 어디에서도 사람의 흔적을 찾아볼 수 없었다. 아니면 모두 어디론가 꼭꼭 숨어 버린 걸까? 이러나저러나 결과는 마찬가지였다. 아무도 없다는 것.

"전형적인 산촌이야." 렘볼트가 말했다. "산골 사람들은 새끼 노루보다도 겁이 많지."

마을 한가운데까지 계속 걸어가 화로 앞에 멈춰 섰다. 가까이서 보니 그건 그냥 대장간에서 몇 미터 떨어진 곳에 파 놓은 보잘것없는 구덩이에 불과했다. 안에는 석탄이 벌겋게 타고 있었다. 얼굴에 그을음이 묻은 대머리 사내가 하던 일을 멈추고 의심의 눈길로 낯선 이들을 주시했다.

"안녕하세요, 저는 파린이라고 합니다."

"나는 대장장이요. 낯선 분들이 마을로 오는 일이 거의 없어서….'

"이 마을 이름이 뭐죠?"

"우리는 그냥 마을이라고 부릅니다."

그렇군, 그들의 앞에는 '마을'의 마을 대장장이가 서 있었다. 이름 없는 산촌. 하우펜보다 더 작고, 더 보잘것없는 마을. 파린은 마치 고향 마을에 온 것 같은 느낌이 들었다. "저희는 산을 넘어가려고 합니다. 혹시 마을에 저희가 하루 묵을 만한 곳이 있을까요?"

"아니요. 여긴 외진 곳이어서 여관 같은 건 있으나 마나예요. 들리는 사람이 없으니 장사가 될 리 없죠. 아주 가끔씩 평지에서 온 길 잃은 여행자들이나 우연히 이곳에 들어와요. 대부분 마을을 한 번 둘러보고는 곧바로 떠나 다시는 돌아오지 않죠."

"그럼 저습지 쪽으로 가려는 사람들은요?"

"그들도 다시는 돌아오지 않아요." 그는 무심하게 어깨를 으쓱했다.

아하, 그렇구나.

"세 집 더 가면 길가 오른편에 허름한 선술집이 있긴 합니다. 하지만 거기에도 묵을 방은 없어요." 대장장이는 다시 풀무를 집어 들고 화로에 바람을 불어넣었다. 할 말이 끝났다는 뜻이었다.

하지만 파린은 여전히 궁금한 게 남아 있었다. "그런데 다른 마을 사람들은 어디에 있죠? 모두들 집 안에 있는 건가요?"

대장장이는 하던 일을 계속하며 대답했다. "지금 교회에 모임이 있어요. 다들 거기에 갔죠. 난 그런 번잡한 데는 싫어서 불이나 때려고 여기 있는 거고." 그는 불꽃만 뚫어져라 바라보고 있었다.

대장장이는 말을 섞을 마음이 더는 없어 보였다. "감사합니다." 꼬르륵거리는 뱃속 경고음을 들으며 파린이 일행들에게 계속 가라는 손짓을 했다. 한 번 더 뒤를 돌아보았다. 여전히 무언가가 마음에 걸렸다. 개나 고양이, 심지어는 닭 한 마리도 돌아다니지 않는 마을이라니. 동물들이 교회로 갔을 리는 없었다. 분명히 이상한 무언가가 있었다. 하지만 꼬집어 말할 수는 없었다. 잠시 내면의 소리에 귀를 기울여 보았지만 허사였다. 악령은 이 문제에 관해 언급하고 싶지 않은 듯했다. 징글징글은 어중간한 행동은 하지 않았다. 토라질 때는 제대로 토라졌다. 그래, 좋아. 할 수 없지.

"대장, 이제 어떻게 하지?" 렘볼트가 재촉하듯 물었다. 파린의 모든 말과 몸짓, 행동은 이제 감시의 대상이었다. 별 볼 일 없는 스콰이어가 실수하기만을 기다리는 걸까?

"저기 뒤쪽에 교회 종탑이 보여요. 저곳에 사람들이 모여 있다니 가서 살펴보도록 하죠."

"뭘 하려고? 이 마을 사람들의 일에 신경 써 봤자 시간 낭비일 뿐이야." 렘볼트가 즉각 반박하고 나섰다.

"그럴 만한 이유가 있어요." 파린이 침착하게 대꾸했다. "제가 내린 결정에 대해 토론은 하지 않겠습니다. 반대할 만한 확실하고 납득할 만한 이유가 있을 때를 제외하고는요."

"우리의 목적지는 저습지이고 앞으로 지금까지보다 훨씬 힘든 여정이 우리를 기다리고 있는데 여기서 우리의 귀중한 시간을 낭비할 수는 없잖아." 렘볼트가 투덜거렸다.

"그건 납득할 만한 이유가 아니네요. 그러니 제 결정을 바꾸지 않겠습니다!" 파린이 대답했다.

그들은 말고삐를 쥐고 계속 걸었다. 시선이 닿는 곳에는 어디에나 하늘을 향해 높이 솟은 봉우리들이 있었다. 오른쪽 마지막 건물이 전성기를 한참 지나 완전히 허물어져 가는 마을 교회였다. 작은 종탑은 약간 기울어진 채 지붕 위로 돌출되어 있었다. 목조 건물 위의 흰 칠은 대부분 벗겨졌고, 들보 가운데 몇 개는 썩어 있었으며 창 앞에는 너덜너덜한 양피지가 걸려 있었다. 이 마을에서는 하느님조차도 가난했다.

커다란 목소리가 열린 문을 통해 새어 나왔다.

"어떻게든 산을 달래야 합니다. 그렇지 않으면 상황은 조금도 나아지지 않을 거고, 우리는 계속해서 절망적인 상황으로 빠져들게 될 것입니다. 주님은 우리가 사는 데 필요한 것들을 그냥 주지는 않으십니다. 우리는 주님에게서 너무 멀리 떨어져 있습니다. 우리의 존재는 너무나도 미미하며 오래전에 잊혔습니다. 씨족 시대에서 그랬던 것처럼 다시 그분의 관심을 얻을 수 있는 확실한 방법은 희생 제물뿐입니다."

그 목소리는 경건했지만 일반적인 성당의 강론과는 달랐다.

"우리는 야만인이 아니에요!" 어느 여자의 높은 목소리가 들렸다.

"닥쳐! 우리에게 최선이 뭔지는 헨드릭이 가장 잘 알고 있어." 한 남자가 큰소리로 외쳤다.

파린은 뤼베의 고삐를 플라우디우스에게 넘겨주고 바랄돈에게 따라오라고 손짓을 했다. 둘은 성당 안으로 들어갔다. 제단 앞의 남자가 말을 멈추고 놀란 눈으로 훼방꾼들을 응시했다. 그러자 모여 있던 사람들도 일제히 고개를 돌렸다. 누더기를 걸친 사람들이 약 서른 명쯤 되었다.

불청객을 향한 시선은 따가웠다. 이제 어떻게 하지? 렘볼트의 말이 맞았을까? 괜한 시간 낭비였나? 내가 지금 여기서 뭘 하려는 거지?

머릿속이 복잡했지만 파린은 단호하게 중앙 통로를 통해 앞으로 걸어 나갔다. 제단 옆에는 열 살쯤 된 여자아이가 서 있었다. 예쁘 장한 원피스를 입고 금발 머리에 마른 꽃으로 만든 화관을 쓰고 있 었다. 그녀의 눈은 주목받고 있다는 뿌듯함으로 가득 차 있었다.

"그들이 우리를 데리러 왔어요!" 첫 줄에 앉은 한 여자가 소리쳤 다. 중년의 나이에 농부임을 암시하는 회색 원피스를 입고 있었다. 헝클어진 머리는 눈을 거의 가릴 듯했다. 그녀는 공포에 사로잡혀 검지로 성호를 긋고는 보이지 않는 방패라도 들은 듯 파린 쪽으로 팔을 뻗었다.

아기 울음소리가 들렸다.

"**조용**!" 설교를 하던 사내가 거칠게 외쳤다. "조용히 주목하시오!" 그가 형식적인 미소를 지으며 이방인에게 물었다. "이 보잘것없는 주님의 집에 낯선 분들이 무슨 용건으로 오셨는지요?"

바랄돈이 당황하여 속삭였다. "다들 미친 사람들 같아. 이 기묘한 긴장감과 우울함은 대체 뭐지?"

파린은 뒤를 돌아 모여 있는 사람들을 한 번 둘러보고 큰 소리로 말했다. "방해해서 미안합니다. 제 이름은 파린이고 슈투름바흐트와 지게스문트 성의 영주이신 에미코 기사님을 모시는 스콰이어입니다."

제단 위의 남자가 파린과 마을 사람들 사이로 끼어들었다. "두 성의 스콰이어께서 무슨 용건이 있어 이렇게 먼 곳까지 오셨는지요?" 그는 여전히 교회의 탑만큼이나 삐딱한 미소를 짓고 있었다.

파린은 의도적으로 사내를 위에서 아래로 훑어보았다. "본인을 먼저 소개하는 것이 예의가 아닐까요? 사제라기보다는 마을 이장처럼 보이시는군요."

사내가 잠시 생각에 잠겼다가 대답했다. "이곳은 이장조차도 없는 작은 마을이에요. 저는 이 마을의 원로인 헨드릭입니다. 밖에서 기다려 주신다면 모임이 끝난 뒤 뵙겠습니다."

"주님의 집이 어디에서나 그렇듯이 저 문은 열려 있었어요."

헨드릭은 아무 말도 하지 못했다.

파린은 다시 주민들의 따가운 시선을 느꼈다. 바랄돈도 걱정스러운 얼굴로 그를 바라보고 있었다. 파린은 이곳에 들어온 애초의 의도와 상관없이 여자아이 앞에 한쪽 무릎을 꿇고 앉아 상냥하게 물었다. "너는 누구니?"

"제 이름은 마이가고, 화동이에요." 소녀는 자신이 제대로 대답했는지 확인하려는 듯 갸름한 눈으로 마을의 원로를 바라보았다.

원로는 소녀의 시선을 애써 무시하고 자신의 결백을 주장하려는 듯 두 팔을 벌려 보였다. "오래된 시골의 전통이죠, 특별한 일이 아니에요. 이곳은 아주 가난한 마을입니다. 가뭄은 우리의 일상이고요. 비가 내리지 않아 경작지는 말라 가고 있어요. 그러니 가을에 비가 내려 상황이 조금 나아질 때까지 어떻게든 버텨야 합니다. 동전 몇 닢이라도 헌금해 주시겠습니까? 입구 왼쪽에 헌금통이 있습니다." 그가 마을 사람들에게 근엄하게 말했다. "오늘 모임은 이것으로 마치겠습니다. 모두 자리해 주셔서 감사합니다."

사람들이 웅성거리며 자리에서 일어나 교회 밖으로 나갔다. 회색 옷을 입은 여자가 소녀의 손을 잡고 입구 쪽으로 향했다. 바로 그때 젊은 여자 하나가 안으로 뛰어들어 와 칼날보다 매서운 눈으로 헨드릭을 노려보더니 회색 옷을 입은 여자에게 날카롭게 외쳤다. "당장 마이가를 놔줘요, 엄마." 그녀의 눈에는 분노가 이글거렸다.

헨드릭이 자신과는 무관하다는 표정을 지으며 다시 파린의 앞을 가로막았다. "제가 도와드릴 일이 있다면 말씀하시지요."

파린이 미간을 찌푸리며 말했다. "누가 데리러 온다는 거죠? 무엇을 그리 두려워하십니까?"

헨드릭은 한참 생각에 잠겼다가 입을 열었다. "그저 미신일 뿐이에요, 정말로 집요하시군요. 저희를 걱정해 주시다니 감사할 따름입니다. 하지만 저희는 여러 세대에 걸쳐 우리 자신을 믿는 법을 터득했어요. 그러니 염려하지 마시고 제 도움이 필요하면 말씀해 주세요."

"저희는 산을 넘어 저습지로 가려고 합니다. 그곳으로 가는 길은 단 하나, 이 계곡을 지나 협로를 통과해야 하죠."

"맞습니다." 그는 다시 생각에 잠겼다가 말을 이었다. "경험이 많은 등반 안내원을 소개해 드리겠습니다."

"그렇게 해 주신다면 큰 도움이 될 겁니다."

"일행은 두 분이신가요?"

"그게 중요한가요?"

원로가 머금었던 삐딱한 미소가 얼어붙더니 이내 산산조각 났다. "실례가 되었다면 죄송합니다. 하지만 안내원에게는 일행의 규모가 중요한 정보입니다."

"인원은 그렇게 많지 않습니다."

노인의 눈이 반짝였다. "흠, 적당한 사람이 떠오르는군요. 하지만 그는 저습지에 도착하는 대로 돌아올 것이니 거기서부터는 안내원

없이 움직이셔야 합니다. 언제 떠나실 계획인가요?"

"내일 아침 해가 뜨는 대로 출발할 겁니다. 한 가지만 더. 오늘 밤 묵을 만한 곳이 있을까요?"

"안타깝게도 저희 마을에는 귀한 손님들이 머무르실 수 있는 여관이 없습니다. 하지만 마을 경작지에 낡은 헛간이 있지요. 건초가 깔려 있으니 그곳을 내어 드리겠습니다. 죄송합니다. 저는 급한 용무가 있어 이제 마을 대장간으로 가야 합니다."

그들은 함께 교회를 나섰다. 마을 주민들의 절반가량이 렘볼트와 플라우디우스와 네 마리 말을 둘러싼 채 노려보고 있었다.

교회에서 한 마디도 입을 열지 않았던 바랄돈이 마침내 작은 소리로 속삭였다. "조심해야 해. 무슨 이유인지는 몰라도 마을 사람들이 몹시 절망하고 있어. 저들이 무슨 일을 저지를지도 몰라. 그리고 저 헨드릭이라는 사람도 굉장히 의심스러워."

"나도 같은 생각이야." 파린이 고개를 끄덕이며 대답했다. "일단 헛간으로 가고 나중에 더 살펴보자."

침입자

헛간은 오히려 교회보다 상태가 더 나았다. 건초가 깔린 바닥은 편안해 보였고 열두 명쯤은 누울 수 있을 만큼 넓었다. 렘볼트와 파린이 먼저 주위를 정찰했다. 뒤편에 작은 문이 하나 열려 있었고 박공 창문도 있었다.

"스콰이어," 렘볼트가 자신의 코를 문지르며 말했다. "정말로 오늘 밤 여기서 묵으려는 건 아니겠지? 이곳 사람들은 전혀 믿음이 안 가고 마을 원로라는 노인은 특히 수상해. 마을 사람들은 왠지 몰라도 몹시 절망해 있는 것 같아서 저들이 밤새 이 헛간에 불을 지르고 말들을 훔쳐 간다 해도 이상할 게 없을 정도라고."

파린은 렘볼트의 눈을 똑바로 바라보며 부드럽게 답했다. "저도 동의합니다. 저도 이곳에서 잠을 청할 생각은 전혀 없어요. 날이 저무는 대로 헛간 밖에 잠을 청할 만한 곳을 찾아보죠. 하지만 저는 이 근처에 남아 무슨 일이 일어날지 기다려 볼 생각입니다. 내일 아침이면 우리의 의심이 타당한 것이었는지 밝혀지겠지요."

렘볼트는 조금 안심이 되는 모양이었지만, 여전히 무뚝뚝한 얼굴로 고개를 저으며 말했다. "도무지 이해가 안 되는군. 대체 뭘 기대하는 거지?"

"내일 아침이면 알게 될 겁니다."

"그럴 필요가 있어? 괜히 힘만 낭비하는 거라니까. 게다가 지금껏 하루도 빠지지 않고 보초까지 섰으니 오늘 하루라도 푹 자 두는 게 좋을 것 같은데. 오늘은 내가 바랄돈과 번갈아 보초를 서지.”

선의에서 나온 제안이었다. 파린은 정중하게 대답했다. “고맙습니다. 하지만 푹 자는 건 내일로 미뤄야겠어요. 제 결심은 확고해요. 일행을 이 헛간으로 데려온 사람은 저니까 결과에도 제가 책임을 져야죠. 그러니 바랄돈과 플라우디우스를 안전한 곳으로 데려가 주세요.”

“그대는 정말로 고집불통이야.” 그가 눈을 똑바로 뜨고 말했다. “내가 졌어.”

넷은 저녁 내내 헛간 앞에서 시간을 보내다가 해가 완전히 떨어지자 헛간 안으로 들어갔다. 하지만 곧 조용히 뒷문으로 빠져나가 마른 풀이 난 풀밭으로 움직였다. 일행이 매어 둔 말들 곁을 지나 목장 밖에 자리를 잡자 파린은 얼른 손을 흔들어 인사를 하고 헛간 쪽으로 돌아왔다. 그리고 만약에 대비해 주위를 크게 돌며 적당한 장소를 물색했다. 마침내 땅이 움푹 패 몸을 숨길 수 있고 헛간 입구를 관찰하기도 좋은 자리를 찾았다. 희미한 달빛도 이르지 못하는 깊은 골짜기에는 짙은 어둠이 내렸다. 그가 숨은 장소는 들킬 염려가 없었지만 대신 누군가가 헛간 쪽으로 다가와도 자세히 보이지 않는다는 단점이 있었다. 그러니 청각에 의존하는 수밖에 없었다. 어쩐지 파린은 이곳이 지게스문트 성의 거위 털 침구가 깔린 침대보다 편안하게 느껴졌다. 고단한 하루의 무게를 잠시 내려놓자 눈 꺼풀이 무거워졌다. 피곤은 상대하기 까다로운 적이었다. 피곤만큼 차분히 기다렸다가 은밀하게 침입해 오는 적도 없을 것이다. 그의 눈이 감겨 왔다. 파린은 적어도 귀만큼은 열어 두어야 한다고 되뇌었다. 엎드린 채 들리는 소리에 집중하려고 애썼지만 잠시 후 스르르 잠이 들고 말았다.

보초가 왜 보초야? 쿨쿨 잠이나 자는 인간을 보초라고 부르지는 않을 텐데? 얼른 눈 떠! 일찍 일어나는 벌레가 새를 잡는 법. 지금 새가 몰래 다가오고 있어. 벌써 100미터 앞에서부터 소리가 들렸다고.

파린이 벌떡 일어나 눈을 비볐다. "어? 깨워 줘서 고마워." 조심스럽게 헛간 쪽을 주시했다. 눈앞은 여전히 짙은 어둠뿐이었다. 마을에서 퍼져 나온 불빛들만이 어렴풋이 둥근 모양을 그리고 있었다.

"난 아무것도 안 보여. 네 도움이 필요해, 징글징글."

아하, 내가 왜? 먼저 저 음흉한 녀석을 죽여 버리겠다고 약속한다면 모를까. 하지만 내가 너에 대해 좀 알아서 하는 말인데, 또 수다나 떨고 껴안고 그러겠지. 고통 대신 동정. 그게 나한테는 수수께끼란 말이야. 왜 말을 할 수 있는 입은 하나지만 목을 칠 수 있는 팔과 손은 두 개라고 생각해?

"갈등을 평화롭게 해소하는 게 좋은 거 아니야?"

우아아아! 평화롭게래! 인간들의 위선이란. 인간아, 젖먹이라면 그런

표현을 쓸 수 있을지도 모르지. 하지만 그런 시기는 눈 깜짝할 새에 지나가 버려. 생각해 봐. 아이들이 얼마나 평화롭게 단두대 놀이를 하는지. 돌아가는 길에 황소 머리가 또다시 숨어서 기다리고 있으면 네가 지금 한 말을 상기시켜 줄게. 대화, 대화… 그건 겁쟁이들이 도망칠 때 하는 변명이야.

창의 전사들과 죽음의 결투를 피한 후유증이 이렇게 클 줄이야.

"그래서 지금 나를 도와줄 수 있는 거야?"

좋아, 그럼 어디 한번 해 봐!

파린은 징글징글에게 정신의 일부를 맡겼다. 그러자 갑자기 눈앞이 밝아졌다. 아니, 어둠 속이었지만 그의 시력이 좋아지고 있었다. 몸을 잔뜩 굽히고 헛간 문으로 다가오는 사람의 형체가 보였다. 그 형체는 안쪽에서 나는 소리를 엿듣기 위해 한쪽 귀를 문에 바짝 가져다 댔다. 혹시 또 다른 침입자는 없는지 주위를 살폈지만 악령의 시야에 들어오는 사람은 더는 없었다. 이 한밤중에 혼자 여기까지 침입한 자는 대체 누구일까? 누가 보낸 걸까? 왜? 어쨌든 위험한 자임이 틀림없었다. 이제 헛간에 불을 붙인다면 렘볼트의 예상이 적중한 것이었다. 하지만 그렇게 보이지는 않았다. 침입자는 좁은 문틈을 통해 안으로 들어갔다.

이제 파린이 헛간 안으로 몰래 들어갈 차례였다. 고양이처럼 밤에도 잘 볼 수 있는 눈은 파린의 강력한 무기였다. 음험한 계획을 세우고 찾아온 침입자에게 매운맛을 보여 주리라. 파린이 문 앞에 도착했을 때 사내는 위층으로 가는 사다리 위에 있었다. 그리고 곧 위층에 아무도 없다는 사실에 잠시 놀란 듯 얼어붙었다가 다시 아래로 내려오기 시작했다. 그는 유연한 동작으로 한 칸 한 칸 파린에게 가까워졌다. 파린은 허리띠조차 차지 않은 상태였고 수중에 단도 하나 없었다. 따라서 상대가 바닥에 내려오기 직전 최대한 빠른 속도로 달려드는 게 상책이었다. 두 손으로 뒤에서 상대를 덮치며 바닥으로 밀쳤다. "잠자코 있어! 안 그러면 허리를 부러뜨리겠다."

"아야! 아파요!" 날카로운 비명이 들렸다.

그건 남자의 목소리가 아니었다. 파린은 깜짝 놀라 눈을 크게 뜨고 손에 힘을 풀었다. 그러고 보니 상대의 상체는 너무 좁고 부드러웠다.

"넌 누구지?" 파린이 물었다. 하지만 대답을 듣기도 전에 여자의 몸을 빠르게 돌려 눕히고 몸에 올라탄 채 팔을 굽혀 머리 옆쪽으로 힘껏 눌렀다.

이마에 두른 검은 두건 아래로 금발 머리가 보였다. 갸름한 눈매가 어둠 속에서 번뜩였다. "당장 놔주지 않으면 죽여 버리겠어!"

아하 그렇구나! 파린은 잠시 생각에 잠겼다. 남자들은 이해하지 못하는 여자들만의 논리인가. 사실 자신의 심장에 칼을 꽂는 손이 남자의 것이건 여자의 것이건 마찬가지였다. 그래서 그는 일단 침입자의 몸을 수색하기로 했다. 조심스럽게 그녀의 몸을 더듬으며 무기가 있는지 살폈다. 다리까지 뒤졌지만 다행히 무기는 없었다.

"나쁜 자식, 어딜 만져?" 그녀가 발끈했다.

"함부로 말하지 마. 한밤중에 몰래 외지인 네 명이 잠들어 있는 창고로 숨어들어 오는 침입자를 보고 내가 무슨 생각을 했을 것 같아? 아무래도 네 모습이 친구나 사귀려고 찾아온 것처럼 보이지는 않잖아?"

우우! 난 느낄 수 있어. 너희 둘이 아주 잘 맞는 것 같은데? 건초더미 위의 사랑이라. 역시 넌 언제나 나를 놀라게 한다니까. 지금이 정말로 쾌락의 기쁨을 배울 좋은 기회야. 끼고를 생각해 보면 말이야… 그의 침실에 들어온 여자들이 셀 수도 없이 많았다고. 어떻게 하는 건지 내가 가르쳐 줄까?

"멍청한 징글징글!" 파린이 큰소리로 화를 냈다.

"징글징글한 멍청이!" 그에게 짓눌린 살쾡이가 밑에서 으르렁댔다. "난 무기도 없고, 너희에게 경고하러 온 것뿐이야. 당장 내려가지 못해!"

파린이 몸에서 힘을 빼 여자를 풀어 주었다. "무슨 경고?"

"이 마을의 원로 헨드릭을 믿지 마. 그가 너희에게 소개해 줄 산악 안내원은 너희를 유인해서 위험에 빠뜨릴 거야."

"네가 그걸 어떻게 아는데?"

"그 둘을 오래전부터 알고 있으니까."

"그들이 왜 그러려고 하는데?"

여자는 잠시 머뭇거리다가 대답했다. "너희가 가진 걸 노리는 거지. 그중에서도 너희가 타고 온 말들."

"흠. 그게 다야?"

"뭐라고? 그걸로 설명이 부족해?"

"그 사람… 그러니까… 이름이 뭐였지?"

"헨드릭."

"어차피 그 사람은 믿지 않아. 그런데 네 이름은 뭐지?"

"헤르디스."

"특이한 이름이네."

"넌?"

"파린."

"특이한 이름이네."

너를 벌레라고 불러도 된다고 말해 줘. 그리고 네가 저 아이의 이름을 벌써 잊어버렸다고도. 징글징글은 한밤중에 여인과의 뜻하지 않은 만남으로 아주 신이 나 있었다.

"왜 여기에 왔는지 말해. 너랑 아무 상관도 없는 우리에게 경고하러 여기까지 온 이유가 뭐지?"

"그러니까 난… 너랑은 상관없는 일이야. 고마운 줄이나 알아." 그녀의 목소리에 두려움이 느껴졌다.

"이 마을엔 뭔가 이상한 낌새가 있어. 그게 뭔지 어서 말해."

그녀는 눈을 감고 입을 다물었다.

"교회에서 화관을 쓰고 있던 아이…, 넌 그 아이랑 가족 아니면 친척이야, 그렇지?"

헤르디스가 깜짝 놀라 물었다. "그 애는 내 동생이야. 어떻게 알았지?"

"너랑 그 아이가 닮았으니까."

"어떻게 그럴 수가 있지? 여긴 완전히 컴컴하고 난 내 코앞도 볼 수가 없는데."

"에, 그러니까… 느낌으로."

"무슨 느낌? 내 엉덩이랑 가슴 말이야?"

어김없이 뒤통수에서 낄낄거리는 웃음소리가 들렸다.

"말 돌리지 마. 교회에서 있었던 의식은 뭐지?"

"너랑은 상관없다고 했잖아. 다시 말하지만, 난 좋은 뜻으로 여기 온 거야. 그러니 네 마음대로 생각해, 이 나쁜 자식아."

뱀 같은 여자. 암살자처럼 몰래 헛간으로 숨어들어 온 주제에 뻔뻔하기까지 하다니. "좋아, 그러면 네 생각엔 마을 대표가 우리한테 산악 안내원을 소개해 주면 우리가 어떻게 했으면 좋겠어? 그 둘의 목이라도 벨까?"

"아니, 그런 말이 아니잖아. 싫다고 말하고 제대로 된 길을 안내할 다른 안내원과 가겠다고 우겨."

"그래? 그게 누군데?"

"나!"

그녀는 더 이상 말이 없었다. '나!', 그게 다였다. 그녀는 어두워서 자신의 코앞도 보이지 않는다고 했다. 그러니 파린이 눈을 부릅뜨고 있는 것도 알아차리지 못했다. 도대체 왜 그런 일을 자처하는 걸까? 어쩌면 돈이 필요한 것일 수도 있었다. 파린이 말했다. "꼭 안내원의 도움이 필요할지 잘 모르겠어. 산을 가로지르는 길에 대해 자세히 듣고 왔거든." 파린은 여자의 손목을 놓아주고 가만히 일어섰다. "인제 그만 가 봐."

헤르디스가 천천히 일어섰다. 여전히 사방은 어둡고 보는 사람도 없었지만 그녀는 옷에 붙은 지푸라기를 털어 냈다.

"이곳에 처음 온 것 같은데 내 말 잘 들어. 반드시 이 산을 잘 아는 사람을 데려가지 않으면 안 될 거야. 결국 선택은 네 몫이지만." 헤르디스가 말하고 헛간 문밖으로 사라졌다.

높은 산맥에 가려 해를 볼 수는 없었지만 어김없이 아침이 밝았다. 벨텐 제국에서 가장 그늘진 마을이 잠에서 깨어났다.

파린은 중요한 물건들만 허리춤 주머니와 배낭에 넣었다. 말들은 마을에서 기다려야 했기 때문에 이제부터 모든 짐은 지고 가야 했다.

아침 이른 시간이었지만 스무 명도 넘는 비쩍 마른 마을 사람들이 그들 주위로 몰려들었다. 하나같이 이곳을 둘러싼 바위들처럼 굳은 표정이었다.

이 마을의 원로, 그늘과 어둠의 지배자 헨드릭이 마치 왕처럼 당당하게 파린 일행을 향해 걸어왔다. "안녕히 주무셨습니까? 좋은 아침입니다." 그가 인사했다. 얼마나 마음이 급했던지 매끈한 미소를 짓는 것마저도 잊어버린 것 같았다. "이제 손님들의 위험한 여행길에 동행할 산악 안내원을 소개하겠습니다. 다고릭, 이쪽으로 오게."

키가 작고 비쩍 마른, 펠트 모자를 쓴 사내가 앞으로 나와 인사를 한 뒤 쉰 목소리로 말했다. "비용은 6실링입니다. 절반은 지금 지급해 주시고 나머지는 안전하게 저습지 입구까지 모셔다드린 뒤에 받겠습니다."

말도 안 되는 금액에 당연히 렘볼트가 씩씩거렸다.

파린이 일부러 부드럽게 물었다. "그럼 저희 말들을 맡아 주시는 대가요?"

"아, 그거라면 여행에서 돌아오시고 난 뒤 정하기로 하지요."

"만약 우리에게 사고가 생겨 돌아오지 못하게 되면요?"

그가 침울한 얼굴로 말했다. "그건 정말 슬픈 일이겠지만, 그런 경우에는 손님들의 말을 저희가 가지면 되니 그걸로 충분합니다." 위선적인 미소가 돌아왔다.

인심 좋은 노인네 같으니라고.

뒤쪽에 서 있는 키가 큰 사내 둘 사이에 젊은 여자 하나가 간밤에 잠을 설쳤는지 아랫입술을 깨물며 잠을 쫓고 있었다. 그녀의 초록빛 눈이 기대와 실망을 동시에 뿜어내고 있었다.

파린은 결심을 굳혔다. "헨드릭, 산악 안내원을 소개해 주셔서 감사합니다. 다고릭, 흔쾌히 수락해 주셔서 고마워요. 하지만 저희는 헤르디스를 저희의 안내원으로 고용하고 싶습니다."

젊은 여자가 앞으로 걸어 나왔다. "감사합니다. 준비는 다 되었어요. 바로 출발하실 수 있습니다." 다른 마을 사람들에게 눈길 한 번 주지 않고 그녀가 말했다.

사람들이 수군거리는 소리가 들렸다. 이른 아침부터 모인 보람이 있었다. 이런 예상치 못했던 일이 일어났으니까. 헨드릭과 다고릭이 실망을 감추지 못하고 할 말을 찾느라 애썼다. 먼저 정신을 차린 쪽은 헨드릭이었다. "헤, 헤르디스요? 대체… 그녀를 데려가서 어쩌실 생각이신지요." 원로는 그녀의 이름을 입에 담기도 싫은 모양이었다. 마치 저주받은 역병처럼.

"이미 결심은 확고합니다. 저희가 없는 동안 말들을 잘 부탁드릴게요. 반드시 돌아올 테니 걱정하지 마십시오."

"물론입니다." 헨드릭이 허리를 굽히며 인사했다. 하지만 그의 얼굴은 그들이 살아 돌아올 확률이 자신의 머리에 다시 머리가 자랄 확률보다도 적다고 말하고 있었다.

헛간 뒤 목초지에서 말들과 작별 인사를 나누었다. 파린이 뤼베의 목을 토닥이며 약속했다. "금방 돌아올게."

이제 도보로 산을 넘고, 아무도 반기는 이 없는 저습지에서 까마귀풀을 구하는 일만 남아 있었다. 헤르디스가 커다란 가죽 주머니와 함께 나타났다. "짐을 점검할 테니 모두 배낭을 바닥에 내려놔." 어떤 반론도 용납하지 않겠다는 말투였다.

"이봐, 스콰이어." 렘볼트의 불평이 터져 나왔다. "너 같은 녀석 하나가 나한테 이래라저래라 하는 것만으로도 충분해. 이 아가씨한테 당장 꺼지라고 해."

"뭐가 문제지?" 헤르디스가 렘볼트에게 발끈했다.

"문제는 없어!" 렘볼트가 표정만으로도 적을 쫓아낼 수 있을 만큼 험악한 얼굴로 으르렁댔다.

"아니, 문제가 있어." 헤르디스가 무심하게 대꾸했다. "뒤에 찬 양손 검은 여기 두고 가. 그 위에 세 개나 되는 무기들은 대체 어디에 쓰려는 거지? 산꼭대기라도 베려는 거야?"

"네 개야. 장화 속에 칼을 숨긴 건 몰랐겠지."

"발이 아파 오기 시작하면 하루도 안 돼서 그 칼부터 계곡에 던져 버리게 될걸."

"웃기고 있네! 한 개를 더 가지고 가도 될 만큼 힘은 차고 넘쳐."

"듣던 중 반가운 소리네." 그녀가 말했지만 속뜻은 어디 두고 보자는 것 같았다. 그러면서 할 말을 잃고 서 있는 렘볼트의 옆을 무심히 지나 플라우디우스의 앞에 놓인 배낭을 집어 들었다. "뭐가 들었지? 구운 돼지 세 마리? 너무 무거워. 둘째 날이면 지쳐서 산 아래로 데굴데굴 굴러 내려오게 될걸? 사분의 일만 남기고 짐에서 빼. 사람이 얼마나 오랫동안 굶고도 살 수 있는지 곧 알게 될 거야."

조금 전까지 홍조를 띠고 있던 플라우디우스의 얼굴이 하얗게 질렸다. 핏기 잃은 입술이 떨렸지만 막상 아무 소리도 새어 나오지 않았다.

파린은 아랫입술을 아프도록 깨물었다. 웃어야 할지 울어야 할지 알 수가 없었다. 대체 어쩌려고 이 여자를 고용한 거지? 그녀가 지적하는 내용에 대해서는 렘볼트도 플라우디우스도 이의를 제기하지 않는 것이 그나마 위안이었다.

헤르디스가 들릴 듯 말 듯 한 목소리로 뭐라고 중얼거리긴 했지만 놀랍게도 바랄돈과 파린의 배낭은 무사통과였다. "뭘 가져갈지 결국 결정은 본인들의 몫이야." 헤르디스가 말했다. "하지만 나중에 내가 미리 말해 주지 않았다는 소리는 하지 마."

"그럼 너는 왜 짐이 두 개지?" 매장꾼의 아들이 궁금증을 감추지 못하고 물었다.

"좋은 질문이야, 스콰이어." 그녀가 자신의 뒤에 놓인 배낭 중 하나를 집어 들었다. "쓸 만한 밧줄은 무게가 좀 되거든. 다행히 우리 일행 중에는 힘이 남아돌아 짐 하나를 더 들 수 있는 누군가가 있잖아?" 그녀가 생색을 내듯 렘볼트의 손에 밧줄을 쥐여 주었다.

"파린, 저 애가 필요 없어지는 즉시 죽여 버릴 테니 혹시라도 내가 잊어버리면 말해 줘. 아니, 그럴 필요 없어. 내가 그걸 잊을 리가 없으니까."

이번에도 렘볼트의 유머에서는 피비린내가 났다.

침낭을 올린 작은 배낭 하나만 메고 헤르디스가 앞장을 섰다. 얼마 가지 않아 가파르고 험한 오르막길이 나타났다. 헤르디스는 계속해서 뒤를 돌아보며 파린의 일행이 뒤처지지 않고 자신을 따르는지 확인했다. 플라우디우스를 보는 그녀의 시선은 특히 회의적이었다. 그럴 만도 했다. 플라우디우스는 계속해서 헐떡이거나 쩝쩝거리는 소리를 냈고 가끔씩 그 소리가 너무 커서 메아리로 울려 퍼지곤 했다. 헐떡이고 쩝쩝대는 산도 나름 독특한 매력이 있었다.

"아까부터 대체 뭘 하는 거지?" 헤르디스가 플라우디우스에게 물었다.

대답 대신 그는 꿀에 절인 대추를 끈적이는 가죽 주머니에서 꺼내 얼른 입에 넣었다. "자리를 많이 차지하지 않게 잘 보관하고 있어." 우물거리며 그가 대답했다. 순식간에 한 개가 더 입으로 들어갔다.

"그래, 좋아. 하지만 곧 놀랄 일이 생길 거야." 헤르디스가 고개를 저으며 다시 걷기 시작했다.

몇 시간이 흐른 뒤에도 뚱보의 입에서는 그 어떤 불평도 흘러나오지 않았다. 묵묵히 위로, 위로 걸음을 옮길 뿐이었다. 주머니 속의 음식들은 모두 자리를 차지하지 않도록 뱃속으로 밀어 넣은 뒤였다.

예상대로 렘볼트는 장검도, 양손 검도, 심지어는 철퇴까지도 짊어진 채였다. 게다가 가슴에는 밧줄까지 메고 있었다. 잔뜩 화난 얼굴로 파린 앞에서 걷고 있는 그는 나약한 모습을 보이느니 차라리 스스로 자신의 머리를 베어 밧줄에 매달 사람이었다. 가끔씩 플라우디우스를 힐끗거리는 건 그가 자신보다 먼저 쓰러질 거라는 믿음 때문인 것 같았다. 바랄돈의 입은 마치 때때로 웃고 있는 것처럼 보였다.

어느새 바위는 점점 더 가팔라지고 발을 디딜 만한 자리도 사라져 갔다. 어느 순간 길이 완전히 끊기고 그들은 좁은 바위 벽 앞에 서 있었다. 혹시 길을 잘못 든 것 아닐까? 헤르디스가 착각한 걸까?

"왜 길이 끊겼지? 우리를 일부러 막다른 길로 데려온 거야?" 렘볼트가 화를 냈다.

"저 위로 올라가야 해." 헤르디스가 손가락을 위로 향하며 말했다.

모두가 고개를 젖히고 위를 보았다. 깎아지른 바위는 마치 벽처럼 솟아 있었다. 여기저기에 손으로 잡거나 발을 디딜 만한 자리가 보였다. 그나마 가운데쯤에 조금 넓은 돌출부가 하나 있었다.

"말도 안 돼!" 렘볼트가 외쳤다.

헤르디스는 대답 대신 특유의 명령조로 말했다. "가자, 밧줄 이리 줘 봐."

렘볼트는 무표정하게 어깨에서 밧줄을 내려 그녀에게 건넸다.

238

그녀는 자신의 허리에 밧줄을 감아 8자 매듭으로 고정하고는 팔을 이용해 어림잡아 5미터를 재더니 바랄돈에게 말했다. "이제 네 차례야." 그녀는 고리를 만들어 바랄돈의 허리를 묶고 왼편에 매듭을 지었다. 마찬가지로 플라우디우스, 파린 그리고 마지막으로 렘볼트의 몸을 묶었다.

"이게 무슨 짓이야?" 렘볼트가 물었다. "누구든 한 명이 떨어지면 다 같이 죽자고?"

"아니, 그런 일이 생겼을 때 다 같이 버티면 추락을 막고 떨어진 사람을 살릴 수 있어."

렘볼트는 싫은 내색을 감추지 않고 밧줄을 잡아당겼다. "그래 어디 한번 보자. 비상시에는 장화 안에 있는 칼로 밧줄을 끊어 버릴 수 있어."

"바로 그거야. 그래서 네가 맨 마지막으로 따라오는 거지. 네 위쪽의 밧줄이라면 언제고 끊어도 좋아." 헤르디스가 어깨를 들썩이며 깜찍한 표정을 지었다.

파린은 다시 아랫입술을 깨물었다. 그녀의 방식은 렘볼트뿐만 아니라 파린마저도 압도했다.

그다음 지시가 단호하게 내려졌다. "내가 선두야! 내 동작을 잘 봐. 내가 어디를 잡는지를 기억해 뒀다가 그대로 따라오는 거야. 밧줄은 계속 팽팽하게 유지해야 해. 알겠지?"

인간이기보다는 차라리 도마뱀에 가까운 동작으로 헤르디스가 바위를 오르기 시작했다. 바위에 완전히 밀착된 채였다. 잠시 후 그녀가 돌출부에 도착했다. "바랄돈, 이제 네 차례야. 내가 밧줄을 팽팽하게 당길게."

바랄돈은 쉽게 헤르디스의 뒤를 따랐다.

"이제 플라우디우스. 밧줄을 팽팽하게 유지하며 오르는 거 잊지 마."

놀랍게도 뚱뚱한 남자는 마치 벨텐 제국 최고의 등반가라도 된 듯 유연하게 암벽을 기어올랐다. 단 한 번 발을 헛디뎠지만 당겨진 밧줄 덕분에 다시 균형을 잡았고, 무사히 돌출부에 오를 수 있었다.

그렇게 목걸이에 구슬을 꿰듯 한 사람씩 바위를 올랐다. 다행히도 보기와는 달리 곳곳에 손으로 잡고 발을 디딜 만한 자리가 있어 아무도 심하게 미끄러지지는 않았다. 그럼에도 어딘가에서 두세 번쯤 낮은 중얼거림이 들렸다. 확실하진 않았지만 그 소리는 "내 손으로 꼭 죽여 버리고 말겠어."처럼 들렸다.

워드룸

졸때기 아로스는 갤리에 앉아 감자 껍질을 벗기는 중이었다. 일하면서도 여러 가지 생각을 할 수 있다는 점은 주방 일의 큰 장점이었다. "조리장님은 대체 얼마나 오래 바르바로사를 탄 거야?"

"그게 왜 궁금한데?"

"경험이 정말 많아 보여서."

조리장은 처음에 아로스가 자신을 놀리는 게 아닌가 하는 회의적인 시선을 보냈지만 곧 그렇지 않다는 걸 깨닫고는 우쭐한 기분이 들었다. "14년 동안 일했지. 그 사이 선원들도 많이 바뀌었어."

"14년이나? 그럼 그 유명한 피비린내 나는 사건이 일어났을 때에도 배를 타고 있었던 거야??"

신체의 다른 부위에 어울리지 않게 그의 입술이 얇아졌다. "아니, 나는… 그러니까 그 사건 직후에 배를 타기 시작했어. 그때… 선원 대부분을 새로 고용했으니까. 하지만…" 그는 잠시 말을 멈췄다가 얼른 성호를 긋고 말을 이었다. "그 얘기는 꺼내지도 마. 그 얘기를 하면 재수가 없대."

"그 사건에 대해서 뭘 아는데?"

"내 말 못 들었어? 그 얘기는 하고 싶지 않다니까." 그가 성큼성큼 걸어와 얼얼한 꿀밤을 먹였다. "껍질을 너무 두껍게 벗기지 말라니까? 계속 이런 식으로 하면 항해의 절반은 감자 없이 버텨야 한다고."

다섯. 벌써 다섯 번째 꿀밤이었다. 아로스는 고아원 원장 덕분에 100까지 세는 법을 배웠다. 사악한 악마는 매질을 하면서 큰 소리로 숫자를 세곤 했으니까. 여행이 끝날 때까지 100을 넘기면 어떻게 하지? 이 배에서 말대답은 아무 소용도 없다는 사실을 아로스는 서서히 깨달아 갔다.

처음 보는 사내가 갤리로 들어오더니 자연스럽게 조리대 앞으로 가서 빗자루만큼이나 긴 나무 주걱을 들고 냄비 안의 내용물을 젓기 시작했다.

조리장이 잔소리를 늘어놓기 시작했다. "어디 갔다가 이제 오는 거야? 아직 수프가 맹탕이야. 소금은 적당히 넣어라. 지난번에 소금이 너무 일찍 떨어져서 마지막 3일 동안 어땠는지 잊지 않았겠지?"

조리대 앞의 사내는 아무 말도 없었지만 조리장의 말을 잘 이해한 듯했다.

아로스는 그를 유심히 관찰했다. 키가 크고 비쩍 마른 몸에 나이는 서른쯤 되어 보였다.

그도 아로스의 시선을 눈치채고 말했다. "아호이! 난 크노헨뼈다귀이라고 해."

말하지 않아도 살점을 다 뜯어먹고 남은 뼈다귀 같은 외모에 딱 어울리는 이름이었다. 한마디로 말해 그의 모습은 조리장과 모든 게 정반대였다. 원래는 흰색이었을 리넨 셔츠의 소매 아래로 보이는 팔목은 아로스보다 가늘었다. 위턱은 뾰족하게 튀어나와 안 그래도 초췌한 광대뼈를 더욱 초췌해 보이게 만들었다. 예감이 좋지 않았다. 크노헨은 자신이 요리한 음식을 먹지 않는 것이 분명했다.

"무슨 말이 그렇게 많아! 우린 넷이고 거의 200명이나 되는 선원들의 음식을 준비해야 한다고." 조리장이 투덜댔다.

"넷이라고? 또 누가 있어?"

"캐빈 보이 그레고르. 그 녀석은 항해장들과 선장의 시중을 들지. 선실에서 잔심부름을 하다가 시간이 남을 때는 우리를 도와서 일해. 이론상으로는 그렇지만 실제로 그 게으름뱅이는 시간만 나면 몰래 숨을 궁리만 하지. 이 망할 녀석은 도대체 어디 있는 거야?"

종이 울렸다. 종소리가 끝나는 것과 동시에 한 소년이 갤리로 뛰어 들어왔다. 그는 기껏해야 아로스보다 두 살쯤 많아 보였고, 곧 숨이 넘어갈 듯했다. "음식에 신경 좀 써 주세요. 부항해장님 기분이 안 좋아요. 저기서 조금만 더 화가 나면 난 두드려 맞는다고요."

"다음번에 더 서둘러 오지 않으면 나한테 두 배로 맞을 줄 알아라." 조리장이 성난 얼굴로 말했다. "그리고 론둘프가 언제 기분이 좋은 적이 있더냐?"

"어? 그런데 쟤는 누구죠?" 그레고르는 프라이팬만 한 거미라도 발견한 듯한 표정을 지으며 아로스를 가리켰다.

"새로 온 졸때기지 누구겠냐?"

그레고르는 아로스에게 다시 한번 경멸의 시선을 보냈다. "어휴,

싫다, 싫어. 또 처음부터 하나하나 다 설명해 줘야 하는 거예요? 지난번 신참은요?"

"나벤슈타인에 도착하자마자 줄행랑을 치더니 그 뒤로 코빼기도 안 보이더구나."

"아쉬울 것도 없잖아요. 그 녀석도 어차피 멍청이였으니까." 그가 다리를 벌리고 아로스 앞에 서서 말했다. "그런데 너도 걔보다 나을 건 없어 보인다."

굉장한 놈이군. 아로스의 미움을 사는 데 단 몇 분도 걸리지 않다니. 아로스는 저도 모르게 주먹을 쥐었다. 캐빈 보이의 얼굴 한가운데가 남아도는 힘을 쓰기 딱 좋은 자리였다. 하지만 제대로 한 방을 먹일 자신이 없었다. 급소를 발로 차 줄까? 지금 자세도 딱 좋은데.

"허풍 좀 작작 떨고 창고에 가서 콩이나 가져와." 조리장이 명령했다.

"그런 일이라면 신참을 시키셔도 되잖아요."

"제길! 그럼 데려갔다 와. 다음번에 혼자 갈 수 있게. 그리고 가는 김에 돼지 밥도 주고 와라." 조리장이 구석에 놓인 감자 껍질을 가리키며 말했다.

"자루 들어, 졸때기. 설마 그 정도도 못 하는 바보는 아니겠지?" 얼간이 캐빈 보이가 물었다.

아로스는 이제야 자신이 얼마나 위태로운 상황에 처해 있는지 깨닫기 시작했다. 이곳에서는 그녀를 노예처럼 부릴 수 있는 몇몇 사내들이 그녀의 생사를 쥐고 있었다. 게다가 이곳은 망망대해에 떠 있는 배 안이니 도망칠 곳은 아예 존재하지 않았다. 후자가 그녀에게는 특히 큰 문제였다. 고아원에서도 수시로 끔찍한 일을 겪었지만, 그때는 언제고 도망칠 수 있다는 희망이 있었다. 죽음이라는 막다른 골목 바로 옆에는 도주라는 마지막 탈출구가 있었던 셈이었다. 하지만 여기는 최후의 도주로가 아예 없었다. 그녀에게 바르바로사는 바다 위에 떠 있는 거대한 감옥이나 마찬가지였다. 선원들과 어울리고, 함께 일하고, 주어진 상황에서 그때그때 최선의 방법을 찾는 것 이외에는 다른 방법이 없었다. 정신을 똑바로 차려야 했다. 이미 누군가의 공격을 받은 적도 있었다. 게다가 그 사건 때문에 원하지도 않는 항해가 시작되었다. 우연일 리가 없었다. 대체 누구의 음모일까? 그래도 이 배에 있는 한 언젠가는 베일에 싸인 붉은 수염을 만날 수 있을지도 몰라. 누구라도 이처럼 긴 항해 일정 내내 선실 안에만 틀어박혀 있을 수는 없을 테니까.

그레고르가 눈을 희번덕거리며 재촉했다. "얼른 따라와. 창고가 어디에 있는지 알려 줄 테니."

아로스는 감자 껍질이 담긴 자루를 등에 지고 힘겹게 걸음을 옮겼다. 반면 그레고르는 마실 나온 사람처럼 가벼운 발걸음이었다. 그는 누군가에게 명령을 내릴 수 있다는 사실에 마냥 들떠 있는 게 분명했다.

몇 걸음 가지도 않았는데 벌써 잔소리가 시작되었다. "좀 더 빨리 움직일 수는 없는 거야?"

아로스는 화를 내는 대신 다른 생각을 불러들였다. 정말 이 배에 돼지가 있다는 말일까? 아니면 그것도 선원들만 쓰는 표현 중 하나일까? 그레고르를 따라 선수 쪽으로 가니 바닥에 문이 있었고, 그 문을 열자 아래로 내려가는 사다리가 나왔다. 벌써 냄새가 모든 걸 말하고 있었다. 뚱뚱한 돼지 다섯 마리가 좁고 기다란 우리에서 밀치고 밀리며 꿀꿀거렸다. 우리의 높이는 1미터가 채 안 될 것 같았다.

"이리 줘." 캐빈 보이가 아로스의 손에서 자루를 낚아채더니 여물통에 감자 껍질을 조금 쏟아부었다. "우선은 이 정도면 돼."

"이 돼지들은 배 안에서 뭘 하는 거야?" 아로스가 무심코 내뱉었다.

"이런 돼지보다도 멍청한 녀석. 당연히 우리가 잡아먹지. 아니면 뭘 하겠어?"

아로스는 어쩐지 돼지들이 불쌍하게 느껴졌다. 운명을 피해 달아날 수 없기는 동물들도 마찬가지였다.

눈치 빠른 그레고르가 우스꽝스러운 표정을 지으며 놀리기 시작했다. "왜? 이름이라도 지어 주고 쓰다듬기라도 하게? 하긴, 그럼 나중에 고기가 더 맛있긴 하겠네."

끔찍한 자식! 이 잔인한 녀석은 고아원 시절 철천지원수였던 그람과 피가 섞인 놈인 게 틀림없었다. 너도 그람과 비슷한 최후를 맞을 거야. 아로스는 어금니를 꽉 물었다.

"얼른 와, 졸때기. 이제 창고에 가서 콩을 가져오자."

그레고르는 미치광이처럼 벌떡 일어나 어딘가로 달리기 시작했다. 아로스는 한 발자국도 움직이지 않고 그 자리에 서서 생각했다. 설마 내가 제깟 놈을 따라 열심히 뛸 거라고 생각하는 거야? 그는 벌써 일상 일에 분주한 선원들 무리 뒤로 사라지고 없었다. 아로스는 아무 일 없다는 듯이 갤리로 돌아왔다. 조리장의 모습은 보이지 않았고, 크노헨은 혼자 수프에 소금을 넣고 있었다. "그레고르가 잘 가르쳐 줬어?"

"그 멍청이가 돼지우리 앞에서 도망가 버렸어."

"너희가 처음부터 서로 잘 맞아서 다행이다." 크노헨이 웃었다. "나는 그 녀석을 잘 알아. 자기 자리가 위협받을까 봐 아무것도 가르쳐 주지 않을 거야. 너만 괜찮다면 식사 후 설거지를 끝내고 같이 배를 돌아볼까?"

"정말? 그렇게 해 주면 정말 고맙지. 나한테는 이 배 안의 모든 게 다 낯설어. 그리고 멍청이가 음식 창고를 가르쳐 주지 않아서 아직도 어디인지 몰라."

"좋아. 하지만 지금은 해야 할 일들이 많아. 저기 쌓여 있는 무 보이지? 깨끗하게 솔질해서 이쪽 큰 통에 담아 줘. 그런 다음에 같이 썰어 보자. 서둘러. 점심시간에 맞춰 요리를 끝내야 해."

하지만… 바다 한가운데에서 정확한 시간에 식사를 시작하는 게 왜 그렇게 중요할까? 아로스는 서두르는 이유를 이해할 수 없었다.

종소리가 울렸다.

선원들과 합숙소에서 점심 식사를 했다. 선원들은 기다란 탁자에 둘러앉았다. 의자는 궤짝으로 대신했다. 아로스는 자리가 비좁아 한쪽 구석에 앉아 수프를 휘젓고 있었다. 놀랍게도 수프의 맛은 훌륭했다. 다만 아로스는 도저히 자신의 운명을 받아들일 수가 없었고, 어떻게 하면 그것을 바꿀 수 있을까 고민하는 중이었다.

이곳에서는 누구도 아로스에게 관심을 두지 않았다. 하지만 아로스는 선원들의 일상을 잘 관찰할 수 있었다. 이곳은 언제나 거칠고 시끌벅적했다. 평범한 사람이라면 이런 항해를 하겠다고 나설 리 없었다. 모두 커다란 나무 그릇에 담긴 콩 수프를 깨끗하게 비웠다. 점심 메뉴엔 빵도 있었다. 그들은 믿을 수 없을 만큼 유쾌한 분위기에서 떠들고, 웃고, 먹고 마셨다. 그도 그럴 것이 그들은 모두 한배를 타고 있었으니까. 그 점이 선원들을 하나로 묶어 주는 것 같았다. 선원들은 모두 한 마음으로 부항해장을 증오했다. 그는 이 배에서 인간의 모습으로 존재하는 페스트였다.

종소리가 울려 퍼지자 선원들은 그릇을 한쪽에 모아 두고 일제히 갑판 위로 몰려갔다. 비쩍 마른 크노헨 혼자 문짝만큼 거대한 쟁반을 들고 남아 있었다.

"설거지할 시간!" 그가 명랑하게 외쳤다. "설거짓거리가 많은 게 수프의 단점이야."

아로스는 크노헨을 도와 그릇과 숟가락을 쟁반 위에 쌓았다. "크노헨, 그런데 캐빈 보이도 그 굉장한 식당에서 식사를 같이 하는 거야?"

"식사를 할 시간은 거의 없어. 그레고르는 항해장과 선장님의 시중을 들어야 하거든. 워드룸에서 일하는 건 절대로 만만치가 않아."

"그곳을 워드룸이라고 불러? 처음 듣는 단어야."

크노헨이 씩 웃었다.

그러니까 첫날 몰래 구경했던 그 멋진 식당은 중요한 사람들만을 위한 공간이었다. 그때 바로 눈치챘어야 했는데!

크노헨은 약속대로 아로스에게 배의 구석구석을 구경시켜 주었다. 조리장이 감자 자루 위에서 깜빡 잠이 든 틈을 이용해 아로스는 몰래 갤리 밖으로 빠져나왔다. 어느새 그는 코까지 골고 있었다.

먼저 배의 앞부분 첫 번째 돛대 뒤부터 둘러보았다. 그곳에 어떤 기이한 노인이 나무 상자 위에 앉아 있었다. 기름때로 더럽혀진 가죽조끼 아래로 온통 문신을 한 구릿빛 팔뚝이 드러났다. 동그라미, 세모, 네모, 그리고 뱀처럼 구불구불한 선들이 알록달록한 색으로 그려지고 채워져 있었다. 그로부터 2미터쯤 위쪽에는 구리로 만든 종이 매달려 있었고 그의 옆에는 유리병 크기의 모래시계가 보였다. 노인은 계속해서 시계만 노려보고 있었다. 안 그러면 시계가 도망이라도 가는 것처럼. 어차피 깊은 바다 밑으로 가라앉는 경우를 제외하고는 그 누구도 이 배에서 도망칠 수 없지 않은가!

크노헨이 말했다. "저 사람은 빔이야. 이 배에서 가장 중요한 사람이지."

"뭐라고? 난 제일 중요한 사람은 당연히 선장인 줄 알았는데. 그 다음에는 항해장인 야콥과…" 그녀가 목소리를 낮췄다. "악랄한 론둘프."

"아니, 그렇지 않아. 이 배를 진짜로 지휘하는 사람은 바로 빔이야. 바르바로사 사람들에게 정확한 시간을 알려 주니까. 그건 마치 이 배의 심장 박동과 같은 거야. 빔의 지휘에 따라 이 배의 하루가 흘러가지."

노인은 아로스와 크노헨이 자신에 관한 대화를 나누는데도 개의치 않고 여전히 모래시계만 바라보고 있었다. 심지어는 모래 한 알을 놓치는 것도 두려운 듯 눈도 한 번 깜빡거리지 않았다. 가느다란 실개천처럼 턱으로 흘러내리는 침도, 이 세상의 사람이 아닌 것처럼 보이는 공허한 두 눈도 기이하기만 했다. 너무 작은 동공 때문일까? 아니면 너무 큰 면적의 흰자위가 기이한 누런 빛을 띠고 있기 때문일까?

"안녕하세요, 빔." 아로스가 상냥하게 인사했다.

노인은 꼼짝도 하지 않았다.

"빔은 거의 말을 하지 않아. 벌써 한마디도 안 한 지 1년이 넘었어." 크노헨이 말했다.

"그러면 계속 저렇게 한 곳만 보고 있어야 한단 말이야? 모래시계의 모래는 어차피 아래로 떨어지잖아." 아로스가 말했다.

"모래가 다 떨어질 때까지는 그렇지. 그러면 정확히 30분이 지났다는 뜻이야."

"그다음에는?"

대답할 필요는 없었다. 노인이 행동으로 직접 보여 주었다. 마지막 모래알이 좁은 구멍을 통과하자 빔은 재빨리 두 번 연달아 종을 쳤다. 그리고 모래시계를 뒤집고 다시 아까와 같은 자세로 떨어지는 모래를 응시하기 시작했다.

크노헨이 다시 설명을 이어 갔다. "빔은 저렇게 30분마다 시간을 알려 줘. 그걸 점종이라고 부르지. 한밤중에만 교대를 해. 그 덕분에 선원들은 항상 정확한 시간을 알 수 있어."

"하지만 바다 한가운데에서 시간이 왜 그렇게 중요해?"

"배 위에서는 규율이 가장 중요하거든. 복잡한 임무들이 한데 뒤섞여 있는 곳이기 때문이야. 보초 교대, 진로 설정, 점심시간 그리고 그 밖에도 중요한 임무들이 많은데 그걸 빔이 종소리로 알려 주는 거야. 어떤 선원들은 빔이 없다면 식사도, 수면도 바람도 없을 거라고 말해. 심지어 낮과 밤도."

"아하, 그럼 빔은 그것 말고 또 무슨 일을 해?"

"아무것도. 종을 치는 것만으로도 충분히 힘든 일이거든. 게다가 빔은 전 세계의 바다에서 가장 출중한 종지기고 지난 수십 년 동안 단 한 번도 종 치는 걸 잊은 적이 없어."

아로스는 감탄의 눈으로 빔을 보았다. 무엇보다 중요한 건 그가 자신의 임무를 훌륭하게 수행하고 있다는 사실이었다.

갑자기 빔의 오른쪽 손이, 그리고 눈꺼풀이 불안하게 떨렸다.

크노헨은 눈치채지 못한 걸까, 아니면 항상 있는 일일까? "자 이제 다른 곳으로 가 보자." 그가 말했다. "이번에는 워드룸 입구를 보여 줄게."

"나중에 또 봐요, 빔." 그녀가 다시 상냥하게 작별 인사를 했다. 하지만 노인의 눈은 모래시계만 응시할 뿐이었다. "변소랑 워드룸은 벌써 어디인지 알아." 아로스가 자신만만하게 말했다. 빔도 감탄한 걸까? 그의 눈 흰자위가 잠시 그녀를 향했다.

"좋아, 그럼 좌현이랑 쿼드해치를 보러 가자." 크노헨이 말했다.

아로스가 가만히 서서 말했다. "무슨 말인지 하나도 모르겠어."

크노헨이 작은 목소리로 설명해 주었다. "좌현은 이물, 그러니까 뱃머리를 바라보고 섰을 때 왼쪽을 말하는 거야. 오른쪽은 우현이라고 하고. 뱃사람들은 왼쪽, 오른쪽이라고 말하지 않아."

"선원들은 왜 모든 것에 새로운 단어를 만들어 붙이는 거지? 이미 있는 단어들로는 부족해서?"

"이런 커다란 배는 완전히 다른 하나의 세상이야. 바다도 그렇고.

이제 너도 금방 익숙해지게 될 거야."

"**너희는 여기서 어슬렁대며 대체 뭘 하는 거지?**" 부항해장의 고함 소리였다. "크노헨, 저 육지에서 데려온 쥐새끼 같은 놈을 당장 조리장에게 데려가지 못해!"

하! 그가 두려웠지만 동시에 분노가 솟구쳤다. 주눅 들지 마, 아로스. 그녀는 꼼짝 않고 서서 허리를 꼿꼿이 세우고 대답했다. "내 이름은 니켈이에요. 새로 들어온 수습 선원이죠. 왜 그렇게 소리를 질러요?"

크노헨의 어깨가 본능적으로 움츠러들었다.

론둘프의 얼굴이 벌겋게 달아올랐다. "잘 들어, 이 접시닭이야. 한 번만 더 나한테 그따위 태도로 말한다면 채찍질을 한 뒤 직접 돛대에 매달아 줄 테다."

이 배에서 모두의 죄를 대신하여 매를 맞는 것이 수습 선원의 역할인 걸까? 분개한 아로스가 대답을 찾고 있었다. 크노헨이 황급히 그의 팔을 붙들었다. 어떻게든 혹독한 처벌에서 그녀를 구해내야 했다.

"분부대로 하겠습니다, 항해장님!" 그가 비굴하게 외쳤다. "지금 당장 물러나겠습니다."

가느다란 손가락에서 어떻게 그런 힘이 솟아났는지 그는 아로스를 단숨에 낚아채 갤리 쪽으로 끌고 갔다. "부항해장에게 시비를 걸다니, 너 미쳤어? 양심 따위는 없는 인간이야. 말로만 협박하는 게

253

아니라고."

"난 무섭지 않아."

"넌 저 사람을 무서워해야 해." 크노헨이 아래턱에서 빠드득 소리가 날 정도로 이를 갈며 말했다. 그의 낙천적인 모습은 어느새 사라지고 없었다.

이 배에서는 수시로 빛과 그림자가 바뀌고, 상냥한 사람과 더러운 놈들이 나타나고 사라졌다. 그러니까 이제부터는 더러운 놈들을 최대한 피하라는 뜻이겠지.

"크노헨, 넌 언제부터 바르바로사를 탔어?"

"나도 조리장님이랑 같이 항해를 시작했어. 13년 전인가 14년 전이었지."

"흠, 그러면 너도 그때 그 사건을 직접 겪은 건 아니겠구나. 그 피비린내 나는 사건 말이야."

"졸때기, 내 말 잘 들어. 선원들은 누구보다 미신에 민감해서 죽음에 대해 말하기를 꺼려. 죽음을 말하면 죽음이 온다고 믿거든. 난 그런 일을 겪고 싶지 않아." 그가 가볍게 아로스의 등을 두드리며 말했다. "이리 와 봐, 닭들을 보여 줄게."

"돼지 말고도 다른 동물들이 더 있다고?" 놀란 아로스가 무심결에 휘파람 소리를 냈다.

크노헨이 하얗게 질린 얼굴로 그녀의 상체를 길고 가느다란 팔로 휘감더니 입을 틀어막았다.

"왜 그러··· 느으으으으음··· 므으으으으음." 아로스가 영문도 모르고 발버둥을 쳤다.

"다시는 그러지 마!"

아로스의 동그래진 눈이 무슨 일인지 묻고 있었다.

"휘파람 말이야. 선원들은 절대로 휘파람을 불지 않아. 휘파람은 폭풍을 부른대."

"으으으으으음." 아로스가 고개를 끄덕였다.

다리

정말 끔찍한 밤이었어, 파린은 생각했다.

그들은 자신의 어깨너비 정도밖에 되지 않는 산마루 위에서 밤을 보냈다. 밤새 그곳에 누워 있긴 했지만 한시도 잠을 이룰 수 없었다. 왼쪽은 거대한 바위 벽, 오른쪽은 백 미터가 넘는 낭떠러지. 파린은 절벽 아래로 떨어질지도 모른다는 두려움에 사랑하는 사람의 품이라도 되는 듯 바위에 몸을 밀착하고 밤을 새웠다. 바위는 매몰찬 연인처럼 딱딱하고 차가웠다. 날이 저물기 전 그들은 서로의 몸을 묶었다. 심지어 렘볼트의 투덜거림도 그런대로 잦아들었다.

"아아, 잘 잤다!" 헤르디스는 절벽 바로 앞에 서서 양팔을 쭉 뻗었다. "다들 잘 잤지?"

렘볼트가 용병답게 상냥한 아침 인사를 건넸다. "저 계집을 죽여 버릴 거야."

다른 곳에서 밤을 보낼 수는 없었던 걸까, 파린은 헤르디스에게 회의적인 시선을 보내며 생각했다.

하지만 그도 인정할 수밖에 없었다. 바윗길을 오르는 동안 여기보다 더 넓은 장소를 본 기억이 없었다.

"오늘 저녁에는 서부산맥에서 가장 깊은 바위 사이의 틈에 도착할 거야. 우리는 거기를 기도 둘 골짜기라고 부르는데, 모두 기대해도 좋아."

"기도 둘 골짜기라고? 왜 그런 특이한 이름이 붙은 거지?" 파린이 물었다.

"거기서 떨어지면 추락하는 시간 동안 기도 두 번을 할 수 있대."

헤헤, 이 아가씨 나랑 유머 코드가 잘 맞는데?

"상당히 위험하게 들리는군."

"틈은 끝도 없이 깊지만 폭은 겨우 말 서른 마리 길이 정도야. 그렇다고 겁먹지는 마. 우리는 거기에 빠지려는 게 아니라 그냥 건너려는 거니까."

"뭐라고? 말 서른 마리?" 플라우디우스가 장화 끈을 묶다 말고 말했다. "말도 안 돼! 제일 끔찍한 구간은 벌써 다 지난 줄 알았는데."

"에이, 지금까지는 그냥 심심풀이였지. 하지만 걱정하지는 마. 흔들다리가 오래되긴 했지만 아직은 튼튼할 거야. 중요한 건 한 번에 한 명씩만 건너야 한다는 거지."

"그러니까… 그 다리가 나 같은 사람도 건널 수 있을 만큼 튼튼한 거 맞지?" 플라우디우스가 수심이 가득한 얼굴로 물었다.

"그럴 수도 있겠지."

"'그럴 거야.'도 아니고 '그럴 수도 있겠지.'라고? 아, 방금 그 대답 정말 마음에 안 들어." 플라우디우스가 걱정스럽게 말했다.

"혹시 모르니 우리가 먼저 지나가면 되겠네." 렘볼트가 뛰어난 감정 이입 능력을 발휘했다.

"거기까지 가려면 아직 멀었어. 먼저 저기 뾰족한 봉우리들 너머

평평한 바위 지대를 지나야 해." 헤르디스가 서쪽을 가리키며 말했다. "저쪽에 물을 채울 만한 호수가 하나 있어."

"좋아!" 파린이 출발 신호를 보냈다.

정오 무렵, 마치 문처럼 보이는 두 개의 높다란 바위가 나타났다. 산등성이의 끝이었다. 바위 사이로 걸어 들어가니 눈앞에 드넓은 고원이 펼쳐졌다. 파린은 악령이 처음으로 존재를 드러냈던 그곳, 고향 마을의 모루 바위를 떠올렸다. 산봉우리들이 만들어 내는 절경. 하지만 지금은 감탄할 기운도 남아 있지 않았다. 파린은 고원 한가운데 자리한 호수만 멍하니 바라보았다. 반짝이는 표면은 거대한 접시처럼 매끄럽게 보였다.

"어쩌면 이곳은 태곳적에 화산이었을지도 몰라." 헤르디스가 말했다. "호수 모양이 완전히 동그란 걸 보면. 호수는 봄에 눈이 녹은 물과 지하수로 채워져 있어."

그들은 호숫가에서 휴식을 취했다. 플라우디우스를 보면 휴식과 죽음은 동의어인 것 같았다. 그는 똑바로 누워 커다란 배 위에 양손을 얹고 미동도 하지 않아 마치 닦아 주기를 기다리는 시체처럼 보였다. 굉장한 건 그가 단 한 번도 불평이나 불만을 터뜨리는 법이 없다는 사실이었다. 그는 매번 휴식 시간이 끝남과 동시에 말없이 일어나 묵묵히 전력을 다해 걷기 시작했다.

"어느 높이에 다다르면 나무는 더 자랄 수 없어. 우린 지금 그 경계에 가까워지고 있고. 그러니까 아직은 불을 피울 만한 나뭇가지를 주울 수 있지만 내일 이 시간엔 그럴 수 없다는 뜻이지." 헤르디스가 말했다.

"불은 왜? 어차피 구워 먹을 만한 것도 없는데. 아니면 너를 구워 먹을까?" 렘볼트가 말했다.

용병은 생각할수록 자신의 제안이 마음에 드는 모양이었다.

"공기가 점점 희박해지고 있어. 그래서 그런지 용병이 벌써 헛소리를 해 대네." 헤르디스가 파린에게 말했다.

"덤불 지대에서는 고기가 충분했는데도 네코르인과 산적들 때문에 불을 피울 수가 없었어. 그런데 이제는?" 플라우디우스의 목소리였다. 그는 여전히 미동도 없이 누워 있었고, 딱딱해진 빵을 부드럽게 녹이느라 유일하게 턱관절만 움직이는 중이었다.

헤르디스가 그런 그를 흉내 내며 말했다. "그래, 그래…. 원래 인생이 그런 거야. 항상 뭔가 모자라고 완벽한 순간이란 없지. 이게 있으면 저걸 가지고 싶고, 여기에 있으면 저기로 가고 싶고."

"헤, 나한테 노끈이랑 낚싯바늘이 있는데, 이걸로 물고기를 잡아 보면 어떨까?" 플라우디우스가 말했다.

"아쉽지만 낚시할 시간은 없어요." 파린이 대답했다.

머릿속에서 낄낄거리는 소리가 들렸다. **당연하지, 벌레가 낚시 좋아하는 거 봤어?**

"아, 정말 우울하다." 플라우디우스가 한숨을 쉬었다.

헤르디스가 물주머니에 물을 채우며 말했다. "불평할 시간에 몸이라도 좀 씻는 게 어때? 바람이 반대 방향으로 부는데도 너희들한테 고약한 냄새가 나는 거 알아?"

"암, 그렇고말고, 공주마마 몸에서는 달콤한 꽃향기가 나는데 말이야." 렘볼트가 쏘아붙였다.

"헛소리 마. 당연히 나도 너희들과 마찬가지겠지. 그러니까 나한테도 해당하는 말이었어." 그녀는 재빨리 신발과 바지와 겉옷과 셔츠를 벗더니 실오라기 하나 걸치지 않은 알몸으로 물속으로 뛰어들었다. 네 사내는 당황한 얼굴로 점점 큰 동심원을 그리며 퍼져 나가는 물결만 바라보고 있었다. 모두들 자신의 눈을 의심하는 것 같았다. 헤르디스는 어디로 간 거지? 호수 속으로 사라진 걸까? 그때 물가 쪽에서 찰싹대는 소리가 났다. 그녀의 상체가 배꼽이 보일락 말락 물 밖으로 나왔다. 그녀가 물을 머금은 머리카락을 두 손으로 쓸어내리자 비단결 같은 금발이 다시 빛났다. 그녀의 가슴은 조금 전 호수 표면에 일던 파문보다도 더 동그랬다.

시체처럼 누워 있던 플라우디우스가 벌떡 일어났다. 그리고 놀라운 속도로 옷을 벗어 던지고는 배를 출렁이며 물속으로 걸어 들어갔다. 배영 자세로 요란하게 물을 내뿜으며 허우적대는 그의 모습은 마치 한 마리 미친 돼지 같았다.

"하!" 이번에는 렘볼트가 짧게 한 마디를 내뱉고는 옷을 벗었다. 그는 정복자 같은 걸음으로 성큼성큼 호수로 들어갔다. 하지만 겨우 발목 깊이까지 들어갔을 때 갑자기 뜨거운 석탄 위를 걷는 사람처럼 왼쪽 발을, 그리고 곧이어 오른쪽 발을 떼며 비명을 지르기 시작했다. "제길, 앗, 차, 차 차가워. 정말로 죽여 버릴 거야."

바랄돈과 파린의 시선이 마주쳤다. 둘은 한마디도 하지 않았지만 곧바로 한마음이 되었다. 모든 것을 얻는 자와 모든 것을 잃는 자! 명예와 죽음! 영웅과 겁쟁이! 누가 먼저 물에 들어가지? 파린은 지금껏 한 번도 경험하지 못한 속도로 옷을 벗었다. 하지만 바랄돈은 벌써 그의 옆을 스치며 달려 나가고 있었다. 말도 안 돼! 바랄돈, 저 녀석이 나보다 빠르다고? 혹시 스콰이어들의 수련 중에 나만 모르는 '옷 벗기' 종목이라도 있었던 거야? 파린은 달리면서 셔츠를 벗어 던지고 호수로 뛰어들었다. 하지만 승리는 간발의 차이로 바랄돈에게 돌아갔다.

제길, 내가 졌어.

그제야 그는 자신이 무슨 일을 저질렀는지 깨달았다. 물은… 으악… 끓는 듯이 뜨거웠다. 물방울 한 방울 한 방울이 수천 개의 칼날처럼 살갗을 베는 것 같았다. 아니, 피부 깊숙이 찌르고 파고들며 붉게 물들이고 상처를 입혔다. 그런데, 잘 생각해 보니… 혹시 이건 뜨거운 게 아니라 차가운 느낌일까? 어떻게 물이 이런 온도에서 얼음이 아니라 물일 수 있지? 바랄돈의 얼굴이 물 밖으로 나타났다. 승리의 기쁨 따위는 온데간데없었다. 그의 얼굴은 너무 놀라 조금 전보다 20년은 더 늙어 보였다. 플라우디우스가 어떻게 이 차가운

물 속으로 아무렇지도 않게, 슈투름바흐트의 목욕통에 들어가듯 걸어 들어갈 수 있었는지 놀라울 따름이었다. 파린이라고 덜 우스꽝스러운 모습일 리 없었다. 바랄돈이 갑자기 손가락으로 파린을 가리키며 웃음을 터뜨렸다. 하하하, 그의 웃음소리가 얼마나 크던지 끝없는 메아리가 울려 퍼졌다. 서부산맥이 배꼽 빠지도록 웃고 있었다. 하하하하하하하.

파린은 미치광이처럼 발을 구르고 팔을 허우적대고 있었다. 조금이라도 온기를 만들어 내려고, 조금이라도 더 오래 살기 위해. 허우적대다가 뒤를 돌아보니 렘볼트가 보였다. 이제 그의 입꼬리도 더는 버틸 수가 없는지 위를 향하기 시작했다. 강철 같은 용병은 간신히 무릎 깊이까지 몸을 담근 상태였다. 갈색으로 그을린 팔과 극명한 대조를 이루는 눈처럼 흰 엉덩이는 출생 이후 단 한 번도 햇볕을 쬐지 못한 듯 보였다. 온몸에 소름이 돋았다. 발이 얼어붙는 고통에 그의 얼굴은 이미 알아볼 수 없을 정도로 일그러져 있었다. 그의 입술이 다시 '죽여 버릴 거야.'라고 말하는 것 같더니 갑자기 둑이 무너지듯 웃음이 터져 나왔다. 파린은 웃다가 하마터면 사레가 들릴 뻔했다. 그의 하하하 소리가 메아리가 되어 바랄돈의 하하하와 돌림노래를 만들었다. 도저히 웃음을 멈출 수가 없었다. 이렇게 웃어 본 게 언제였는지 기억이 나지 않을 정도였다.

가소로운 놈들! 아니면… 내가 덜떨어진 건가?

플라우디우스의 저음과 헤르디스의 고음도 더해졌다. 이 순간만큼은 모두가 기쁨을 만끽하고 있었다.

"하하하하, 넌 죽었다 깨어나도 이해 못 할 거야, 징글징글." 파린의 기억 한편에 오랫동안 저장될 순간이었다. 잠시였지만 그는 행복했다.

으이그, 멍청하긴! 당연히 나도 이해한다고. 나는 다만 차가운 게 끔찍하게 싫을 뿐이야.

렘볼트가 맨 먼저 물 밖으로 성큼성큼 걸어 나와 옷을 입었다. 다른 사람들도 얼마 버티지 못하고 따라 나와 벗어 놓은 옷으로 달려들었다. 말소리 대신 덜덜 떠는 소리만 들렸다. 그래도 유쾌한 분위기는 여전했다.

저녁 무렵 드디어 협곡에 다다랐다. 헤르디스는 이미 숨을 고른 후였지만 파린은 심장이 멎는 것 같았다. 그곳은 마치 세상의 끝처럼 보였다. 깊고 검은 벼랑은 바닥이 어디인지 알 수 없었다. 벌써 어둠이 내려 일행들이 하얗게 질린 자신의 얼굴을 알아볼 수 없는 게 다행이었다. 파린은 곁눈질로 플라우디우스를 보았다. 그는 완전히 얼어붙은 사람처럼 입도 뻥긋 못했다.

절벽을 따라 북쪽으로 한참을 더 걸었다. 해가 완전히 저물기 전, 어둠 속에 계곡의 양쪽을 가로지르는 어떤 기다란 형상이 나타났다. 흔들다리였다. 끝도 없이 밧줄로 연결된 나무판자들은 너무나도 낡고 부실해 보였다.

헤르디스는 몇 마디 말로 명쾌하게 걱정을 날려 버리는 재주가 있었다. "중간중간에 나무가 썩거나 부러진 부분이 있어. 그러니까 내일 아침 해가 뜰 때까지 기다려야 해."

플라우디우스는 염소젖처럼 창백한 얼굴로 다리가 고정된 기둥과 매듭을 살펴보았다. "반쯤 썩어 있어!" 그는 제대로 숨도 쉬지 못하고 말했다. "난 못 가. 절대로 못 가. 내가 지금보다 100킬로쯤 덜 나간다고 해도 못 간다고."

"지금보다 100킬로가 덜 나간다면 날아가도 되겠다." 헤르디스가 타이르듯 말했다. "엄살 좀 떨지 마, 플라우디우스. 예전에는 여기에 달랑 밧줄 하나뿐이었대. 그때는 팔과 다리로 밧줄을 붙잡고 매달려서 건넜다고 하더라. 그때에 비하면 지금은 엄청나게 편해진 거지."

"펴, 편하다고? 다 부서지고 반쯤 썩은 이 흔들다리가?" 플라우디우스는 정신을 잃지 않으려고 애쓰는 모습이었다.

흔들다리 자체는 감탄사를 자아낼 만한 구조물이었다. 단단한 나무로 만든 판자는 하나하나 튼튼하게 고정되어 있었고, 위쪽에 연결된 밧줄은 손잡이 역할을 했다.

"지금은 너무 어두워서 그래요. 내일 아침이면 달라 보일 거예요. 그때 가서 한번 봐요." 파린이 플리우디우스를 안심시켰다.

그때까지 다리가 무사할지 모르겠네. 낄낄거림이 들렸다.

그래도 기도 둘 협곡의 한 귀퉁이엔 밤을 보내기에 충분한 공간이 있었다. 오늘만큼은 어떻게든 밀린 잠을 자야 했다. 일행은 침낭을 펴고 배낭에서 식량을 꺼내 요기를 했다.

플라우디우스는 식욕이 없어 보였다. "저길 꼭 건너가야만 하는 거야?"

"응, 이 다리가 서부산맥을 넘어 저습지로 가는 유일한 길이야." 헤르디스의 간결한 대답이 돌아왔다.

"난 오늘 한숨도 못 잘 것 같아."

렘볼트가 말했다. "그런다고 뭐가 달라져?" 그는 호수에 발을 담근 이래로 다시금 골이 난 모양이었다.

"그쪽은 스스로 생각하는 것보다 훨씬 용감해, 플라우디우스." 헤르디스가 말했다. "우리가 출발했을 때 난 그쪽이 이틀도 넘기지 못할 거라고 생각했었어. 하지만 지금까지 상상도 못 할 만큼 잘해 왔잖아."

플라우디우스는 생각지도 못한 칭찬에 아이처럼 활짝 웃으며 기뻐했다. "그렇게 말해 줘서 고마워…. 정말 고마워."

"별말씀을." 렘볼트가 부루퉁한 목소리로 헤르디스 대신 대답했다.

플라우디우스가 물을 한 모금 마시고 말했다. "다행히 렘볼트가 호수에 발을 담그기 전에 물을 채웠지 뭐야. 렘볼트, 그래도 아까 간신히 발만 담근 거 맞지?"

바랄돈이 킥킥거렸다. 헤르디스도. 하지만 렘볼트는 웃지 않았다. 잠시 후 그들은 하나둘 잠이 들었다.

"일어나! 일어나라고!" 그들을 깨운 건 헤르디스의 날카로운 목소리였다. 파린은 벌떡 일어나 반사적으로 풀어 둔 허리띠에 손을 뻗었다. 하지만 주위를 둘러봐도 주위에는 일행들뿐 낯선 사람의 낌새 같은 건 없었다.

"다리가!" 그녀의 목소리가 떨리고 있었다. "다리… 다리를 봐!"

흔들다리가 보였다. 다만 어젯밤과 달리 80미터 떨어진 곳, 반대편 바위에 매달려 아래로 드리워진 채였다. 파린은 할 말을 잊은 채 아래를 내려다보았다. 두 개의 말뚝에는 짧은 밧줄만 묶여 있었다. 렘볼트도 곧바로 상황을 파악했다. 그가 낙심한 얼굴로 몸을 굽히고 앉아 남아 있는 밧줄 끝을 손으로 쓸었다. "끊어진 게 아니고 잘린 거야." 그가 가늘게 눈을 뜨고 일행을 한 명씩 노려보았다.

"뭐라고요?" 파린이 직접 밧줄을 확인했다. 렘볼트의 말대로였다. 싹둑 잘린 밧줄이 말뚝에 단단히 묶여 있었다.

"그게 무슨 소리야?" 플라우디우스가 뒤통수를 긁적이며 말했다.

"아무것도 모르는 척하지 마, 뚱보. 내 생각엔 그쪽이 무서워서 밧줄을 자른 것 같은데." 렘볼트가 화난 목소리로 말했다.

"뭐라고? 내가? 그래, 다리가 무서웠던 건 맞아. 겁나지 않은 척한 적도 없어. 하지만 그렇다고 이런 짓을 하지는 않아." 플라우디우스는 자신이 말도 안 되는 의심을 받고 있음을 인지하자 노발대발하기 시작했다. "내가 아니고 너 같은데? 여기까지 오는 내내 불평만 늘어놓은 건 너였잖아."

둘은 곧 한바탕 몸싸움이라도 벌일 기세였다.

파린이 끼어들었다. "혹시 근처에 우리를 방해할 목적이 있는 또 다른 누군가가 있다면요?" 서로에 대한 의심을 잠재우기 위해 이렇게 묻고는 주위를 둘러보았다.

"그럴 가능성은 없어! 여긴 우리뿐이야." 헤르디스가 말했다. "이 좁은 산길과 능선 길에서 눈에 띄지 않고 여기까지 따라올 수 있는 사람은 없어." 그녀의 목소리는 화구호의 물만큼이나 차갑게 들렸다. "우리 중 한 명이 다리의 밧줄을 자른 거야."

제길! 제길! 일행 중에 배신자가 있었다니! 전혀 예상치 못한 반전이었다. 얼굴 한가운데에 주먹이 날아온 듯한 충격에 정신이 멍했다. 깨달음은 파린의 어깨를 무겁게 짓눌렀다. 아무 말도, 생각도, 해결책도 떠오르지 않았다. 햇빛이 비치고 분위기가 좋을 때는 기꺼이 일행을 이끌 수 있었다. 하지만 지금처럼 깊은 충격과 좌절 속에서는 차가운 이성으로 위기에 대응하고 행동할 수 있는 진정한 대장의 역할을 해내야 했다.

침착해, 그리고 방법을 생각해 보는 거야, 파린이 되뇌었다.

간신히 생각을 정리했다. 우선 파린 자신은 밧줄을 끊지 않았다, 거기까지는 확실했다. 그렇다면 나머지 네 사람 중 한 명이 범인일 수밖에. 독처럼 퍼지는 의심에 현기증이 났다. 조금 전까지는 모두를 신뢰했지만 이제 분명해졌다. 그들 중 누군가가 고의로 공동의 임무를 방해한 것이었다. 에미코를 구하기 위해 저습지로 가려는 계획을 방해할 사람은 대체 누구일까? 아무리 떨쳐 버리려고 해도 의심은 다시 머릿속을 비집고 들어왔다.

플라우디우스? 아침에 다리를 건너야 한다는 공포를 이기지 못해서? 헤쳐 나갈 힘이 바닥이 나서?

렘볼트? 일행들이 호수에서 그를 보고 깔깔댔었다. 자신이 따돌림당한다는 생각에 기분이 나빴다면? 게다가 그는 처음부터 파린 따위가 원정대를 이끈다는 사실을 받아들이지 못했었다.

바랄돈? 에미코의 말이 떠올랐다. '한 번 약속을 어기는 자는 다시 약속을 어기기 마련이다.' 그는 좀처럼 가늠하기 어려웠다. 워낙 말수가 적었기에 더더욱 속을 알 수 없었다.

헤르디스? 헤르디스에게 그럴 만한 이유가 있을까? 그녀는 진심으로 분개하는 것처럼 보였다. 게다가 지금까지 자신만의 탁월한 방식으로 일행을 여기까지 이끌어 온 그녀가 아니었던가.

파린은 두 눈을 감았다. 그래 본들 퍼져 드는 의심의 독을 막을 순 없었다. 속이 뒤집힐 것만 같았다. 대체 누가 갑자기 배신자로 돌변하여 밧줄을 잘랐을까? 그리고 또 어떤 일을 도모하고 있을까? 오늘부터는 어제와는 전혀 다른 나날이 펼쳐지겠지.

의심의 독이 일행 모두에게 스며들었다. 이제 다섯은 서로에게 의심의 눈길을 보냈다. 그들은 더 이상 친구가 아니었다. 기껏해야 함께 길을 가야만 하는 동행일 뿐. 더구나 그중 한 명은 아주 위험한 인물이라니. 파린은 고개를 저었다. 배신자는 단 한 명. 그러니 나머지 셋을 의심하는 건 옳지 않았다.

누가 그랬는지 전혀 감이 오지 않아. 인간이란 너무나도 교활하고, 너무나도 예측할 수 없고, 너무나도 변덕스럽지. 인간들에게는 심지어 악마 저도 다면적이지. 인간의 악은 우리와는 달리 각양각색이거든.

파린은 최대한 침착하게 자신의 허리띠를 찾아 허리에 두르고, 침낭을 둘둘 말았다. 다시 정신이 들었다. 단호한 말투로 그가 입을 열었다. "우리는 아주 멀리 왔어요. 서로 다른 사람들이 일행이 되어 같은 목표를 향해서 왔죠. 그런데 갑자기 우리 중 한 명이 대열에서 이탈해 공동의 목표에 도달하는 길을 막았어요." 그가 한 명한 명을 똑바로 보며 말을 이었다. "지나치게 순진한 질문일지 모르지만 그럼에도 저는 이 자리에서 물을 수밖에 없습니다. 우리 중 한 명이 그랬을 텐데, 왜 그랬는지 터놓고 말해 줄 순 없나요?"

새벽녘의 고요함이 고통스러웠다. 앞만 바라보는 네 명의 얼굴. 꼭 다문 네 명의 입. 엄밀히 말하자면 다섯이었다. 다른 일행들 입장에서는 파린이라고 의심을 피해갈 수 없었으니까.

깊게 심호흡을 했다. "그렇다면 우선은 이 상황을 받아들이는 수밖에 없겠군요." 그가 자신의 왼팔 소매를 걷었다. "제 팔에는 아무런 표시도 없어요. 우리 중 혹시 누군가의 팔에 펜타그램 모양의 표식이 있나요?"

"무슨 소리야? 우리 중 못된 배신자가 있어! 그런데 넌 뜬금없이 문신 얘기나 하고 자빠진 거야?" 렘볼트가 버럭 화를 냈다. 이젠 파린에게 대놓고 막말을 퍼부었다. 이제 그는 모두를 자신의 적으로 간주하는 모양이었다. 어쩌면 그의 행동은 의도적인 연극일 수도 있었다.

플라우디우스는 파린이 팔을 보여 달라고 하는 이유를 이미 알고 있었다. 헤르디스와 바랄돈과 렘볼트가 이해하지 못하는 건 당연했다. 다행히도 그들 가운데 낙인이 새겨진 사람은 없었다.

"이게 대체 무슨 일이야? 이제 우린 어떻게 해야 하지?" 바랄돈이 물었다.

"불신이 우리를 지배하고 있어요. 렘볼트의 말이 맞아요. 누군가가 다리를 망가뜨렸어요. 거기에 대해서는 반론의 여지가 없죠. 그건 나쁜 소식이에요." 파린이 말했다.

"아하, 무슨 좋은 소식이라도 있는 것처럼 말씀하시는군." 렘볼트가 냉소적으로 말했다. 이를 악문 채였다.

"맞아요. 좋은 소식도 있어요." 그는 오른손을 들어 다섯 손가락을 뻗어 보이더니 엄지손가락을 접었다. "우리 중 네 명은 결백해요. 따라서 근거 없는 비방은 어리석은 짓이에요. 그러니 인제 그만두세요. 그래 봤자 상황은 더 나빠질 뿐이고, 결국엔 다시 되돌릴 수 없게 될지도 몰라요." 파린은 모두가 자신의 말에 귀를 기울이고 있음을 느꼈다. 처음으로 대장을 연기한 것이 아니라 대장이 된 순간이었다. 처음으로 여러 가지 의무에 따른 책임감이 부담으로 느껴지지 않는 순간이었다. 부담을 느낄 여유 따위는 없었다. 이 상황에서만큼은 악령의 놀라운 능력조차도 그를 도울 수가 없었다. 이제 그는 혼자의 힘으로 일행을 진정시키고 시간을 제 편으로 만들어야 했다. 시간이 흐르면 배신자가 누구인지 드러나겠지.

"헤르디스, 서부산맥을 넘어가는 다른 방법이 있을까?"

"어제 벌써 플라우디우스에게 설명한 대로야. 다른 길은 없어."

"난 그 말을 받아들일 수가 없어. 분명 다른 길이 있을 거야. 그러니 지금부터 우리가 찾아보자."

렘볼트가 화난 목소리로 끼어들었다. "우리 중 한 명이 배신자라는 사실이 밝혀졌어. 그런데 아무 일도 없었던 것처럼 행동하겠다고?"

"결단코 그런 건 아닙니다. 하지만 현재로서는 우리의 임무를 계속해서 수행하는 것 외에 다른 방법이 없어요. 그러니까 저습지로 가는 새로운 길을 찾아야만 해요. 헤르디스, 네가 안내를 맡았으니 한번 잘 생각해 봐."

헤르디스의 얼굴은 누가 봐도 폭발 직전이었다. 그녀가 최대한 감정을 억누르며 말했다. "세 번째, 그리고 마지막으로 말할게. 산을 넘어가는 다른 길은 없어. 날아가지 않는다면 말이야."

"그럼 저 다리가 처음에 어떻게 연결된 건지 설명해 봐. 누군가가 언젠가, 어떤 방식으로 반대편으로 건너갔었다는 말이잖아. 그 누군가가 저 낭떠러지 아래로 내려갔다가 다시 반대편으로 바위를 타고 올라갔다는 건 말이 안 돼."

"그건 불가능해. 바위는 너무 가파르고, 높고, 미끄러워."

파린이 한숨을 쉬었다. "저 다리는 그저 그런 평범한 구조물이 아니야. 누가 다리를 만들었지?"

"그건 아무도 몰라. 삼십 년 전쯤에 갑자기 이곳에 나타났으니까."

"저 다리가 어떻게 생겨났는지 아무도 모른다는 말을 지금 나보고 믿으라는 거야?"

"응, 제대로 이해했네!"

"그래, 그럼 어떻게 생겨났는지는 모른다 치자. 그래도 어쨌든 다른 길이 있다는 뜻이잖아. 언젠가 누군가가 처음으로 밧줄을 계곡 반대편으로 보냈으니까." 매장꾼의 아들이 입술을 깨물었다.

"그럼… 혹시…" 헤르디스가 갑자기 멈칫했다.

"뭔데?"

"네 말이 맞을지도 몰라. 어쩌면 방법이 있을지도…. 그러니까 산 너머로가 아니라 그 아래로 지나가는 길 말이야."

모두가 어안이 벙벙해져서 헤르디스를 보았다.

"그게 무슨 소리야?" 파린이 물었다.

"동굴과 터널에 관한 옛날이야기들이 있거든. 그 길이 저습지까지 연결되어 있다고."

"이제야 그 생각이 났다는 거야?" 렘볼트가 투덜댔다.

"그냥 옛날이야기일 뿐이야. 아무도 직접 가 보지 못했다고. 그러니까 적어도 다시 살아 돌아와서 그 길의 존재를 증명해 줄 수 있었던 사람은 지금껏 없었어. 그 길이 아직 있는지 누가 알겠어? 그래도 그 길이 어디서 시작되는지 들은 적이 있어."

"저 여자를 따라서는 아무 데도 가지 않을 거야." 렘볼트가 말했다.

"이제 우리는 완전히 새로운 상황에 직면했어요." 파린이 말했다. "가서 보고 결정을 내리도록 하죠. 더는 시간을 낭비하지 말았으면 합니다. 헤르디스, 그 동굴로 가려면 어떻게 해야 하지?"

"다시 산 아래로 내려가야 해. 당연한 거 아니야?"

"그럼, 당연하고말고." 렘볼트가 대꾸했다.

"'어쩌면'과 전설 따위를 믿고 땅속에 난 길을 찾으러 왔던 길을 끝까지 돌아가자는 거야?" 플라우디우스가 거의 울먹이다시피 말했다.

헤르디스가 고개를 저었다. "그렇게까지 멀진 않아. 바로 옆 계곡까지 이동한 다음엔 비터슈트롬을 따라 내려가면 돼."

"그게 뭐야?" 플라우디우스가 물었다.

"거대한 계곡. 그러니까 후회하지 않을 자신이 있는지 다시 한번 생각해 봐."

"다른 선택의 여지가 없어." 파린이 단호하게 말했다.

"제길, 골치 아프게 됐어!" 렘볼트가 소리쳤다. "앞으로 누구를 믿어야 하지?"

신뢰는 깨졌다. 이제 남은 건 의심뿐이었다. 이제 철저하게 원칙을 따르는 수밖에. "헤르디스, 우리를 동굴 입구로 데려다줘."

헤르디스가 고개를 끄덕였다. "짐을 싸서 따라와."

잠시 후 그들은 다시 길을 떠났다.

꼭대기

실눈을 뜬 채 손가락에 생긴 군은살을 노려보았다. 감자 껍질 때문에 생긴 군은살이었다. 이번에는 엄지손가락을 돌려 보았다. 무릎을 닦느라 생긴 군은살이 박혀 있었다. 감자 껍질은 얇아지고 꿀밤의 횟수는 줄어들었다. 지금까지 스물일곱 번 꿀밤을 맞았다. 세 배로 갚아 주리라. 그러니까… 에… 아무튼 엄청나게 여러 번 저 멍청이를 때려줄 테다.

아로스는 차츰 선원들의 일상을 익혀 갔다. 갑판 위의 선원들은 각각 좌현과 우현을 담당하는 두 팀으로 나뉘었는데, 4시간 간격으로 종소리가 울리면 임무를 교대했다. 믿음직한 종지기 빔은 여느때처럼 정시에 종을 울려 주었다. 지금은 좌현 선원들이 항해장 야콥의 명령에 따라 분주히 움직이고 있었다. 론둘프와 달리 그는 채찍을 드는 법이 없었지만 그렇다고 바르바로사가 더 천천히 운항하는 것도 아니었다. 선원들은 야콥을 좋아했기 때문에 성실하고 바쁘게 움직였다. 물론 그들은 부항해장의 명령도 잘 따랐다. 두려움 때문이었다. 선원들 대부분은 론둘프를 증오했다. 특히 우현 선원들은 늘 그의 압제하에서 고통받았다. 아로스는 최대한 그 독살스러운 난쟁이와 마주치지 않으려고 조심하고 또 조심했다. 그래서 야콥이 일하는 시간에만 갤리 밖으로 나와 돌아다녔다. 야콥은 언제나 채찍 대신 상냥한 말을 건네곤 했다. 여전히 선장에 대해서는 아무런 소식도 들은 바가 없었다. 그가 갑판에 나타나기는 하는 걸까?

선원들은 대부분 좋은 사람들이었다. 다른 세상을 동경하는 사내들, 가족이 있는 사내들, 꿈이 있는 사내들, 가족이 없는 사내들, 유머러스한 사내들, 꿈이 없는 사내들, 고향을 그리워하지 않는 사내들, 유머 감각이라고는 없는 무뚝뚝한 사내들. 아로스는 이 배에서 사내들에 대해 많은 걸 배울 수 있었다.

제1 숙소에는 그물침대 마흔 개가 걸려 있었다. 아로스는 그중 세 개의 침대를 번갈아 가며 사용했다. 혼자 쓸 수 있는 침대 같은 건 없었다. 낮과 밤이 따로 없는 일과였기에 갑판 위도, 그물침대도 비어 있을 새가 없었다. 당연히 숙소는 24시간 냄새로 가득 차 있었다. 하지만 어려서부터 나벤슈타인의 빈민가에서 단련된 아로스의 코는 아무리 지독한 냄새에도 끄떡없었다. 게다가 일단 잠이 들고 나면 어차피 냄새 따위는 그리 중요한 것도 아니었다.

종소리에 정신이 번쩍 들었다.

"삼십 분만 있으면 교대 시간이야. 야콥이 들어가고 땅딸보가 나타나기 전에 갑판에 나가 바람 좀 쐬고 올까?" 크노헨이 물었다.

아로스가 씩 웃었다. 론둘프가 자신의 별명을 듣게 된다면 크노헨은 킬 흘렌을 당할 게 뻔했다. 사실 그 끔찍한 폭군에게는 심할 것도 없는 별명이었지만.

"당연하지!" 그녀는 크노헨과 같이 갑판에 나가는 걸 좋아했다.

그는 언제나 새로운 것들에 대해 알아듣기 쉽게 설명해 주었다. 그는 어른이었지만 상냥했다.

둘은 뱃머리의 난간에 기대어 있었다.

"목요일마다 비번인 선원들이 이곳에 모여. 재미있을 거야. 같이 한 번 가 보자." 크노헨이 말했다.

가까운 거리에 빔의 모습이 보였다. 하지만 언제나 같은 자세로 모래시계를 응시할 뿐 알은척도 하지 않았다. 아로스는 가장 앞쪽의 가장 큰 돛에 매달려 얽히고설킨 밧줄들을 올려다보았다. 그녀가 돛을 가리키며 물었다. "저렇게 큰 돛이 네 개나 있는데 뒤죽박죽으로 엉킨 밧줄들을 어떻게 구별하지?"

크노헨이 설명했다. "그건 별로 어렵지 않아. 닻줄은 일단 스탠딩 리깅과 러닝 리깅으로 나뉘어. 스탠딩 리깅은 돛대를 지지하는 역할을 해. 한마디로 뻣뻣한 밧줄들이야. 예를 들어 용총줄은 스탠딩 리깅이지. 그 사이사이 가로로 연결된 줄들은 래틀린이라고 부르는데 밟고 올라가는 용도야. 그러니까 사다리의 횡목이라고 보면 돼."

아로스는 고개를 들어 위를 보았다. "아주 크고 높은 사다리네."

"러닝 리깅은 돛을 움직이게 하는 역할을 해. 그러니까 돛과 활대를 움직일 때 사용하는 거야."

"돛대에 달린 가로 방향의 커다란 막대기가 활대 맞지?"

크노헨이 고개를 끄덕였다.

"저건 뭐야?" 아로스가 몽둥이처럼 생긴 부분을 가리키며 말했다.

"빌레잉 핀. 활대에 걸린 밧줄을 고정하는 용도야. 바람이 불어도 활대가 돌지 않도록. 밧줄은 각각 정해진 위치가 있어서 항상 같은 자리에 고정하게 되어 있어. 배 위에서는 이런 질서가 굉장히 중요해."

머리 위의 돛이 바람에 요란하게 타닥거렸다. 바닷바람이 점점 거세지고 있었다.

크노헨이 고개를 들어 위를 보며 말했다. "바람의 방향이 바뀌고 있어. 활대를 돌려야 한다는 뜻이야."

아니나 다를까, 곧바로 항해장의 명령이 떨어졌다. "앞 돛대를 우현으로 돌려라!" 곧바로 네 명의 선원이 마치 줄다리기를 하듯 두꺼운 밧줄을 당겼다.

바르바로사는 다시 순항을 시작했다. 망망대해에서 거대한 배를 전진하게 만드는 힘이 놀랍기만 했다.

돛대를 타고 내려오던 선원 한 명이 몇 미터를 남기고 갑판 위로 폴짝 뛰어내렸다. 선원들은 돛대 위를 오르는 걸 좋아했다. 너무 자주 오르내리다 보니 좋아하게 된 걸지도 몰랐다. 그들은 항상 위아래로 바쁘게 움직였다.

"나도 한번 올라가고 싶어. 그중에서도 메인 마스트 맨 꼭대기까지." 아로스가 말했다. 그녀는 자신도 놀랄 만큼 빠른 속도로 선원들의 용어를 익혀 나가고 있었다.

"이쪽에 포어 마스트부터 시작해 보지 않을래? 포어 마스트는 그렇게 높지 않으니까."

"내친김에 한번 해 볼게."

"정말 할 수 있겠어? 돛대의 높이를 과소평가하면 안 돼." 크노헨은 걱정스러운 눈빛으로 위를 올려다보고 있었다.

"흠, 맨 꼭대기 활대까지 올라가 보고 싶지 않아?" 아로스가 넌지시 물었다.

크노헨이 고개를 절레절레 흔들었다. "아니, 난 못 할 것 같아. 고소공포증이 있거든. 딱 한 번 시도한 적이 있었는데, 반쯤 올라가다가 다시 내려왔어. 땀에 흠뻑 젖은 채로. 생각만 해도 끔찍하다. 그래서 내가 진짜 선원은 못 되고 맨날 요리 보조 신세인가 봐."

"에이, 그게 무슨 상관이야. 난 높이 올라갈 수 있지만 수습 선원일 뿐인걸. 내가 보여 줄게." 그녀는 위쪽에 가로로 연결된 줄을 잡고 가장 아래쪽 줄을 디뎠다. 출발! 한 마리 도마뱀처럼 5미터쯤 잽싸게 올라간 뒤 아로스가 태양처럼 해맑게 웃으며 소리쳤다. "진짜 쉬워!"

종이 울렸다. 교대 시간을 알리는 종소리였다.

크노헨이 고갯짓으로 인제 그만 내려오는 게 좋겠다는 신호를 보냈다.

이제 막 재미있으려던 참인데. 하는 수 없지 뭐.

"이게 대체 무슨 짓거리야?" 그녀의 귀청에 고함 소리가 울렸다.

부항해장의 얼굴 주위로 침이 날렸다.

"에… 부항해장님, 그냥 잠깐 연습을 해 본 것뿐이었습니다." 뼈만 앙상한 크노헨이 기어들어 가는 목소리로 말했다.

론둘프는 허리춤에 찬 꼬리가 아홉 개 달린 고양이를 부드럽게 쓰다듬었다. 위에서 보니 그는 훨씬 더 작아 보였다. "장난하냐? 너희에게 연습이 뭔지 보여 주지."

"아닙니다, 부항해장님. 그런 게 아닙니다." 크노헨이 고개를 세차게 흔들었다.

"그래, 좋아! 항해는 고된 임무이다. 놀러 나온 게 아니란 말이야. 당장 내려와, 졸때기. 그렇지 않으면 마우지의 맛을 보게 해 주겠다. 그것도 아주 제대로."

아로스는 잽싸게 아래로 내려왔다. "높이 기어오르는 거라면 자신 있어요." 론둘프가 입꼬리를 실룩이며 아로스를 노려보았지만 그녀는 시선을 피하지 않았다. 그는 아로스가 납작 엎드리기를 바라고 있었다. 하지만 그녀는 그러지 않을 것이었다.

벨텐 제국에서 가장 거대한 배 바르바로사. 그곳에서 막강한 권력을 행사하는 부항해장과 수습 선원, 그것도 자신의 성별을 속인 여자아이가 마주 보고 서 있었다. 둘의 키 차이는 그리 크지 않아 눈높이도 거의 비슷했다. 론둘프는 머리끝까지 화가 치밀어 오른 것 같았다. 둘 다 한 발짝도 물러서지 않았다. 동등할 수 없는 싸움은 갑자기 끝이 났다. 론둘프가 완전히 정신이 나간 듯한 표정으로 아로스의 팔을 붙들고 마구 흔들어 대기 시작했다. "그렇게 원한다면 소원대로 해 주지. 따라와!"

그는 보란 듯이 아로스를 질질 끌고 가더니 배의 한가운데에 우뚝 선 메인 마스트 앞에서 멈춰 섰다. "어디 한 번 꼭대기까지 올라가 봐. 물론 그냥 연습이다. 얼마나 재미있을지 직접 한번 해 봐."

론둘프는 아로스에게 본때를 보여 주고 항복을 받아 낼 셈이었다. 하지만 그녀는 결코 호락호락한 상대가 아니었다. "좋아요, 꼭대기에 올라가면 손을 흔들어 줄게요. 아니면 뭐 다른 거라도 할까요?" 아로스가 천진난만하게 물었다.

"꼭대기 활대를 세 번 두드리면 행운이 온다지." 론둘프가 사악한 미소를 지으며 말했다. 그는 아로스가 첫 번째 활대까지도 오르지 못할 거라고 자신하고 있었다.

크노헨도 그의 생각에 동의하는 것 같았다. "부항해장님. 저 아이는 조금 전 태어나서 처음으로 돛대에 잠깐 올라갔다 내려온 것뿐입니다. 그러다 추락해서 죽을지도 몰라요."

"멍청한 놈. 내 명령에 토를 달아?"

선원들이 조금 떨어진 곳에 모여 이 광경을 지켜보고 있었고, 그들의 시선을 의식한 론둘프는 일부러 더 과장되게 말했다.

크노헨이 힘없이 고개를 숙였다. "물론 그렇지 않습니다. 저는 다만 저 아이가 아직 어리고 경험이 없어서… 그러니까 거의 어린아이나 다름없다는 말씀을 드린 것뿐입니다." 그가 용기를 내어 론둘프의 눈을 똑바로 보며 말했다. "저런 어린애한테 이게 대체 뭐하자는 겁니까?"

"**뭐라고**? 방금 뭐라고 했지?" 론둘프의 얼굴이 붉으락푸르락해졌다. 그가 날뛰는 모습을 보니 갑판에 구멍이라도 뚫릴까 걱정해야 할 판이었다.

크노헨은 아무런 대답도 하지 않고 완강하게 버티며 론둘프를 노려볼 뿐이었다.

살벌한 정적만이 감돌았다. 선원들뿐만 아니라 바람마저도 쥐죽은 듯 고요했다.

갑자기 론둘프가 관대한 표정을 짓더니 부드러운 목소리로 말했다. "네 말이 맞아, 크노헨. 저 아이는 아직 어리고 많이 배워야 하니까. 이제 겨우 졸때기인데 내가 좀 더 마음을 넓게 쓸 걸 그랬구나. 그러니 이런 일은 나이와 경험이 많은 다른 선원에게 맡겨야지." 그가 보란 듯이 입을 비죽이며 주위를 둘러보았다. 모여든 선원의 숫자가 점점 늘어나고 있었다. 그의 손가락이 바람에 나부끼는 갈대처럼 선원들의 머리 위를 왔다 갔다 하다가 크노헨의 머리 위에서 멈췄다. "네가 당첨이야. 올라가. 그리고 꼭대기의 활대를 세 번 두드려라."

크노헨의 얼굴이 염소젖으로 만든 치즈만큼이나 하얗게 질렸다. "하지만 저는…."

"지금 반항하는 건가?" 론둘프가 잠시 생각에 잠겼다가 말했다.

"지난번에는 좌우로 킬 홀렌을 했지. 그럼 이번에는 앞뒤로 할 차례군."

아로스를 포함한 모든 선원이 그 말의 의미를 알아차렸다. 그건 바로 사형 선고였다. 이 거대한 배의 앞에서 뒤로 킬 홀렌을 당한다면 물고기들조차도 살아남지 못하리라.

크노헨은 입술을 깨물었다. 그래도 창백한 얼굴에는 핏기가 돌지 않았다. 아니 오히려 점점 더 하얗게 질려만 가고 있었다.

"못 들었는가? 당장 맨 꼭대기 활대를 향해 오른다. 거부하면 반란으로 간주한다."

크노헨에게는 선택의 여지가 없었다. 부항해장은 수많은 선원 앞에서 그를 극한으로 내몰고 있었다. 마침내 미동도 없던 그가 천천히 움직이기 시작했다. 먼저 첫 번째 가로줄을 잡고 위로 한 발을 내디뎠다.

아로스는 어떻게 해야 할지 몰라 그의 뒷모습만 바라보고 있었다. 분노가 그녀의 내면을 갉아먹기 시작했다. 이제 어떻게 해야 하지? 야콥을 찾아 도와달라고 말해 볼까? 하지만 어떤 일이 있어도 항해장들 사이에 싸움을 붙여서는 안 된다는 말을 들은 적이 있었다.

아로스가 고민하는 사이 크노헨은 벌써 가장 아래 활대까지 올랐다. 이미 상당한 높이였다. 그는 아로스가 생각했던 것 이상으로 잘해 나가고 있었다. 점점 작아지는 크노헨의 모습에서 눈을 뗄 수가 없었다. 그는 고집스럽게 위만 쳐다보면서 점점 높이 올라갔다. 어쩌면 그게 좋은 방법일지도 몰랐다. 절대로 아래를 내려다보지 마.

그녀의 옆에 있던 선원이 작은 소리로 속삭였다. "크노헨은 한 번도 저렇게 높은 곳에 올라가 보지 못했어. 저 녀석 지금 엄청난 두려움에 맞서고 있는 거라고."

이제 그는 두 번째 활대를 지나 용맹하게 세 번째를 향하고 있었다.

"잘 하고 있어, 크노헨." 아로스가 생각하며 손가락이 아파 올 만큼 주먹을 꼭 쥐었다.

반면 론둘프는 지루한 사람처럼 보였다. 크노헨이 높이 오를수록 재미가 반감되는 모양이었다. 이제 꼭대기가 몇 미터 남지 않았다. 사오십 명쯤 되는 선원들이 넋을 잃고 돛대를 오르는 보조 요리사의 움직임을 좇고 있었다.

"잘 하고 있어, 크노헨." 누군가가 속삭였다.

누군가의 팔이 아로스를 잡아끌었다. "대체 무슨 일이야?" 조리장의 목소리였다.

"론둘프가 크노헨에게 돛대에 오르라고 명령했어. 안 그러면 배의 앞뒤 방향으로 킬 홀렌을 당할 거라고."

"나쁜 자식!" 조리장이 욕설을 내뱉었다. 처음으로 아로스도 그의 의견에 동의했다.

크노헨의 움직임은 점점 더 뻣뻣해졌다. 하지만 이제 네 번째, 그러니까 맨 꼭대기의 활대가 불과 몇 미터 앞에 있었다.

점점 더 많은 선원의 시선이 벨텐 제국에서 가장 높은 돛대의 끝을 향했다.

크노헨, 넌 너 자신이 생각하는 것보다 훨씬 더 용감해, 아로스가 생각했다.

그리고 마침내 크노헨이 맨 꼭대기에 도착했다. 그리고는 조금 머뭇거리며 한 발을 옆으로 옮겼다. 한 발 더, 그리고 한 발 더. 마침내 몸을 굽혀 가장 높은 활대를 끌어안았다. 대단해! 크노헨은 공포를 이겨냈다. 진정한 용기였다. 오늘부터 너는 진정한 선원이야. 몇몇 선원들이 조심스럽게 탄성을 질렀다. 론둘프의 화가 자신에게 향하지 않도록 최대한 작은 목소리로. 하지만 한 선원이 기쁨을 참지 못하고 큰소리로 외쳤다. "축하해, 크노헨! 네가 해냈어. 이제 내려오기만 하면 돼!"

크노헨이 고개를 돌려 아래를 내려다보았다. 멀리 있었지만 그의 하얀 얼굴은 작은 별처럼 빛났다.

흥이 깨진 론둘프가 짜증스럽게 외쳤다. "뭘 그렇게 멍청하게 보고 있는 거지? 돌려야 할 활대가 저렇게 많은 게 안 보이는가! 어서 움직여!"

선원들이 구시렁대며 다시 움직이기 시작했다. 아딧줄이 당겨졌다. 그러는 사이 론둘프는 슬그머니 뒤쪽으로 사라졌다.

잠시 후 바르바로사가 갑자기 흔들리더니 살짝 기울어지는 느낌이 들었다.

"누가 방향타를 급히 돌렸어." 조리장이 말했다.

다시 요란한 소리와 함께 선체가 흔들렸다. "이제 다시 중앙으로." 그가 고개를 흔들었다. "론둘프가 방향타를 잡고 있어. 저 짐승만도 못한 녀석이 돛대를 흔들리게 만들어 크노헨에게 겁을 주려는 거야." 조리장이 아로스의 귀에 대고 말했다. "아마 크노헨이 추락해서 완전히 형체를 알아볼 수 없을 정도로 박살이 날 때까지 저 짓을 계속할 거야."

옆에서 수군거리는 다른 선원들도 같은 걱정을 하고 있었다. 파렴치한 행동에 치가 떨렸다.

크노헨은 여전히 같은 자리에서 꼼짝도 하지 않았다. 론둘프가 사악한 얼굴을 하고 다시 나타났다.

"어떻게 된 걸까요?" 선원 하나가 물었다. "아까부터 움직이지도 않고 그 자리에만 있습니다."

"하! 내려오는 건 올라가는 것보다 훨씬 쉬우니까 문제없겠지."

론둘프의 비웃는 표정에 아로스의 분노가 끓어올랐다.

"제가 올라가서 좀 도와줄까요?" 선원이 물었다.

"그러기만 해 봐. 항로를 바꿔야 하니 당직 선원을 모두 불러라. 저 녀석은 저 위에서 곰팡이가 필 때까지 그냥 내버려 둬. 그때가 되면 저절로 내려오겠지."

아로스가 론둘프에게 달려가 눈을 할퀴고 귀와 코를 물어뜯으려던 찰나 조리장이 그녀를 갤리 쪽으로 밀어붙였다. "우리가 할 수 있는 일은 아무것도 없어." 그가 작은 소리로 말했다. 간신히 화를 참느라 목소리가 떨리고 있었다.

아로스는 팔을 옆으로 뻗치며 밀려나지 않으려고 버텼다. "뭐라고? 크노헨이 저 위에서 혼자 죽음을 무릅쓰고 있는데 아무 일 없다는 듯이 감자 껍질이나 깎으라고? 론둘프는 크노헨이 나무에서 떨어지는 사과 신세가 될 때까지 멈추지 않을 거라고. 어떻게든 도와야 해."

조리장이 슬픈 얼굴로 고개를 끄덕였다. "론둘프가 하는 말 들었잖아. 우현 선원들은 아무도 크노헨을 도울 수가 없어. 누구도 론둘프의 명령을 거스르지 못한다고."

"그럼… 우리는?" 아로스가 절망하며 물었다. "우리는 우현 선원이 아니잖아."

조리장은 자신의 발만 내려다보며 말했다. "십 년 전이었다면 가능했을지도 몰라. 하지만 이제 내 몸은 너무 뚱뚱하고 둔해. 미안하다."

"좋아! 그러면 내가 올라가서 크노헨을 도울 거야." 어떤 일이 닥칠지, 어떻게 크노헨을 도울 수 있을지 몰라도 그녀의 결심만은 확고했다.

"론둘프가 가만두지 않을 거야."

"그 문제는 그때 가서 생각해 보면 돼. 일단은 올라갈게."

"잘 들어, 졸때기. 넌 경험 없는 촌뜨기야. 돛대 위에 한 번도 올라가 본 적이 없다고. 넌 절대 해낼 수 없어. 노련한 선원들도 처음 돛대에 오를 때는 반도 못가서 오줌을 싸지. 내가 그걸 한두 번 본 게 아니야. 저 위에 올라가면 결국 너도 극도의 두려움에 사로잡혀 크노헨이랑 똑같이 얼어붙고 말 거야. 둘이 똑같은 신세가 되는 거지."

아로스가 화난 얼굴로 조리장을 노려보았다. 그는 지금 진심으로 크노헨과 그녀를 걱정하는 걸까, 아니면 조수 둘을 동시에 잃을까 봐 걱정하는 걸까?

돛대 꼭대기에 매달려 미동조차 없는 크노헨을 마지막으로 한 번 더 바라보았다. 그리고는 조리장을 남겨 둔 채 밧줄을 잡았다. 잽싸게 한발 한발 활대를 향해 올랐다. 조금씩, 하지만 쉬지 않고. 처음 몇 미터는 아무 문제도 없었다. 하지만 위로 갈수록 삭구가 버들가지처럼 흔들리기 시작했다. 밧줄은 물론 돛대까지도. 대체 무슨 일을 저지른 걸까? 절대 아래를 내려다보지 마. 약점을 보여서는 안 돼. 부항해장은 아로스를 발견하고도 말리거나 고함을 지르지 않았다. 그녀가 예상한 대로였다. 그는 수습 선원의 어리석고 무모한 구조 작전을 즐기고 있었다.

더 빨리! 그녀의 움직임은 일정했다. 한 발 한 발 위로 돌진하고 있었다. 위로 오르면서 그녀는 크노헨에게 가면 무엇을 어떻게 해야 할지 생각했다.

하늘로 오르는 거대한 그물 사다리! 언젠가는 끝이 날까?

태양아, 널 만나러 갈게. 조금만 더 오르면 너를 잡을 수 있을 것 같아.

햇빛이 아니어도 손이 따끔거리기 시작했다. 감자에 적응한 손이 이번에는 거친 밧줄에 적응할 차례였다. 드디어 끝이 보이기 시작했다. 이 끔찍한 돛대에도 끝이 있긴 한 모양이었다.

대각선 방향으로 위쪽에 서 있는 크노헨은 여전히 그 자리에서 미동도 없었다. 무슨 일일까? 절대로 그를 놀라게 해서는 안 돼. 그래서 아로스는 그를 부르지 않았다.

마침내 아로스도 맨 꼭대기 활대에 이르렀다. 바르바로사에서 가장 높은 곳! 아로스는 그제야 처음으로 아래를 내려다보았다.

아! 그러지 말았어야 했다. 60미터 높이 허공에서 밧줄 몇 개에 몸을 의지한 채 매달려 있는 기분이란. 갑자기 입이 바싹 말랐다. 거대했던 배는 이제 푸른 바다 위에 떠 있는 호두 한 알 만큼 작아 보였다. 끝없는 푸른빛의 바다. 여기서 떨어진다면 바닥에 다다를 때쯤 바르바로사는 벌써 앞으로 나아가고 대신 푸른 바다가 나를 기다리고 있을지도 몰라. 마른침을 꿀꺽 삼켰다. 갑판 위에는 개미만 한 선원들이 기어 다니고 있었다. 다시 한번 마른 침을 삼켰다. 숨도 쉬지 못하고 다시 위를 올려다보았다. 푸른 하늘, 푸르디푸른 하늘이 있었다.

다시 아래로 시선을 돌렸다. 일단 큰소리를 쳤는데 어쩌지? 눈을 질끈 감았다.

나의 하루야. 오늘도 생각지도 못한 일이 하필 나에게 일어나게 해 주다니. 넌 정말 대단해. 정말로 대단해!

인간의 감각을 마비시키고도 남을 광경이었다. 아래에서 보았을 때 돛대는 하늘을 향해 꼿꼿하게 뻗어 있는 것 같았지만 실제로는 다리가 셋뿐인 의자처럼 요동을 치고 있었다. 게다가 바람이 조금만 불어도 곧 부러지기라도 할 듯 삐걱거렸다.

정신 차려, 나까지 공포에 사로잡히면 안 돼.

눈을 감으니 현기증은 더욱 심해졌다. 하는 수 없이 다시 눈을 떴다. 하필 요의까지 느껴졌다. 다리가 후들거리고 무릎이 꺾일 것만 같았다. 호기심 많은 갈매기 한 마리가 그녀의 머리를 스치고 지나갔다. 갑자기 어디서 나타난 거야?

나벤슈타인 사람들은 갈매기를 하늘 위의 쥐새끼라고 욕을 해대며 싫어했었지. 맞아. 그리고 난 쥐들의 여왕이자 하늘의 여왕이야.

두려움, 현기증, 이 모든 건 다 내가 머릿속 생각으로 만들어 낸 것일 뿐이야. 마음을 다잡자 한결 기분이 나아지는 것 같았다. 갑판이 바로 오십 센티미터 아래에 있다고 생각하는 거야.

아로스는 공포에 사로잡히지 않으려고 애를 썼다. 로프를 밟고 한발 한발 옆으로 이동하며 가로돛을 움켜쥐었다. 등자를 딛고 말에 오른다고 생각하자. 그러면 즐길 수 있어. 난 말을 좋아하니까. 바람은 세차게 윙윙거리며 귓가를 스쳤다. 배 위에서 들을 수 있는 유일한 휘파람 소리. 이제 크노헨이 있는 곳까지 얼마 남지 않았어. 그는 여전히 뻣뻣하게 굳은 사람처럼 미동도 없었다. 아무것도 보고 듣지 못하는 걸까, 아니면 보고 듣지 않으려는 걸까? 그의 몸은 공포로 완전히 마비되어 단 한 발짝도 아래로 내디딜 수 없는 상태였다. 나무 조각상처럼 굳은 얼굴로 눈을 감고 가로 돛대에 상체를 올린 채였다.

"크노헨, 내가 왔어." 아로스가 부드러운 목소리로 그를 불렀다.

하지만 미동도 없었다.

"내가 도와줄게."

여전히 미동도 없었다. 그의 몸은 이미 죽은 거북이처럼 딱딱하게 굳어 있었다.

"크노헨, 내 말 들리지."

여전히 고개를 돌리지는 않았지만 그가 마침내 감은 눈을 떴다. "졸때기? 네가 대체 어떻게 여기까지 올라온 거야?" 그의 목소리는 마치 아주 멀리서 들리는 것처럼 기이하고 낯설었다.

"네가 올라온 대로 똑같이 따라 왔어." 아로스가 대답했다. "그리고 이제 같이 아래로 내려가는 거야."

"아니, 난 이제 죽은 목숨이야." 크노헨이 말했다. "다시는 한 걸음도 떼지 못해. 그리고 언젠가는 아래로 떨어지겠지."

"바보 같은 소리 마. 내려가서 조리장이 화내는 모습을 다시 봐야지."

"어떻게 다른 사람도 아니고 네가 나를 따라 올라올 수 있지? 인제 그만 날 내버려 둬. 모두가 나를 비웃고 있어. 하필이면 아무것도 모르는 졸때기가 나를 구하러 오다니."

"아무도 널 비웃지 않아. 네가 고소공포증이 있다는 걸 모두가 알고 있는걸. 네가 이 꼭대기까지 올라오는 걸 보고 모두 얼마나 놀라워했는지 몰라."

"날 위로하려는 말인 거 다 알아."

"내 말을 믿어 봐. 넌 용감해. 날 봐!"

"난 아무것도 아니야. 그리고 꼼짝도 할 수 없다고. 여긴 너무 높아. 그리고 너무 추워. 그냥 날 여기 내버려 둬."

"자, 어서. 이쪽을 봐!"

크노헨은 여전히 꼼짝도 하지 않았다. 모든 걸 포기한 상태였다. 공포가 그를 조금씩 갉아먹고 있었다. 그의 뇌는 이미 기능을 잃은 지 오래였고 이제 심장이 공포의 먹이가 될 차례였다.

어쩌지? 그를 부축할 수도 없었다. 손을 잡는 것도 불가능했다. 이 꼭대기에서 자신의 몸을 지탱하려면 두 팔이 필요했으니까. 아로스는 어떻게 하면 크노헨을 구할 수 있을지 생각하고 또 생각했다. 하지만 아무런 생각도 떠오르지 않았다.

뒤를 돌아 허리를 밧줄에 기댄 채 아래를 내려다보았다. "아, 하지 말았어야 할 걸 그랬나 봐. 네… 말이 맞아. 우린 끝났어. 다시는 내려가지 못할 거야." 그녀가 간신히 말했다. 그리고 흐느끼며 한 손으로 눈가를 훔쳤다.

크노헨이 자신을 곁눈질하는 게 느껴졌다. 하지만 그도 아로스를 도울 수는 없었다. 갑판까지의 거리가 아득하게 느껴졌다. 온종일 기어가야 닿을 것처럼. 아니, 이대로 손을 놓아 버리면 단 몇 초 만에 도착하겠지.

"이제 나도 너무 무서워졌어." 아로스가 울면서 말했다. 고개를 들 힘도 없었다.

"이 멍청아, 다시 뒤를 돌아서 똑바로 앞을 봐!" 크노헨이 소리쳤다.

"도, 도저히 못 하겠어. 태어나서 단 한 번도 이렇게 높은 곳까지 와 본 적이 없단 말이야."

"졸때기, 넌 정말 멍청해. 대체 왜 나를 따라 여기까지 온 거야?"

발아래 개미들은 이제 바글거리며 몰려 있었다.

아로스가 흐느끼기 시작했다. "이제 우리 둘 다 죽는 거네. 차라리 바다에 빠지는 게 낫겠어. 배 위에 떨어져 몸이 산산조각 나는 건 너무 끔찍해."

"멍청한 소리 하지 마. 이제 다시 뒤로 도는 거야. 그리고 활대에 매달려. 나처럼."

아로스는 아주 천천히, 조심스럽게 크노헨이 시키는 대로 움직였다. 이제 둘은 나란히 비슷한 자세로 활대에 매달려 있었다.

"이젠… 어떻게 하지? 난 못 해. 발이 붙어서 떨어지지를 않는다고!"

"체중을 오른발에 실어. 자 어서!" 크노헨이 소리쳤다.

"너무… 너무 무서워."

"어서! 넌 선원이야. 그리고 이건 명령이고."

아로스는 체중을 옮겼다.

"왼발을 한 발짝 왼쪽으로."

그녀는 왼발을 왼쪽으로 옮겼다.

"좋아! 이제 왼발로 체중을 옮기고 오른발을 왼쪽으로 옮겨. 그리고 같은 동작을 반복하는 거야."

그렇게 종종걸음 끝에 돛대 줄이 점점 가까워졌다. "손이 완전히 축축해졌어. 미끄러지면 어떻게 하지?" 그녀가 울먹였다.

"먼저 왼손을 닦아. 다른 손으로 꼭 잡고. 그 뒤에 오른손을 닦아." 크노헨이 시범을 보였다.

아로스는 마른 손을 다시 닦았다. 크노헨도 아까의 두려움은 뒤로 한 채 그녀를 따라 돛대 줄 쪽으로 향했다. 그리고 마침내 둘은 함께 아래로 내려가기 시작했다. 크노헨은 아로스에게 절대로 아래를 보지 말고 다음에 발을 디딜 바로 아래 칸에만 집중하라고 말했다.

한 칸, 한 칸 그들은 발을 옮기며 아래로 향했다. 영원 같은 시간이 지났다. 빔의 종소리를 몇 번이나 들었을까. 이젠 셀 수도 없네. 마침내 둘은 마지막 밧줄에 발을 디뎠다. 그리고 거의 동시에 갑판으로 뛰어내렸다. 선원들이 그들 주위로 구름같이 몰려들었다. 그들 가운데는 비번뿐 아니라 좌현과 우현의 당직 선원들도 있었다.

론둘프가 훈계조로 말했다. "이만하면 둘 다 많은 공부가 됐겠지. 그리고 드디어 크노헨이 활대에 오르는 걸 배웠군."

선원들의 환호성이 울려 퍼졌다. 보조 요리사와 수습 선원을 향한 환호성이었다. 몇몇은 그들의 어깨와 등을 세차게 두드리며 격려해 주었다.

"잘 했어, 크노헨!"

"정말 용감했어, 졸때기!" 누군가가 외쳤다. '졸때기'라는 단어가 처음으로 거슬리지 않는 순간이었다. 아니, 그건 진정한 경탄이 담긴 호칭이었다.

항해장 야콥도 웃으며 그들에게 축하의 인사를 건넸다. 론둘프만이 말없이 어디론가 사라지고 없었다. 기뻐하는 사람들을 보면 불쾌해지는 게 분명했다.

조리장이 다가와 먼저 크노헨을, 그리고 아로스를 와락 끌어안았다. 지난 몇 시간 동안 절망과 걱정으로 일그러진 그의 얼굴에 아주 서서히 기쁨의 빛이 차올랐다. "빌어먹을 육지 촌놈인 줄 알았더니 불알 두 쪽은 제대로 차고 있었네." 그가 칭찬이랍시고 졸때기에게 말했다.

아로스는 그 말뜻을 이해하느라 한참 동안 멍하니 서 있었다.

미끄럼

"도대체 어디까지 계곡이 이어지는 거야? 얼마나 더 가야 강이 나오는 거지?" 플라우디우스가 물었다. 고난의 행군 끝에 마침내 그들은 험준한 계곡 옆 바위 위에 다다랐다. 계곡물은 그들을 집어 삼킬 듯 포말을 뿜어내며 거칠게 스쳐 지나가고 있었다. 물밑의 바위와 돌들이 계단식 작은 폭포를 연달아 형성했고 계곡물은 흐른다기보다는 차라리 아래를 향해 쏟아져 내리는 것처럼 보였다.

"이 계곡을 비터슈트롬이라고 불러. 이름이야 어떻든지 간에 우린 이 계곡을 따라가야 해. 계곡을 따라 내려가다 보면 결국 산 아래에 도착할 테니까." 헤르디스가 말했다.

좋은 생각이기도 했거니와 반박할 이유도 없었다. 그들은 물가를 따라 아래로 내려갔다. 곳곳에 바위가 많은 험한 길이었다. 때때로 아주 큰 바위가 나타나 길을 막으면 어쩔 수 없이 돌아가야 했다.

"이 골짜기는 세 개의 산 사이에 있는 깊은 분지야. 이 계곡을 따라가면 그 중심부에 다다를 수 있어." 헤르디스가 설명했다.

"그리고 거기서 산의 내부로 들어간다는 거야?" 뒤따르던 플라우디우스가 물었다.

헤르디스가 뒤를 돌아보며 대답했다. "응, 거기 어딘가에 동굴 입구가 있다고 들은 것 같아. 나도 거기까지 가 본 적이 있긴 하지만 입구를 직접 본 적은 없어."

"동굴로 들어가는 다른 길은 없어?"

"전설이 사실이라면 서부산맥 여기저기에 출입구 몇 개가 흩어져 있을 거야. 하지만 내가 아는 건 여기뿐이야."

"그럼 거기서 찾아야지. 현재로서는 그게 유일한 방법이야." 파린이 대답했다.

그때부터 아무도 말이 없었다. 분위기는 한층 더 가라앉았다. 의도했건 의도하지 않았건 간에 저마다 누가 다리의 밧줄을 끊었을까를 고민하고 있는 게 분명했다. 그리고 그들 중 그 답을 아는 한 명이 있었다.

가면 갈수록 흐르는 물속의 돌들은 점점 납작해지는 반면 물가의 돌들은 점점 높이 솟아났다. 따라서 파린 일행은 더 자주 계곡을 건너야 했다. 물은 지난번 몸을 담갔던 화구호만큼 차갑지는 않았지만 파린은 계속해서 렘볼트 쪽을 걱정스럽게 곁눈질했다. 그는 더는 약점을 드러내고 싶지 않았는지 이를 악물고 온몸을 움츠린 채 걷고 있었다. 계곡을 따라가는 길은 점점 더 험해졌다. 반면 물속엔 계곡물이 수만 년 동안 매끄럽게 갈고 닦아온 돌들이 밟혔다.

"강바닥이 꼭 길 같네." 플라우디우스가 말했다. 말을 꺼내기가 무섭게 오른발이 미끄러지면서 두 팔로 허우적대다가 간신히 균형을 잡은 뒤 그가 투덜댔다. "더럽게 미끄럽네."

"맞아. 더럽게 미끄럽지." 헤르디스가 맞장구치며 씩 웃었다.

그녀가 왜 웃는지 알 수가 없었다.

제법 속도가 나기 시작했다. 그들은 물가를 따라 걷기와 계곡물을 건너기를 반복했다. 젖은 신발이 요상한 뿌드득 소리를 내며 다섯 명의 앓는 소리와 어울리는 노래를 만들어 냈다. 어느새 길은 점점 가팔라지고 비터슈트롬은 점점 더 세차게 흘렀다. 다시 한번 허리 깊이의 계곡을 건넜다. 바닥이 몹시 미끄러웠다. 계곡물이 깊어지자 파린은 피로감 대신 뼛속으로 스며드는 한기를 느꼈다.

오후 늦게 헤르디스가 걸음을 멈췄다. "자 이제 마지막 구간이야. 여기서부터는 엉덩이로 미끄럼을 타듯 내려가야 해. 저기 좁은 수로처럼 생긴 바위 보이지? 저기야말로 더럽게 미끄러울 거야. 내가 먼저 갈게." 그녀는 계곡물 한가운데에 앉아 다리를 끌어당겼다. 물이 깊지는 않아서 배꼽 아래 높이에서 굽이치며 흘렀다. "이해됐지? 다들 나를 따라 하면 돼. 그리고 최대한 집중하는 것 잊지 마."

네 쌍의 눈이 일제히 계곡 바닥에 회의적인 시선을 보냈다. 계곡은 약 20미터 앞에서 부드럽게 왼쪽으로 커브를 틀며 시야에서 사라졌다. 양옆으로 솟은 높은 바위 절벽 때문에 그 이후 계곡의 흐름은 짐작할 수 없었다. 그보다 더 아래쪽으로는 기이한 안개가 연기 구름처럼 넘실대고 있었다.

헤르디스가 일어났다. "내가 마지막으로 가는 게 더 나을지도 모르겠어. 만일의 사태가 일어나면 내가 도울 수 있게."

"내가 이럴 줄 알았어. 이 망할 계곡이 어디로 흐르는지 누가 어떻게 알지?" 렘볼트가 버럭 화를 냈다. "네가 먼저 가!"

"정 그렇다면." 헤르디스가 좁은 어깨를 으쓱하고 다시 물속에 앉았다. "이제 나를 따라올지 말지는 각자의 선택이야. 하지만 다른 길도, 계곡 안쪽으로 진입하는 더 좋은 방법도 없다고 분명 얘기했어." 그녀가 조롱하듯 덧붙였다. "하긴 다시 계곡을 거슬러 올라가는 방법도 있긴 하지. 마을로 가는 길은 이미 알고 있을 테니까. 나를 따라올 거라면 앞사람과 간격을 충분히 유지해 줘. 알겠지?"

그녀는 대답도 듣지 않고 작은 둔덕 위에 앉아 출발 준비를 한 뒤 곧바로 미끄러져 내려가기 시작했다. 그리고 눈 깜짝할 사이 커브 뒤로 사라져 버렸다. 파린이 무어라 말을 꺼낼 새도 없었다.

이제 그녀가 남긴 건 계곡의 물소리뿐이었다.

그리고 잠시 후 "이이이이아하!" 하는 소리가 쩌렁쩌렁 울렸다. 파린은 깜짝 놀라 어깨를 움츠렸다. 헤르디스에게 무슨 사고라도 생긴 걸까?

어딜 봐서 저게 비명 소리로 들려? 환호성에 가깝지. 징글징글이 알려 주었다.

남은 네 명이 말없이 서로서로 바라보았다.

침묵을 깬 사람은 플라우디우스였다. "아주 쉬워 보이는데. 그리고 뭔가 좀… 재미있어 보이기도 하고." 그가 뻣뻣한 동작으로 물속으로 들어가 앉았다. 그의 푹신한 몸이 장점일 때도 있었다. 마침내 그가 굳은 결심을 한 듯 손을 앞으로 내밀어 중심을 잡으며 디딜 곳을 찾았다. 출발! 어린 시절 집 근처 눈 쌓인 언덕 위에서 미끄럼을 타던 기억이 떠올랐다. 심장이 두 번쯤 뛰었을까, 순식간에 플라우디우스가 커브 뒤로 사라졌다.

"오오오오오!" 커브 너머에서 메아리가 울려 퍼졌다.

나머지 세 사람은 얼어붙은 듯 그 자리에 서서 기다렸다. 그런데 무엇을 기다리고 있었던 걸까?

"무슨 일이야?" 렘볼트가 아래를 내려다보며 고함을 질렀다.

"거기 위에 겁쟁이들!" 플라우디우스의 목소리가 아래쪽에서 울려 퍼졌다.

바랄돈이 어깨를 으쓱하며 말했다. "플라우디우스는 무사해요. 그러니까 죽을 염려는 없다는 뜻이네요. 만약 그렇지 않다면… 안녕!" 자리에 앉기가 무섭게 그는 철썩 소리와 함께 쏜살같이 사라졌다.

의도든 아니든 파린과 렘볼트는 잔뜩 긴장하고 귀를 기울였다. 아니나 다를까. "아아아이아이!" 바랄돈의 목소리가 울려 퍼졌다.

아하, 그렇구나.

"먼저 내려가세요, 렘볼트."

"좋아. 그대는 내가 걱정하지 않는 유일한 사람이니까." 렘볼트는 침착하게 등 뒤에 검을 매달았다. 그리고 양손 검을 보이며 파린에게 말했다. "내가 말했지, 저 여자를 죽여 버릴 거라고. 이 검으로 머리를 날려 버릴 거야." 그는 머리 위로 손을 올려 검, 양손 검, 철퇴, 그리고 밧줄을 꽉 쥐고 바닥에 앉았다.

헤르디스의 말대로 무기는 일부라도 마을에 두고 오는 편이 나았을 텐데, 하는 생각이 들었지만 입 밖에 내지는 않았다. 다음 순간 렘볼트가 출발했다.

파린은 기다리고, 또 기다렸다. 하지만 아무런 소리도 들리지 않았다. 렘볼트라면 소리를 지르느니 차라리 혀를 깨무는 편이 낫다고 생각했겠지. 이 정도면 충분히 기다렸다는 생각이 들 때까지 한참을 기다렸다. 그리고 마침내 바닥의 돌 위에 앉아 출발 준비를 하고, 두 손을 이용해 힘껏 몸을 밀어내며 출발했다. 이내 가속도가 붙기 시작했다. 길고 미끄러운 바닥 면을 지나 왼쪽 커브를 돌기 전에 오른발이 바위에 부딪혔다. 깜짝 놀라면서도 왼쪽으로 커브를 돌아야 한다는 생각에 체중을 옮겨 실었다. 몸이 빙그르 돌긴 했지만 간신히 균형을 잡았다고 생각한 순간 물보라가 점점 거칠게 일기 시작했다. 그는 다시 중심을 잃었다. 발을 들고 몸을 뒤로 최대한 젖혀 등에 멘 배낭으로 바닥에 제동을 걸었다. 어느 정도 속도가 줄어들자 다시 똑바로 앉아 균형을 잡으려고 애쓰면서 멀리 앞쪽을 바라보았다. 그것이 그의 최선이었다.

여기서 살아남을 수 있을까? 그렇지 않으면 다시는 헤르디스를 따라가지 않겠어, 파린은 다짐했다.

점점 가속이 붙었다. 물보라가 귓가를 때렸지만 아직은 괴성을 지를 정도는 아니었다. 렘볼트처럼 소리 지르지 말아야지, 그는 결심했다. 사방에서 물소리가 들리고 짙은 안개가 시야를 가렸다. 갑자기 몸이 따뜻해지는 것 같았다. 계속해서 눈을 깜빡여 보았지만 여전히 아무것도 보이지 않았다. 엉덩이가 어딘가에 세게 부딪쳤다. 눈물이 찔끔 났다. 꼬리뼈가 특히 아팠다. 하지만 아픔을 느낄 겨를도 없이 갑자기 단단한 바닥이 온데간데없이 사라진 것 같은 느낌이 들었다. 갑자기 물이 깊어진 걸까? 그게 아니야! 그제야 이해가 되기 시작했다. 그는 추락하는 중이었다. 안개 때문에 바닥이 어디인지 알 수 없었다. 허공에 붕 뜬 그의 몸은 저항을 잃고 곧바로 앞으로 회전하기 시작했다. 팔과 다리를 뻗자 어느새 의도치 않게 마상 시합장의 어릿광대처럼 공중제비를 돌고 있었다.

"우우우우아!"

첨벙 소리와 함께 그는 본능적으로 숨을 참았다. 깊은 물의 소용돌이가 그의 몸을 끌어당겼다. 눈을 떴다. 하얀 거품이 그를 감싸고 있었다. 공기! 공기가 필요했다. 어디가 위였더라?

공기 방울이 올라가는 쪽이 위잖아. 징글징글이 알려 주었다.

물 밖으로 나가기 위해 그는 온 힘을 다해 발버둥을 쳤다. 헐떡이며 물 위로 떠오른 뒤에야 따뜻한 물의 온기를 느꼈다. 슈투름바흐트 성의 목욕통처럼 뜨거운 건 아니었고, 정말로 기분 좋게 따뜻한 온도였다. 일행들이 물가에 앉아 구경거리를 즐기고 있었다.

"깔끔한 회전이었어!" 헤르디스가 칭찬했다.

파린이 힘겹게 물 밖으로 나왔다. 그러니까 비터슈트롬의 끝은 폭포였던 것이다. 카바노 강과 비교하면 훨씬 좁고 작은 규모였지만 이 정도면 인생에서 가장 짜릿한 추락으로 기억되기에 손색이 없었다.

플라우디우스의 눈이 반짝였다. "한 번 더 해 보고 싶지 않아?" 그가 물었다.

미쳤군.

헤헤, 정말 재미있었는데 말이야.

여기도 미쳤어.

렘볼트가 파린 옆에서 고개를 절레절레 흔들었다. "이 짓 한 번으로도 난 내가 받는 보수 이상으로 일한 거야. 지난 십 년간 맞은 물벼락을 다 합쳐도 이만큼은 아니었다고. 게다가 도중에 양손 검을 놓쳐 버렸어." 짜릿한 모험에도 렘볼트의 기분은 나아질 기미가 보이지 않았다.

호수는 따뜻한 안개 속에 가라앉아 있었다. 기묘한 광경을 물끄러미 바라보는 다섯 명의 흠뻑 젖은 얼굴엔 지친 기색이 역력했다.

"계곡물은 엄청나게 차가웠어. 그런데 어떻게 계곡물이 흘러든 호수가 이렇게 따뜻할 수 있지?" 파린이 물었다.

"땅속 어딘가에 용암이 흐르고 있어서 그래." 헤르디스가 말했다.

"빌어먹을 동굴 입구는 어디지?" 렘볼트가 주위를 돌아보며 물었다. 그는 한시라도 빨리 출발하고 싶은 마음을 숨기지 못했다. "이 폭포 뒤에 있는 게 아닐까?"

"아니야, 그랬다면 바보 멍청이도 진작 입구를 찾을 수 있었겠지." 헤르디스가 머리에서 물을 짜내며 대답했다.

렘볼트는 바보 멍청이가 자신을 두고 하는 말인지 아닌지 헷갈리는 모양이었다. 그나마 다행인 건 그가 헤르디스의 목을 날려 버리는 데 쓰겠다던 양손 검을 계곡에서 잃어버렸다는 사실이었다.

"헨드릭의 말대로라면 입구는 폭포 반대편 어딘가에 있어."

다 같이 주위의 바위들을 살펴보았다. 렘볼트는 철퇴 손잡이로 바위를 두드리며 비어 있는 공간을 찾아내려고 애썼다. "이곳엔 단단한 바위뿐이야." 그가 말했다.

"헨드릭이라면 마을의 연장자를 말하는 거지?" 파린이 물었다.

그녀가 고개를 끄덕였다.

"그 사람이 널 가르쳤어?"

"헨드릭보다 이 산을 잘 아는 사람은 없어."

"너랑 헨드릭은 그렇게 사이가 좋아 보이지 않았어."

헤르디스가 뾰로통한 입술로 말했다. "많은 일이 있었지만 별로 말하고 싶지 않아."

"그렇다면 우리가 이 빌어먹을 산 안쪽으로 들어갈 방법에 대해서나 말해 보라고." 렘볼트가 재촉했다.

"그건 나도 몰라. 직접 동굴에 들어가 본 적은 없다고 말했잖아."

"폭포 반대편이라고 했어." 그들이 서 있는 곳이 바로 폭포의 반대편이었다. 파린이 아래를 내려다보며 말했다. "그렇다면 혹시 물속 어딘가에 입구가 있는 게 아닐까?"

"정말⋯ 그럴지도 모르겠어." 헤르디스가 동의했다.

"다시 몸을 적시고 싶지는 않아." 렘볼트가 투덜댔다.

"혹시 아직도 추워서 떨고 있는 거야, 렘볼트?" 플라우디우스가 냉소적으로 물었다. 얼핏 들으면 순수한 마음에서 묻는 것 같았겠지만 그의 눈빛에선 걱정스러운 마음이라곤 전혀 찾아볼 수 없었다. 끊어진 다리 앞에서 자신에게 쏟아졌던 비난을 그렇게 쉽게 잊을 그가 아니었다.

"그러니까 우리는 일단 잠수를 해서 입구를 찾아야 한다는 뜻이야. 그 밖의 다른 정보는 없었어?" 파린이 물었다.

헤르디스가 고개를 저었다.

"대체 확실한 게 뭐야? 제대로 아는 것도 없으면서 온종일 우리를 엿 먹이는 것 좀 보라고." 렘볼트가 버럭 화를 냈다.

"그래? 온종일은 아니었는데?" 헤르디스가 보란 듯이 깜찍하게 웃었다.

"**이제 좀 그만!**" 파린이 버럭 화를 냈다. "입구는 내가 찾을 테니 그동안만이라도 싸우지 좀 말자구요."

"뚱보하고 싸움닭한테 네가 없는 동안 그 입 좀 다물고 있으라고 말해 줄래? 안 그러면 네가 다시 돌아왔을 땐 살아 있지 못할 거라고 말이야."

헤헤, 저 헤르디스라는 아이가 날이 갈수록 맘에 든단 말이야. 그리고 용병 녀석도 잘 하고 있어. 이 정도면 둘 사이에 불꽃 튀는 싸움을 기대해도 되겠는걸.

305

파린은 돌아 버릴 지경이었다. 제아무리 대단한 능력을 뽐내는 징글징글이라 해도 지금과 같은 갈등 상황에서는 전혀 도움이 되지 않았다. 망상은 싸움과 분열을 즐기는 악령이었으니까. 파린은 일단 다른 걱정들을 모두 뒤로 미루기로 했다. 그의 목표는 단 하나, 바로 까마귀풀이었다. 반드시 까마귀풀을 구해야 했다. 그가 확신에 찬 목소리로 말했다. "저를 믿어 주세요. 반드시 저습지에 도착할 겁니다. 그때까지만 서로 잘 지내 주세요."

일행들이 놀란 얼굴로 파린을 보았다. 그의 절실함이 모두에게 전해졌다. 렘볼트와 플라우디우스와 헤르디스가 동시에 고개를 끄덕였다. 그나마 다행이었다.

파린은 허리에 찬 주머니와 검을 배낭 옆에 내려 두고 따뜻한 물속으로 걸어 들어갔다. 그리고 마침내 폭포를 등지고 잠수를 시작했다.

비터슈트롬이 떨어지며 만들어 내는 소용돌이를 벗어나 아래로, 아래로 내려갔다. 처음엔 회색과 초록빛 바위만이 눈에 들어왔다. 동굴 입구 따위는 전혀 눈에 띄지 않았다.

"징글징글, 너는 달리는 것만큼 헤엄도 잘 칠 수 있는 거야?" 파린이 물었다.

그건 더 잘하지!

으이그, 안 들어도 뻔한 대답.

"악령은 불과 친하니까 물하고는 별로 상관이 없는 줄 알았어."

내가 전에 너한테 그르그린트의 용암 호수 얘기를 한 적이 있을 텐데. 여름 내내 거기서 수영을 했었다고.

"그래 알아. 겨울엔 용암이 너무 차갑다고 했던가?"

네가 알긴 뭘 알겠어, 벌레. 차가운 게 아니라 너무 걸쭉했다고. 머리가 아파지고 싶거든 너도 겨울에 용암 호수에 뛰어들어 봐.

파린은 언제나 그랬던 것처럼 자신의 정신 일부를 징글징글에게 맡겼다. 그러자 곧바로 팔과 다리에 힘이 느껴졌고, 수영 능력도 좋아졌다. 물속을 헤쳐 나가는 속도가 점점 빨라졌다.

약 이십 미터가량 바닥을 훑어보았지만 특별한 점은 찾을 수 없었다. 그래서 그는 발로 단단한 바닥을 힘껏 밀치며 물 위로 올라갔다. 동료들은 평화롭게 물가에 앉아 폭포 쪽을 바라보고 있었다.

정신을 더 많이 나에게 맡겨.

파린은 시키는 대로 했다. 징글징글이 자신을 제어할 수 있게 되자 마음이 편안해졌다. 그는 깊은숨을 들이마신 뒤 호흡을 멈추고 한 번 더 물속으로 들어갔다. 파린은 망상이 사나운 육식 물고기처럼 헤엄치는 상상을 했지만 예상 밖이었다. 그의 몸은 마치 해면동물처럼 유유한 동작으로 계곡 바닥을 움직이고 있었다. 시력이 좋아지자 바위 벽의 틈새가 눈에 띄었다. 정말로 정확히 폭포 반대편에 굴 하나가 바위 깊숙이 안쪽으로 이어져 있는 게 보였다. 저 굴은 어디까지 연결되어 있을까? 그리고 언제 다시 호흡을 할 수 있을까? 징글징글이 그런 별것 아닌 문제에 신경을 쓸 리 없었다. 그는 어느새 바위 굴을 향해 헤엄쳐가고 있었다.

"엠… 인간은 숨을 쉬어야 살 수 있다는 거 알고 있지? 어쩌면 막다른 길일지도 몰라."

이러쿵저러쿵해 봐야 소용없어. 직접 확인해 보자고.

악령은 한 마리 올챙이처럼 헤엄쳐 나아갔다.

"지금 돌아간다면 간신히 물 밖으로 나갈 때까지 참을 수 있을 거야."

후퇴는 겁쟁이들이나 하는 거야.

악령은 동요하지 않고 유유히 헤엄쳐 갔다. 터널은 끝이 없었다. 파린은 점점 숨이 차오르는 것을 느꼈다. 게다가 주위는 점점 어두워지고 있었다.

불안감이 고독한 잠수부를 덮쳐 왔다. 뼈마디에 느껴지는 건 통증일까? 폐가 압박받는 느낌이 이런 걸까? 아니면 그냥 착각일까? 어느 순간 '이제 다시는 돌아갈 수 없는 지점'에 와 버렸다는 걸 직감했다. 이제 남은 것은 공간을 찾아 숨을 쉬느냐와 비참하게 익사하느냐, 두 가지뿐이었다. 어떻게 징글징글이 나를 이런 상황으로 몰아갈 수가 있지? 두려움이 따뜻한 물처럼 사방을 가득 채우고 있었다. 수중 터널은 여전히 끝이 보이지 않았다. 급격한 공포를 느끼자 그는 자신의 정신을 붙들려고 했다.

안 돼! 징글징글이 버럭 화를 냈다. 이제야 악령은 파린이 느끼는 극도의 공포를 알아차린 모양이었다.

진정하고 나를 믿어. 지금 여기서 내 통제력을 벗어나면 넌 죽어. 호흡을 참기 힘들어지면 숨을 쉬고 싶은 욕구를 거부할 수가 없어. 그러면 허파에 물이 들어가게 되고, 그때는 나도 너를 도울 수가 없게 돼.

징글징글의 말이 심리적 안정을 불러온 걸까? 파린은 남은 힘을 다해 긴장을 풀었다. 자신이 악령을 절대적으로 신뢰하고 있다는 사실이 새삼 놀라웠다. 숨을 쉬려는 욕구는 조금 사라졌다. 하지만 오래 견디기엔 역부족이었다.

저 멀리에 붉게 흔들리는 불빛이 보이자 힘이 솟았다. 계속 차분하게 헤엄쳐 흔들리는 불빛 방향으로 나아갔다. 터널은 점점 넓어졌고 갑자기 거대한 깔때기 모양의 출구가 나타났다. 파린은 마지막 남은 힘을 다해 빛을 향해 위쪽으로 헤엄쳤다. 출구 밖에 공간이 없다면 그건 곧 죽음을 의미했다. 갑자기 그의 머리가 물 밖으로 나갔다. 공기였다! 파린의 폐가 탐욕스럽게 헐떡이며 공기를 빨아들였다. 그의 호흡이 놀라우리만큼 빠른 속도로 다시 안정을 찾아갔다.

"징글징글! 맙소사, 얼마나 아슬아슬했는지 알아?"

그럼, 두말하면 잔소리지.

인제 와서 따져 봐야 무슨 소용이 있을까. 파린은 찬찬히 주위를 둘러보았다. 그가 있는 곳은 반쯤 물이 차 있는 동굴 안이었다. 위쪽에 산 안쪽으로 향하는 통로가 하나 있었다. 거기서부터는 걸어갈 수 있을 것 같았다. 바위 위로 기어 올라가며 잠시 숨을 돌렸다.

그가 통과한 터널은 대체 얼마나 길었던 걸까? 적어도 십오 미터쯤은 되었던 것 같았다. 입구를 찾느라 시간을 허비하지 않고 곧바로 터널로 진입한다면 일행들도 충분히 따라올 수 있는 거리였다. 게다가 그들은 반대쪽에 숨을 쉴 공간이 있다는 사실을 미리 알고 출발한다는 점에서도 유리했다. 하지만 문제는 지금 상황이 일반적이지 않다는 사실이었다.

"징글징글, 어떻게 하면 좋을까? 불신 때문에 서로에 대한 신뢰가 깨졌어. 내가 다른 일행들을 이곳으로 데려올 수 있을까? 이곳까지 나를 따라오려고 할까?"

그런 일은 내가 도와줄 수가 없어.

"나도 알아, 너야 그런 상황을 즐기지."

내가 악령이던가? 아니면 평화의 수호천사이던가?

"사람들은 왜 그렇게 기를 쓰고 우두머리가 되려고 하는 걸까? 너무 안타깝고 힘들어."

그건 네 도덕적인 기준 때문이야. 너는 늘 옳은 일을 하려고 하지. 옳은 일을 하려면 선택의 폭은 좁아지고 재미도 더럽게 없어져.

"흠. 그건 네 얘기지. 네 기준에서 재미가 없다는…."

헤? 내가 내 얘기 말고 누구 얘기를 하겠어?

"나도 가끔씩은 호응이 필요해. 가끔이라도 칭찬받고 싶다고."

과도한 칭찬은 얼마 안 가 금방 싫증이 나는 법이지.

거위를 쫓는 여우처럼 온종일 인정과 평가를 갈구하는 망상한테 이런 소리를 들어야 한다니. 하지만 흥분해서 발끈한다고 달라지는 건 없었다.

지금처럼만 계속해. 예상 밖이긴 하지만 저들이 네 말을 듣고 안정을 찾아가고 있어. 심지어는 렘볼트까지도 널 인정하게 되었잖아. 악령의 말은 평소와 달리 진지하게 들렸다.

파린은 침을 꿀꺽 삼켰다. 망상은 늘 이렇게 전혀 기대하지 못한 순간에 건설적인 태도로 돌변하곤 했다. "정말? 렘볼트는 일행 중에서 제일 불만이 많잖아."

어휴, 무슨 소리야. 넌 너무 예민해. 렘볼트는 용병이야. 용병에게 대체 뭘 바라는 거지? 그가 말하지 않는 것들에 주목하라고.

파린은 한숨을 쉬며 자리에서 일어났다. 동굴 안은 땀이 맺힐 만큼 훈훈했다. 붉은빛에 시선이 끌려 몇 걸음을 더 걸었다. 갑자기 도랑 비슷한 것이 눈앞에 나타났다. 어디선가 엄청난 열기가 뿜어져 나왔다. 속눈썹과 눈썹이 타들어 가는 것 같았다.

오, 여긴 내 고향이랑 비슷한데. 거기보다 좀 춥긴 하지만. 작열하는 액체 상태의 암석이 바로 내가 전에 말했던 용암이야. 용암이 지하를 흘러 호수의 물을 따뜻하게 만드는 거지.

"여기가 우리가 찾던 곳이야. 산속으로 여러 개의 통로가 나 있어. 일행을 데려와야겠어. 다시 헤엄쳐서 돌아가자."

파린은 다시 깔때기 모양 동굴 속으로 잠수했다.

강자의 권리

돌아가는 길은 아까보다 훨씬 더 짧게 느껴졌다. 낯섦과 두려움이 사라지니 별것도 아닌 길이었다. 파린이 물 밖으로 고개를 내밀었을 때 일행들은 나란히 물가에 서서 마법에 걸린 사람들처럼 꼼짝 않고 수면만 노려보고 있었다. 파린이 다시 나타나자 그들의 얼굴에는 다시 생기가 돌았다.

"왜 그래요?" 파린이 물었다.

"다시 나타나서 한다는 소리가 그런 멍청한 질문이야?" 플라우디우스가 말했다.

"아무것도 아니야. 이제부터 새로운 대장이 필요하지 않을까, 뭐 그런 생각을 하고 있었지." 렘볼트가 말했다.

"그렇게 오랫동안 물속에서 숨을 참을 수 있는 사람은 없어. 입구를 찾은 거야?" 바랄돈이 추측했다.

"맞아. 이제 터널을 통과해서 깔때기 모양 동굴로 들어가야 해. 그곳에 가면 열기를 뿜어내는 개울이 있어. 심지어는 빛까지 뿜어져 나와."

"다시 물속으로 들어가기는 싫은데." 렘볼트가 투덜댔다.

"터널 길이는?" 플라우디우스가 수심이 가득한 얼굴로 물었다.

파린은 과도한 토론이 벌어지는 걸 원치 않았다. 자신을 따르든지 그만두든지 둘 중 하나를 택하게 하자. "우리 중에 수영을 못하는 사람은 없고, 누구나 통과할 수 있는 거리예요. 저를 믿어 주세요. 무리가 된다면 함께 가자고 말하지 않았을 겁니다. 뒤처지지 말고 저를 따라와 주세요. 강요는 하지 않겠습니다. 최악의 경우 저 혼자 갈 수도 있어요."

파린은 망상의 도움 없이 물속에 난 터널 입구로 헤엄쳐 갔다. 바로 뒤를 플라우디우스가 따랐다. 놀랍게도 그의 움직임은 한 마리 물고기처럼 유연했다. 그다음은 헤르디스와 바랄돈이었다. 바랄돈 역시 어린 시절부터 받은 훈련 덕에 몸에 밴 능숙한 동작으로 헤엄치고 있었다. 렘볼트는 맨 뒤에서 뻣뻣한 동작으로 물을 갈랐다.

파린이 깔때기 모양 출구 앞에 멈춰 서서 일행들이 한 명씩 먼저 위쪽으로 올라갈 수 있도록 손짓을 했다. 렘볼트는 한계점에 다다른 모양이었다. 이젠 돌아갈 수 없다는 사실을 깨닫자 눈을 부릅뜬 채 극도의 공포에 휩싸인 표정이었다. 파린은 거의 다 왔으니 안심하라는 의미로 고개를 끄덕이고 물 밖으로 나가는 길을 가리켰다.

깔때기 모양의 물가로 나와 주저앉은 일행은 하나같이 고개를 내밀고 거친 숨을 몰아쉬었다. 렘볼트는 잔뜩 화가 난 얼굴로 눈에서 떨어지는 물을 훔쳐내며 투덜대기 시작했다.

파린은 일행의 얼굴을 하나하나 응시했다. "열기 때문에 옷은 금방 마를 거예요. 이제 동굴을 따라가다 보면 산을 통과할 수 있을 겁니다."

바랄돈은 셔츠를 벗어 물기를 짜내고 짐을 정리하기 시작했다. 플라우디우스는 말없이 앉아서 정면만 응시했다. 헤르디스는 깔때기 모양의 물가를 걸으며 두리번거리고 있었다. 렘볼트는 자신의 검과 철퇴에 녹이 슬은 데는 없는지 점검하고 있었다.

"이 동굴에 대해서 뭘 알고 있지, 헤르디스?" 파린이 물었다.

"나도 잘 몰라. 동굴 안이 엄청난 미로처럼 얽혀 있다는 얘기를 들은 적이 있지만, 난 그냥 사람들의 망상이나 착각인 줄 알았어."

"여기까지만 해도 꽤 멀리까지 온 거야. 그러니까 저습지로 가는 남은 길도 찾아낼 수 있을 거야."

렘볼트가 어두운 눈빛으로 파린을 노려보며 말했다. "그건 네 생각이고. 우리가 있는 곳은 깊은 산속 숨 막히는 동굴 안이라고. 앞에 뭐가 있는지, 어떻게 가야 할지 아는 사람은 아무도 없어. 그런데도 너는 희망에 매달리겠다는 거야?"

"아니, 그렇지 않아요, 렘볼트. 희망과 확신을 혼돈하지 마세요. 우린 임무를 완수할 거예요. 여기 계시겠어요, 아니면 우리와 같이 끝까지 싸우실래요? 같은 질문은 다시 반복하지 않겠습니다."

침묵이 흘렀다. 모두가 놀란 얼굴이었다.

렘볼트가 마치 플라우디우스를 업은 사람처럼 끙끙대며 일어섰다. "그럼 어디 한번 끝까지 해 보자고!"

파린은 헤르디스에게 선두를 맡겼다. 그녀에게도 초행길이기는 마찬가지였지만 좁은 산길을 통과하거나 바위를 오른 경험만큼은 아무도 그녀를 따를 수 없었다. 모두 부싯돌을 하나씩 지니고 있었지만 정작 횃불이 없었다. 그래서 그들은 컴컴한 갈림길들을 무시하고 용암이 흐르는 도랑을 따라 걷기로 했다. 용암이 뿜어내는 빛은 희미했다. 그래도 그 빛에 의지해서 간신히 벽에 부딪히지 않고 걸을 수 있었다. 바닥은 컴컴해서 아무것도 보이지 않았기 때문에 계속해서 발밑에 집중해야 했다. 태양 빛이 없는 이곳엔 낮과 밤도 사라졌다. 직감으로 저녁 무렵임을 추측할 뿐이었다.

"오늘은 여기서 쉬어요!" 파린의 목소리가 마치 우물 안에 대고 고함을 지를 때처럼 사방에 울려 퍼졌다. 고개를 들어 위쪽을 보았다. 어둠에 가려 보이지 않았지만 저 위 어딘가에 동굴 천장이 있겠지. 다행히 공기는 숨을 쉬는 데 지장이 없을 만큼 충분했다.

일행은 아직 완전히 마르지 않은 침낭을 펴고 지친 몸을 뉘었다. 그리고 피로감에 금세 잠이 들었다.

"내가 이럴 줄 알았어!" 렘볼트의 화난 목소리가 쩌렁쩌렁 울렸다.

무슨 일이지? 파린은 재빨리 상황을 파악했다. 그를 제외하고 일행은 셋뿐이었다. 헤르디스가 없었다.

"그 애가 사라졌어!" 렘볼트가 소리쳤다.

마음을 진정시키려고 근처를 서성이고 있을 가능성도 있었다. **"헤르디스!"** 대답이 들리기를 기대하며 파린이 큰 소리로 그녀의 이름을 불렀다. 하지만 그는 메아리가 멈추기도 전에 직감했다. 산악 안내원이 밤새 사라졌다. 그리고 비밀도 함께. 도대체 왜?

플라우디우스가 눈을 비비며 말했다. "무슨 일이야?"

"드디어 배신자가 누구였는지 드러났어. 헤르디스지! 그 여자가 도망갔어. 짐까지 모두 챙겨서 말이지. 떠나기 전에 우리 목을 베고 가지 않은 게 신기할 정도라고." 렘볼트가 말했다.

"하지만 처음부터 그럴 속셈이었다면 지난 며칠 동안 얼마든지 도망칠 기회가 있었어요." 파린이 생각에 잠겼다. 헤르디스는 분명 왔던 길을 되돌아갔을 것이다. 뒤따라가야 할까? 그녀가 몇 시간 전에 떠났다고 해도 징글징글의 도움을 받는다면 충분히 따라잡을 수 있었다. 하지만 그다음엔? 그게 무슨 도움이 되지? 다리의 밧줄을 끊은 범인이 그녀였다는 자백을 받아내기 위해서?

"비열한 계집! 도망을 가? 게다가 내 칼까지 훔쳐 갔어." 렘볼트가 자신의 신발을 보이며 말했다.

여자들이란! 아무리 애를 써도 헤르디스의 행동을 설명할 길이 없었다. 혹시 미리 길을 정찰해 보려고, 혹시 모를 위험에 대비해 렘볼트의 칼을 빌린 건 아닐까?

드디어 네가 낙관과 멍청함을 헷갈리는 경지에 이르렀구나. 상황을 미화할 생각은 하지 마. 현실을 직시하라고. 내 말을 들어. 나는 역겨운 데다가 신의라고는 없는 악령이야. 배신에 대해서는 둘째가라면 서러운 전문가라고. 징글징글은 자신의 전문성이 자랑스러운 모양이었다.

바랄돈이 한 손을 파린의 어깨에 올리고 말했다. "어쩐지 동굴에 들어온 뒤부터 헤르디스가 좀 달라진 것 같았어. 시간이 지날수록 산만해 보였다고 해야 할까? 동굴 입구에 올 때까지 보여 준 강단은 온데간데없고 전혀 다른 사람처럼 보였어. 헤르디스는 분명히 우리가 모르는 뭔가를 알고 있을 거야. 배신자." 바랄돈이 자기 생각을 소상히 말했다. 평소 간명했던 그의 화법에 비추어도 이번만큼은 달랐다. 하지만 여전히 객관적이고 분석적이었다.

"그래, 네 말이 맞아. 그럼 이제부터 다시 처음으로 돌아가 우리 힘으로 헤쳐 나가는 거야." 파린은 의기소침해지지 않으려고 애썼다.

플라우디우스가 수심이 가득한 얼굴로 말했다. "정말… 믿을 수가 없어. 하지만 달리 설명할 길도 없고…. 대체 왜 그랬을까?"

"그걸 누가 알겠어?" 렘볼트가 플라우디우스의 가슴을 주먹으로 살짝 밀치며 말했다. "다리 앞에서 널 의심한 건 내 잘못이야. 미… 에… 그럴 수도 있잖아."

렘볼트는 살면서 미안하다는 말을 해 본 적이 거의 없는 모양이었다. 일종의 직업병이라고 해야 할까? 일단 선제공격을 날리고 나면… 그다음은 말할 필요가 없는 법이었으니까.

플라우디우스도 그의 말뜻을 이해하고 렘볼트의 가슴을 툭 쳤다. "나도 말이 좀 심했어. 우리 그냥 잊어버리자고, 렘볼트."

"에? 난 기억도 안 나는데?" 렘볼트는 하마터면 미소를 지을 뻔했다.

일행의 결속력은 매일매일 시험에 들었다. 둘이 화해를 하다니, 모두에게 기쁜 소식이었다. 파린은 멀리 두고 온 사람들이 생각났다. 에미코와 드로그단은 어떻게 지내고 있을까? 그리고 당돌한 소녀 아로스는 지금쯤 뭘 하고 있을까?

그들은 점점 더 깊은 동굴 속으로 들어갔다. 용암의 불빛이 흔들리며 어두운 동굴 벽에 희미하게 반사되고 있었다. 숨 쉴 공기도 충분했다. 상상도 못 한 놀라운 세계였다. 지금까지 딱 두 번, 두 개의 눈이 그들을 바라보다가 겁을 먹고 종종걸음으로 사라졌다. 쥐들인 것 같았다.

길은 한결 편해졌다. 단 한 번 엎드린 채로 좁은 틈을 통과해야 하는 구간이 있었지만 그 외에는 놀라울 정도로 길이 넓고 높이도 충분했다.

"출발 전이었다면 플라우디우스는 여기 껴서 움직이지도 못했을 거예요." 모두가 좁은 틈을 통과하자 파린이 말했다.

"에이, 정말?" 플라우디우스가 자신의 배를 내려다보며 물었다.

"나도 동감." 렘볼트도 거들었다. "이제는 오줌 눌 때 네 물건이 보이겠는데."

플라우디우스는 그 말을 칭찬으로 받아들였다.

그들은 여전히 용암의 강을 따라 이동하고 있었다. 크게 걱정할 건 없었다. 최악의 경우 온 길을 따라 되돌아가면 다시 깔때기 모양의 동굴 입구에 이를 수 있으니까. 눈앞에 가파른 내리막길이 나타났다.

이게 뭐지? "멈춰요." 파린이 작은 목소리로 속삭였다. 그리고 온몸에 돋은 소름을 애써 무시했다.

"제길!" 렘볼트가 외쳤다.

모두 할 말을 잃고 눈 앞에 펼쳐진 길을 응시했다. 사방은 여전히 어두컴컴했지만 분명히 알아볼 수 있었다. 그들 앞에 계단이 있었다. 불규칙하게 돌을 깎아 만들었지만, 그건 의심할 여지 없는 계단이었다.

"인간만이 돌을 깎아 계단을 만들 수 있어." 바랄돈이 말했다. "누구일까?"

모두가 말없이 어깨만 들썩일 뿐이었다.

"조용히 가 보죠." 파린이 말했다.

일행은 조심스럽게 앞으로 나아갔다. 계단은 갈수록 가팔라지고 넓어졌다. 갑자기 벽이 멀어지고 거대한 아치형 천장이 나타났다. 사방에서 물방울 소리가 들렸다.

그들은 깜짝 놀라 그 자리에 서서 한참 동안 어둠을 응시했다. "천장에 그림자는 고드름 같은데?" 플라우디우스가 위를 가리키며 말했다.

고드름? 이 더위에 고드름이 생길 리가 없었다. 파린은 머뭇거리다가 조심스럽게 거대한 굴에 발을 들여놓았다. 용암 줄기도 더욱 넓어져 한결 밝은 빛을 내뿜고 있었다. 굉장한 광경이었다. 마치 이빨처럼 뾰족한 것들이 위에서 아래로, 또는 아래에서 위로 자라고 있었고, 어떤 곳에서는 두 개가 만나 기둥을 이뤄 가고 있었다.

감탄하고 있을 시간은 없었다. 바랄돈이 옆에서 속삭였다. "여기 우리 말고 또 누가 있어!"

끔찍한 소리에 소름이 돋았다. 기이한 사내들이 그들을 포위했다. 모두 창백한 얼굴이었다. 대부분은 옷 대신 허리만 가리는 천을 두르고, 뾰족한 쇠붙이가 달린 투박한 창을 들고 있었다. 점점 더 많은 사람이 나타났다. 오십 명, 백 명? 그중 몇몇이 들고 있는 횃불이 사내들의 알몸을 밝게 비추고 있었다. 그들은 머리숱이 아주 적거나 아예 없어서 안 그래도 커다란 얼굴이 더욱 커 보였고, 무슨 생각을 하는지 원하는 것이 무엇인지 짐작조차 할 수 없을 만큼 무표정했다. 해골처럼 움푹 팬 검은 눈구멍들이 네 명의 침입자를 노려보고 있었다.

파린이 어느 사내에게 간신히 말을 걸었다. 유난히 얼굴이 둥근 사내였다. "안녕하세요! 저는…"

느닷없이 팔꿈치가 그의 관자놀이를 내리찍었다. 머리가 터지는 것 같은 고통이 느껴졌다. 다리에 힘이 풀렸다. 두 번째 공격에 그는 그만 중심을 잃고 말았다. 그가 마지막으로 본 건 플라우디우스가 팔꿈치로 공격당해 쓰러지는 모습이었다. 갑자기 바닥이 가까워지더니 몸이 세게 부딪쳤다. 그리고 그는 그만 정신을 잃었다.

"파린이 깨어났군!" 렘볼트의 목소리였다.

"파린?" 바랄돈의 목소리였다.

"어떻게 된 거야? 여기가 어디야?" 파린의 목소리였다.

"붙잡혔어. 그들이 너를 공격해 쓰러뜨리고 나서 우리를 이 구멍 속에 가뒀어."

"저들은 대체 누구야?"

"전혀 모르겠어. 지금껏 한마디도 하지 않았거든. 저들이 우리가 하는 말을 알아듣는지조차 파악이 안 돼." 바랄돈이 말했다.

"그래도 일단 살아 있으니 다행이야." 머릿속에서 윙윙거리는 소리가 들렸다. "이런 몰골이긴 해도."

"저들한테 항복할 수밖에 없었어. 첫째, 내가 검을 빼 들자 저들이 너희들 머리에 창을 꽂으려고 했고, 둘째, 저들의 숫자가 우리보다 조금 많았어. 대충 1대 100 정도였지." 렘볼트가 분하다는 듯이 말했다. "하얀 후레자식들이 떼로 몰려오다니."

"저들은… 여기서 뭘 하는 걸까요?"

"지나가는 사람들을 공격해서 약탈하는 거겠지!" 렘볼트가 다시 으르렁거리며 말했다. "저 징그러운 동굴 두꺼비들에게 전부 다 빼앗겼어."

파린은 바로 옆에 똑바로 누워 가늘게 숨을 쉬고 있는 플라우디우스를 가리키며 물었다. "플라우디우스는 좀 어때요?"

"깨어날 거야. 다행히 녀석도 돌머리라서." 이런 상황에서도 렘볼트는 놀라우리만큼 침착했다. 벌써 여러 번 포로로 붙잡힌 경험이 있는 것 같았다.

"여기서 빠져나갈 방법이 보이나요?" 파린이 물었다.

"지금까지는 못 찾았어. 어떻게 해서 이 미끄러운 바위 벽을 기어올라간다고 해도 저 위의 나무 창살을 열 수가 없어."

파린은 간신히 자리에서 몸을 일으켰다. 그리고 렘볼트가 말한 위쪽을 살펴보았다. 그들이 있는 곳은 바위에 깊이 뚫어 놓은 굴속이었고 위쪽은 육중한 나무 구조물로 막혀 있었다. 나무 굵기 목재로 만든 창살 한가운데에는 들창이 하나 있었다. 단순하지만 효과적이고 확실한 감옥이었다.

구멍 안으로는 빛이 거의 들어오지 않았다. 바닥은 축축했고 불쾌한 냄새가 났다. 벽을 더듬어 보았다. "화강암만큼이나 단단해요. 여기서 나갈 수 있는 유일한 길은 위쪽밖에 없는 것 같네요. 혹시 대화를 시도해 봤어요?"

"응, 해 봤어." 렘볼트가 말했다. "너희 대장과 얘기하고 싶다고 소리쳤지."

"그런데요?"

"대답 대신 대여섯 명이 창살 위에 올라서더니 오줌을 싸더군."

소박한 심성을 지닌 재미난 친구들이야. 아니면 그 반대든가. 징글

322

징글이 낄낄대며 웃었다. 망상에게는 세상에 역겨운 일이 없는 듯했다.

"저들은 자기들끼리도 별로 대화가 없어. 대화라고 해 봐야 이해할 수 없는 괴성만 질러 대고."

"여기서 이런 일이 일어날 거라고는 상상도 못 했어요. 일단 플라우디우스를 지켜보죠. 지금으로서는 달리 할 수 있는 일도 없어요."

얼마나 시간이 흘렀는지 알 수 없었다. 갑자기 여러 명의 핏기 없는 얼굴이 바위 굴 안을 들여다보았다.

"글루륵, 구를 알루글리." 한 명이 외쳤다. 무표정한 얼굴로 다른 한 명이 대답했다. "기기기기기기."

저건 웃는 걸까? 그렇다면 가만두지 않겠어.

렘볼트가 가만히 있을 리 없었다. "헤, 니들이 무슨 족속들인지는 몰라도, 우리를 여기서 내보내 줘."

"기기기기기기!" 마찬가지 대답이 돌아왔다.

"정신 나간, 징그럽고 미개한 후레자식들. 그래 마음대로 지껄여 봐!"

즉시 정신 나간, 징그럽고 미개한 대답이 돌아왔다. 그들 중 셋이 창살 가운데 서서 아래를 향해 오줌을 쌌다. 셋은 역겨움을 참아 가며 벽에 몸을 붙였다.

"저것들은 짐승이야!" 바랄돈이 화를 냈다.

"아니, 짐승이라면 절대로 저런 생각을 못 하겠지." 파린은 더 이상 할 말을 잃었다.

얼마나 지났을까. 일행은 시간 감각이 완전히 사라졌다. 그나마 플라우디우스는 의식이 돌아왔고, 기력도 어느 정도 회복되었다.

"우리 넷이 차례로 어깨를 밟고 서면 저 위에 닿을 수 있을 것 같아." 바랄돈이 말했다.

"그럼 그다음엔? 저 큰 통나무를 밀어내는 건 애들 장난이 아니야. 그게 누구라도 혼자 힘으로는 어림없다고." 파린이 어깨를 으쓱하며 말했다. "하지만 지금으로서는 더 좋은 아이디어가 없으니 한번 시도해 보죠."

플라우디우스가 맨 아래에서 벽에 기대고 양손을 배 앞으로 모았다. 렘볼트가 플라우디우스의 손을 딛고 어깨 위에 올라섰다.

"아야, 최소한 신발이라도 벗고 올라갔어야지." 플라우디우스가 투덜댔다.

다음으로 바랄돈이 렘볼트의 어깨 위로 올라섰다. 이제 파린이 맨 위로 올라설 차례였다. 인간 탑은 몹시 불안정하게 흔들렸다. 특히 플라우디우스가 괴로운 듯 끙끙거렸다. 하지만 아무리 몸을 길게 뻗어도 창살까지는 1.5미터가량이 모자랐다.

파린은 다시 아래로 내려왔다. "도저히 안 돼요!" 이 바위 굴에서 나갈 방법은 없었다. 무슨 수를 써도 마찬가지였다. 파린은 다시 대화를 시도하기로 했다. **"여기!"** 그가 위쪽을 향해 고함을 쳤다. "대장을 불러 줘!" 하지만 아무도 모습을 드러내지 않았다. "너희들에게 우두머리가 있다면 꼭 할 얘기가 있다고!"

창살 위로 얼굴 하나가 보였다. 희고, 둥글고, 보름달처럼 머리카락이라고는 없는. 그를 공격했던 사내가 틀림없었다. "너 조용히. 그리고 기다린다." 그가 명령했다.

"아, 우리말을 할 줄 아는군. 우린 저습지에 가려는 것뿐이야. 누구도 해치지 않아."

"기기기기기." 소리가 다시 아래로 울려 퍼졌다. 뭐가 그렇게 재미있다는 거지?

"너희는 누구지? 네가 대장인가?" 파린이 물었다.

"쉬쉬쉬." 보름달이 퉁퉁한 손가락을 퉁퉁한 입술에 가져다 댔다.

인제 그만 그 입 좀 다물어. 200명쯤 되는 사람들이 몰려와서 큰 볼일이라도 보면 대체 어쩌려고 그래? 똥 무더기 위에 앉아 있을래?

"징글징글이라는 이름도 너한테는 부족한 것 같다." 파린이 머릿속에서 한숨을 쉬었다. "혹시 너한테 무슨 좋은 생각이라도 있는 거야?"

기다리면서 저들을 관찰하고 연구해 봐. 저들은 너의 단순하고 편협한 상식으로 판단할 수 있는 상대가 아니야.

굉장한 조언이야 징글징글. 시간과 상황이 허락한다면 너와 상식의 폭을 넓히는 문제에 관해 토론할 수 있을 텐데. 그건 아마도 비도덕적이고 이치에 어긋난 것들에 관한 이야기들이겠지.

얼굴은 사라지고 다시 정적이 찾아왔다.

이제 또다시 기다리는 수밖에 없었다. 파린의 일행은 바위 벽에 등을 기대고 앉았다.

"징글징글, 저들은 대체 어떤 종족들이지?"

곧바로 대답이 돌아왔다. 너희 인간의 존재를 800년이나 연구해 온 나조차도 놀랄 만큼 특이한 녀석들이야.

"여기서 벗어날 수 있는 무슨 방법이 있을까?"

쉽지 않아. 나 역시 돌을 뚫을 수도 날아갈 수도 없으니까.

"쉽지 않다는 말은 불가능한 건 아니라는 말처럼 들리는데."

그건 그렇지만… 아니, 듣지 않는 편이 나을 거야.

"일단 들어보고 결정할게, 어서 말해 봐."

아직 직접 해 본 적은 없어. 그냥 가능하다는 말을 들었을 뿐이야.

"그러니까 그게 뭔데?"

잠이 든 사이 차원을 뛰어넘는 시도를 하는 거야. 초흐르테난으로 갔던 거랑 비슷하긴 한데. 다른 점은 내가 네 정신뿐만 아니라 몸까지도 함께 데려가는 거지. 그러면 여기서 나갈 수 있어.

"뭐라고? 그게 가능하단 말이야? 그 방법을 쓰면 되겠네!"

이론상으로는 그래. 하지만 우리가 이 세상 어디로 나가게 될지는 나도 몰라.

"흠, 그렇다면 여기서 아주 먼 곳이 될 수도 있겠네."

바로 그거야. 너 오늘 마음에 든다.

"그리고 내가 제대로 이해한 거라면 그 방법은 나한테만 통하는 거겠지."

물론이지.

"그럼 내 동료들은 어떻게 해?"

헤? 뭘 어떻게 해야 하는데?

"동료들을 이 굴속에 남겨 두자고? 죽을지도 모르는데?"

그게 뭐? 그게 너랑 무슨 상관이야?

"됐어. 그럼 난 여기 있을 거야."

잠시 후 침묵을 깨고 악령이 다시 말을 이었다. **아하! 알겠어. 네가 자수하러 지게스문트 성으로 다시 돌아갔을 때처럼 해 보겠다는 말이었군. 영예롭고 고결하게. 영웅답게. 쯧쯧. 나한테는 그런 건 다 위선이야.**

"다른 무엇보다 우정 때문이었어!"

망상의 부적당한 말대꾸가 돌아오기 전에 위에서 다시 소리가 들렸다. 잠시 후 들창 위에 보름달이 나타났다. "너! 구구." 그가 파린을 가리켰다. "너 나와!"

사내 둘이 간신히 창살 가운데 덧문을 열고 줄사다리를 내렸다. 매장꾼의 아들은 망설임 없이 줄사다리를 잡고 기어오르기 시작했다.

"널 혼자 보내려니 어쩐지 예감이 좋지 않아." 렘볼트가 말했다.

"다른 방법은 없어요. 상황을 바꾸려면 일단 뭐든지 해 봐야죠."

렘볼트가 말없이 고개를 끄덕였다. 그리고 파린이 쉽게 오를 수 있도록 바랄돈과 함께 사다리 아래를 잡아 주었다. 위쪽에 다다르자 우악한 손들이 파린을 붙잡아 끌어올렸다. 그를 맞은 것은 스무 개쯤 되는 험상궂은 얼굴과 뾰족한 창이었다.

무리가 그를 어디론가 끌고 갔다. 보름달이 앞장섰다. 몇 걸음 걸을 때마다 그들의 창이 파린의 등을 때렸다.

창에 찔리는 것보다야 맞는 게 낫지, 파린이 자신을 다독거렸다.

방심하지 마. 저들 중의 하나가 네 몸을 꼬챙이로 뚫어 버리기 전에 만약에 대비해서 네 느려 터진 정신 일부를 나한테 맡겨. 내가 최악의 상황은 막아 줄게.

상황이 상황이니만큼 파린도 두말없이 망상의 조언을 따랐다.

그들이 도착한 곳은 동굴 일부가 내려다보이는 작은 언덕이었다. 눈 앞에 펼쳐진 광경에 숨이 막혔다. 마을이었다. 아니, 마을이라기보다는 도시에 가까웠다. 이 깊은 서부산맥의 내부에 도시가 있었다. 동굴은 처음 생각했던 것보다 훨씬 더 컸다. 천장은 그 끝을 알 수 없었고 심지어 저 멀리 어딘가에 햇빛이 들어오는 게 보였다.

사방에 창백한 사람들이 오고 갔다. 그들 중 몇몇은 정과 망치를 들고 바위를 깎아 내고 있었다. 주민들의 잠자리가 될 작은 방과 벽감을 만드는 것 같았다. 거대한 바위 벽 중 하나에 여러 개의 작은 방이 계단 형태로 조각되어 있고 작은 사다리로 연결되어 있었다.

다른 이들은 버들가지로 엮은 바구니를 들고 이쪽저쪽으로 바삐 움직였다. 그 안에 무엇이 들어 있는지는 알 수 없었다. 이곳 사람들은 모두 생김새가 비슷했다. 여자와 남자도 거의 구별되지 않았다. 살집이 있는 체격에 모두 똑같은 창백한 피부, 그리고 숱이 없는 머리카락. 지금까지 이 동굴 마을의 존재에 대해 한 번도 들어보지 못했다는 사실이 새삼 놀라웠다. 오가던 사람들이 호기심에 하던 일을 멈추고 창백한 얼굴과 어두운 눈으로 파린을 응시했다.

파린은 경비병 한 명과 함께 어떤 구조물 앞에 이르렀다. 상상력을 최대한 동원한다면 가마처럼 보이는 물건이었다. 두 개의 기다란 각목 위에 앉을 수 있는 자리가 있었고, 머리카락이 없는 두상에 문신을 한 뚱뚱하고 늙은 사내가 앉아 있었다. 앉아 있기는 했지만, 얼핏 봐도 키가 족히 2미터는 될 것 같았다.

다음 순간, 보름달이 창을 들어 파린의 팔뚝을 치더니 얼굴에 침을 뱉었다. "너 마이스터에게. 너에게 마이스터 아니야. 무릎!"

파린은 침착하게 뺨에 묻은 침을 닦아 내고 낯선 목소리로 말했다. **"마지막으로 한 번만 봐 주겠어."** 그가 가마를 등지고 천천히 보름달을 향해 다가갔다. 거의 발을 밟기 직전까지. 보름달은 한 치도 물러서지 않았다.

이 친구들과의 의사소통은 아주 단순해. 보고 배워.

파린은 상체를 앞으로 기울여 자신의 코로 상대의 코를 건드렸다. 보름달은 파린의 행동을 몹시 불쾌한 도발로 받아들였다. 물론 그건 파린의 의도였다. 보름달이 황급히 상체를 돌려 팔꿈치로 파린을 가격하려 했다. 하지만 이번에는 파린도, 아니 파린의 머릿속 악령도 준비가 되어 있었다. 보름달의 팔꿈치가 허공을 휘저었다. 그가 중심을 잃는 순간, 파린이 온 힘을 다해 그의 관자놀이를 가격했다. 그의 머리가 옆으로 돌아갔다. 상대는 무릎을 꿇으며 주저앉았다. 그리고 잠시 후 그대로 쓰러져 바닥에 누운 채 꼼짝도 하지 못했다. 다른 병사가 창으로 파린의 가슴을 겨누고 달려들었다. 파린은 왼손으로 창을 붙잡고 단숨에 창끝을 부러뜨렸다. **"옜다, 이건 너나 가져라."** 그가 으르렁대며 병사의 가슴에 창을 쑤셔 넣었다.

이 모든 일이 눈 깜짝할 새에 일어났다.

이제 파린은 아무 일도 없었다는 듯 가마 위에 앉은 사내 쪽으로 뒤를 돌아 가볍게 인사를 했다.

"저들의 숫자가 장난 아니게 많다는 건 너도 알고 이러는 거지?" 파린이 자신의 내면에 물었다. 곧 수십 명이 그의 가슴에 창을 꽂으려 달려들 게 분명했다.

숫자가 많다는 건 상대적이지. 징글징글이 대답했다.

"토토토토토!" 주위에 사내들이 모여들었다. 화가 잔뜩 난 목소리였지만 경외심에 가득 찬 표정들이었다. 신음하는 보름달과 또 다른 병사에 대해서는 아무도 신경 쓰지 않았다. 그들의 시선은 일제히 파린을 향하고 있었다.

봤지? 내 말이 바로 이거였어. 여기선 이들의 언어를 써야 한다고.

"굉장한 용사군." 가마에 앉은 사내가 말했다.

"바로 맞췄어. 그리고 너는 뚱뚱하고 추하고 허여멀건 도롱뇽이야."

"에엠, 징글징글, 고맙긴 한데, 지금부터는 내가 직접 얘기를 해 보는 게 더 낫지 않을까?" 그가 내면에 말했다.

너는 저 도롱뇽을 화나게 해서 다 망쳐 버릴걸? 하지만 네 생각이 정 그렇다면. 그래도 잠시나마 꽤 재미있었으니까.

"한번 해 볼게." 파린은 이들 종족의 우두머리처럼 보이는, 마이스터라는 사내를 똑바로 응시했다. 그리고 당당하게 자신을 소개했다. "나는 하우펜 출신의 파린이다."

마이스터는 그를 똑바로 쳐다보며 말했다. "하우펜?"

"맞아. 하우펜을 아는가?"

"니, 니." 그가 고개를 절레절레 흔들었다.

니는 '아니, 몰라.'라는 뜻이겠지. 정말 간단하군. 머릿속에 말보다 생각이 더 많이 떠올라 파린은 아무 대답도 할 수 없었다.

마이스터가 바닥에 쓰러진 두 사내를 가리켰다. 다른 병사 두 명이 즉시 그들에게 달려갔다. 그가 다시 파린을 보며 무심하게 물었다. "너 파린?"

"에엠, 그래."

"하우펜 출신?"

파린이 고개를 끄덕였다.

"너는 뭘 하우펜에서 하지?"

"나는 매장꾼이야."

털이 없는 눈썹이 위로 올라갔다. "너 매장꾼?"

귀가 어두운 거야, 아니면 어디가 모자라는 거야? 아니면 장난인가?

낄낄거리는 소리가 들렸다. **도롱뇽의 이해력이 너랑 얼추 비슷한 것 같은데? 대화 수준도 비슷하고. 너한테 유리한 상황이야.**

"그렇다, 벌써 말한 대로야. 그리고 어느 기사님의 스콰이어로 일하고 있다."

"너 스콰이어?"

"응, 그것도 맞아."

마이스터는 곰곰이 생각에 잠긴 것처럼 보였다. 통통한 얼굴에 부드러운 표정은 영원히 변하지 않을 것처럼 무기력해 보였다. 파린이 두 눈을 가늘게 떴다. 사내의 모습이 어쩐지 그를 불안하게 만들었다. 이마의 문신 때문일까? 머리를 쳐들고 공격 준비를 하고 있는 뱀의 문신 때문에?

흠, 이 동굴 도롱뇽은 그렇게 멍청한 것 같지 않아. 어쩐지… 낯이 익은데.

"그래 그런가, 매장꾼."

그래, 그렇다니까. 그 사이에 그 사실이 달라졌을 리가 없잖아.

"명예로운 직업이야." 마이스터가 말했다.

지금껏 누구에게도 들어본 적이 없는 말이었다. 지금 나를 놀리는군.

"그래 그런가, 스콰이어."

대체 이 정신 나간 사내는 무슨 생각을 하는 거지?

"어떤 기사?"

괜찮은 질문이야. 그건 그가 벨텐 제국의 사회 구조를 이해하고 있다는 뜻이었다.

"나는 슈투름바흐트 성 에미코 기사님의 스콰이어다."

다시 숱 없는 눈썹이 위로 올라갔다.

"그래그래! 에미코!"

물어볼 필요는 없었다. 그의 눈빛에 쓰여 있었으니까. 동굴에 사는 이 괴상한 종족의 왕은 에미코라는 이름을 알고 있는 게 분명했다.

갑자기 마이스터가 몸을 앞으로 기울이자 통통한 얼굴에 광대뼈가 드러났다. "이제 네가 누구이고 어디에서 왔는지 알게 되었다, 하우펜 출신의 파린. 하지만 내가 궁금한 건 네가 무얼 하기 위해 어디로 가려는 것인가이다." 그의 눈이 순식간에 공격적으로 변했다.

파린은 그제야 무엇이 그를 그토록 불안하게 했었는지 깨달았다. 그의 번뜩이는 눈동자는 얼굴의 다른 부분과 전혀 어울리지 않았다.

컵 하나 제대로 들지 못할 것처럼 행동했던 누군가가 떠오르는군. 알고 보니 엄청나게 교활한 녀석이었지. 그게 누구였더라? 너한테 옮았나 봐. 이름이 기억이 안 나.

징글징글이 기억해 내려고 애써봤지만 허사였다. 파린이 말했다. "나와 일행들은 저습지로 가려고 한다."

"흥미롭군. 땅은 찾아보기 힘들고 늪으로 가득한 곳이지."

더 설명할 필요는 없었다. 저습지로 가려는 목적은 어차피 동굴 종족의 마이스터와 아무런 상관도 없는 일이었다. 이제 파린이 질문할 차례였다. "너희는 대체 무슨 권리로 우리를 공격하고 가뒀지?"

"그래그래, 권리?" 그가 뒤로 기대어 앉았다. "너한테는 권리가 없고, 나는 권리가 필요 없어. 보다시피 세상에 그보다 불필요한 건 없지."

"권리란 애써 무시한다고 사라지는 게 아니야."

"너한테 그렇게 권리가 중요하다면 이곳은 강자의 권리가 지배한다."

"넌 얼마나 강하지?"

"그루우우우우! 넌 지금 네 상대가 누구인지도 모르고 있다. 한번 보여 줄까?" 그가 왕의 지팡이를 머리 위로 들었다.

지금껏 쥐죽은 듯 고요했던 동굴 종족의 나라 전체가 신호를 기다렸다는 듯 동시에 외치기 시작했다. "**그루우우우우!**"

"아니, 됐어. 설명만으로도 충분히 이해할 수 있어."

"그래, 어때 보이냐? 나는 마이스터 토르다. 산들의 지배자. 구더기의 왕."

"구더기라고?"

"네가 벌써 말한 대로야. 뚱뚱하고 추하고 허여멀건 구더기. 뭐든지 먹어 치우는. 매장꾼이면 구더기에 대해서는 누구보다 잘 알 텐데?"

"시체에 붙은 구더기를 말하는 거야?"

"그럴 수밖에 없을 때라면 우리는 물론 시체도 먹어치우지. 냄새 나고 썩은 시체. 이 동굴 안에 제대로 된 음식은 없어. 그래서 우리는 먹을 것을 찾는 데 가장 많은 시간을 보낸다. 그런데 음식이 제 발로 우리를 찾아온다면 그보다 좋은 일은 없지. 환영한다!"

"그러니까 우리를…." 그건 생각지도 못한 너무 먼 세상의 얘기였다. 하우펜 마을보다도 더 먼 세상.

"우린 모든 걸 먹어치운다. 우리 눈앞에 나타난 모든 것을. 그러면 아무도 바깥세상으로 돌아가 우리가 여기에 있다는 사실을 알리지 않을 테니까."

딱히 반론을 펼치기 힘든 주장이야. 구더기와 벌레, 잘 어울려.

"마음대로 될 것 같은가?" 담대하게 말했지만 이백 명의 무장한 사내들에 둘러싸인 처지에 그 말이 얼마나 우습게 들릴지 뻔했다.

"넌 우리의 먹이일 뿐이야. 그러니 결정에 참여할 권리가 없다.

이것으로 우선 협상은 끝났다. 구르가 기 궁구르." 그가 무뚝뚝한 손짓을 했다. "궁쿤 구르! 데리고 가! 위험한 놈이다. 잘 감시하라!"

순식간에 병사들이 달려들어 파린을 토르에게서 떼어 놓았다. 파린은 다시 창에 둘러싸여 동굴 감옥으로 보내졌다. 징글징글의 도움으로도 도저히 이길 수 없는 상대였다.

진퇴양난

"말도 안 돼! 종족 이름이 뭐라고?" 플라우디우스가 세차게 고개를 흔들며 물었다.

"들은 대로예요." 파린이 말했다.

"구, 구, 구더기?"

"아니요, 그냥 구더기."

"이름이 지금 중요한 게 아니잖아. 어떻게든 여기서 도망쳐야해." 렘볼트가 주먹으로 바위 벽을 내려치며 말했다. 아무 소용없는 짓이었다. 주먹에서 흐르는 피를 보자 그는 다시 조용해졌다.

위쪽에서 나던 소리는 잦아들었다. 동굴 종족들의 도시에 밤이오는 모양이었다.

"토르라는 자가 우리한테 원하는 게 뭔지 말했어?"

파린은 고개를 저었다. 마음이 불편했지만 당분간이라도 동료들에게 끔찍한 진실을 알리지 않는 편이 나을 것 같았다.

그들은 한참 동안 고민에 고민을 거듭하고도 그럴듯한 아이디어를 내지 못한 채 잠자리에 들었다. 배가 고팠다. 지금까지 구더기 종족이 내려보낸 것이라고는 물통 두 개에 담긴 물뿐이었다. 타는 듯한 갈증이라도 해소할 수 있어 그나마 다행이었다. 파린은 동료들에 대한 걱정으로 좀처럼 잠이 들지 못했다. 백 가지 문제에 한 가지 답도 없는 상황이었다. 괴로운 마음에 단단한 돌바닥에서 몸을 뒤척였다.

바로 그때 위쪽에 그림자가 나타나더니 속삭였다. "파린."

꿈을 꾸는 걸까? 환청이 들리나?

"나야. 혼자서는 도저히 문을 열 수가 없어. 문이 너무 무거워."

한 줄기 희망의 빛이 구멍 안으로 새어 들어왔다. 파린이 벌떡 일어났다.

헤르디스! 배신자. 상상도 못 했던 일이었다. 어떻게 여기까지 온 거지? 예기치 못한 구조의 손길일까? "지렛대를 써 봐. 튼튼한 막대기 같은 걸 찾아와." 파린의 목소리에 다른 동료들도 잠에서 깨어났다.

"무슨 일이야?" 렘볼트가 속삭였다.

파린이 위쪽을 가리켰다.

그림자는 사라지고 없었다.

파린은 얼른 손가락을 입술로 가져갔다가 들릴 듯 말 듯 한 목소리로 말했다. "믿을 수 없는 일이 일어났어요. 헤르디스가 우리를 구하러 왔어요."

"네가 꿈을 꾼 거야." 렘볼트가 손가락을 이마에 가져다 대며 말했다. "그 배신자를 다시 볼 일은 없다고."

"기다려 봐요."

잠시 후 다시 그림자가 나타났다. 헤르디스가 기다란 막대기를 창살에 끼우고 지렛대처럼 아래로 눌렀다. 삐거덕거리는 소음과 함께 들창이 열렸다.

"내 말이 틀렸는데 이렇게 기쁠 수가!" 렘볼트가 중얼거렸다.

모두가 멍하니 위만 바라보았다.

헤르디스가 해낼 거야, 파린은 굳게 믿었다. 곧 줄사다리가 아래로 내려올 거야. 그러면 최대한 빨리 이 구멍에서 빠져나가야지.

바로 그때, 막대기가 부러지는 소리와 함께, 마찬가지로 큰 소리를 내며 들창이 닫혔다. 파린의 귓속에 메아리가 울려 퍼졌다. 도망칠 수 있다는 꿈이 산산이 부서지는 순간이었다. 희망은 올 때만큼 빠르게 사라져 버렸다. 비명, 싸우는 소리, 신음 소리. 잠시 후 사내들이 덧문을 열고 발버둥 치는 누군가를 잡아당겨 굴속으로 밀어 넣었다.

"기기기기기기." 즐거운 노랫소리가 들렸다.

빙그르 돌아 착지하는 헤르디스의 모습은 마치 한 마리 고양이 같았다. 바닥을 데구루루 구르다 벽에 등을 부딪친 그녀가 화난 목소리로 외쳤다. "망할!"

구조 시도는 그렇게 실패했다. 그들은 여전히 갇혀 있었다. 도무지 되는 일이 없었다.

구멍에 든 벌레 신세군. 뒤통수에서 낄낄거리는 소리가 들렸다.

망상의 뺨을 시원하게 후려칠 방법이 있다면!

렘볼트가 험악하게 인상을 쓰며 헤르디스 앞에 무릎을 꿇고 앉았다. 물론 넘어진 그녀를 일으켜 주기 위해서가 아니라 목을 조르기 위해서였다. "내가 또 너를 믿다니." 그는 화를 주체하지 못했다. "이제 네 목을 졸라 주지. 물론 아주 천천히."

"그러지 마세요. 우리를 구해 주려고 했잖아요." 파린이 말했다.

"구해 줄 능력도 안 되는 멍청하고 뱀 같은 계집."

"그르르르륵!"

헤르디스가 뭔가를 말하려고 하자 렘볼트가 손에 힘을 조금 풀었다.

"켁… 너희를 도와주려고 돌아왔잖아." 뱀 같은 계집이 항변했다.

"우리를 배신해서 이 꼴을 만들어 놓고." 렘볼트가 헤르디스를 마구 흔들었다. "다리를 망가뜨리고 몰래 도망쳐?"

"이 손 치우지 못해? 네가 뭘 안다고 그래?"

렘볼트가 이를 갈며 말했다. "게다가 내 칼까지 훔쳐 갔어. 도둑질까지 했다고. 절대로 용서 못 해. 무기들은 나에게 자식 같은 존재라고!"

"그거라면 아직 내 신발 안에 있어. 다행히 구더기들이 못 찾았거든."

렘볼트의 손이 헤르디스의 목에서 발로 옮겨 갔다. 마침내 칼을 찾은 그가 으르렁댔다. "이제 드디어 목을 잘라 버릴 수도 있겠네. 둘 중에 더 마음에 드는 걸로 골라 봐."

파린이 렘볼트의 어깨를 잡아당기며 말렸다. "그만하세요. 어차피 더는 도망칠 수도 없잖아요."

"이 빌어먹을 계집이 잘못을 인정한다면 생각해 보지. 어서 실토해!"

잠시 침묵이 흘렀다. "그래, 내가 다리를 끊었어." 그녀가 당당하게 대답했다.

렘볼트가 간신히 분노를 억누르며 그녀를 놓아주었다. "이 쓰레기만도 못한 계집!"

"하지만 그건 다른 방법이 없었기 때문이야. 강요 때문이었다고." 헤르디스가 말했다.

"누가 널 강요했는데?" 파린이 물었다. 물론 짐작 가는 사람이 있긴 했지만.

"헨드릭. 마을에서 그의 힘은 막강해. 헨드릭이 내 동생을 구덩이들에게 데려갈 거라고 했어. 더 많은 곡식을 수확하고, 마을이 더 잘살게 되고, 신이 우리를 보살펴 주려면 희생 제물이 필요하다고. 그리고 또, 저 괴물들을 회유하기 위해서도."

"그럼 너는 벌써 저들의 존재를 알고 있었다는 뜻이야?"

그녀가 힘없이 고개를 떨어뜨렸다. "직접 본 적은 없었어. 하지만 동굴에 사는 사람들에 관한 옛날이야기가 있거든."

"대체 그게 무슨 소리야? 제물이라니?" 렘볼트가 물었다.

"그러니까 처음부터 계획적으로 우리를 이곳에 데려왔다는 거군. 우리를 저것들에게 넘겨주려고." 파린이 말했다. "그럼 왜 곡식 창고에 몰래 들어와 나에게 거짓말을 한 거지?"

"그것도 헨드릭이 시킨 거야. 네가 의심을 거두지 않았으니까. 너희들에게 산악 안내원을 붙일 방법이 그것뿐이라고 했어. 너희들이 다고릭을 따라가지 않을 것 같으니까 내가 나서서 너의 신뢰를 얻고, 너희를 꾀어 산속으로 들어가게 만들어야 한다고."

파린은 좌절했다. 어떻게 이런 덫에 걸려들 수 있었는지! 마을에서 일어난 일을 더 자세히 파헤쳤어야 했어.

그건 네 대책 없는 선량함 때문이야.

헤르디스가 말했다. "나로서는… 다른 선택의 여지가 없었어. 헨드릭은 인간 제물이 필요하다고 했고, 마을에서 가장 약자인 내 동생 마이가를 선택했어. 엄마는 완전히 정신이 나가 있었고. 그때 너희가 나타난 거야. 구더기들을 달래 줄 제물이 제 발로 굴러들어 온 거지."

"네가 돌아왔고, 파린이 그러라고 하니 목숨은 살려 주지. 하지만 다시는 너와 얽히고 싶지 않아." 렘볼트는 그녀를 눕혀 둔 채 파린에게 고개를 돌렸다. "이 계집이 구더기들을 회유해야 한다고 말하는 이유가 뭐지? 그리고 희생 제물이라니?"

"이 아무것도 없는 동굴에서 살아남으려면 저들은 이것저것 가릴수가 없어요. 눈앞에 있는 건 뭐든지 닥치는 대로 먹어치우죠. 심지어 인간까지도."

"**뭐라고?** 저 알비노들이 식인종이라고?" 렘볼트가 검 손잡이를 꽉 쥐자 그의 뼈마디가 하얗게 도드라졌다.

342

매장꾼의 아들은 결국 동료들이 무너지는 모습을 보고야 말았다. 결코 보고 싶지 않았던 그 모습.

"나, 난 도무지 믿을 수가 없어." 플라우디우스가 고개를 저으며 말했다.

"그건 모두 마찬가지예요. 벨텐 제국의 어느 누구도 믿지 못하겠죠. 하지만 우린 아직 살아 있고 포기하면 안 돼요." 이 좁고 단단한 바위 구멍에 갇혀 일행에게 확신을 심어 주는 건 결코 쉬운 일이 아니었다.

그들은 그렇게 바위 굴 속 바닥에 앉아 우울한 생각에 빠져들었다.

다시 굴 밖에 고요가 찾아오자 파린이 속삭였다. "기운 내요!" 그는 고개를 들어 창살을 보았다. "인간 사다리를 한 번 더 시도해 봐요. 이제 아까보다 더 높이 올라갈 수 있잖아요." 헤르디스를 가리키며 그가 말했다.

아직 실낱같은 희망이 남아 있었다. 플라우디우스가 다시 벽에 기대서고 렘볼트가 그의 위로 올라섰다. 플라우디우스가 인상을 찌푸리며 말했다. "우우! 신발을 벗지 않는 편이 낫겠어."

다음은 바랄돈과 헤르디스 차례였다. 단단한 벽에 등을 기대고 있는데도 인간 사다리는 심하게 흔들거렸다. 예전에 대회에서 재주를 부리던 곡예사들이 새삼 대단하게 느껴졌다.

"자, 징글징글. 이제 중요한 순간이야." 그가 악령에게 자신의 정신을 내어 주고 재빨리 헤르디스의 어깨 위로 올라섰다. 사다리는 격렬히 흔들렸지만 높이는 충분했다. 파린은 조금도 망설이지 않고 통나무 기둥을 붙들었다. 인기척은 없었다. 구더기들은 분명 누구도 자신들의 감옥을 탈출할 수 없다고 믿고 있겠지.

징글징글의 힘을 빌렸다 해도 계속 매달려 있을 수만은 없었다. 창살 한가운데에 매달린 채 육중한 덧문을 살펴보았다.

일행은 가능한 한 조용히 다시 바닥으로 내려가 잔뜩 긴장한 얼굴로 파린을 올려다보고 있었다. 파린은 왼손으로 창살을 잡은 채 오른손으로 덧문을 열어 보았다.

"어림없어. 저렇게 무거운 문은 나도 못 연다고." 렘볼트가 아래서 속삭이는 소리가 들렸다.

렘볼트는 물론 파린 안에 숨어 있다가 지금 막 깨어난 망상의 존재를 몰랐으니까. 다음 순간, 기름칠이 잘 된 덧창처럼 가볍게 문이 열렸다. 파린은 양손을 이용해 잽싸게 그 틈으로 빠져나간 뒤 창살 위에 쪼그려 앉았다.

잠깐 아래를 내려다보니 렘볼트의 입은 덧문만큼이나 크게 벌어져 있었다. 바랄돈은 씩 웃고 있었고, 플라우디우스는 놀란 얼굴이었다. 헤르디스의 이마에는 주름이 잡혀 있었다.

줄사다리는 어디에 있을까? 갑자기 헤르디스가 불쑥 나타나는 바람에 구더기들이 치워 버린 걸까?

시간이 없었다. 동굴 종족의 병사 한 명이 그를 발견하고는 소리를 질렀다. 파린은 재빨리 도망치기 시작했다. 다시 저들에게 붙잡힐 수는 없었다. 깔때기 모양의 입구 방향으로 도망치려 했지만 이미 그쪽에서 한 무더기의 구더기 떼가 달려오고 있었다.

"구가, 그루루우우!" 그들이 큰 소리로 울부짖었다.

파린은 족제비처럼 잽싸게 둥근 천장 아래를 지났다. 예상대로 점점 많은 적들이 그를 발견했다. 그래도 다행히 아직은 붙잡히지 않을 만큼 잘 달리고 있었다. 이 거대한 동굴은 언제쯤 끝이 나는 걸까? 아니면 어디로 이어지는 걸까? 거대한 바위 벽이나 막다른 길이 나타난다면 그의 달리기 실력도 소용이 없었다. 파린의 뒤를 쫓는 적의 무리도, 그들의 '그루루우' 소리도 점점 커져 갔다. 허연 얼굴들이 사방에서 끝없이 몰려들었다. 다행히 그들이 서로 뒤엉키면서 파린을 뒤쫓는 속도는 점점 느려졌다. 파린은 용암의 강을 따라 걸음을 재촉했다. 주변이 점점 밝아졌다. 그리고 점점 더 뜨거워졌다. 몇 미터 앞에 용암 계곡이 거대한 웅덩이를 이루고 있었다. 강을 이루며 흐르는 용암이 가득 고인 호수였다.

이제 어디로 가야 하지? 나는 어디로 가려는 걸까? 그는 달리면서 생각하고 또 생각했다. 뒤통수가 뜨거워졌다.

호수는 점점 더 가까워지고 있었다. 열기도 점점 타올랐다. 가파른 길 하나가 언덕 위쪽으로 나 있었다. 유일한 도주로였다. 오르막 길을 따라 뛰었다. 오르막의 꼭대기 자그마한 암반에 오른 파린은 허리를 꺾고 잠시 숨을 골랐다. 고개를 들어 보니 밧줄 사다리가 용암 호수의 건너편까지 드리워져 있었다. 발판은 하나하나 단단한 나무로 만들어져 있었고 손잡이는 밧줄이었다. 망설일 시간이 없었다. 흔들거리는 널빤지를 밟으며 뛰기 시작했다. 다리 길이는 30미터쯤 되어 보였다. 기도 둘 골짜기의 다리보다 훨씬 짧은데도 바닥이 심하게 흔들렸다. '그루루우' 소리가 점점 가까워지고 있었다. 뒤를 돌아보니 적들은 거의 다리 앞까지 와 있었다.

괜히 뒤를 봤어. 파린은 얼른 다시 고개를 돌렸다.

아뿔싸, 앞이라고 상황이 더 나은 건 아니었다. 앞쪽에서도 한 무리의 병사들이 창을 들고 다가오고 있었다. 개미탑보다 더 끔찍한 상황이었다. 희망은 사라지고 다리는 흔들렸으며 발아래엔 용암이 출렁이고 있었다. 용암 호수 표면은 저 아래에 있었지만 그 열기는 이미 파린 몸의 잔털들을 태우고 있었다. 구더기들이 앞뒤에서 그를 향해 다가오고 있었다. 그야말로 독 안에 든 쥐 신세였다.

"징글징글, 이제 어떻게 하지? 싸워 보지도 않고 항복할 수는 없어."

뭐라고? 방금 '항복', 그리고 '싸워 보지도 않고'라고 말했어? 너는 그 단어들을…

적들과의 거리가 점점 좁혀지고 있었다. 하지만 병사들은 대부분 다리의 양쪽 끝에 서 있었다. 다리에 너무 많은 하중이 실릴 것을 걱정하는 듯했다.

창을 앞으로 향한 채 병사들이 다가왔다. 한 무리와 싸워 이긴다 해도 또 다른 무리가 기다리고 있었다. 양쪽에 선 적들의 무리는 끝이 없었다. 점점 더 많은 구더기가 모여들었다. 이 특별한 광경을 놓치고 싶지 않은 듯했다.

"완전히 궁지에 몰렸어."

죽을지도 모르는 상황에서도 고상한 척을 하다니. 나라면 더 극적인 표현을 쓰겠어.

"그런다고 뭐가 달라지는 것도 아니잖아." 파린이 절망하며 왼쪽 오른쪽을 번갈아 보았다. "종족 전체가 여기 모였나 봐."

그리고 너는 서부산맥에서 관중이 가장 많이 모인 무대에서 비틀대고 있고. 흔들다리 한가운데에서 말이야.

"한 명을 물리치면 다른 열 명이 몰려올 거야. 그리고 계속해서 그다음…"

오, 전설의 학살로 기록되겠군. 때려눕힐 녀석들이 하나, 둘, 셋, 넷…. 영원히 끝이 안 나겠는걸? 그것도 여기 이 짜릿하게 흔들리는 다리 위에서!

"그만 좀 해. 이렇게 많은 수의 적을 상대할 수는 없다는 거 너도 알고 있잖아. 아무리 네가 나선다고 해도."

네 말이 맞는 건 정말 싫지만 아무래도 내가 감당할 수 있는 멍청이들의 숫자보다는 두세 명쯤 많은 것 같긴 하다.

과장의 달인과 과소평가의 달인 사이의 대화는 거기까지였다. 양쪽에서 적들이 점점 다가오고 있었다. 왼편의 구더기들이 더 가까웠다. 그러니 우선 그쪽에 집중해야 했다.

이제 단 10미터.

잘 들어! 방법은 뛰어내리는 것뿐이야. 징글징글이 말했다.

"뭐라고?" 발아래 용암 호수는 이미 그의 피까지 끓일 듯 뜨거웠다. "절대로 안 돼."

겁쟁이처럼 굴지 마. 저건 그냥 용암일 뿐이라고.

이제 5미터.

구더기 병사들의 긴 창이 파린을 위협했다. 그중 가장 겁 없는 놈 하나가 파린에게 달려들었다. 다른 넷은 양쪽에서 동시에 파린을 공격하려고 반대쪽에 지원군이 도착하기를 기다리는 것 같았다.

파린의 가슴을 겨눈 구더기가 소리 높여 전투 구호를 외쳤다. "**그루우우우!**"

파린은 징글징글의 도움으로 가볍게 공격을 피한 뒤에 창을 팔꿈치로 쳐내고, 적의 위팔을 붙잡아 내던졌다. 구더기는 휙 하고 포물선을 그리며 밧줄 손잡이 위로 날아갔다. 몇 미터쯤 위로 붕 떠오른 몸이 아래로 뚝 떨어졌다.

"**그루우아아아르!**"죽음의 비명이 시간을 갈기갈기 찢었다. 잠시 시간이 멈춰 섰다. 다리 위의 구더기들도 놀라서 멈칫했다. 지르던 괴성을 멈추고 팽개쳐진 육신을 바라만 보았다. 꾸르륵! 붉은 방울이 튀었다. 치익 소리와 함께 구더기는 끓어오르는 용암 속으

348

로 사라졌다. 그가 남긴 것은 활활 타오르는 불꽃과 기이한 냄새뿐이었다.

구더기 한 명을 죽였다. "토토토토토토토토!" 왼쪽과 오른쪽의 구더기들이 화가 나서 소리쳤다.

이제 반대편 적들도 그를 공격할 수 있는 거리에 있었다.

네 입으로 말했잖아. 구더기 떼를 전부 아래로 날려 버릴 수는 없다고. 그러니 뛰어내려야 해.

"그러면 죽는 거잖아. 그럴 수는… 없어."

그럴 리가 없어. 내가 벌써 몇 번이나 말했잖아, 악령들은 용암 속에서 헤엄칠 수 있다고.

"나는… 악령이 아니잖아."

놓아 버려. 완전히 놓아 버리면 돼. 숲속에서 늑대 인간처럼 달렸던 때를 생각해 봐. 그때보다 더… 남김없이! 네 몸과 정신과 영혼을 모두 놓아 버리라고.

파린은 밧줄에 몸을 기댔다. 그의 시선이 재빨리 좌우를 향했다. 오른쪽에서 일곱 명, 왼쪽에서 네 명의 구더기가 창을 들고 그를 향해 다가오고 있었다. 그들은 자신들만의 언어로 대화를 나눴다. 이번엔 동시에 달려들 계획이겠지.

얼른. 다른 방법은 없어.

악령의 말을 완전히 이해할 수는 없었다. 남김없이?! 모든 것을, 아니 그 이상을?!

구더기들이 리드미컬한 괴성을 질러 댔다. 그들의 함성이 점점 파린을 압박해 왔다.

헤, 대장! 졸고 있는 건 아니지? 이제 결정할 순간이야!

"너무 무섭다고!"

초르그호로차 보르그헤차! 두려움은 토끼들이나 느끼는 거야!

"그르루우우우!"

젠장! 젠장! 젠장! 파린은 정신을 놓아 버렸다. 털끝 하나도 남김 없이, 자신의 전부를 악령에게 맡겼다. 처음에는 마치 자신이 보이지 않는 제삼자가, 그저 모든 걸 지켜만 보는 관객이 되는 느낌이었다. 하지만 그것도 잠시뿐, 그의 몸이 떨려 왔다. 감각이, 사고가, 기억이 완전히 해체되고 있었다. 대체 여기서 무엇을 하고 있는 거지? 난 누구지? 여기는 어디? 내 이름이 뭐였더라? 산사태에 구르는 돌처럼 힘과 분노와 노여움과 욕망이 그를 휩쓸고 내려갔다. 그리고 그에게서 자아를 빼앗아 가 버렸다.

마지막으로 양쪽에서 자신을 향해 달려드는 창끝이 보였다. 다리 한가운데에 서 있던 존재는 몸을 돌려 밧줄 위로 뛰어오른 뒤 작열하는 용암에 몸을 던졌다.

맹인

종이 울렸다. 크노헨의 말대로 빔의 종소리는 언제나 정확했다. 그는 날이면 날마다 같은 자리에 앉아 모래시계를 응시하고 있었다. 아로스는 물통을 들고 갑판에 나왔다가 그레고르를 발견했다. 뜨거운 물을 내다 버리려던 참이었다. 거만한 녀석만 보면 기분이 나빠졌다. 뒷모습마저도 끔찍했다.

"어이, 졸때기. 돛대 꼭대기에 올라갔다가 잔뜩 겁을 먹고 내려오지도 못했다면서? 크노헨이 널 도와주지 않았다면 지금쯤 저 위에서 오줌이나 질질 싸고 있을 텐데 말이야." 뭐가 그렇게 재미있는지 그는 깔깔대는 것도 부족해 숨까지 헐떡거렸다.

"응, 맞아." 아로스가 간결하게 대답했다.

"난 네가 아무짝에도 쓸모없는 놈이란 걸 첫눈에 알아봤지."

"헤, 이 빌어먹을 건달 같은 녀석들. 불이 꺼지지 않게 석탄을 가져오란 말이다." 조리장이 팔을 걷어붙이고 갤리에서 나와 둘만의 화기애애한 분위기를 깼다. 딱! 거대한 꿀밤이 그레고르의 머리에 떨어졌다. "아직도 졸때기한테 석탄 자루가 어디에 있는지 안 가르쳐 준 거냐?"

크노헨의 아로스 구출 소동 뒤 조리장은 더는 아로스에게 꿀밤을 먹이지 않았다. 대신 아로스의 몫까지 자신이 감당하게 되었다는 사실을 약삭빠른 그레고르가 모를 리 없었다.

"가요, 간다고요. 석탄이 어디에 있는지 알려 줄게요." 그레고르가 머리를 문지르며 말했다. 그의 표정은 마치 억지로 잠수라도 해야 하는 사람처럼 우울하기만 했다.

"좋아, 하지만 꾸물거리지 말란 말이다!" 조리장은 강조하는 의미로 꿀밤 한 대를 더 때렸다. 다른 사람의 불행에 기뻐하는 건 아로스답지 않았지만 이번만큼은 예외였다. 키득키득 웃고 싶은 욕구를 간신히 억눌렀다.

"따라와!" 그레고르가 어금니를 꽉 물고 말했다.

"네가 또 멍청이처럼 달아나 버리지만 않는다면."

둘은 보통 걸음으로 아래층으로 내려가는 입구에 다다랐다. 낮은 사다리 한 개가 놓여 있었다. 그레고르를 따라 아래층으로 내려갔다. 감자, 무, 당근 등이 담긴 자루와 양배추가 담긴 상자가 있는 채소 저장고를 지났다. 돛을 보관하는 창고 아래로 허리를 깊이 숙여야 들어갈 수 있는 공간이 있었다.

그레고르가 그 안을 가리키며 말했다. "저 뒤쪽에 석탄 자루가 있어. 다음에는 혼자 찾을 수 있겠지, 졸때기?"

물론 그의 '졸때기'는 심한 욕처럼 들렸다.

"아니, 어디라고?"

"장난치는 거야?"

"혹시 선장을 본 적이 있어?" 아로스가 물었다. 어쩌면 이 멍청이가 의외로 유용한 정보를 알고 있을지도 모른다는 생각이 들었다.

"당연하지. 매일 선장님을 뵈니까. 내가 캐빈 보이라는 거 잊었어?"

조금도 그러고 싶지 않았지만 질투가 샘솟았다. "선장님은 어떤 분이야?"

"아주 고상한 분이시지. 나한테 항상 부드럽고 점잖게 대하셔. 난 선장님의 측근 중 하나거든."

우쭐한 나머지 과장이 지나쳤다. 내가 바보인 줄 아나? "거짓말. 엉덩이를 걷어차는 선장님의 구둣발이나 한번 제대로 봤겠어? 넌 허풍쟁이에 거짓말쟁이일 뿐이야."

정곡을 제대로 찌른 모양이었다. 창고 안은 어두컴컴했지만 아로스는 그레고르의 얼굴이 벌겋게 달아오르는 걸 느낄 수 있었다. 그가 고함을 치며 아로스에게 달려들었다. "이 쓸모없는 놈!" 그가 화를 내며 주먹으로 아로스의 얼굴을 때렸다. 그것도 아로스가 상상했던 것보다 훨씬 세게. 그녀의 머리가 오른쪽으로 돌아가며 두꺼운 들보에 부딪혔다. 아로스의 몸이 바닥에 나뒹굴었다. 그때부터는 그레고르와의 싸움이라기보단 의식을 잃지 않기 위한 싸움이었다. 그레고르는 자신이 벌써 이겼다는 사실을 눈치채지 못한 모양이었다. "조리장한테 맞은 걸 너한테 돌려주지, 이 패배자야." 두 주먹을 불끈 쥐고 그가 아로스를 마구 때리기 시작했다. 미지근한 피가 흘러내렸다. 코에서 흐르는지 터진 입술에서 흐르는지는 알 수 없었다. 아로스는 저항도 하지 못하고 그 자리에 누워 있었다. 어둠

이 그녀의 주위를 휘감았다. 그녀는 소리치지 않았다. 어떤 경우에
도. 맞은 자리가 아파 왔다. 얼굴 전체가 엉망이 되었지만 그레고르
는 멈추지 않았다. 이대로 맞아 죽는 걸까? 갑자기 그의 몸이 뒤로
젖혀지더니 그대로 날아가 벽에 부딪혔다. 어둠 때문에 도움의 손
길이 누구의 것인지는 알 수 없었다. 도대체 저 그림자는 누구의 것
이기에 그레고르의 옷자락을 잡아 저리도 가볍게 내동댕이쳤을까.
그리고 아로스는 정신을 잃었다.

불쌍한 내 머리, 그녀가 생각했다. 두 번이나 이런 통증을 견뎌야
하다니. 이 망할 배에서. 조리장 밑에서 너무 오래 일했어, 그것이
그녀의 마지막 생각이었다.

야단법석이 잠을 깨웠다. 그녀는 엎어진 채로 갤리의 한쪽 구석
감자 자루 위에 널브러져 있었다. 그러니까… 감자 자루처럼. 무슨
생각이 들기도 전에 왼쪽 관자놀이에 생긴 커다란 혹이 느껴졌다.
창고 안 들보에 머리를 세게 부딪칠 때 생긴 혹이었다. 입술에는 피
딱지가 앉아 있었고 콧속에는 코피 덩어리가 느껴졌다.

"으!" 그녀의 첫 번째 말이었다. 그것도 말이라고 할 수 있다면.
그래서 그녀는 좀 더 긴 단어를 덧붙이기로 했다. "아야아!"

"창고 계단에서 굴러떨어졌다던데?" 조리장이 물었다. 그의 둥그
런 눈과 둥근 얼굴과 둥근 뺨이 탐탁지 않다는 듯 아로스를 내려다
보고 있었다.

"응. 계단이 너무 가팔라서." 화제를 돌리기 위해 질문을 던지는 수밖에. "밖에 무슨 일이 있어?" 갤리 앞의 목소리가 점점 크게 들렸다. 몸을 벌떡 일으켰다. 호기심이 통증을 이기는 순간이었다. 머리가 멍했지만 간신히 발을 질질 끌며 문 쪽으로 다가가 발로 문을 열었다.

선원들이 갑판 위에 몰려 있었고, 시선은 그들 한가운데의 무언가를 향하고 있었다. 점점 아로스의 앞쪽으로 몰려드는 선원들 때문에 제대로 알아볼 수가 없었다.

그때 론둘프의 고함 소리가 들렸다. 악한 기운이 느껴지는 가학적인 어조였다. "아하! 우리 바르바로사에 승선한 걸 환영한다. 선원들이여, 이 배에 고용된 적이 없는, 따라서 여기 있으면 안 되는 누군가가 또 나타나셨군."

웅성거리는 소리가 점점 커졌다. 무슨 일이지? 신선한 미풍에 두통이 한결 나아지는 기분이었다. 그래서 그녀는 잽싸게 10미터쯤 돛대 줄을 타고 올라갔다. 이제 원을 그린 사람들의 한가운데가 보였다. 웬 사내가 바닥에 무릎을 꿇고 앉아 있었다. 얼굴은 알아볼 수 없었다. 하지만 언뜻 보기에 키가 커 보이지는 않았다. 가닥가닥 땋아 묶은 머리는 야윈 어깨 위를 넘어 앞으로 흘러내리고 있었다.

"부항해장님, 저희가 이자를 아래 창고 안 상자들 사이에서 발견했습니다." 머리를 박박 깎은 사내가 말했다. 목소리에 자랑스러움이 묻어났다.

"저희라고? 너 말고 또 누가 있었다는 말이지?" 론둘프가 상냥하게 물었다.

다른 선원 하나가 앞으로 나서며 말했다. "접니다. 아래에서 싸우는 소리가 들려서 살펴보기 위해 즉시 아래로 내려갔습니다."

"무임 승선한 승객을 이제야 잡아내다니 너희를 매로 다스려야겠군." 부항해장이 칭찬했다. "먼저 새로 오신 손님께 그에 걸맞은 성대한 환영식을 해 드려야겠군. 밧줄을 배 아래로 통과시켜라. 환영의 킬 홀렌을 실시한다." 그가 낄낄대며 기뻐했다.

다시 웅성거리는 소리가 커졌다. 누군가는 항해장의 말에 동의했고, 또 다른 누군가는 경악을 금치 못했다. 론둘프가 사내의 옆구리를 발로 차서 옆으로 넘어뜨렸다. 그의 옆모습과 땋은 머리를 본 순간 아로스는 하마터면 밧줄에서 미끄러져 떨어질 뻔했다. 로프를 잡은 손에 축축하게 땀이 맺혔다. 사내는 그녀가 잘 아는 사람이었다. 한때 그녀의 친구였던 사람. 침을 삼켰다. 목구멍이 아팠다. 가슴에도 통증이 전해졌다. 커다란 혹이 생긴 머리보다도, 상처 입은 코와 입술보다도 더 극심한 통증이었다. 왜? 그건 물론 그가 여전히 그녀의 친구이기 때문이었다. 키가 저런 일을 당할 이유가 없었다. 아로스가 아니었으면 배에 오를 이유도 없었다. 키는 대체 어쩌자고 그녀를 따라온 걸까? 그리고 어쩌다가 선원들에게 들켰을까? 아로스의 입에서 깊은 한숨이 흘러나왔다. 이 모든 건 키가 멍청이 그레고르에게 당하고 있는 그녀를 돕기 위해 나섰다가 생긴 일이 분명했다.

론둘프가 날카롭게 소리쳤다. "밧줄을 준비하는 데 왜 이렇게 오래 걸리지?"

선원 하나가 대답했다. "선체 아래에 벌써 밧줄이 있습니다."

"이 멍청한 녀석!" 론둘프가 소리쳤다. "앞뒤로 말이다!"

순간 아로스는 숨이 멎는 줄 알았다. 그녀의 위장이 뒤틀리고, 감정은 소용돌이처럼 사정없이 휘몰아쳤다.

몰려든 선원들 사이에 잠시 정적이 흘렀다. 사악한 부항해장이 벨텐 제국에서 가장 큰 배의 선체 아래로 키를 밧줄에 묶어 끌어당기려 하고 있었다. 그것도 좌우가 아닌 앞뒤로. 그건 곧 사형 선고를 의미했다.

이제 어떻게 하지? 야콥에게 가서 도움을 요청해야 할까? 아니면 선장에게? 선장이라면 이 일에 관여하려고 할까? 그래 봤자 키의 무임승선은 사실이었다.

"자, 어서!" 론둘프가 명령했다. 그는 기대에 부풀어 뱃머리 쪽을 가리켰다.

선원 넷이 키를 일으켜 세운 뒤 그의 허리에 밧줄 끝을 묶어 매듭을 지었다. 그러는 동안 키의 가느다란 눈이 주위를 둘러보았다. 그리고 곧 돛대에 매달린 아로스를 발견했다. 둘의 애틋한 시선이 잠시 마주쳤다. 아로스가 입을 벌렸다. 무슨 일이든 해야 해. 키를 구해야 해….

키는 아무도 눈치채지 못할 만큼 살짝 고개를 저었다. 뭐라고? 그가 다시 고개를 흔들었다. 그는 아로스가 끼어드는 걸 바라지 않고 있었다. 그의 시선은 다시 무표정하게 앞쪽만 응시했다.

선원들의 무리가 뱃머리 쪽으로 향했다. 키는 저항하지 않았다. 너무나도 차분하게, 웬 야단법석인지 모르겠다는 얼굴이었다. 그리고 자신에게 일어날 일이 무엇을 의미하는지도 전혀 모르는 사람처럼 보였다.

지금이라도 야콥에게 가야 하지 않을까?

그때 크노헨이 나타났다. 아로스는 자신의 요동치는 심장을 느끼며 줄을 타고 아래로 내려왔다. "무임승선한 사람이 있다고? 어떤 바보인지 몰라도 배를 잘못 골랐어." 크노헨이 중얼거리다가 아로스를 보고 깜짝 놀라 외쳤다. "아로스, 네 얼굴이 왜 그래? 조리장님은 네가 아래 창고에서 넘어졌다던데. 너 지금 우는 거야? 머리가 아파서 그래?"

"아니, 괜찮아. 눈에 뭐가 들어갔나 봐." 아로스가 눈물을 훔쳐 내며 대답했다. 둘은 천천히 선원들의 뒤를 따라갔다.

론둘프는 시간을 낭비하지 않았다. "삼, 이, 일!" 큰 소리가 울려 퍼졌다. 금발 청년에게 그랬듯이 그들은 키를 바다로 던졌다. 그의 몸에 연결된 밧줄이 금세 풀렸다. 바르바로사 호는 곧바로 키가 빠진 자리를 지나 전진했다.

아로스의 눈앞이 부옇게 흐려졌다. 키의 말을 듣는 게 아니었어,

어떻게든 막았어야 했어.

론둘프, 넌 이 일을 벌인 대가로 죽게 될 거야, 아로스가 다짐했다.

이제 비번인 선원들은 모두 모인 것 같았다. 심지어는 당직 중인 선원들의 모습도 보였다. 배에 불이 붙었다고 해도 이렇게 빨리 소문이 퍼질 수는 없을 것 같았다. 선원들은 호기심 가득한 얼굴로 선원 둘이 밧줄을 거두고 있는 배의 후미로 향했다.

"더 빨리!" 론둘프가 입술을 핥으며 말했다.

선원들은 능숙한 솜씨로 밧줄을 당겼지만 아직 키의 모습은 보이지 않았다. 이 정도면 폐활량이 큰 장사여도 두 번 익사할 수 있는 시간이었다. 대체 얼마나 시간이 흘렀을까, 드디어 무언가가 파도 사이로 모습을 드러냈다. 축 늘어진 몸뚱이를 보는 순간 참았던 울음이 터졌다.

선원들은 말없이 도르래를 이용해 밧줄을 끌어 올렸다. 마치 주머니칼처럼 반으로 접힌 몸이 위로 올라왔다. 선원들은 조심스럽게 키를 바닥에 내려놓았다. 인제 와서 조심스럽게 다루면 무슨 소용이지? 살인자들의 부질없는 헛짓거리. 왜 인간은 살아 있는 사람보다 죽은 사람에게 더 조심스러운 걸까?

눈을 질끈 감았다. 고통이 온몸을 죄어 왔다.

"안녕, 화가가 소개할 시간이 없었지요. 화가 이름은 키라고해요."

사내들이 비명을 질렀다. 커다란 아로스의 눈이 더 커졌다. 키 작은 사내가 두 다리로 서서 피가 흐르는 발꿈치를 내려다보고 있었다. 그리고… 상냥한 미소까지 짓고 있었다. 선원들이 환호성을 질렀다. 저들은 과연 제정신일까? 키를 바다에 던져 죽이려 할 때는 언제고 인제 와서 환호하는 꼴이라니.

단 한 사람 론둘프만이 하얗게 질린 얼굴로 입술을 깨물고 있었다. 믿을 수 없다는 듯이 입맛을 다시며 그가 물었다. "우하! 어떻게 그럴 수가 있지?"

"화가는 수영이 하고 싶었어요." 키가 아무 일 없다는 듯이 머리카락의 물을 짜내며 대답했다. "이제 화가는 뱃삯을 내기 위해 선원이 되어 열심히 일하려고 합니다." 키는 언제나처럼 두 손을 가슴 앞에 모으고 살짝 고개를 숙여 보였다.

선원들이 씩 웃었다. 하지만 론둘프의 꼬리 아홉 개 달린 고양이가 두려워서인지 아무도 큰 소리를 내지는 못했다.

"찢어진 눈! 그러니까 네가 우리 배에서 일하겠다고?" 론둘프가 마우지의 손잡이를 쓰다듬으며 물었다. 그의 말은 협박처럼 들렸다.

"화가는 배와 항해에 대해 잘 알고 있습니다."

"선원이 되겠다? 그렇다면… 한번 말해 보시지. 저기 돛 세 개의 이름을 말해라." 그가 위를 가리키며 물었다.

"미젠 스테이세일, 미젠 톱마스트 스테이세일, 미젠 톱갈란트 스테이세일." 키가 쳐다보지도 않고 대답했다.

무슨 이런 괴상한 단어들이 있담! 그의 답이 틀리지 않은 모양이었다. 선원들 사이에서 탄성이 흘러나왔다. 기적이 일어나고 있었고, 아로스는 그 현장에 있었다.

론둘프는 지금이라도 당장 꼬리가 아홉 개 달린 고양이로 키를 죽도록 채찍질하고 싶은 얼굴이었다.

항해장 야콥의 목소리가 들렸다. 언제부터 여기에 있었던 걸까? "내 팀에 선원 한 명이 부족하다. 새로 온 지원자와 몇 가지 상의한 뒤에 그를 갑판 선원으로 채용하겠다." 그가 키 작은 화가 옆으로 걸어갔다. 선원들이 그들의 일원이 된 키에게 상냥하게 인사를 건넸다.

크노헨이 아로스를 쿡 찔렀다. "정말 굉장해. 정말로 처음 봤어. 내가 나중에 이 사건에 대해 얘기하면 아무도 내 말을 안 믿을 거야. 허풍쟁이 선원 취급을 당하겠지? 저 키라는 사내는 고래만큼 오랫동안 숨을 참을 수 있나 봐. 게다가 발뒤꿈치 빼고는 상처 하나 없다니!"

아로스의 가슴이 다시 따뜻해졌다. 얼굴에도 생기가 돌기 시작했다. "나도… 정말 놀랐어. 그런데 다른 선원들은 왜 저렇게 좋아하는 거지? 조금 전까진 저 사람을 죽이려고 했었잖아."

"론둘프의 명령을 따르는 것 말고 다른 무슨 방법이 있었겠어? 그게 바다의 법칙이야. 하지만 저토록 끔찍한 고문을 이겨 낸 사람은 이전에 한 행동을 모두 용서받지. 저 비범한 사내는 이제 이 배의 일원이 된 거야." 크노헨은 여전히 믿을 수가 없는 표정이었다. "킬 홀렌을 하는 동안 분명히 선체 바닥에 거꾸로 선 채 걸어서 통과했을 거야. 그건 정말 예술에 가까운 곡예야."

맞아! 아로스는 당장이라도 키에게 달려가 안아 주고 싶었다. 그리고 이젠 화가 풀렸다고 말하고 싶었다. 하지만 그게 현명하지 못한 방법임을 알고 있기에 그 자리에 서서 뛰는 심장을 가라앉히고 아무도 눈치채지 못하게 조용히 기뻐했다.

나의 하루야, 고마워. 이렇게 끔찍한 사건도 어쩌다 한 번은 이렇게 경이롭게 끝날 수 있게 해 줘서.

아로스는 론둘프의 얼굴을 보았다. 그는 분노에 치를 떨며 그녀가 서 있는 쪽을 바라보고 있었다. 설마 아로스와 키가 서로 눈빛으로 대화를 나누는 걸 눈치채기라도 한 걸까? 어찌 되었건 론둘프는 의도치 않게 전설의 사내를 탄생시키는 데 일조를 했다. 키를 죽이려다가 오히려 살아 있는 전설로 만들어 버린 것이었다. 론둘프는 영원히 죽도록 키를 미워하겠지.

선원들은 목요일 저녁마다 바르바로사의 뱃머리에 모였다. 이곳이 배에 탄 선원들에겐 가장 편안하게 느껴지는 장소였다. 그들은 난간에 기대거나 상자 위에 앉아 비스킷을 먹기도 했다. 이 시간만큼은 유일하게 물로 희석한 럼을 마실 수도 있었다. 물론 담배와 이야기도 함께였다.

왜 하필 목요일일까? 선원들에게는 목요일이 일요일이라고 크노헨이 설명해 주었다. 흐음, 그런가 보군. 그래도 목요일은 목요일이라 부르던데? 선원들의 언어란 도대체 알 수가 없었다.

예상대로 오늘 최고의 화제는 무임승선한 뒤 킬 홀렌에서 살아남은 사내 이야기였다. 역시나 이해할 수 없는 화법으로! 선원들은 사건에 대해 제멋대로 추측하고, 우격다짐으로 반박했다.

한 선원이 확신에 찬 말투로 말했다. "저 사내의 몸에는 아가미 Kiemen가 있어. 그래서 이름도 키라는 거 아냐."

다른 선원이 배시시 웃으며 말했다. "네 말을 듣고 보니 생각났는데. 그의 목에 작은 홈이 다섯 개 있는 걸 본 것 같아."

모두가 웃었다. 아로스는 그들의 말이 농담인지, 아니면 심각하게 하는 소리인지 알 수가 없었다. 그녀에게 선원들의 세계는 너무나 어려웠다. 키에 대한 얘기가 흥미를 잃어갈 때쯤 다른 흥미진진한 이야기가 튀어나왔다. 선원들의 경험담은 점점 흥미진진해졌다. 심지어 괴물 상어가 선원 열두 명이 타고 있는 구명보트를 통째로 삼켜 버린 이야기도 있었다. 아로스는 그들의 재미난 이야기에 귀를 기울이고 있었다. 턱수염이 난 괴팍하게 생긴 사내가 말했다. "이건 실화야. 내가 그 열두 명 중 하나니까 직접 경험한 거라고. 너희는 상상하기도 힘들걸. 그 괴물이 헛간 문처럼 거대한 입을 벌리더니 덥석! 갑자기 세상이 궤짝 안보다 더 캄캄해졌지. 다행히 상어가 너무 많이 먹는 바람에 트림을 했고 나를 다시 뱉어 버렸어. 세상에! 바다의 신이 나를 살린 거야. 정말로 운이 좋았지."

"정말?" 선원 하나가 믿을 수 없다는 듯이 물었다.

"당연하지! 안 그러면 어떻게 내가 지금 여기에 앉아서 럼을 마시면서 이 이야기를 너희에게 들려줄 수 있겠어?"

사내들이 고개를 끄덕였다. 그들은 그걸 명백한 증거라고 받아들였다.

"그렇다면 14년 전 피비린내 나는 사건에서 살아남은 사람도 있을까?" 젊은 선원 하나가 물었다.

아로스의 귀가 쫑긋해졌다.

잠시 침묵이 흐른 후 늙은 선원 하나가 대답했다. "거의 다 죽고 없어. 선장님은 어쩌자고 여자를 배에 태우셨을까?"

몇몇 선원들이 흥분해서 말했다.

"내 말이! 그러니 문제가 생길 수밖에. 배 안에 여자가 타면 행운이 비껴간다니까!" 누군가가 목소리를 높였다. 어찌나 흥분했던지 머리에 맨 수건이 흘러내릴 정도였다.

한 가지만큼은 분명해졌다. 14년 전 엄청난 사건이 일어났었고, 무슨 이유인지는 몰라도 모두가 그 사건을 입에 담길 꺼린다는 것. 갑판 위에는 다시 고요가 찾아왔다. 좀 더 자세히 캐물어야 할까? 크노헨과 돛대 꼭대기에서 내려온 이후 그녀도 선원들 가운데 한 명이 되어 있었다. 소녀가 아닌 선원! 그 차이는 열두 명의 선원이 탄 구명보트를 통째로 집어삼킨 상어보다도 큰 것이었다. 이 기회를 놓칠 수는 없었다. "그 여자가 그 사건과 무슨 상관이 있었는데?"

또다시 침묵이 내려앉았다. 바르바로사가 두 번쯤 파도에 넘실대고 난 뒤 목수 보조가 무뚝뚝한 목소리로 말했다. "거기에 대해서는 여러 가지 얘기가 있어. 그중 하나는 마법에 관한 건데, 어떤 비밀스러운 여자와 관련이 있대. 하지만 선장을 빼고는 그 사건에서 살아남은 이가 아무도 없으니 우리로선 알 수가 없지."

"그러면 선장님을 이리로 모시고 와서 물어보면 되잖아." 누군가가 물었다.

"우하하하핫!" 모두가 웃어넘겼다. 선원들의 호기심을 풀어 주기 위해 감히 선장을 데려올 자가 어디 있겠는가.

"그 사건에서 생존한 사람이 한 명 더 있어." 크노헨이 말했다.

"뭐라고?" 누군가가 물었다.

"누군데?" 아로스가 물었다.

크노헨은 턱으로 배 한가운데를 가리켰다. "빔. 빔은 그날도 저 자리에 있었어. 모래시계 앞 말이야. 직접 나한테 얘기해 줬는걸."

"오! 왜 지금껏 그 생각을 못 했을까?" 목수가 말했다.

이제 모두가 늙은 종지기 빔 쪽으로 시선을 돌렸다. 그는 겨우 몇 미터 앞에서 자신의 임무를 수행하고 있었다. 갑자기 선원들의 관심이 자신에게 쏠린 것도 눈치채지 못한 것 같았다. 아니면 그냥 그런 척하고 있는 걸지도 모르지, 아로스는 생각했다.

"한번 직접 물어볼까?"

"빔이 한마디도 하지 않은 지 벌써 일 년이 넘었어. 그냥 조용히 놔두는 게 좋을 것 같아."

"너희도 혹시 그 바다 괴물 얘기 들었어?" 어느 털보 선원이 물었다.

"혹시 선원이 탄 보트를 한 번에 먹어치운 상어를 삼켜 버린 문어 얘기 말이야?" 다른 한 명이 천진난만하게 물었다.

모두가 웃었다. 이번에는 아로스도 따라 웃었다. 물론 비밀로 가득한 14년 전의 사건이 머릿속에서 떠나지 않았지만. 한동안 사내들은 유쾌하게 어떤 바다 괴물이 가장 위험한지에 대해 떠들어 댔다. 바다에는 정말 각양각색의, 더 크고, 더 위험한 괴물들로 가득했다. 바다뱀, 거대 문어, 그리고 용과 고래와 악어의 모습을 섞어놓은 바다 괴물 레비아탄까지.

사실 가장 끔찍한 바다 괴물은 이 배 안에 있어, 아로스가 생각했다. 그 괴물의 이름은 론둘프였다.

즐거운 모임이 끝나갈 때쯤 다시 키가 화제가 되었다.

"나도 그가 돛의 이름을 정확하게 댈 줄은 몰랐어." 굼떠 보이는 선원이 말했다.

"정말 신기한 사람인 것만큼은 분명해." 그의 맞은편에 앉은 선원이 맞장구쳤다.

그런 얘기라면 더 크게 말해도 돼, 아로스가 생각했다.

아직 키에게 말을 걸 기회가 없었다. 아마도 배 아래에서의 끔찍한 경험에서 회복하느라 어디에선가 휴식을 취하고 있겠지. 생각지도 못한 키와의 재회가 너무나도 행복했다. 상상 이상의 강렬한 기쁨이었다.

악령답게

어차피 죽을 인간! 그 유한한 존재들의 삶에 대한 집착! 그런다고 달라지는 건 없는데도 그들의 집착은 맹목적이었다. 인간의 삶이란 너무나도 짧고, 의미 없고, 하찮았다. 어쩌면 그렇기 때문에 더욱 집착하는 것일지도.

밧줄 다리 양쪽에는 구더기 인간들이 얼어붙은 듯 멈춰 있었다. 악령은 가볍게 몸을 날리며 그들의 당황한 얼굴을 즐겼다. 주목받는 건 기분 좋은 일이었다. 추락하는 동안 비늘 표면에 기쁨의 전율이 흘렀다. 고르그린트 용암 호수에서처럼 뜨거운 용암이 그를 기다리고 있었다. 하지만 그건 부수적인 문제였다. 그를 압도하는 건 승리했다는 쾌감이었다. 이겼어! 학살자인 그가 드디어 불가능을 이뤄 냈다. 이 뒤틀리고 쓸모없는, 타락한 벨텐 제국에서 800년을 헤맨 뒤 얻은 성공이었다. 그것도 여러 관점에서 대단한 성공. 정말로 희귀한 것을 발견해 낸 것만으로도 커다란 성과였다. 그것을 찾아내는 일부터가 그가 이 세상에 처음 발을 들였을 때 상상했던 것보다 훨씬 더 어려웠다. 그런데 독을 섞는 노파 게룬다의 죽은 몸속에 무작정 웅크리고 숨어 있었을 때 그 발견하기 힘든 것이 갑자기 제 발로 찾아왔다. 이 세상에 온 지 수백 년이 지난 뒤였다. 그 얼마나 엄청난 행운이었던가. 게다가 그것은 기특하게도 불의 힘을 통해 자신과 하나가 되어 주었다.

그리고 이제 그것은 온전히 그의 소유였다. 세상의 끝자락 보잘 것없는 마을에서 살던 보잘것없는 매장꾼의 육체 속 순수하고 때 묻지 않은 영혼! 그는 끝없는 인내와 계략으로 매장꾼의 아들을 유혹하고 사주했다. 하지만 그것만으로는 성에 차지 않았고 끝내 그를 쟁취했다. 이것이야말로 모든 사탄의 악행 가운데에서도 최고로 꼽힐 만한 악행이었다. 순진한 벌레가 자신의 때 묻지 않은 영혼을 스스로 넘겼다. 여덟 개의 모든 차원에서 가장 교활한 존재인 그에게! 꼬맹이는 그를 '징글징글'이라고 불렀다. 깜찍한 애칭. 그의 진가를 알아주는, 마음에 쏙 드는 표현이었다. 그랬다. 그는 양심의 가책이라고는 없는 파렴치하고 인정머리 없는 존재였다. 그건 그의 장점들 가운데 일부였다. 그는 양도 아니고 늑대도 아닌 악령이었다!

죄악의 시대가 시작된 후 이러한 성공은 아무도 상상하지 못했었다. 자고로 성인이 된 인간은 부패하고 이기적이고 잔인한 존재여서 순수한 영혼을 찾기란 불가능하다고 여겨졌다. 그리고 인간의 타락한 영혼조차도 죽을 때가 되어서야 야비한 폭력으로 간신히 빼앗을 수 있는 것으로 여겨졌다.

이제 그가 정반대를 증명해 보였다.

학살자는 기뻐하며 용암 안으로 뛰어들었다. 자신도 모르게 눈을 꼭 감았다. 그렇지 않으면 1000도가 넘는 뜨거운 암석에 눈알이 따끔거릴 테니까. 고르그린트의 용암 호수에서 경험한 바에 따르면 용암 속으로 뛰어들 때에는 몸이 깊이 가라앉지 않았다. 이 용암은 어디에서 오는 걸까? 서부산맥 어딘가 깊은 곳에 미지의 화산이 끓어오르고 있는 게 분명했다.

끈적끈적한 액체 속을 힘차게 잠영해 나아갔다. 우선은 밧줄 다리로부터 충분히 벗어나야 하니까. 아무렴, 벨텐 제국에서 갓 획득한 영혼을 가지고 무사히 떠나려면 침착해야지. 차원을 넘나들기 위해서는 준비가 필요했다. 고향으로 돌아가면 모두 자신의 성공에 놀라겠지. 모두가 그를 미워하고 질투하겠지. 처음으로 불가능을 이뤄 낸 악령. 미움보다 더 큰 관심이 있을까? 질투보다 더 큰 예찬이 있을까?

도덕이나 규범 따위의 우매한 가치 기준을 세워 어떻게든 질서정연한 관계를 구축하고자 애써 보았지만 그러기에 인간은 너무도 각양각색인 존재였다. 이론상으로는 평화로운 공존이 허황한 것처럼 들리지는 않았지만 실제로는 그런 일은 일어나지 않았다. 상당수가 가치 기준을 지키지 않기 때문이었다. 대부분 사람은 그런 이들을 악한이라고 불렀다. 헤헤. 멍청이들. 그들이 악한이라고 부르는 자들은 약삭빠르고 구속받지 않았으며 부를 축적할 수 있었다. 세상을 지배하는 건 이기적인 자들이었다. 그들은 숨 막히는 규범의 속박에서 벗어나 자신의 이익만을 위해 행동했다. 특히 그들 가운데 상당수가 자기 자신과 자신의 후손을 귀족이라 여기며 더 큰 권력을 찾아 이곳저곳의 왕궁을 떠돌았다. 이해할 수 없는 건 다른 인간들이 그들을 우러러본다는 사실이었다. 하우펜 마을의 파린처럼. 가난하고 죄 없는 패배자, 사회의 찌꺼기. 그는 자신들을 억압하는 이들에게 복수하는 대신 자신을 옥죄는 윤리의 코르셋을 스스로 조여 머리로 피가 공급되는 것을 막았다. 합리적인 다른 대안들이 있었음에도 그에겐 열려 있지 않았다. 세상에 대한 이해력은 저급하기 그지없었고 선택의 폭은 극히 제한적이었다. 만약 예외적으로 그에게 선택의 기회가 주어졌다면 어땠을까? 그랬더라도 벌레의 머릿속에 있는 질문이라고는 '내가 가치 있고 선하게, 아니면 선하고 가치 있게 행동하는 걸까?'뿐이었을 것이다. 비늘 눈꺼풀 아래에서 학살자가 눈동자를 굴렸다. '고결'과 '명예'의 사이 어딘가를 무조건 선택해야 한다니. 하! 둘 중의 하나를 선택하느니 차라리 둘 다 포기하는 게 나았다. 헤헤. **옛날 옛적 벌레 한 마리가 살았습니다.**

악령이 용암 위로 머리를 내밀었다. 저 멀리에 다리가 보였다. 구더기 몇몇이 밧줄에 몸을 기대고 그가 뛰어든 지점을 바라보고 있었고, 또 다른 몇몇은 벌써 등을 돌리고 있었다.

파린은 그를 무조건적으로 신뢰했었다.

그래서 뭐? 악령이 없었다면 매장꾼의 아들은 과연 어땠을까? 수시로 날카로운 발톱을 세우는 수호 악령이 없었다면? 하우펜에서 토르프와 건달 친구들이 그를 습격했을 때 누가 벌레를 구했지? 뼈가 부러지고 이가 빠져 평생 죽이나 질질 흘리며 먹는 가련한 신세가 되는 걸 누가 막아 줬는데? 하! 벌레에게 진 빚 따위는 없어. 오히려 반대였다. 얼마나 여러 번 사과가 으깨지기 직전에 벌레를 꺼내 줬던가. 악령이 없었다면 도서관 병사가 창으로 꿰어 책장에 매달아 버렸을 것이고, 카바노 강의 폭포가 삼켜 버렸을 것이고, 네코르인들이 토막 내 버렸을 게 분명했다.

둑으로 헤엄쳐 갔다. 바위 뒤에서 몸의 비늘에 붙은 용암을 잘 털어 내고 말렸다. 뜨거운 용암 방울은 금방 굳었지만 말라붙은 조각들을 떼어 내는 일은 조금 귀찮았다.

파린은 왜 그를 절대적으로 신뢰했을까?

그게 중요해? 그건 다 벌레 자신의 잘못이지. 언제부터 고결한 존재가 악한 자를 신뢰했지?

벌레는 그를 탓할 수 없었다. 헤헤, 어차피 이젠 그럴 수조차 없잖아, 악령이 생각했다.

나벤슈타인 대주교의 정신 속에 몰래 숨어들어 매장꾼 아들을 여러 번 불렀을 때가 떠올랐다. 당시 파린은 악령을 따라가야 할지 말아야 할지 몹시 고민한 것 같았다.

파린은 언제부터, 왜 그를 무조건 신뢰했을까?

하! 믿음이라니. 아는 것 없고, 더 좋은 생각을 하지 못하는 인간이나 누군가를 신뢰하는 법. 하지만 그들이 신뢰의 대상으로 삼은 인간들 역시 마찬가지로 아무것도 모르고 더 좋은 생각을 하지 못하는 경우가 대부분이었다. 그런데도 인간은 쉽게 누군가를 신뢰했다. 그게 가장 쉽고, 가장 순탄한 길이었으니까. 신뢰란 얼마나 어리석은 놀음인가. 그리고 매장꾼 녀석은 그 방면의 대가였다.

최고로 순진한 멍청이! 구렁이가 가장 친한 친구인 줄 알고 자신의 목에 감는 어리석은 녀석.

심지어 헤르디스마저도 그를 가지고 놀았다. 믿음 뒤에 오는 건 탄식뿐이었다. 하지만 깨닫기엔 이미 늦어 버렸다. 헤헤. 그런 시시한 녀석은 신경 쓰지 말아야지. 그의 숙주는 모두 잔인한 죽음을 맞이했다. 그중에서도 경기장에서 맞은 피고의 죽음이 가장 극적이었다. 그에 비하면 파린의 최후는 나쁘지 않았다. 크게 주저하지 않고 스스로 죽음을 택했으니까. 벌레가 그의 말을 듣고 차원 이동으로 바위 굴에서 도망쳤었다면. 인간에게 처음으로 그런 도움의 손길을 뻗쳤지만, 매장꾼 아들 녀석은 선한 행동이 아니라며 거부했다. 그는 다시 선의로 가득한 영웅 놀이를 하려고 했다. '내 친구들은 어떻게 하고?'라며 투덜댔다. 대체 어떻게 우정과 신의를 자기 영혼의 구제보다 더 중요하게 여길 수가 있지? 항복하겠다며 지게스문트 성으로 돌아갔을 때는 또 어땠더라? 어떻게 이런 멍청이가 있담? 그 결과 그는 악령에게 영원히 자신의 영혼을 내주는 신세가 되었다. 더 이상의 구제는 없었다. 그리고 마침내 상황은 역전됐다. 이제는 애걸복걸할 필요가 없었다. 매장꾼의 영혼은 그의 손아귀에 있었다. 그만이 매장꾼의 아들을 놓아 버릴 수 있고, 자유롭게 해 줄 수 있었다. 하지만 이젠 그런 생각을 할 필요도 없었다. 오늘의 승리를 위해 얼마나 오래 준비했던가?

비늘 돋은 얼굴을 털었다. 고향으로 떠나는 거야. 이 열등한 삶을, 타락한 벨텐 제국을 떠나자.

그나저나 파린은 왜 그를 무조건 신뢰했을까?

하, 단 한 번 잘못된 대상에 의지했다는 이유만으로 사라지게 되는 존재라니. 그러니까 조심하고 또 조심했어야지. 아무렴, 그렇고말고. 눈먼 신뢰는 눈을 멀게 하지. 이제부터는 다시 뭐든 하고 싶은 대로 하는 거야.

용암에서 수영을 하다 보니 깔때기 모양의 동굴 입구가 생각났다. 그때 악령은 파린의 무조건적인 신뢰를 느꼈다. 징글징글이 옳은 행동을 할 거라는 흔들리지 않는 확신. 끓어오르는 용암 옆에 있는데도 한기가 느껴졌다. 변치 않는 순진함. 어떻게 그럴 수 있었을까? 마치 믿음이 허파 속에 공기를 채워 주고 삶을 보장하기라도 하는 것처럼. 어디에서, 그리고 어떻게 인간에게 그런 감정이 생기는 것인지 놀라울 따름이었다. 마치 그가 충직한 개라도 되는 듯, 충직한 동료인 듯, 충직한 친구인 듯. 그가! 학살자가! 그건 아니지. 충직하고 멍청한 건 인간 파린이었지. 그는 악령의 본성을 숨긴 적이 없었다. 그는 언제나 사탄이었고, 단 한 번도 정중하지 않았으며, 늘 음흉했다.

왜 파린은 그를 무조건적으로 믿었을까?

초르그호로차 보르그헤차! 그래, 어쨌거나 좋아! 악령은 원을 그리며 빙그르르 한 바퀴를 돌아보았다. 매장꾼 벌레에게 이제 남은 건 순수하고 때 묻지 않은 영혼뿐이었다. 육신과 정신은 이제 사라진 옛이야기일 뿐. 그뿐만 아니라 내일이면 아무도 그를 기억하지 못하리라. 그리고 영원히 잊히리라.

큰 소리로 입맛을 다셨다. 드디어 그에게 영혼이 생겼다. 영혼이 있는 고통과 불행의 지배자. 절대로 그것을 포기하지 않을 것이다. 어떤 일이 있더라도 매장꾼 아들을 다시 불러내지 않을 것이다. 어떤 경우에라도 그를 다시 놓아주지 않을 것이다. 단호함과 냉혹함은 그의 강점이었다. 헤헤. 결국 그의 선택은 악과 극악, 둘 중 하나였다.

그것만큼은 절대로 변하지 않으리라. 절대로!

당근 한 자루

다음 사건이 해일처럼 배를 덮치기까지는 오래 걸리지도 않았다. 이번에도 주연은 부항해장이었다. 그는 무료한 항해에 변화를 주는 일에 능숙했다. 오늘은 선원들을 모두 모아 놓고 잔혹한 형벌이 무엇인지 구경시켜 주었다.

마지못해 갤리를 나서는 아로스는 속이 메스꺼웠다. 조리장은 오늘도 변함없이 냄비 앞에 서서 손가락으로 코를 후비며 짧게 명령했다. "졸때기, 얼른 가서 창고에서 당근 자루를 가져와."

아로스는 우울한 얼굴로 중앙 갑판에 모여 있는 선원들 쪽으로 걸어갔다.

창고에서 키를 발견했던 대머리 선원이 멍한 얼굴로 론둘프 앞에 서서 떠듬대고 있었다. "저는… 아무 일도 하지 않았습니다, 항해장님."

"배 위에서는 늘 임무가 있다." 론둘프가 침을 튀기며 고함을 쳤다. "당직 중 보초를 게을리 서다니 용서할 수 없다. 우리 모두의 목숨이 거기에 달려 있다."

키를 늦게 발견했다고 정말로 벌을 주려는 걸까?

대머리에게 양팔로 돛대를 끌어안으라는 명령이 떨어졌다. 어쩔 수 없이 그는 동료 선원들에게 등을 돌리고 명령을 따랐다. 동료 한 명이 그의 손과 발을 묶었다.

"채찍 다섯 대!" 부항해장 론둘프가 정한 벌이었다. "처음이니 그 정도에서 끝낸다. 다음번에는 두 배로 다스려 주지!"

갑자기 뒤에서 크노헨이 나타나 아로스에게 속삭였다. "2년 전에 마흔 대를 맞고 죽은 선원이 있어."

론둘프는 과장된 몸짓으로 꼬리 아홉 개 달린 고양이를 허리에서 뽑았다. 채찍의 가닥 끝에 매듭이 지어져 있었다. 고문 기술자가 마우지에게 밥을 주려는가 보다! 저도 모르게 아로스는 회초리를 든 고아원 원장이 떠올랐다.

"이 바르바로사에서 동료애가 없는 나태한 행위는 용납되지 않는다."

"하지만 저는…"

"반항하면 매는 곱절이 된다. 한마디만 더 하면 열 대를 맞을 줄 알아!"

대머리는 입을 다물었다.

론둘프는 몸을 뒤로 젖혀 온 힘을 모았다. "**하나!**" 그의 몸 전체가 앞으로 쏠렸다. 완벽한 기술이었다.

돛대에 묶인 선원은 거친 리넨 셔츠를 입고 있었다. 채찍이 셔츠와 살갗을 갈랐다. 아로스의 몸에는 소름이 돋았다. 온몸의 체중을 실은 채찍질은 상상했던 것보다 훨씬 더 끔찍했다. 불쌍한 선원이 비명을 질렀다. 길고 큰 비명이었다. 그의 고통이 아로스에게 그대로 전해졌다. 잠시 정적이 흘렀다. 하지만 불쌍한 사내는 숨을 들이 마시기 위해 잠시 멈췄을 뿐이었다. 곧 다시 비명이 이어졌다.

아로스는 눈을 감았다. 이제 고작 한 대를 맞았을 뿐이었다.

"**둘**!" 다시 채찍이 날아갔다. 선원의 울부짖음이 바다를 흔들었다. 그의 살갗이 길게 찢어졌다. 깊은 상처에서 검붉은 피가 흘러내렸다.

론둘프가 아버지처럼 상냥하게 말했다. "알아, 알아. 마우지가 맹수의 앞발을 드러내면 어떻게 되는지…."

대각선 방향에 몰려 있는 선원들 가운데 키가 보였다. 그가 아로스에게 눈짓을 보내고 아래층 창고 쪽 방향으로 갔다. 형벌의 자리에 참석하는 건 의무였기 때문에 자리를 비우는 건 위험한 시도였다. 하지만 어차피 지금은 모두의 시선이 론둘프와 돛대에 묶여 비명을 지르는 선원에게 쏠려 있었다.

곧바로 키를 따라가려다가 생각을 바꾼 아로스는 잠깐 기다렸다가 크노헨에게 속삭였다. "당근을 가져올게." 그리고 다른 선원들 눈에 띄지 않게 살그머니 자리를 떴다.

"**셋**!"

아로스는 얼른 창고 쪽으로 가서 사다리를 타고 내려갔다. 키가 벌써 뒤쪽에 숨어 기다리고 있었다.

"**넷**!" 둔탁한 소리가 아래층까지 울려 퍼졌다. 선원은 고통스러운 비명을 끝도 없이 질렀다.

"끔찍해!" 아로스가 키에게 말했다. 키는 고개를 끄덕였다.

"친구 아가씨는 이 배에서 뭘 하고 있지?" 그의 말은 질책보다는 애정 어린 근심을 담고 있었다.

"내 과거에 대해서 알고 싶었어. 그런데 키는 어쩌다가 바르바로사에 탄 거야?"

"화가는 친구 아가씨가 거룻배를 타고 건너가는 걸 봤어. 그래서 따라갔지. 약속 때문이 아니었어. 화가는 친구 아가씨 편에 서고 싶었어. 미리 얘기하지 않은 걸 후회했지."

오래 고민할 필요가 없었다. 아로스는 키에게 와락 매달렸다. 사실 키의 의도를 의심한 적은 없었다. 그녀가 잠긴 목소리로 말했다. "그렇게 그냥 떠나 버려서 미안해, 키. 다시 내 곁으로 돌아와 줘서 기뻐."

키도 두 팔로 아로스를 꼭 안아 주었다. "화가는 알고 있는 모든 걸 친구 아가씨에게 말해 줄 거야."

"시간이 많지 않아. 그러니까 지금은 단 한 가지만 말해 줘. 니네브를 알아? 그 사람과 어떤 관계야? 예언자의 마지막 계보였다던 사람 말이야. 그 사람이랑 나랑은 무슨 관계지?"

"다섯!" 이제 선원은 비명을 지르지도 못하고 끼익하는 신음 소리를 냈다.

"니네브는 친구 아가씨의 어머니의 어머니의 동생이었어."

아로스는 잠시 생각해 보았다. 고아원에 있을 때 아이들은 친척들에 대해 생각하고 또 생각했다. 존재하지도 않거나, 또는 그들에 대해 눈곱만치도 관심이 없는 친척들에 대해서. 어느 날 친척 가운데 한 명이 나타나 자신을 새 집으로 데려갈 거라는 희망 속에서.

"내 할머니의 동생? 그러니까 작은할머니?"

키가 고개를 끄덕였다. "정말 굉장한 분이셨지. 그분이 나에게 친구 아가씨를 보호해 달라고 부탁했어. 화가에겐 영광이고 또 당연히 해야 할 일이었지. 화가는 그분께 큰 빚을 졌거든. 더구나 아로스는 아주 비범한 소녀였으니까."

"절대로 그 얘기를 입 밖에 내면 안 돼. 난 이 배에 수습 선원으로 고용된 몸이니까. 그리고 지금 당장 갤리로 돌아가지 않으면 조리장이 길길이 날뛰며 다시 꿀밤을 먹이기 시작할 거야. 바르바로사가 항해를 끝낼 때까지는 우리가 모르는 사이인 척하는 게 좋을 것 같아."

"친구 아가씨는 평소보다 더 조심해야 해. 이곳에선 기이한 일들이 너무 많이 일어나고 있으니까."

"넌 이 배를 타고 벨텐 제국을 여행했잖아. 왜 선원 중에 널 기억하는 사람이 아무도 없는 거야?"

"화가는 20년 전에 승객으로 이 배를 타고 대륙을 건너왔어. 당시 바르바로사에는 해적들이 우글거렸지. 난폭함과 무모함으로 가득한 곳이었어. 레비아탄 곶을 경유하는 항로를 택했었는데 파도가 대성당만큼이나 높았어."

"무너지기 전 대성당을 말하는 거지?" 아로스가 담담하게 덧붙였다. "그렇다면… 그렇다면 바르바로사 선장을 알겠네?"

"여러 번 봤어. 붉은 수염은 밤낮으로 브리지 위에 서 있었거든. 그만이 레비아탄의 폭풍 속에서 배를 조종할 수 있었으니까."

"흠, 지금은 전혀 다르잖아. 이젠 자기 선실에 틀어박혀서 나오지 않아. 단 한 번도 붉은 수염을 본 적이 없어."

키는 여윈 어깨를 들썩였다. "이제 그는 늙을 만큼 늙었으니까."

"그리고 전혀 눈에 띄지도 않고."

"이젠 브리지에 선장이 없어도 돼. 항로가 달라졌거든. 바르바로사는 악천후를 피하기 위해 멀리 돌아가는 항로를 택했어."

아로스가 골똘한 표정으로 말했다. "14년 전에 바르바로사에 뭔가 끔찍한 일이 있었어. 선원들은 그걸 피비린내 나는 사건이라고 불러. 그 사건에 대해서 아는 게 있어?"

"나도 그저 떠도는 소문만 들었을 뿐이야. 니네브는 화가를 찾아와서 과거가 아닌 미래에 관해서만 얘기했으니까."

위쪽에서 소리가 들렸다. 선원 둘이 아래로 내려오고 있었다. 그중 한 명이 물었다. "졸때기, 여기서 뭐 하고 있어?"

"당근을 가지러 왔어." 그녀가 대답했다.

오늘 키와의 대화는 일단 여기서 끝이 났다. 아로스는 채소 저장고로 가서 당근 한 자루를 집어 들었다. 키는 벌써 벽 뒤에 숨어 있었다.

아로스는 갑판 위로 올라와 당근이 담긴 자루를 등에 얹고 갤리 쪽으로 향했다. 대머리 선원이 숨을 헐떡이며 엎드려 신음하고 있었다. 선원 하나가 바닷물 한 양동이를 그의 상처 입은 몸에 부었다. 그는 한 마리 바다표범처럼 꺼억꺼억 울어 댔다. 비명을 지를 힘도 남아 있지 않았다.

　다음 날 아침 아로스는 당근을 솔로 문질러 닦고 있었다. 솔질할 때가 감자 껍질을 깎을 때보다 훨씬 더 생각에 잠기기 좋았다. 갤리에서 일한 지 얼마나 되었더라? 시간 감각은 사라진 지 오래였다. 바다 위에서는 어제와 오늘과 내일이 똑같았다. 그저께가 선원들의 일요일이었으니까 오늘은 토요일이 되겠군. 선원들이 토요일을 수요일이라 부르지 않는다면 말이야. 사실 요일 따위는 그리 중요치 않았다. 선원들은 모두 매일매일 똑같은 일들을 해야 했으니까. 아로스는 그날 저녁 뱃머리에서 들었던 이야기들이 머릿속에서 떠나지 않았다. 여러 해 전에 어떤 여자가 이 배를 타고 다른 대륙에서 나벤슈타인으로 건너왔었다. 그리고 그녀가 어떤 끔찍한 사건의 발단이고 중심에 있었다.

　아로스는 글을 읽을 줄 몰랐고, 숫자도 100까지만 셀 수 있었다. 그마저도 매질의 횟수를 세다가 터득한 것이었다. 하지만 그녀는 멍청이가 아니었다. 피비린내 나는 사건이 일어난 후 이 배에서 살아남은 사람은 단둘뿐. 붉은 수염 선장과 종지기 빔.

　종지기는 말을 못 하거나, 할 수 있다 해도 나에게 들려주지 않으려 할지 몰라, 아로스가 생각했다.

그녀가 허리에 찬 주머니로 시선을 돌렸다. 다른 선택의 여지가 없었다. 오랫동안 어금니의 힘을 빌리지 않았다. 하지만 지금은 위급한 상황이었다.

그가 무슨 생각을 하는지 들여다봐야겠어.

그녀가 즐겨 찾던 선착장에서 쇠사슬을 두른 개에게 써먹었던 방법을 다시 써 보는 거야. 같은 방법으로 돈너를 소개시켜 주던 에미코의 생각도, 뼈를 보는 사람 파린의 생각도 읽었었지. 아로스는 니네브의 어금니를 물끄러미 바라보았다. 하지만 일단은 적당한 때가 올 때까지, 그리고 빔의 몸에 손을 댈 기회가 올 때까지 기다리는 수밖에 없었다.

담판

파린은 용암굴의 위쪽 움푹 팬 자리에 서 있었다. 작열하는 암석에서 멀리 떨어진 곳이었고, 그는 실오라기 하나 걸치지 않은 채였다. 내가 왜 여기 있지? 무슨 일이 있었던 거지? 마지막 순간에 대한 기억이 끊겨 있었다. 기억이 지워졌어. 마치 머릿속에 새 둥지라도 있는 것처럼 작은 지저귐이 들렸다. 기억의 파편이 그의 머릿속에 하나둘씩 떠올랐다. 밧줄 다리. 양쪽에서 공격해 오던 적. 그가 정말로 용암 속으로 뛰어들었던 걸까?

"징글징글, 어떻게 된 거야?"

엠, 그러니까… 우리는 재미있게 다리에서 그네를 타다가 아래로 뛰어내렸지. 그러고 나서 따뜻하게 목욕을 하고… 에… 아무것도 기억이 안 나는 거야?

어쩐지 망상의 목소리가 평소와 다르게 들렸다. "응. 아무 기억도 안 나. 내가 굉장히 멀리 온 것 같은데, 그러니까 꼭… 뭔가 기억이 지워진 것 같아. 말로 설명하기 힘든 이상한 기분이야. 하지만 일단 어디로 숨어야 하지 않을까? 구더기들이 우리를 발견할 수도 있잖아. 그러면 다른 사람들을 구할 수가 없게 돼."

다른 사람들, 다른 사람들. 너에게 나라는 존재는 아예 없는 거야? 한 번만이라도 나를 좀 생각해 주면 안 되나? 악령이 구시렁댔다.

"네 생각을 해 줄 사람은 온종일 네 생각만 하는 너 하나로 충분해."

어쩐지 비난처럼 들리는데? 그래, 하긴 나도 약점이 있고, 지금 난 내가 왜 '절대로'라는 단어를 완전히 새롭게 해석하게 됐는지 고민하는 중이야.

그건 또 무슨 소린가? 파린은 자신의 귀를 의심했다. 무오류의 존재 망상에게 전혀 어울리지 않는 발언이었다. "실망하지 마. 넌 내가 가장 좋아하는 악령이야. 빈말이 아니라니까. 넌 아주 특별해! 이번에도 나를 구해 줬어! 고마워, 징글징글."

흠.

여전히 징글징글의 '흠'은 힘없는 투덜거림이었지만 아까보다는 한결 밝게 들렸다.

"뭐 입을 게 있었으면 좋겠는데. 내 옷이 용암에 타 버렸나 봐." 파린이 바위 틈바구니 밖으로 나와 거대한 동굴의 상황을 살펴볼 수 있는 곳까지 살금살금 다가갔다. 여전히 구더기들이 다리에 서서 아래를 바라보며 무슨 얘기를 나누고 있었다. 파린은 숨을 만한 곳을 찾기 위해 더 멀리 이곳저곳을 둘러보았다.

"구가 루그두!" 왼쪽에서 외치는 소리가 들렸다. "**그루!**" 구더기 병사 몇이 어두운 터널에서 나와 파린 쪽으로 달려오다가 마치 벽이라도 마주친 듯 갑자기 멈춰 섰다. 이제야 그를 발견한 것이었다. 눈이 휘둥그레진 구더기들이 주먹으로 가슴을 치며 소리쳤다. "**토토토토토!**"

그러자 다리 근처에 있던 다른 병사들의 시선도 그들 쪽을 향했다. 호기심 어린 허연 얼굴들이 사방에서 몰려들었다. 그들이 괴상한 소리를 질러 댔다. 메아리가 소리를 더욱 증폭시켰다. 동굴이 무너질 것만 같은 소리였다. 파린은 얼른 악령에게 정신의 일부를 맡겼다.

오, 그래야지! 그냥 때려죽일까 아니면 목을 졸라 죽일까?

"먼저 내가 얘기부터 해 볼게."

흰 몸뚱이들이 원을 그리며 몰려들었다. **"토토토토토토!"** 흥분한 목소리는 점점 커졌지만 이번에는 신기하게도 아무도 파린에게 창을 겨누지 않았다. 오히려 모두가 간격을 유지하고 공손하게 서 있었다.

"위대한 전사!" 누군가가 말했다.

"태양의 전사!" 또 다른 누군가가 말했다.

이제 여자들도 몰려왔다. 간간이 어깨에 아이를 안은 이들도 보였다. 그들의 눈은 호기심으로 가득 차 있었다.

구더기들 사이로 길이 열렸다. 양쪽에 네 명씩 여덟 명의 병사가 가마를 들고 왔다. 가마 위에는 거인 구더기가 앉아 있었다. 마이스터, 토르 왕이 직접 경의를 표했다.

"토토토토토토!" 그의 창백한 신하들이 환호하며 주위로 모여들었다.

귀가 찢어질 것 같았다. 엄청난 소리였다.

토르가 지휘봉을 들어 올리자 갑자기 사방이 고요해졌다. "에미코의 스콰이어, 그대는 나와 우리 종족을 놀라게 했다. 그대가 스스로 죽음을 택하고 용암 속으로 뛰어드는 걸 내 두 눈으로 똑똑히 보았다."

"구구구구구구!" 구더기들이 경탄의 얼굴로 동의했다. 그들 모두 마이스터의 말을 이해한 것 같았다.

"용암보다 뜨거운 것은 없다. 그런데도 너는 마치 새로 태어난 사람처럼 우리 앞에 서 있다." 이 말과 함께 갑자기 토르가 지휘봉을 머리 위로 들어 올렸다. 얼굴의 주름이 꿈틀거렸다.

그래, 이제야 생각났어. 거대하고 치명적인 왼손잡이. 그럼, 그렇지. 토렘이었군!

아하, 그렇구나.

파린은 침착하게 망상의 설명을 기다렸지만 망상은 말이 없었다. "엠… 징글징글. 시간이 얼마 없어. 그러니까 작은 질문 하나만 할게. 토렘이 대체 누구야?"

그라쿠스 왕의 제1기사. 토렘이 그때 에미코의 아버지 피고를 경기장에서 죽였지. 그때는 지금보다 30년쯤 젊은 얼굴에 지금처럼 살이 찌지도 않았었어. 피고와의 마지막 대결 직전엔 뇌조처럼 멍청한 척을 했었고.

"뭐라고? 그런데… 그 생각이 이제야 났다는 거야?"

어쭈, 그게 지금 이름도 제대로 기억 못 하는 멍청이 벌레가 나한테 할 소리야?

"저자가 토렘인 게 확실한 거야?"

우와, 무슨 질문이 그래? 렘볼트의 궁둥이가 하얀 것만큼이나 확실해.

그보다 더 확실할 수는 없겠네.

구더기 하나가 외쳤다. "구르가 기 그루욱 고부."

"용암에서 새로 태어난 자여!" 토르가 외쳤다. "저들이 그대를 흐르는 용암의 신으로 숭배하고 있다. 용암은 신성하다. 우리에게 용암은 온기와 빛을 주는 태양이야."

"토토토토토토!" 구더기 종족이 그의 말에 화답했다.

왜 저들은 너를 사악한 악마라고 생각하지 않는 거지? 언제나 멍청한 신 타령, 이건 너무 식상하잖아.

파린이 마이스터의 눈을 똑바로 보며 말했다. "그대는 토렘이다! 한때 폐하의 제1기사였지."

놀란 토렘의 눈은 휘둥그레지다 못해 용암처럼 이글거렸다. "한때는 그랬지! 하지만 오래전 일이야. 나는 이미 수십 년 전에 그대의 폐하 그라쿠스와 결별을 선언했다. 그리고 이 동굴 속에 살던 소박한 사람들과 함께 새 거처를 마련하고 새로운 임무도 발견했어. 세상을 지배하려 하는 자들의 병든 탐욕에서 벗어나, 광기 대신 삶의 의미를 찾은 거지." 그가 몸을 앞으로 기울였다. "그런데 내가 예전에 누구였는지 어떻게 알았지, 젊은이?"

드디어 주도권을 잡을 기회가 왔다. "나는 용암에서 새로 태어난 존재다. 그대의 평범한 잣대로 어찌 다 헤아릴 수 있겠는가?"

"**토토토토토토**!" 구더기들이 화답했다.

토렘이 커다란 머리를 갸웃거리며 말했다. "어찌 되었건 그대가 내 앞에 서 있는 벌거벗은 사내, 그 이상인 것만큼은 확실하다. 하지만 그렇게 자아도취에 빠지지는 말도록." 그의 이마에 주름이 생겼다. "그렇지 않으면 나에게 도전하는 것으로 간주하겠다. 구더기들은 강한 자에게 경의를 표하지. 가장 강한 사람만을 그들의 우두머리로 추대한다." 약간 조롱이 섞인 어조로 그가 나지막이 덧붙였다. "하지만 나는 다시 태어난 신 같은 건 믿지 않아." 그의 시선이 언젠가 피고를 찌른 검처럼 파린을 꿰뚫고 있었다.

예나 지금이나 파린의 목숨은 왕의 만족에 달려 있었다. "내 말을 믿어도 좋다. 나는 그대의 통치권에 도전할 생각이 없다. 내 목표는 저습지일 뿐, 그 이상은 바라지 않는다." 갑자기 좋은 생각이 떠올랐다. "마이스터 토르. 그대는 의심할 여지 없는 구더기 종족의 왕이다. 나와 협정을 맺는 것이 어떤가?"

"무슨 뜻이지?"

다음 순간, 파린이 토르 앞에 무릎을 꿇었다.

구더기들이 환호했다. 용암에서 다시 태어난 신이 그들의 왕에게 경의를 표하다니!

토렘은 거만하게 충성의 맹세를 받아들이고 환히 웃었다. "내가 맞춰 보지. 그 대가로 나의 호의를 원하는 거겠지?"

"친절이라고 말해 주시오. 나의 동료들과 나를 지나가게 해 주시오. 그것 말고는 바라는 게 없소. 용암에서 다시 태어난 자는 그저 여행길에 오른 매장꾼의 아들일 뿐이오."

"예의 바르고 겸손한 자군." 마이스터가 가마에서 일어나며 말했다. 뚱뚱하고 거대하고 흰 육체가 그의 앞에 서서 왕의 지휘봉을 세워 들었다. "용암에 몸이 익어서인가, 그대는 어떻게 젊은 나이에 이렇게 푹 익은 듯 노련한가?" 그가 씩 웃으며 말했다. "네 의도를 잘 알겠다. 동맹의 표시로 우리는 함께 권위의 상징을 들 것이다. 이것으로 우리의 협정을 만천하에 알린다."

네 개의 손이 왕의 지휘봉을 움켜쥐었다.

"이제 너는 우리 종족의 친구이다." 토렘이 선언했다.

"토토토토토토!" 큰 소리가 울려 퍼졌다. 병사들의 창이 하늘로 향했다.

제정신이 아니야. 왜 갑자기 저 창을 든 구더기 떼가 너를 좋아하게 된 거지?

토렘의 육중한 몸이 다시 힘들게 자리에 앉았다. "아직 얘기가 끝나지 않았다. 내 왕궁에서 마저 대화를 끝내도록 하지."

토르 왕은 팔꿈치를 두툼한 돌판 위에 대고 있었다. 왕궁이라고 해 봐야 그냥 천장 위쪽을 각별히 둥글게 깎아 만든 동굴에 불과했다. 횃불 네 개가 빛을 밝혔고, 벽을 안쪽으로 깎은 공간에 판자를 덧대 만든 선반들이 걸려 있었다. 선반 위에는 갖가지 물건들이 놓여 있었다. 파린의 시선이 무기와 연장과 책, 그리고 크고 작은 상자들로 향했다. 하지만 그를 더욱 놀라게 한 건 탁자 위의 음식이었다. 돌로 만든 컵에는 시원한 물이 담겨 있었고, 빵과 치즈가 담긴 접시도 있었다. 하인 한 명이 뭔지 모를 납작한 덩어리를 가져왔다. 진한 향이 풍겼다. 파린은 지금껏 외모만 보고 구더기 종족을 과소평가했음을 깨닫게 되었다.

토렘은 손으로 납작한 덩어리를 말아 입에 넣었다. "해면버섯이야. 영양가가 아주 풍부하지. 어서 들게."

오랫동안 먹지도 마시지도 못한 파린은 고마운 마음으로 음식을 입에 넣었다. 돼지고기와 비슷한 맛이었지만 훨씬 부드러워 씹을 필요도 없이 목구멍으로 넘어갔다. 극도의 허기가 가라앉을 때쯤 토렘이 손가락을 바지에 문질러 닦았다. 파린은 식사 전에 받은 앞치마 모양의 가리개에 손을 닦았다.

"스콰이어, 어디로 갈 계획이라고?" 토렘이 물었다. 그토록 불룩한 입술도 뾰족해질 수 있다니.

토렘이 그사이 잊어버렸을 리는 없다고 생각했지만 파린은 한 번 더 얌전히 대답했다. "저습지로 갈 계획이오."

"거기서 뭘 하려고?"

구더기의 왕은 새로운 연합에 관해 둘만의 대화가 필요하다고 느낀 것 같았다. 숨기는 건 의심을 사는 행위였기에 파린은 곧바로 대답했다. "내가 모시는 기사 에미코가 병에 걸렸소. 그의 병을 치료하기 위해서는 까마귀풀이라는 약초가 필요한데, 그 풀은 저습지에서만 자란다고 들었소. 그래서 서부산맥을 건너 그곳으로 가려는 것이오. 애초에 산길을 지나려던 계획은 다리가 끊겨 무산되고 말았소. 따라서 이 동굴을 통과하는 방법을 선택할 수밖에 없었소."

"벌써 누군가가 다리를 망가뜨린 걸 봤어." 그의 얼굴이 진지해졌다. "거기에 대해서 뭘 알고 있지?"

파린은 아는 사실을 숨김없이 털어놓았다. 토렘을 속이고 싶지 않았기 때문에 마을 사람들의 이야기와 산악 안내원이 다리를 망가뜨리고 자신들을 이곳으로 유인해 온 자초지종을 설명했다.

파린의 이야기가 끝이 나자 잠자코 경청하던 토렘이 말했다. "이제 너에 대해 알게 되었어. 저습지로 가게 해 주지."

파린이 생각했던 것보다 훨씬 빠른 결정이었다.

"하지만 미리 경고하네. 지금까지 많은 이들이 까마귀풀을 구하러 왔었어. 그 식물에 관해 전해 내려오는 신비로운 이야기들이 있으니까. 하지만 한 가지 분명한 사실이 있어. 까마귀풀은 당근처럼 쉽게 채집할 수 있는 식물이 아니야. 자신을 방어하는 식물이거든. 조용히, 그리고 서서히 사람을 죽이지." 그가 손바닥으로 탁자를 치며 말했다. "더 솔직히 말하자면 지금껏 내가 아는 그 누구도 까마귀풀의 뿌리를 가지고 저습지에서 돌아오지 못했다, 스콰이어."

진지하고 호의적인 경고였다. 하지만 파린은 그런 소문에 연연하지 않았다. 알라우네에 관한 미신이 다시 떠올랐다. 흰 개가 금요일

해가 뜨기 전 꼬리로 뽑아내야 하며 사람들은 반드시 밀랍으로 귀를 막고 있어야 한다는 전설을. 하지만 그는 마녀라 불리던 노파의 정원에서 아무렇지도 않게 알라우네를 뽑았다. 그 노파 이름이 뭐였더라? 어쨌든 소문들은 알고 보면 늘 거짓이었다.

구더기의 왕이 말했다. "저습지까지 갈 수 있게 도와주지. 하지만 조건이 하나 있다."

아하, 이제 마각을 드러내는군.

그런데 왜 하필 '마각'이라는 표현을 쓰는 거지?

"바로 너희 이외에 다른 사람들에게 우리의 존재를 알리지 않는 것이다."

파린은 잠시 생각해 본 뒤 손을 들고 말했다. "약속하오. 내가 본 걸 입 밖에 내지 않겠다고."

"너를 신뢰하는 건 문제가 아니야. 하지만 너의 일행들이 발설하지 않을 거라고 장담할 수 있는가?"

"그들에게도 맹세를 받을 것이오. 하지만 위기를 모면하려고 거짓으로 둘러대지는 않겠소. 그들이 발설하지 않을 거라고 장담할 수는 없으니까."

"역시 현명하군, 스콰이어. 확실히 그럴 수 있다고 주장했다면 나는 그대를 믿지 못했겠지. 하지만 그것만으로 신뢰할 수는 없다. 저들은 이미 너무 많은 걸 보았어. 그러니 죽어야 해."

이제 거의 다 왔다고 생각했는데 갑자기 마이스터가 동료들을 놓

393

아주지 않겠다니.

"토렘, 방금 말한 산악 안내원 헤르디스를 생각해 보시오. 마을 사람들은 이미 그대의 종족을 알고 있소. 그들은 구더기 종족을 두려워한 나머지 인간을 희생 제물로 바치려고 했소. 그대들을 회유하기 위해서 말이오."

"마을 사람들의 단순함이란. 이미 오랫동안 인간 희생 제물 따위는 없었다. 그리고… 미안하네, 그대를 속였어. 우리는 인간을 잡아먹지 않아. 그런 말도 안 되는 이야기는 그저 겁을 주기 위해 한 것뿐이었어. 우리가 원하는 건 그저 바깥세상으로부터 방해받지 않고 평화롭게 사는 것뿐이네. 지난 수년 동안 소박한 구더기 종족은 놀라운 발전을 했어. 우린 거대한 해면버섯을 재배하여 식량을 조달하지. 이 동굴을 통해서만 갈 수 있는, 알려지지 않은 계곡이 있어. 우린 그곳에서 경작을 하고 가축도 기르고 있다. 경작지도, 목초지도 넓지는 않지. 햇빛도 잘 들지 않아. 하지만 우리는 그것만으로도 충분히 살아갈 수 있다. 우유와 치즈는 산에서 키우는 염소에게서 얻지. 나의 종족은 부지런하고 놀랍도록 조화롭게 살아가고 있다. 그런데 마을 사람들은 왜 그러지 못하지?"

"하지만 창을 든 병사들의 겉모습은 평화와는 거리가 멀어 보이는데?"

"우리의 무기는 침입자들에게만 사용된다. 원래 그들은 호전적인 종족이었지. 강한 자만이 이 산에서 살아남을 수 있으니."

"밧줄 다리를 직접 만들었소?" 파린이 물었다.

토렘이 고개를 끄덕였다. "맞아. 산속 협로와 이곳 용암 호수의 다리는 우리의 작품이지. 나의 구상으로 만들어진 거야."

"산 위의 다리는 인간들이 그곳으로 산을 넘어갈 수 있다면 이 동굴로 들어오지 않아도 될 거라는 생각으로 만든 거로군."

토렘이 고개를 끄덕였다. "그래, 그 다리는 우리를 발견하지 못하게 하려고 취한 조치야. 그러니 다리를 보수할 것이다. 다리 덕에 산속에서 길을 잃는 사람들은 거의 없었어. 앞으로도 그래야 하고. 다행인 건 이 산에는 황금이 없다는 사실이다. 은도 없고, 철광석 매장량도 미미하지. 덕분에 사람들은 이곳으로 몰려오지 않아. 전설의 까마귀풀이 자라고 있지만, 다행히도 저습지에 대한 두려움이 인간의 탐욕을 능가하지."

"바로 그 까마귀풀이 우리 원정의 유일한 목적이오. 그대의 종족은 정말로 대단하지만 우리는 그대들의 나라에는 전혀 관심이 없소."

"그 말을 어떻게 믿지? 우리를 방어할 최선의 방법은 바깥세상에 우리의 존재를 알리지 않는 것이지. 우리의 존재를 아는 사람들이 늘어가는 만큼 우리의 생존도 위협받게 될 테니까. 그러니 나에게는 다른 선택의 여지가 없다. 그대의 일행들은 처형당할 것이다."

파린은 탁자 위로 상체를 당기며 말했다. "비밀을 지키기 위한 당신의 노력을 잘 이해하오. 하지만 조금 전에 그대는 아무도 저습지에서 살아 돌아가지 못했다고 말하지 않았소? 그렇다면 우리를 보내 주지 못할 이유가 어디에 있지?"

토렘은 잠시 생각에 잠긴 듯 보였다. "꽤 그럴듯한 논리야. 일행 중 한 명이 그대를 배신했는데도 이렇게까지 그들을 지키려 애쓴다는 사실이 놀랍군. 그렇다면 한번 생각해 보지. 일단 오늘은 여기서 끝내는 게 좋겠어."

"진짜 권력은 우리 둘이 싸워서 얻을 수 없는 것을 해내지." 갑자기 징글징글의 커다란 목소리가 튀어나왔다.

마이스터의 건장한 몸이 움찔했다. "그대는 마치 오래전 그 결투장에 있었던 것처럼 말하는군. 천하무적 피고를 상대로 했던 싸움이었어. 그날 제1기사로서 내가 남긴 마지막 말, 그리고 피고가 죽기 전에 마지막으로 들은 말이기도 했지. 어떻게 알고 있지?" 그의 눈이 번뜩였다.

"정신적 합일이라고 말해야 하나. 그대의 과거와 나의 미래가 우리를 하나로 연결해 주고 있소. 운명의 장난처럼. 나에게도 나의 사람들을 돌볼 의무가 있고, 그들을 염려하는 마음이 있소. 인간들 사이의 평화를 위한 주춧돌 같은 존재가 바로 내가 모시는 기사 에미코요. 그는 그대와 매우 유사한 신념을 가지고 있소."

토렘은 깊은 생각에 잠긴 얼굴로 파린을 응시했다. "에미코는 다른 기사들과 전혀 다른 사람인가 보군."

"그렇소, 그는 지나칠 정도로 올바른 사람이오." 파린이 진지한 미소를 지었다. "토렘, 한 번 더 청하오. 나의 일행을 풀어 주시오. 그렇게 해 준다면 그들이 그대의 백성들을 해하지 않도록 내가 할 수 있는 모든 노력을 기울이겠소."

토렘은 잠시 볼에 바람을 넣어 부풀린 뒤 말했다. "솔직히 말하면 나에게 모든 걸 털어놓지는 않았지만 그대가 마음에 들었네. 그대의 명예로운 의도를 알기에 더 캐묻지 않겠네. 바깥세상 사람들이 우리에 대해 알지 못하도록 해 주게. 그리고 알게 되더라도 우리가 평화롭게 살도록 해 줄 것을 약속해 주겠나? 에미코를, 그리고 그대를 신뢰하게 되었어." 그의 거대한 몸이 파린에게 다가왔다. "설령 내가 후회한다 해도… 그대를 보내 주겠네."

기대 이상의 호의였다. "고맙소, 토렘. 후회하지 않을 것이오."

"우선 옷부터 좀 챙겨 입어야 할 것 같은데."

토렘이 일어나 벽감 쪽으로 가더니 나무 상자를 열어 낡은 가죽 바지를 꺼냈다. "나만큼은 아니지만 그대의 키도 상당히 큰 편이니까." 그가 파린에게 바지를 던졌다. "한번 입어 보게. 어차피 난 작아서 못 입게 된 지 오래된 옷이야."

소와 염소와 사슴의 가죽으로 만든 바지는 오래됐어도 상태가 아주 좋았다. 가죽은 여전히 부드러웠고 쭈그러든 부분도 없었다. 최근에 다시 기름을 먹인 것 같았다.

"귀한 선물이오. 어떻게 감사의 마음을 전해야 할지…."

"그만! 왕의 명령이나 선물에 왈가왈부하지 않는다."

파린은 바지를 입고 옆구리 끈을 조여 묶었다. 가죽은 두툼했지만 부드러운 감촉이 전해졌다.

토렘은 가슴을 보호할 수 있는 가죽 갑옷도 건넸다. 굉장한 솜씨로 제작된 갑옷이었다. 한가운데에는 황금 매가 새겨져 있었다. "단단하고 넓은 어깨군. 젊은 시절의 나처럼."

파린은 눈이 휘둥그레져 그것을 받아들었다. 여러 겹으로 제작된 어깨 보호대는 튼튼하면서도 움직임에 제약이 없었다. 가죽 바지보다도 더 귀한 선물이었다. "이건 받을 수가 없소. 난 그냥 평범한 리넨 셔츠 하나면 충분하오."

"또다시 나에게 반항하는 건가, 스콰이어? 그 옷을 기품 있게 입고, 값지게 생각해 주기를 바라네. 젊은 시절 사슬 갑옷을 입기 전까지 입었던 옷이지. 그 옷을 입고 단 한 번도 싸움에서 패한 적이 없었다네. 나를 봐. 나는 이제 늙었고, 살도 많이 쪘어. 내 남은 인생에 이 옷을 입을 날이 또 있겠는가? 그리고 무엇보다, 이제 나는 그것들이 필요 없다네."

토렘의 명령하자 하인들이 즉시 파린의 물건들을 가져왔다.

파린은 검과 주머니를 허리춤에 찼다. 갑옷 안쪽에 단단한 부분이 가슴을 살짝 눌렀다. 파린은 손을 넣어 푸른빛으로 변한 금속 장식이 달린 목걸이를 꺼냈다.

아아르흐! 초르그호로차 보르그헤차! 그 역겨운 것 좀 얼른 치워!

금속 장식 위에는 알 수 없는 세 개의 글자가 새겨져 있었다. "그래도 이것만큼은 돌려줘야 할 것 같소." 그가 토렘에게 목걸이를 건 넸다.

토렘이 커다랗고 부드러운 손에 목걸이를 들고 물끄러미 바라보 았다. "폐하의 선물이었어. 피고와 결투를 앞둔 밤 나에게 그걸 건 넸지. 마치 어제 일처럼 생생하게 기억이 나는군. 그라쿠스는 그때 '숙면을 취할 수 있게 도와줄 걸세. 밤의 악령들을 막아 주거든. 내 일 나의 제1기사가 승리할 걸세.'라고 말했지. 영토를 넓히기 위한 원정과 삶과 죽음을 결정하는 양자 대결, 모두 다 미친 짓이었어." 고개를 흔드는 토렘의 모습이 조금 지친 사람처럼 보였다. 그가 파 린의 눈을 응시하며 말했다. "그보다는 현재 얘기를 하는 게 좋겠 지. 고리안 폰 지게스문트가 제1기사가 되었다면서?"

"이제는 아니오. 그는 죽었소. 에미코 기사님이 그와의 대결에서 승리했거든."

"세상만사가 다 그런 법이지. 죽지 않고 늙어가는 사람은 왕뿐이 군." 그가 잠시 후 덧붙였다. "그냥 갖게. 나에겐 필요 없으니." 그가 목걸이를 파린에게 던졌다.

파린은 날아오는 목걸이를 잰 손동작으로 받았다.

우! 징글징글이 말했다. **진짜 이상한 쇠붙이야. 여기저기가 따끔거린 다고.**

파린은 그것을 자신의 허리춤에 달린 주머니에 넣었다. "호의 감 사하오. 토르 왕. 실망시키지 않을 것이오. 인제 그만 나의 동료들을 챙기러 가고 싶군요."

바위 굴로 돌아가는 길에 최소 100명은 되는 구더기 종족들이 모여들었다. 여자들과 아이들도 섞여 있었다. 위에서 보니 일행들의 모습은 작고 가엾기만 했다. 희망을 잃은 얼굴들이 나무 창살을 올려다보고 있었다. 사내 셋이 덧문을 열고 사다리를 아래로 내렸다.

"플라우디우스 먼저요." 파린이 아래에 대고 외쳤다. "올라올 수 있게 도와주세요."

"무슨 일이야? 오랫동안 비명 소리와 괴상한 토토토토 소리만 들렸다고." 렘볼트가 얼굴을 찡그리며 말했다.

대답으로 구더기들이 남녀노소를 가리지 않고 가슴을 두드리며 외쳤다. "**토토토토토토**!"

한참이나 이어진 시끌벅적한 소음이 멈춘 후에야 그들은 다시 파린의 목소리를 알아들을 수 있었다. "이제 불평은 그만하시고 모두 올라와요. 우리는 자유예요."

렘볼트의 얼굴은 거대한 물음표가 되었다. 렘볼트와 바랄돈이 사다리를 잡아 주었고, 플라우디우스가 위로 올라왔다.

잠시 후 모두가 바위 굴 주변에 서서 이틀 동안 갇혀 있던 감옥을 내려다보았다. 만감이 교차했다.

렘볼트가 약간 찡그린 얼굴로 파린을 보며 말했다. "새 옷 멋진데. 대체 이 음침한 동굴 속에서 나 모르게 무슨 일이 있었던 거야?"

"많은 일이 있었어요!" 파린이 한쪽 눈을 찡긋하며 말했다. "왕에게 큰 선물을 받았어요."

다른 이들도 놀란 눈으로 파린의 새 옷을 바라보았다.

그들을 둘러싼 구더기들은 완전히 달라져 있었다. 이제 그들에게는 어떤 적개심도 찾아볼 수 없었다.

도무지 이해할 수가 없었는지 렘볼트가 중얼거렸다. "그, 그러니까 이 갑작스러운 평화로운 분위기를 믿을 수가 없어. 이건 내 직업병이라니까! 평화는 용병에게 가장 큰 적이거든." 그가 허리를 굽혀 신발을 매만졌다.

"칼을 꺼내지 마세요!" 파린이 황급히 외쳤다.

"대체 뭘 어떻게 한 거야? 어떻게 이런 일이 일어날 수가 있지?" 플라우디우스가 물었다.

"엄청난 얘기예요. 차차 말해 드릴게요." 파린이 손짓을 했다. "이제 허기를 채우고 최대한 빨리 저습지로 떠나야 해요."

"파린, 정말로 너를 사랑하게 된 것 같아!" 플라우디우스가 고백했다.

병사 둘이 그들의 배낭과 무기를 가져왔다. 자신의 무기를 되찾자 렘볼트의 얼굴도 서서히 밝아지기 시작했다. 무엇보다도 철퇴와 재회한 것이 너무도 기쁜 모양이었다.

헤르디스는 한쪽에 서서 무슨 말을 어떻게 해야 할지 모르겠다는 얼굴이었다.

"징글징글, 저 아이는 어떻게 하면 좋을까?" 파린이 내면에 물었다.

저 아인 너를 한 번 배신했으니 같은 일이 반복될지도 몰라. 나중에 후회하는 것보다는 미리 조심하는 게 낫지. 목을 따 버려!

파린이 헤르디스에게 다가가 말했다. "구더기 종족은 다른 인간들이 자신들의 왕국을 발견하게 될까 봐 두려워하고 있어. 그래서 처음엔 비밀을 유지하려고 우리 모두를 죽이려고 했었지. 네가 직접 보았듯이 저들은 가뭄이나 다른 천재지변과는 아무 상관도 없어. 그러니까 너희 마을의 운명은 이들과는 아무 관계가 없는 거지. 그러니 너희 마을에서 살아가기가 어렵다면 다른 곳으로 가서 새로운 터전을 만들도록 해."

그녀가 어깨를 으쓱했다. "나도 알아. 하지만 헨드릭이 그런 변화를 용납하지 않을 거야. 그리고 마을 사람들은 그의 말을 절대적으로 신뢰하고."

"네가 그의 어리석은 계략에 동참하는 바람에 우리 네 명이 목숨을 잃을 뻔했어."

그녀가 고개를 숙였다. "하지만… 너희들을 구하기 위해 돌아왔잖아."

파린이 고개를 흔들었다. "왜 진작 나에게 와서 모든 걸 다 털어놓지 않았지? 그날 밤 헛간에서 네가 처한 위험에 대해 알릴 수도 있었는데."

"지금은 너를 알지만 그때는 몰랐으니까. 네가 얼마나 사려 깊고 바른 사람인지 그리고…"

"다리가 망가진 다음 날 모두에게 할 말이 있는지 물었어. 그때는 나에 대해 더 많이 알게 된 뒤였지. 하지만 너는 그 기회도 그냥 흘려보냈고 진실을 말하지 않았어." 그가 심호흡을 한 번 하고 말을 이었다. "마을로 돌아가서 헨드릭에게 내가 곧 돌아올 거라고 말해. 네 동생이든 마을 사람 중 누구든 털끝 하나라도 건드린다면 내가 숨통을 끊어 놓을 거라고 말해."

"하지만… 나도 같이 가고 싶어. 너희에게 도움이 될 거야."

"아니, 네가 우리 곁에 계속 있는 걸 원치 않아. 네가 내 신뢰를 두 번 다시 저버리게 하지 않을 거야. 정말로 나를 돕고 싶다면 여기서 본 모든 걸 비밀로 간직해 줘."

그녀는 화를 내려다 말고 입을 꾹 다물었다. 그리고 고개만 끄덕였다.

파린은 그녀를 떠났다.

대장의 자격

렘볼트와 바랄돈, 플라우디우스와 파린이 서부산맥 저편에 도착하기까지는 채 이틀이 걸리지 않았다.

그들을 이곳까지 안내한 룽구르라는 이름의 사내가 햇빛이 새어 들어오는 틈을 가리켰다. "우리 저기! 저습지!" 그는 커다랗고 허연 머리를 끄덕였다. 믿음이 가는 친절한 사내였다. 룽구르는 컴컴한 동굴 속을 속속들이 알고 있었다. 너무 많아 셀 수조차 없는 통로들과 터널, 다리, 그리고 크고 작은 동굴들을 지나고 드디어 목적지였다.

"밖에 해가 비쳐! 다시 햇빛을 보게 될 줄이야." 플라우디우스가 신이 나서 말했다.

"맞아요, 우리 모두 같은 생각이에요. 이제 까마귀풀을 찾아서 돌아갈 일만 남았어요." 파린도 잔뜩 들떠 있었다.

"룽구르, 그런데 돌아가는 데는 며칠이나 걸리지?" 렘볼트가 물었다.

"짧은 길. 사흘보다 적게 걸려."

그들은 며칠 동안 그들을 인도한 횃불을 끄고 동굴 밖으로 발을 내디뎠다.

"우! 햇빛이 탄다, 끔찍해!" 룽구르가 투덜거렸다. "나는 여기 기다려." 그는 실눈을 뜨고 바위 아래 그늘로 재빨리 숨어 버렸다.

"끔찍해." 플라우디우스가 상냥하게 알려 주었다.

"그래 좋아." 파린이 룽구르의 흰 피부를 보며 말했다. "까마귀풀이 어디에 있는지 알아?"

"아니, 니, 니." 그가 양 손바닥을 내밀며 어깨를 으쓱해 보였다.

"여기까지 왔으니 우리는 까마귀풀도 찾아낼 수 있을 거야." 파린이 말했다. "룽구르, 금방 돌아올게."

사내가 말했다. "경고해. 깊이 들어가지 마. 지금까지 누구도 저 습지에서 못 돌아왔어. 니, 니."

"걱정하지 마. 곧 다시 만날 테니까."

사내의 둥근 얼굴에 수심이 가득했다. "하루 동안 기다려. 그다음엔 슬퍼다."

이번에는 플라우디우스도 눈만 찡긋했다.

그들은 빠른 걸음으로 완만한 언덕을 따라 내려갔다. 지평선까지 시야가 탁 트여 있었다. 나무도 작은 관목들도, 돌도, 바위도 없이 그저 끝없이 평평한, 축축하고 부드러운 흙으로 이루어진 땅. 생명이라고는 곳곳에 우거진, 마치 순무처럼 생긴 풀들뿐이었다.

"이곳은 회색 바다야." 플라우디우스가 저습지에 온 소감을 말했다.

모두가 기이한 풍경에 입을 다물지 못했다.

"징글징글, 까마귀풀이 어떻게 생겼는지 알아?"

책 속에 그림은 없었어. 물망초처럼 꽃이 푸른색이라고만 나와 있었고.

태양 빛도 안개층을 뚫지 못해 빛이 산란하고 있었다. 그들은 한 발 한 발 조심스럽게 앞으로 걸어 나갔다. 그들의 발이 흙 속에서 규칙적으로 움직였다. 아니면 그들의 발아래에 흙이 규칙적으로 움직이고 있는 건지도 몰랐다. 발을 내디딜 때마다 '짝' 하고 들러붙는 소리가 났다. 그리고 그 소리는 저습지 안으로 들어갈수록 점점 더 커져만 갔다.

"조금만 천천히 가자." 플라우디우스가 말했다. "늪에 빠질까 봐 무서워. 무게로 봐서 내가 제일 먼저 빨려들어 갈 거라고."

"그럼 내가 다시 꺼내 줄게." 렘볼트가 상냥하게 말했다. 하지만 물렁물렁한 땅을 보는 그의 시선도 불안하기는 마찬가지였다. "바닥이 기분 나쁘게 발을 잡아끄는 기분이야. 마음에 안 들어."

주위를 둘러보았다. 바닥을 덮은 순무 같은 풀들을 제외하고 다른 식물은 보이지 않았다. 동물들도 없었다. 심지어 독뱀이나 벌레 한 마리도 눈에 띄지 않았다. 그러니 어느 방향으로 걸어가든 마찬가지였고, 어느 쪽을 보아도 거대한 사막처럼 한결같은 풍경이었다. 파린이 고개를 들어 하늘을 살펴보았다. 까마귀는 물론이고 다른 새들도 한 마리 없었다. 안개는 갈수록 짙어졌다. 회색 베일은 점점 두터워지고 태양 빛은 사라졌다.

"한곳에 오래 머물러 있으면 바닥으로 가라앉게 될 거예요. 그러니 계속 움직여야 해요." 바랄돈이 말했다. 그의 신발도 바닥으로 점점 꺼져 들어가고 있었다.

"천천히 계속 걸어요." 파린이 말했다. "그리고 파란 꽃이 있는지 찾아 주세요."

"까마귀풀이 이 시기에 꽃을 피우는지 어떻게 알아? 우린 그 식물에 대해서 아는 게 거의 없어." 플라우디우스가 말했다.

"까마귀풀이라고? 이 암울한 땅에는 이 암울한 순무처럼 생긴 풀들뿐이야. 게다가 끔찍하게 많기도 하네." 렘볼트가 풀을 밟으며 투덜거렸다. "이건 정말 말도 안 되는 짓이야."

렘볼트의 말이 어떤 신호가 된 것일까? 꿈일까? 아니면 땅이 노한 걸까? 갑자기 바닥이 움직이기 시작했다. 천천히, 하지만 탐욕스럽고 끈적끈적하게. 마치 다시 가라앉기 위해 위로 솟아오르듯. 파도가 사방에서 그들을 막았다. 파린은 이마에 손을 올렸다. 너무 오래 동굴 속에 있어서 감각에 이상이 생긴 걸까?

"따, 땅이 움직여. 우리를 삼켜 버리려나 봐." 공포에 사로잡힌 플라우디우스가 소리쳤다.

바닥은 점점 부드러워지고 축축해졌다. 회색빛 물이 신발 바닥 아래에 고이기 시작했다. 피가 흐르는 상처처럼 물은 점점 더 많이 생겨났다.

"어서 왔던 길로 돌아가요." 파린이 놀라서 뒤를 돌았다. 젠장! 어디가 산이었더라? 어디를 봐도 질퍽하고 부연 황무지뿐이었다. 하늘도 다르지 않았다. 희뿌연 덩어리처럼 보이던 태양이 있던 자리도 더는 찾을 수 없었다. 유일하게 그가 아는 사실은 바닥이 아래에 있다는 것뿐이었다. 그리고 그 아래에서는 지금 회색 피가 솟아나고 있었다.

완전히 방향 감각을 잃고 말았다. 이제 어떻게 하지?

"저를 따라오세요." 파린이 앞장서 걷기 시작했다. 하지만 어디로 가고 있는 건지는 알 수 없었다. 파도가 계속 따라오고 있었다. 그들을 완전히 포위하려는 것 같았다.

"징글징글, 대체 어떻게 이런 일이 생기는 거야?" 파린이 내면에 속삭였다.

아주 신기한 일이야! 이곳에서 작용하는 힘은 나도 처음이거든.

"발이 빠져나오질 않아." 플라우디우스는 거의 숨이 넘어가기 직전이었다.

그의 다리가 무릎까지 땅속에 잠겨 있었다. 밑바닥이 냄비 속 끓는 물처럼 부글거렸다. 렘볼트가 어깨에 메고 있던 철퇴를 재빨리 꺼내 들어 뾰족한 침이 달린 끝을 잡고 가죽 손잡이 쪽을 플라우디우스에게 내밀었다. "얼른 잡아, 내가 도와줄게."

플라우디우스는 필사적으로 손잡이를 잡았다. 렘볼트는 양다리를 바닥에 지탱했다. 그러자 그의 몸도 마찬가지로 바닥으로 가라앉기 시작했다.

"그 방법은 안 되겠어요." 파린이 가볍게 움직이며 말했다. "징글징글, 이제 어떻게 하지?"

지금 나도 막 그 생각을 하고 있었어. 이 저습지에는 뭔가 무시무시한 기운이 느껴져. 굳이 악령의 기운이라고는 안 할게. 마치 기존의 상식들을 모두 비웃고 있는 것 같아.

"젠장, 뭐 이런 게 다 있지?" 렘볼트가 철퇴를 놓치며 엉덩방아를 찧었다.

플라우디우스는 처절하게 온몸을 허우적댔고, 그럴수록 그의 몸은 점점 더 깊이 아래로 빨려 들어갔다.

"움직이지 마! 그리고 철퇴를 이쪽으로!" 렘볼트가 엎드린 채로 팔을 뻗었다. 체중을 분산시킬 수 있는 좋은 방법이었다. 이제 그는 질퍽한 표면에 누운 자세로 더 가라앉지는 않고 있었다.

플라우디우스는 하얗게 질린 얼굴로 가까스로 흥분을 가라앉히려고 애썼다. 그리고 몸을 굽혀 철퇴의 한쪽 끝을 다시 렘볼트 쪽으로 던졌다. 그의 몸은 벌써 허벅지까지 가라앉아 있었다. 렘볼트는 있는 힘을 다해 철퇴를 잡아당겼다. 그의 단단한 근육이 더 단단해졌다. 잠시였지만 희망이 보이는 듯했다. 하지만 회색빛 늪은 손아귀에 들어온 포로를 그렇게 쉽게 포기하지 않았다. 바이스처럼 플라우디우스의 다리를 단단하게 물고 놓아주지 않았다.

"다 같이 도와야 해, 어서!" 바랄돈도 소리쳤다.

늘 신중했던 바랄돈이 그렇게 당황한 모습은 처음이었다. 그가 렘볼트 옆에 엎드렸다. 플라우디우스는 왼손으로 철퇴의 손잡이를, 오른손으로 바랄돈의 손을 잡고 늪에서 빠져나오려고 안간힘을 썼다. 하지만 모두 허사였다. 가라앉는 속도가 조금 느려졌을 뿐 늪은 계속해서 플라우디우스를 조금씩 끌어당기고 있었다. 급기야 하반신까지… 그다음엔 배꼽 깊이까지….

"플라우디우스, 안 돼요!" 바랄돈이 공포에 사로잡혀 소리쳤다. 이번 원정에서 그는 플라우디우스를 좋아하게 되었다. 그리고 이제 정든 동료를 구할 수 없을 거라는 절망에 몸부림치고 있었다.

파린은 함께 바닥에 엎드려 렘볼트의 다리를 붙들고 싶은 충동을 억눌렀다. 렘볼트와 바랄돈의 방법으로는 플라우디우스를 구할 수 없었다. 플라우디우스는 겁에 질린 나머지 바랄돈의 손과 렘볼트의 철퇴를 놓치고 양손으로 바닥을 잡고 버티며 몸을 꺼내 보려고 했다. 하지만 이제 팔마저 잠기기 시작했다. 황급히 다시 팔을 빼낸 플라우디우스가 지푸라기라도 잡는 심정으로 옆에 보이는 풀잎을 붙들었다. 어쩌면 뿌리를 깊이 내린 풀에 몸을 지탱할 수 있을지도 모른다는 실낱같은 희망을 품고. 하지만 희망은 곧 물거품이 되어 버렸다. 어느새 그의 손엔 뿌리가 뽑힌 식물이 들려 있었다.

파린이 눈을 깜빡였다. 칠흑 같은 검은 뿌리는 세 갈래로 나뉘어 있었고 그 끝은 뾰족한 발톱처럼 보였다. 까마귀의 발 모양! 운명의 장난일까? 생명이 위태로운 상황에서 플라우디우스가 그것을 찾아내다니! 그리도 찾아 헤매던 까마귀풀을! 지금껏 무심하게 지나친 식물이 바로 까마귀풀이라니. 알고 보니 이곳은 이끼와 까마귀풀로 가득 찬 늪이었다.

하지만 새로운 발견이 플라우디우스를 꺼내 줄 수는 없었다.

계속 뇌리를 스치던 생각이 있었는데, 이곳은 바닥과 풀이 서로 연결되어 있는 게 분명해.

"무슨 소리야?"

한번 생각을 해 봐. 너의 팔에 난 털이 까마귀풀이야. 네 피부는 늪이고, 네 몸 어디에서 털을 뽑아도 너는 느낄 수 있지.

"살려 줘!"

"그게 무슨 상관이야? 시간이 없어. 어떻게든 플라우디우스를 도와야 해."

플라우디우스의 몸은 이제 어깨까지 잠겨 버렸다.

모르겠어? 이곳의 땅이 하나의 생명체라는 뜻이야. 이곳의 식물을 해치면 땅이 저항하는 거라고. 벌레처럼 단순하게 생각하지만 말고 네 시야를, 가능성을 확장해 봐. 이해하려고 애써 보라고. 네가 불가능하다고만 치부했던 것들을 떠올려 보라고.

망상의 말에 그의 머릿속이 밝아졌다. 악령들. 초흐르테난. 정신의 이동. 용암 속에서 헤엄치기. 그중 무엇 하나 평범한 상식으로 가능한 것이 없었다.

파린은 자신의 육감을 따랐다. 큰 소리로 바람에 대고 소리치기 시작했다. "우리는 너를 해치려는 게 아니야! 우리가 원하는 건 이 땅에서 자라는 뿌리 하나야. 우리 기사님을 살리기 위해서 약을 만들 거야. 정말로 딱 하나만 있으면 돼."

렘볼트와 바랄돈은 파린이 제정신이 아니라고 생각하는 것 같았다. 그들의 얼굴은 깊은 절망을 숨기지 못했다. 친구 플라우디우스가 잔인한 죽음을 향해 조금씩 땅속으로 가라앉고 있는 상황에서 원정대의 대장은 완전히 미쳐서 허공에다 대고, 땅에다 대고, 그리고 하늘을 향해 소리치고 있었다.

내… 생각엔 늪이 대답하는 것 같아. 지진 같은 굉음이 들렸어. 그 소리는 꼭… '그럼… 너의 자격을… 입증해 봐!'라고 말하는 것 같았어.

"난 아무 소리도 안 들리는데." 그가 진정하려고 애썼다. "정신을 놓아 볼게. 그럼 나도 들을 수 있을지 모르니까."

파린은 징글징글에게 정신을 상당 부분 넘겼다. 하지만 동료들의 고통스러운 신음 이외에는 여전히 아무 소리도 들리지 않았다.

파린의 눈에도 눈물이 흐르기 시작했다. 하지만 눈물로 플라우디우스를 도울 수 없다는 사실을 알기에 그런 자신이 부끄러웠다. "자격을 입증하라니… 대체 무슨 뜻일까? 누구에게 물어야 하는지는 몰라도… 이제 정말로 시간이 얼마 없어."

플라우디우스는 물에 빠진 사람처럼 팔을 위로 뻗었다. 이제 진흙은 그의 목까지 차올라 있었다. 늪은 마치 한 마리의 뱀처럼 무자비하게, 남김없이 먹이를 삼키려 하고 있었다.

"도저히 못 하겠어. 이제 더 버틸 힘이 없다고. 너무 깊이 빠져 버렸어." 렘볼트의 목소리가 충격에 떨리고 있었다. 감정적으로 동요하는 그의 모습은 처음이었다.

힘, 그리고 속도! 빨리 움직여야 해. 가라앉을 시간을 주면 안 돼. 물 위를 걷듯이 말이야.

"넌… 물 위를 걸을 수 있어?"

쉽지는 않지만 할 수는 있어. 그냥 빨리 걷기만 하면 돼. 물이 네가 있다는 걸 깨닫기 전에 두 걸음을 가는 거지. 내 능력을 향한 너의 감탄은 대체 언제쯤 끝이 날까?

파린은 뒤로 한두 걸음 물러섰다.

렘볼트가 벌건 얼굴로 소리쳤다. "지금 도망치려는 거야?"

하지만 그건 도움닫기였다. 파린은 빠른 걸음으로 플라우디우스에게 달려가 재빨리 그의 두 손을 낚아챘다. 손이 으스러지거나 부러질 위험을 무릅쓰고 악령의 힘으로 단숨에 플라우디우스를 잡아당기더니 마치 밀가루 자루처럼 어깨에 들쳐 멨다. 쉬지 않고 발을 움직이자 발이 더는 가라앉지 않았다. 몇 미터를 달려가자 좀 더 꾸덕꾸덕한 땅이 나타났다. 파린은 그곳에 플라우디우스를 내려놓았다. 놀라운 성공에 한껏 고무된 렘볼트와 바랄돈도 어디서 힘이 솟구쳤는지 가라앉지 않기 위해 버둥거리며 뒷걸음질 치기 시작했다.

또 목소리가 들리는데? '그를 빼내다니…. 지금껏… 한 번도 없었던 일이다. 정체가 뭐지?'라는군.

"우린 우리가 모시는 기사님을 사악한 마법에서 구해 내려고 해." 파린이 다시 외쳤다. "우리가 돌아갈 수 있게 해 줘."

악령은 아무런 대답도 듣지 못한 모양이었다.

413

이상한 일이었지만 플라우디우스는 늪에 빠지기 전 모습 그대로였다. 그의 옷에도, 몸에도 진흙의 흔적이 없었다. 달라진 게 있다면 그의 얼굴이 룽구르와 형제라고 해도 믿을 정도로 창백해졌다는 사실이었다. 그는 멍하니 자신이 빠져 있던 구멍을 바라보고 있었다. 쩍쩍거리는 소리와 함께 구멍은 다시 사라지고 있었다. 지금 서 있는 자리는 땅이 가라앉지 않을 만큼 단단했다. 하지만 그는 혹시라도 상황이 바뀔까 봐 숨도 크게 쉬지 못하고 있었다. 그가 들릴 듯 말 듯 한 목소리로 속삭였다. "고마워… 모두 날 도와준 거. 정말 고마워."

렘볼트도 어느새 다시 일어서 있었다. "우린… 도움이 되지 못했어. 파린이 널 구했어. 어떻게 한 건지는 모르겠지만."

"너희는 최선을 다했어. 너희 셋 모두 목숨까지 걸었어. 인간으로서 할 수 있는 최선을 다했어. 오늘 일은 평생 잊지 않을게." 플라우디우스가 주먹을 꽉 쥐며 말했다. "이제 어서 돌아가자. 이 무시무시한 곳에서 최대한 빨리 벗어나는 게 좋겠어."

모두 같은 생각이었다. 하지만 어느 쪽으로 가야 하지?

그 사이 시야는 더 흐려졌고 주위는 점점 어두워지고 있었다. 어디를 보아도 똑같은 안개뿐이었다. 어디로 가야 할까? 바닥은 이제 파도처럼 출렁이지 않았지만 여전히 신발을 잡아끌며 침입자들을 탐하고 있었다.

파린은 그제야 허리를 굽혀 플라우디우스가 뽑아낸 검은 뿌리가

414

달린 식물을 경건한 마음으로 집어 들었다. 까마귀풀! 파린은 그것을 조심스럽게 허리춤에 달린 주머니에 넣었다.

"고작 이 풀떼기 때문에 이 꼴을 당한 거야." 렘볼트가 씩씩댔다. "보상으로 각자 뿌리 몇 개씩이라도 가져가자고."

파린이 말없이 고개만 흔들었다.

"왜 안 된다는 거야?" 그가 바닥을 가리키며 말했다. "여기 까마귀풀은 차고 넘칠 만큼 있어. 그리고 사람들이 말하는 것처럼 이게 그렇게 귀한 풀이라면 큰돈을 벌 수도 있잖아." 그의 눈이 황금처럼 반짝였다. 그리고 파린의 대답을 듣기도 전에 까마귀풀을 뽑으려고 손을 뻗었다.

"안 돼요!" 파린이 그의 팔을 낚아채며 단호하게 말했다. "털 한 개를 뽑았으면 됐어요. 그 이상 피해를 줄 수는 없어요."

"털이라니? 무슨 피해?" 렘볼트가 인상을 쓰며 물었다. 하지만 아무런 대답도 듣지 못하자 어깨만 으쓱할 뿐이었다. 그래도 파린의 지시를 따라 주니 다행이었다.

렘볼트. 조금 전까지 생명의 위협을 느끼다가 이제 또 욕심이라니.

먼저 바람이 느껴졌다. 뒤이어 안개가 걷히며 시야가 조금 트이기 시작했다. 왼편에 태양이 비치고 있었다. 이제 다른 동료들도 날씨가 변하는 걸 느끼고 있었다. 모두 말없이 그 자리에 서서 바닥이 가라앉지 않는다는 사실에 감사했다.

"정말 기이한 곳이야." 바랄돈이 속삭였다. 그가 먼 곳을 바라보았다. "이 습지 너머에는 뭐가 있을까?" 뒤를 돌아 손가락으로 반대편을 가리키며 말을 이었다. "저쪽이 다시 산으로 돌아가는 길이야."

그의 말대로 저 멀리 산맥이 보였다.

"제가 먼저 갈게요." 파린이 말했다. "까마귀풀을 밟지 않도록 조심해 주세요." 그가 조심스럽게 몇 걸음을 뗐다. 뒤는 돌아보지 않았다. 렘볼트의 표정이 어떨지는 쉽게 상상할 수 있었다.

바닥은 신기하게도 마른 땅만큼이나 단단했다. 덕분에 일행은 빠른 속도로 걸을 수 있었다. 산맥이 가까워 왔고 몇 시간 뒤 동굴을 빠져나왔던 입구에 이르렀다.

파린은 뒤를 돌아 늪지 평원을 바라보았다.

숲만 보고 나무를 보지 못했다니. 그곳은 온통 까마귀풀로 덮인 땅이었다. 하지만 그렇다고 해서 누구나 원하는 대로 그것을 손에 넣을 수 있는 건 아니었다. 매장꾼의 아들은 눈 앞에 펼쳐진 이 늪지대에 숙연함을 느꼈다.

넷을 발견한 룽구르의 얼굴에 아주 조금 혈색이 돌았다.

"어떻게? 아직 살았어? 까마귀풀은?"

"성공했어. 기다려 줘서 고마워."

"**토토토토토토**!" 그가 외쳤다. "내가 놀라지 왜? 너, 용암에서 다

416

시 태어났어."

"점점 네 정체가 궁금해져." 렘볼트의 눈빛이 공격적으로 변했다. 하지만 곧 눈을 내리깔고 중얼거렸다. "하지만 한 가지만큼은 분명해!" 그의 검은 눈동자가 다시 번뜩였다. "넌 내가 만난 대장들 가운데 최고야. 그것도 압도적으로. 그건 정말 굉장한 거야. 난 지금껏 살아오면서 수없이 많은 대장의 명령을 따랐거든." 그가 깊이 허리를 숙여 인사했다. "너를 따르게 되어 영광이야, 파린! 너라면 무보수로라도 따르겠어." 파린이 무슨 대답을 하기도 전에 그가 코를 찡그리며 말했다. "아니, 그건 좀 너무한 것 같고. 반으로 깎아 줄게."

파린이 웃었다. "고마워요, 렘볼트. 안 깎아 줘도 진심인 거 알아요."

플라우디우스도 순간을 놓치지 않았다. "나를 늪에서 꺼내 줄 때 팔이 빠지는 줄 알았어. 불평하려는 게 아니라 마치 두 마리 황소가 끄는 수레만큼이나 굉장한 힘을 느꼈다고. 어떻게 그럴 수가 있지?"

"에엠… 굳은 결심이요. 그리고 원래 위험이 닥치면 상상도 못 할 힘이 생기기도 한다잖아요."

기기기기기. 아주 근육질 벌레 나셨네.

파린은 조용히 내면을 향해 자기 생각을 전했다. "징글징글, 너는 플라우디우스뿐만 아니라 우리 모두를 구한 거야. 네가 아니었다면 늪지와 대화를 나눌 수도 없었고, 늪지를 진정시킬 수도 없었어. 고

417

맙다는 말도, 칭찬도 네가 들어야 할 말이야!"

아니 다행이네. 바로 그거야! 네가 아니라 악령이 영웅이지. 갑자기 망상이 조금 진지해진 투로 말했다. 하지만 네 자격은 분명히 입증됐어.

종지기

바람은 변함없이 서쪽에서 불어왔다. 당직 선원들은 할 일이 없었지만 그렇다고 마냥 쉴 수 있는 건 아니었다. 이럴 때 선원들은 배의 낡거나 손상된 부분을 수선하고 밧줄의 상태를 점검하고, 도르래에 기름칠을 했다. 상황에 따라서는 갑판을 닦아야 할 때도 있었다.

하지만 오늘따라 갑판은 아무 일도 없이 조용하기만 했다. 아로스에게 더없이 좋은 기회였다. 그녀는 손에 어금니를 들고 이물 쪽으로 갔다. 크랭크를 돌리고 있던 선원 둘은 아로스에게 관심이 없었다. 빔의 뒷모습이 보였다. 모래시계 앞에 앉은 노인은 분명 범상치 않은 사람이었다. 아로스가 천천히 빔에게 다가갔다. 어떻게 하면 좋을까? 상냥하게 어깨를 두드리고 '14년 전 피비린내 나는 사건에 대해서 말해 주세요!'라고 말할까?

간단하게 들려도 현실은 그렇지 않았다. 빔과 1미터쯤 거리를 두고 걸음을 멈췄다. 평소와 달리 망설여졌다. 빔은 마치 돛대처럼 꼼짝 않고 나무 상자 위에 앉아 멍하니 앞쪽만 바라보고 있었다.

배 위의 시간이 멈춘 것 같았다. 아로스는 잔뜩 긴장한 채 모래시계를 바라보았다. 정말로 시간이 멈춘 건 아닌지, 모래가 흘러내리고 있는지 확인하기 위해서였다. 처음으로 문신이 가득 찬 빔의 팔을 자세히 살펴보았다. 수없이 많은 동그라미와 네모와 세모들이 규칙 없이 배열되어 있었다. 아로스는 여전히 빔에게 한 발짝도 다가가지 못했다. 왠지 엄두가 나지 않았다. 빔은 아까부터 그녀가 그 자리에 서서 망설이고 있다는 걸 알까?

저게 뭐지? 아로스가 이를 꽉 물고 눈을 동그랗게 떴다. 햇볕에 그을린 팔에 솜털이 쭈뼛 서 있는 게 보였다.

내가 여기 있다는 걸 알고 있어, 아로스가 생각했다. 그는 무심하게 앉아 있는 게 아니었다. 그러니 이제 두려워할 필요도 없었다. 말을 걸어 보는 거야!

용감하게 한 걸음 더 앞으로 갔다.

노년의 빔, 그가 그렇게 빠를 거라고는 상상도 못 했다. 빔은 갑자기 양손으로 아로스의 위팔을 꽉 잡았다. 그의 동그랗고 반짝이는 눈이 마치 긴 못이 되어 그녀를 돛대에 박아 버릴 것만 같았다. 팔이 아파 왔다. 어디에서 이런 힘이 나오는 걸까? 입에서 흘러내린 침이 그의 턱에 매달려 흔들리고 있었다. 가느다란 입술이 떨렸고 몸은 마치 당겨진 활처럼 팽팽하게 긴장했다. "꼭… 닮았구나." 그가 입을 열었다! 죽은 나뭇가지처럼 갈라지고 건조한 목소리였다. "너는 재앙이고 불운이고 시련이야."

그의 내면에 어떤 기운이, 마구 날뛰는 날것의 힘이 느껴졌다. 깜짝 놀란 아로스는 그의 손을 뿌리치고 도망치고 싶은 충동을 겨우 억눌렀다. 빔이 말하는 걸 한 번도 본 적이 없던 아로스. 처음 듣는 그의 말이 이런 비난일 줄이야.

이 기이한 노인의 말은 무슨 뜻일까? 그녀는 혼란스러운 마음으로 인상을 찌푸렸다. 노란 반점이 그의 회색 눈동자 안에서 춤을 추고 있었다.

"넌 죽어야 해. 네 어미처럼. 난 알고 있다. 사방이 피바다였어." 그의 주름이 떨렸다. "뼈를 보는 사람을 제시간에 예언가와 만나게 하여라." 그가 계속 중얼댔다. "못된 년. 이런 멍청한 계집!" 그가 정신이 나간 사람처럼 웃기 시작했다. "너를 데려갈 거야. 그로부터 멀리 떼어 놓을 거야. 신도, 권력도, 악령과 환영의 동맹도 벨텐 제국을 지옥 불에서 구할 수 없어." 그의 입에서 초록빛 침이 흘렀다.

누구에게서 떼어 놓는다는 거야? 아, 그렇지! 당연히 파린 얘기야. 파린이 말했던 예언. 마치 나벤슈타인의 정찰병들처럼 지치지 않고 그녀를 따라다니는 멍청한 예언. 그 예언이 바르바로사의 늙은 종지기와 무슨 상관이 있는 걸까? 왜 그는 그녀를 미워하고 그녀에게 협박을 늘어놓는 걸까? 아로스는 대답을 듣는 대신 다른 질문들을 떠올리기 시작했다.

그녀가 빔의 손을 뿌리치려는 순간 환영이 나타나기 시작했다. 날카로운 빛이 눈을 관통해 머릿속까지 스며들었다. 아로스는 두 눈을 꼭 감았다. 그리고 조심스럽게 실눈을 떴다. 다시 우윳빛 물속에 있는 것 같은 기분이 들었다. 그런데도 그녀의 입은 바짝 말라 있었다. 방향 감각이 사라졌다. 우윳빛 호수는 서서히 피의 바다로 변해가고 있었다. 붉은 물과 붉은 안개. 널빤지도 밧줄도 돛대도 돛도 모두 붉은색이었다. 미래일까? 아니면 과거를 보는 걸까?

서서히 눈앞이 선명해지기 시작했다. 바르바로사의 갑판이 보였다. 그녀가 지금 서 있는 바로 이곳이었다.

갑판 한가운데에 여자가 보였다. 겁먹고 놀란 얼굴이었다. 나이는 아로스보다 열 살 정도 많아 보였는데 이상하게 낯이 익었다. 길고 붉은 머리카락과 희고 깨끗한 얼굴. 하지만 그와 대조적으로 그녀의 몸은 온통 피범벅이었다. 고통에 일그러진 얼굴. 소리를 지르려고 입을 열었지만 아무 소리도 나지 않았다. 하지만 그 소리 없는 외침은 아로스의 뼛속에 스며들었다. 그에 비하면 돛대 앞에 서 있는 붉은 머리 사내의 고함은 차라리 속삭임에 가까웠다. 그제야 그녀의 둥근 배가 눈에 들어왔다. 그녀는 임신 중이었다.

아로스의 등줄기에 식은땀이 흘러내렸다. 땀을 흘리고 있는 그녀는 어디에 있는 걸까? 그때일까, 지금일까, 아니면 내일일까? 도대체 어느 세상, 어느 시간에 있는 거지?

환영을 보기 위해 이런 고문까지 감수해야 할까? 환영은 대부분 죽음이나 살인 같은 처참한 사건과 관련된 것인데. 그런 불미스럽고 잔혹한 사건을 보기 위해 고통과 고난, 비애를 참아내야만 하는 것인가?

아로스는 인제 그만 눈을 번쩍 뜨고 환영에서 깨어나고 싶었다. 하지만 그것은 양모에 붙은 가시풀처럼 그녀를 움켜쥐고 놓아주지 않았다. 뿌리칠 수가 없었다. 눈앞의 장면이, 빔의 주름진 손이, 과거가 그녀를 붙들고 놓아주지 않았다.

사내들이 여자 주위에 서 있었다. 하지만 아무도 도우려 하지 않았다. 도움은커녕 그들의 손에는 피 묻은 칼이 들려 있었다. 그녀의 입술이 움직였다. '쉿' 소리를 낼 때처럼 입술이 뾰족해졌다가 두 입술을 꼭 다물었다. 하지만 그녀의 입에서는 아무 소리도 흘러나오지 않았다. 그녀의 강렬한 눈빛이 선원들을 쏘아보았다.

죽음의 비명이 들려왔다! 선원들이 바닥을 뒹굴며 죽어 갔다. 눈과 코와 귀와 입에서 붉은 물줄기가 쏟아져 내렸다. 피투성이 얼굴들이 그녀를 원망하며 아우성쳤다.

환영이 보여 주는 잔혹한 장면에 더는 견딜 수가 없었다. 여기서 도망쳐야 해. 아니면 벗어나든가. 뭐가 되었든 빨리 여기를 떠나. 환영이 흔들렸다. 아니면 배가 흔들린 걸까? 아니면 그녀의 다리가?

붉은 수염이 덥수룩한 사내가 나타났다.

눈앞이 희미해졌다가 다시 선명해지고 있었다. 작은 무언가가 위로 올려졌다. 폭력과 죽음의 한가운데에서 갓난아이가 세상의 희미한 빛을 바라보고 있었다. 놀란 작은 얼굴이 하늘을 올려다보았다. 안전한 엄마의 몸에서 떨어져 나온 두려움이 동그란 눈에 서려 있었다.

누군가가 손으로 두드리자 아기는 마침내 입을 열고 첫 번째 숨을 내쉬었다. 하지만 무언가가 없었다. 두 입술이 벌어졌지만 아기는 울지 않았다.

나의 생일아. 너는 14년 전, 정말 특별한 상황에서 나를 세상에 불렀구나.

눈물이 흘렀다. 엄마! 그녀는 여러 번 엄마를 원망했었다. 죽어가는 갓난아이를 고아원 문 앞에 버리고 간 여자라며 경멸했었다. 하지만 이제 모든 것이 명백해졌다. 그녀를 고아원 앞에 두고 간 사람은 엄마가 아니었다. 엄마는 이 저주받은 배에서 그녀를 낳고 세상을 떠났다.

"너를 낳아서는 안 되는 거였어. 넌 돌란인이야. 그 여자가 더 일찍 죽었어야 했는데. 너는 태어나지 말았어야 할 존재야." 노인의 거슬리는 속삭임이 아로스의 귓가에 지지직거렸다.

그 말이 아로스의 공격성을 일깨웠다. 태어나지 말았어야 했던 존재인 그녀가 이제 여기까지, 너무 멀리 와 있었다. 아로스는 빔의 눈을 정면으로 응시했다.

종지기도 그녀와 같은 장면을 보고 있었다. 이제 빔의 기억 속으로 들어갔다.

늙은이의 기억은 아로스의 시선에 완전히 포획되고 말았다. 바르바로사의 갑판이 희미해지면서 새로운 백일몽이 시작되었다. 끈적끈적한 손이 그녀의 발을 잡았다. 소스라치게 놀라 아래를 보았다. 오, 안 돼! 돛대 꼭대기에서 아래를 내려다보았을 때처럼 바닥은 까마득히 멀리에 있었다. 그녀의 몸은 불처럼 뜨거웠다. 작은 사내의 흐릿한 그림자가 피를 뿜어내고 있었다. 그르렁대며 마지막 숨을 가쁘게 몰아쉬고 있었다. 설마 키는 아니겠지? 소리를 지르려고 했지만 간신히 참았다.

눈 깜짝할 사이 다시 바르바로사의 갑판 위였다. 빔의 앙상한 손가락이 그녀의 팔을 놓아주었지만 이제 다리가 아팠다. 그도 그럴 것이 그녀는 갑판의 널빤지 바닥에 무릎을 꿇은 자세로 앉아 있었다. 빔의 분노에 찬 하얀 눈이 아로스를 노려보며 소리쳤다. "넌 죽었어!"

아로스는 소매로 이마의 땀을 닦았다. 물론 환영을 보고 난 뒤 지금보다 더 기운이 빠진 적도 있었다. 아무래도 최근 몇 주 동안 노파의 어금니를 쓰지 않은 게 도움이 된 것 같았다.

그런 생각을 하는 사이 그녀의 감정은 서서히 두려움에서 분노로 변해 갔다. "당신은 미쳤어. 나를 가만히 내버려 두면 두려울 것도 없잖아. 대체 왜 그러는 거지?" 그녀가 으르렁댔다. 종지기는 정신이 오락가락하는 것 같아 보였지만 지금까지 아로스가 만난 사람들과는 비교도 할 수 없을 만큼 많은 사실을 알고 있었다.

"너도 그녀와 똑같아, 돌란인 계집. 처음엔 네 힘을 원했어. 하지만 이제 내가 바라는 건 너의 죽음이야." 빔이 기이하고 낯선 목소리로 말했다. "나의 새로운 세상에 네가 있을 자리는 없어. 넌 너무 위험하니까."

아로스는 두 주먹을 꼭 쥐었다.

침착하자. 그래도 많은 걸 알아냈잖아, 그녀가 자신에게 용기를 불어넣었다.

다행히 다른 선원들은 여전히 그들에게 관심이 없었다. 이 배에서 빔은 돛대와 밧줄과 난간만큼이나 익숙한 존재였으니까.

"누가 날 죽이려 하는 거지?" 아로스는 도망치고 싶은 마음과 호기심 사이에서 방황하고 있었다.

빔이 거칠게 대답했다. "인제 그만! 고통의 수호자, 고통의 수집가, 고통의 전달자인 돌란인 계집."

빔은 다시 모래시계에 시선을 고정했다. 마치 아무 일도 없었다는 듯 변함없이 모래가 흘러내리고 있었다. 그것이 그가 잘 하는 일이고 그가 늘 하는 일이었다. "빔, 말해 봐. 돌란인이라니? 그게 뭐지?"

빔은 말이 없었다.

그리고 평소와 다름없이 악의 없는 모습의 노인이 그녀의 앞에 있었다.

아로스가 몹시 지친 눈으로 노인을 응시했다. 문득 종지기가 그녀를 계집이라고 불렀다는 사실이 떠올랐다. 깜짝 놀라 주위를 둘러보았지만, 다행히 둘의 대화를 들은 사람은 없는 것 같았다. 이유는 알 수 없었지만 빔도 아로스의 비밀을 떠벌릴 생각은 없어 보였다. 다행이었다.

마지막 모래알이 아래로 떨어졌다. 빔은 재빨리 왼손으로 시계를 돌리고 밧줄을 당겨 종을 쳤다. 언제나 그랬듯이. 불같은 분노 따위는 쏟아낸 적 없다는 듯 종소리는 평소와 다름없었다.

바로 그때, 아로스의 시선이 빔의 팔에 고정되었다. 지금까지 발견하지 못한 것이 신기할 따름이었다. 갖가지 문양의 문신들 사이에 보이는 거꾸로 선 별, 그리고 한가운데의 불꽃. 위쪽으로 향한 두 개의 삼각형은 마치 사탄의 뿔처럼 보였다. 파린이 그때 뭐라고 했더라? 감히 부를 수 없는 존재의 낙인. 그의 말이 아로스의 귓전에 바르바로사의 종소리처럼 울려 퍼졌다. "이런 표시가 있는 사람을 보게 되면 무조건 도망쳐야 해. 알겠지?"

하지만 멀리 도망칠 방법이 없었다. 그리고 도망쳐 봐야 별 소용이 없었다. 빔의 몸에 악령이 들어갔던 걸까? 빔에게서 느껴졌던 날것의 힘이 떠올랐다. 분명 파린에게서도 같은 힘을 느꼈었다. 감히 부를 수 없는 존재의 탁월한 선택. 빔은 수년간 바르바로사에서 일어나는 일을 빠짐없이 지켜본 장본인이었다. 그건 곧 악령도 누가 배를 타는지, 그리고 어디로 가는지 속속들이 알고 있다는 뜻이었다. 온몸에 소름이 돋았다. 그녀는 방금 누구와 대화한 걸까? 그 어떤 사악한 존재였던 걸까? 악령은 뼈를 보는 사람과 그녀의 동맹을 두려워하는 것 같았다. 그래서 그녀를 죽이려고 했다.

빔은 다시 모래시계만 물끄러미 바라보고 있었다. 지난 수년간 그랬듯이. 주변에서 일어나는 모든 일에 무심한 것처럼.

아로스는 답답하고 혼란스러운 마음을 안고 갤리로 돌아왔다. 문을 여는 순간, 다시 숨이 멎을 것 같았다. 시선이 닿는 곳마다 붉은 피였다. 붉은 안개가 눈앞에 아른거렸다. 그녀의 축축한 손에 아직도 어금니가 있었다.

"뭘 그렇게 보고만 있어? 오늘 아침에 잡은 돼지야. 얼른 와서 도와라."

쾅 소리와 함께 조리장이 수레바퀴만큼 커다란 프라이팬을 조리대 위에 올렸다.

아로스는 간신히 마음을 가라앉혔다. 백일몽이 아니고 돼지를 잡은 거구나. 아로스는 얼른 조리장을 도와 고기를 굽기 시작했다.

오후쯤에 그녀가 다시 정신을 차리고 용기를 내서 물었다. "조리장님, 혹시 한 번이라도 선장님을 본 적이 있어?"

"그런 멍청한 질문 말고 다른 할 일은 없는 거냐?" 조리장이 코를 후비며 대답했다.

"멍청한 질문이 아니야. 그나저나 조리장님 대답은 '아니'처럼 들리는데? 붉은 수염 선장이 대체 온종일 뭘 하는지 궁금해서 그래."

"이놈아, 누가 이 배를 조종하고 선원들에게 명령을 내리지? 응?"

"그건 야콥하고 론둘프잖아. 물론 론둘프는 개자식이긴 하지만 둘 다 숙련된 사람인 건 맞지. 아무래도 오늘 저녁에 선장실에 가서 직접 물어봐야겠군."

조리장은 마치 자기 손으로 때린 꿀밤을 맞기라도 한 사람처럼 화들짝 놀랐다. "매운맛을 봐야 네 허튼 생각이 달아나겠냐?" 그가 꿀밤 때리려다가 간신히 참으며 말했다. "넌 참 용감한 녀석이야. 흠, 하긴 지난 몇 년 동안 선장님 얼굴을 직접 본 적은 단 한 번도 없었어. 가끔 뒷모습이나 그림자를 보긴 했지만 말이야." 그가 잠시 말을 멈추었다가 다시 입을 열었다. "너를 막지는 못하겠지만 좋은 생각처럼 들리지는 않는구나. 선장님과 항해장들은 그런 귀찮은 일에 아주 질색하거든."

"선장실은 왜 그렇게 찾기가 힘들어? 정말 이상하지 않아?"

"흠, 나는 요리 생각만으로도 바빠서 빌어먹을 선실에는 관심이 없어."

"어디로 가야 선장님을 볼 수 있는데?"

조리장이 고개를 갸우뚱했다. 그가 아로스에게 주려는 건 꿀밤일까 아니면 대답일까?

"뒤쪽 맨 끝. 갑판 바로 아래 우현 쪽이야. 몇 년 전에 워드룸을 수리했는데 입구는 우현 쪽이야. 쓸데없는 짓거리에서 나는 빼 주면 좋겠다. 난 아무것도 몰라." 그가 한숨을 쉬었다.

"고마워요." 아로스가 고개를 끄덕이며 말했다. 조리장이 자신에게 호감을 가지고 있음을 느낄 수 있었다. 무엇보다 그는 아로스를 존중하게 되었다. 그래서 아로스는 스물일곱 번의 꿀밤과 지금까지

들은 욕을 다 잊기로 했다. 이 정도면 설명은 충분했다. 이제 실행할 때다.

빔이 교대 시간을 알리는 종을 울렸다. 야콥과 그의 선원들이 갑판을 맡을 차례였다. 어둠이 내려도 달라지는 건 없었다. 선원들은 언제나 똑같이 일했다.

바르바로사는 바람을 가르며 부드럽게 앞으로 나아갔다. 그 뒤에 당직 선원들의 바쁜 움직임이 있었다. 아로스는 부크스프릿 근처에서 기웃거리며 화장실을 찾는 척하다가 재빨리 워드룸으로 향하는 계단을 내려갔다. 나무에서는 갓 기름칠을 한 냄새가 났다. 조리장은 우현 쪽에 입구가 있다고 말했었다. 기다란 탁자 곁에 서서 방안을 살펴보았다. 문도 통로도 보이지 않았다. 바로 그때 어디선가 발소리가 들렸다. 창문을 내다보니 하필 캐빈 보이 그레고르가 워드룸 입구 쪽으로 걸어오는 게 보였다. 아로스는 재빨리 반대편으로 달려가 문 뒤로 몸을 숨겼다. 하마터면 들킬 뻔했다. 그곳에서 몇 계단을 내려가면 스윙도어가 있었다. 이 배를 처음 탔던 날도 이곳에 숨어들었었다. 그리고 더 뒤쪽은 그녀가 습격을 당했던 장소였다. 하지만 붉은 수염의 선실이 브리지에서 그렇게 멀리 떨어져 있을 리가 없어, 아로스는 신경을 곤두세우고 그레고르의 움직임에 귀를 기울였다. 하지만 워드룸 방향에서는 아무 소리도 들리지 않았다. 이제 어떻게 하지? 멍청한 캐빈 보이가 하필 지금 워드룸 청소를 하는 건 아니겠지? 그렇다면 그녀는 꼼짝없이 갇힌 신세였다. 다시 밖으로 나가다 들킬 걸 대비해 누가 들어도 그럴듯한 변명거리를 찾아야만 했다.

그때 반대쪽에서 소리가 들렸다. 사내들 목소리였다. 누구라도 한 번 들으면 잊을 수 없는 꽥꽥대는 목소리. 그중 한 명은 론둘프가 틀림없었다. 아로스는 자신도 모르게 소리가 나는 쪽으로 걸음을 옮겼다. 그녀가 멈춘 곳은 좁은 문 앞이었다. 귀를 바짝 가져다 대자 제일 먼저 들린 건 자신의 심장 뛰는 소리였다.

"정말로 죽이라고 했다고요?" 야콥이 물었다.

이곳은 항해장들이 같이 쓰는 선실일까?

"확실하게 끝내야 해." 낯선 목소리가 속삭였다. 어디선가 들어본 듯한 목소리였지만 문을 통해 들리는 속삭임은 웬만해서는 구별하기가 쉽지 않았다.

"하찮은 졸때기를요?" 항해장이 놀라서 되물었다.

우와! 그녀가 아랫입술을 깨물었다. 다행히 그녀의 심장은 아까만큼 큰 소리를 내며 뛰지 않았다. 아니면 아예 멈춰 버린 걸지도 몰랐다.

아로스, 바르바로사 안에 하찮은 졸때기가 몇 명이나 있지?

"처음부터 그 녀석이 마음에 들지 않았어요." 론둘프는 신이 난 모양이었다. "다음번에 기회를 봐서 확실히 처리하겠습니다."

덜거덕 소리가 났다. 의자 미는 소리였다. 아로스는 소스라치게 놀라 한 발짝 뒤로 물러섰다. 그리고 재빨리 까치발로 워드룸으로 돌아왔다. 그레고르는 보이지 않았다. 어차피 이제 그레고르 따위는 상관없었다. 계단을 올라 갑판으로 나왔다. 하지만 더는 도망칠 곳이 없었다. 그녀는 배 안에 꼼짝없이 갇힌 신세였다.

영약

　드디어 저 멀리에 지게스문트 성의 탑이 모습을 드러냈다. 플라우디우스와 바랄돈, 렘볼트와 파린, 넷은 말들에게 휴식이 꼭 필요한 때에만 쉬어 가며 이동했다. 대부분 정오 무렵 나무나 바위 그늘에서였다. 대신 밤에는 계속 말을 달렸다. 그래서인지 돌아오는 길에는 창의 전사들도 네코르인도 마주치지 않을 수 있었다.

　룽구르의 도움으로 그들은 겨우 이틀 반 만에 마을 근처에 도착했다. 얼마나 많은 터널을 통과했는지 셀 수도 없을 정도였다. 일행은 마을에서 하룻밤을 보냈다. 그들이 없는 동안 말들은 잘 지내고 있었다. 헨드릭은 말들을 다시 돌려주며 실망한 표정을 숨기지 못했다. 파린 일행이 다시 올 줄은 꿈에서도 몰랐던 것 같았다. 파린은 그를 따로 불러 호되게 꾸짖으며, 석 달 뒤 기사를 모시고 다시 돌아와 이상이 없는지 확인하겠다고 말했다. 헨드릭은 얼굴이 하얗게 질려 다시는 인간을 희생 제물로 바치는 건 물론이거니와 비슷한 일을 꾸미는 일도 절대로 없을 거라고, 그리고 마을을 위해 모든 노력을 기울이겠다고 약속했다.

　"그대의 말을 믿겠소, 만약 약속이 지켜지지 않는다면 마을 한가운데에서 처형할 것이오." 파린이 엄하게 경고했다. 그 밖에도 그는 가난한 마을 사람들에게 도움이 될 만한 일이 무얼까 생각해 보았다. 그리고 계획한 대로 일이 풀린다면 정기적으로 물과 밀을 제공하는 방안을 에미코와 논의하기로 했다.

헤르디스는 그들보다 조금 앞서 마을에 도착했지만 파린 일행이 마을에 머무르는 동안 눈에 띄지 않기 위해 조용히 은신해 있었다. 그녀의 배신으로 하마터면 일행이 완전히 해체되고 임무도 실패할 뻔했기에 파린도 그녀를 다시 보고 싶지는 않았다.

파린은 동료들에 대한 믿음이 얼마나 중요한 것인지 배웠다. 돌아오는 길에 그들은 남은 힘을 모두 소진하고 지칠 대로 지쳐 있었지만 아무도 불평하거나 이의를 제기하지 않고 파린을 따랐다. 일행은 그에게 그야말로 무조건적인 신뢰를 보냈다. 파린은 충성스러운 동료들이 자랑스러웠다. 말들도 그들만큼이나 지쳐 있었기에 성까지의 거리는 예상보다 조금씩만 줄어들고 있었다.

"저기 저 이상한 건 뭐지?" 렘볼트가 물었다.

멀리 떨어져 있었지만 파린은 알 수 있었다. 알록달록한 둥근 모양의 천막. 프레니아가 성에서 멀리 떨어진 곳에 천막을 친 게 분명했다. "프레니아가 무사히 도착했어요. 정말 다행이에요. 모두 프레니아와 잘 지내게 될 거예요." 파린이 미소를 지으며 말했다.

돌아오는 길이 이상하리만큼 평온했어. 숨어 있던 적이 갑자기 나타난 적도 없었고, 희소식만 기다리고 있었다, 이거지. 어쩐지 불길해. 네가 자연의 법칙을 비틀어 버리다니.

"무슨 소리야?"

원래 너는 하는 일마다 꼬이잖아. 징글징글이 하는 말은 언제나 참으로 낙관적이었다.

"너무 슬퍼하지는 마. 분명 화낼 일도 있을 거야. 조용히 숨어 우리가 오기만을 기다리고 있을지 누가 알아?"

"우리가 해냈어." 플라우디우스가 안도의 숨을 몰아쉬며 말했다. "입성의 순간이 기대돼. 팡파르가 울리고, 사람들은 모자를 던질 거야. 그리고 성찬이 기다리고 있겠지?"

"에미코의 부하들은 모자가 아니고 투구를 썼어. 그리고 나는 성찬보다 여자들이 더 그리워." 렘볼트가 투덜댔다. 하지만 평소에 비하면 그도 기분이 꽤 좋아 보였다.

이제 성문 위에 군사들이 서 있는 게 보였다. 모두 파린 일행 방향을 보고 있었다. 성문은 닫혀 있었다. 그리고… 병사들이 그들을 확인한 후에도 문은 열리지 않았다. 환호하는 기색도 없었다. 성문도, 성벽 위의 병사들도 모두 그대로였다.

"뭔가 수상해, 징글징글. 네가 화낼 일이 이건가 봐."

아, 맞아. 그래도 진정해. 화나는 일 가운데 가장 화가 나는 일은 화를 내는 거거든.

"아하, 그렇구나. 그게 너의 신중함과 내적 평화의 원천이었구나." 파린이 수긍했다.

천막 앞에 무언가가 움직이고 있었다. 손을 흔들며 그들 쪽으로 걸어오는 여자, 그녀는 머리에 두건을 쓰고, 옷이라고 보기에는 좀 아리송한 볼품없는 기다란 천을 몸에 두르고 있었다.

일행은 천막 쪽으로 말을 몰았다. 매장꾼의 아들이 말에서 뛰어내려 환히 웃으며 그녀와 포옹했다. "프레니아, 무사히 도착하셨네요. 다시 만나서 반가워요. 무엇보다 이 먼 곳까지 와 주셔서 정말 고마워요. 기사님을 위한 약을 조제할 수 있도록 도와주시는 것도요."

"내가 너였어도 그렇게 말했을 거야." 통명스럽게 말하면서도 그녀의 입꼬리는 기쁨을 감추지 못했다.

플라우디우스와 바랄돈도 말에서 내리며 반갑게 인사했다.

"이쪽은 렘볼트예요." 파린이 프레니아에게 렘볼트를 소개했다. "그리고 여긴 프레니아. 점술가이자 치료사고, 약을 조제하는 분이죠."

"이 누더기 안에서 산다고?" 렘볼트가 안장에 앉은 채 프레니아를 내려다보며 물었다. 그는 평소처럼 자신의 무관심을 굳이 숨기지 않았다.

프레니아가 아랫입술을 비죽 내밀며 물었다. "이런 들짐승 같으니라고. 오늘 날고기는 충분히 젖나 모르겠네." 어깨를 으쓱하며 그녀가 말했다. "돌아올 때가 되었다고 생각했어. 나도 겨우 사흘 전에 도착했는데, 지금까지 전해 들은 바에 따르면 상황이 별로 좋지 않아."

"무슨 일이 있었죠?"

"며칠 전부터 에미코의 행동이 도무지 종잡을 수 없다고 해. 성안에서 이상한 일들이 벌어지고. 원정 대원들은 아무도 성으로 들어갈 수 없어."

"뭐라고요?" 깜짝 놀란 바랄돈의 눈이 동그래졌다. "말도 안 돼. 대체 기사님께 무슨 일이 생긴 거죠?"

"렘볼트와 너에게 할 말이 있어." 파린이 말했다. "네코르인들은 엄청난 힘을 가진 악령을 숭배해. 그 악령은 미리 인간의 몸에 낙인을 찍어 자신의 소유물로 만들지. 그런 다음 낙인이 찍힌 인간을 마음대로 조종해서 끔찍한 일들을 벌여. 에미코 기사님의 팔에도 그 낙인이 있어."

"이제 알겠어." 바랄돈이 재빨리 상황을 파악하고 말했다. "그럼 까마귀풀로 만든 약이 기사님을 낫게 하고 악령을 쫓아낸다는 거지?"

"지금으로서는 그렇게 되기를 바랄 뿐이야."

"제길! 그 얘기를 왜 지금 하는 거야?" 렘볼트가 화를 냈다.

"기사님이 그렇게 당부하셨어요. 지금껏 드로그단과 플라우디우스, 그리고 저만 알고 있는 사실이에요. 그리고 미리 말했다 해도 우리의 임무는 그대로였을 거고요."

렘볼트가 플라우디우스를 쏘아보며 말했다. "그러니까 너는 다 알고 있었다는 거야?"

플라우디우스는 굳이 숨기지 않았다. "렘볼트, 내가 알았다고 해도 달라지는 건 없잖아. 그것보다 기사님과 드로그단에게 아무 일도 없어야 할 텐데. 이제 어떻게 하지?"

"약을 만들어야지. 그러려고 서부산맥까지 넘어가는 험한 원정길에 올랐으니까." 렘볼트가 씩씩댔다.

프레니아가 파린에게 말했다. "저 허풍쟁이 레미 녀석이 가진 거라고는 근육뿐인 줄 알았는데 다행히 그건 아니었군. 내 생각에 약이 완성되기 전에는 에미코에게 가지 않는 게 좋겠어."

"지금 저 여자가 나를 레미라고 불렀어?" 당황한 렘볼트가 플라우디우스에게 물었다.

프레니아는 렘볼트를 무시하고 말을 이었다. "너무 늦지 않았기만을 바라야지. 너희 얘기를 들어보니 까마귀풀을 구한 것 같은데, 맞지?"

"그럼요! 거의 죽다 살아났어요." 파린이 주머니를 열어 검은 뿌리를 꺼냈다. "알라우네는 드로그단에게 받았나요?"

프레니아가 고개를 끄덕였다. "도착하자마자 받았어. 나도 드로그단이 여간 걱정되는 게 아니야. 나에게 알라우네를 넘겼다고 반역자로 몰려 감옥에 갇혔거든." 그녀가 까마귀풀을 받아 조심스럽게 살펴보았다.

제길, 어째 순탄한 날이 하루도 없는지. 파린은 입술을 굳게 다물었다. 그냥 경고를 무시하고 성으로 들어가야 하는 것 아닐까?

프레니아는 손금뿐만 아니라 생각도 읽는 모양이었다. "약이 완성될 때까지는 여기에 있는 편이 좋을 거야. 시간이 없다는 건 나도 알아. 그래서 준비도 다 해 두었고."

플라우디우스는 몹시 초조한 모양이었다. "내가 가서 들어가게 해 달라고 말해 볼게. 드로그단은 나에게 형제나 마찬가지야. 드로그단이 위험에 빠져 있는데 내가 기다리기만 할 수는 없어. 괜찮지?"

"나도 따라갈게!" 렘볼트가 말했다. "대장님이 허락하신다면." 그가 파린을 슬쩍 쳐다보았다.

렘볼트는 플라우디우스를 진심으로 좋아하게 되었고, 이제 둘은 떼려야 뗄 수 없는 친구 사이였다. 파린이 고개를 끄덕였다.

"난 너랑 같이 있을게." 바랄돈이 말했다.

"조심하세요." 파린이 말에 오르는 플라우디우스와 렘볼트에게 말했다.

"레미 녀석, 내가 생각했던 것보다 순한데? 다들 너를 존중하고 네 말을 잘 따르는군." 프레니아가 둘의 뒷모습을 보며 말했다. "들어와." 바랄돈과 파린이 그녀를 따라 천막 안으로 들어갔다.

작은 솥이 난로 위에 놓여 있었다. 난로에 불이 꺼져 있다는 점만 빼고는 모든 게 슈투룸바흐트 성에 있을 때와 똑같은 모습이었다. 천막으로 지은 집의 이점은 거처를 옮겨도 모든 것들이 익숙한 제자리를 찾을 수 있다는 점이었다.

"책의 내용을 아직 기억하고 있어?" 프레니아가 물었다.

"신비로운 정화의 영약, 뿌리인간과 까마귀풀, 햇빛과 청어껍질로 빚을 것." 파린이 대답했다.

"맞아. 재료의 비율은 나와 있지 않았어. 그러니 일단 모든 재료를 같은 비율로 넣어 보자. 천막 밖, 정오의 햇빛 아래서 약을 만들어야 해. 나무 수저를 오른쪽으로 돌려 섞고. 여기, 청어껍질과 뿌리인간은 벌써 갈아서 알코올로 여과해 뒀어."

탁자 위에는 유리로 만든 플라스크와 도자기로 만든 절구, 화강암 막자사발, 스포이트, 작은 칼과 수저 등이 놓여 있었다. "까마귀풀 추출물을 만드는 데 한 시간 정도가 걸릴 거야. 그런 다음에 재료들을 같은 비율로 섞어 약을 만들면 돼."

"고마워요, 프레니아. 그럼 약을 맡아 주세요. 바랄돈과 저는 플라우디우스와 렘볼트가 성안으로 들어가는지 볼게요."

둘은 천막 밖으로 나왔다. 시선은 곧바로 성으로 향했다. 플라우디우스와 렘볼트는 이제 성문 앞에 도착했다. 거리가 멀어 무슨 말이 오가는지는 알 수 없었지만 그들의 행동으로 미루어 보아 일이 잘 풀리는 것 같지는 않았다. 플라우디우스도 렘볼트도 안으로 들어갈 수 없었다. 둘은 뭐라고 항의하는 것 같았고, 문지기 중 하나가 검으로 위협하는 모습도 보였다. 결국 둘은 말을 돌려 힘없이 돌아오고 있었다.

"에미코 기사님이 아무도 들여보내면 안 된다고 했대. 심지어는 폐하도, 하느님도." 플라우디우스가 말에서 내리며 말했다. "성을 봉쇄하고 뭔가 끔찍한 계획을 세우고 있는 것 같아."

"기사님이 병사들을 시켜 우리를 공격하면 어쩌지?" 바랄돈이 무심히 물었다.

"죽어야지." 렘볼트가 무심히 대꾸했다.

"그런 상황을 걱정하는 건 당연해요." 파린이 미간을 조금 찌푸리며 말했다. "프레니아가 약을 다 만들 때까지 그러지 않기만을 바라야죠. 하지만 약을 다 만든다 해도 기사님을 어떻게 만나죠?"

모두 예외 없이 어깨만 으쓱할 뿐이었다. 만장일치였다.

가슴이 답답했지만 우선 성안의 동향을 살폈다. 성문은 여전히 굳게 닫혀 있었다. 그의 옆에는 작은 솥이 올려진 조리대가 있었다. 정오의 햇빛 아래였다. 프레니아가 나무 수저를 오른쪽으로 천천히, 그리고 일정한 속도로 돌렸다. 약은 약간 탁한 회색빛이었고 조금도 특별해 보이지 않았다.

"끓이면 안 돼. 따뜻해질 때까지만." 그녀가 혼잣말을 중얼거렸다.

프레니아는 끝까지 흐트러짐 없이 최선을 다했다. 마침내 그녀가 말했다. "약이 완성됐어." 그리고 깔때기를 이용해 물방울 모양의 유리병에 액체를 옮겨 담고 코르크 마개로 조심스럽게 입구를 막았다. 그중 두 개는 파린의 손에 건넸다. "내가 아는 지식을 총동원한 거야. 하나만 사용해도 충분할 것 같긴 하지만… 이제 이 정화의 약제가 에미코 기사님의 정신에서 악령을 몰아내기만을 바라야지."

파린은 유리병을 주머니에 넣으며 말했다. "이제 혼자 성으로 가서 행운을 시험해 볼게요."

렘볼트와 플라우디우스, 그리고 바랄돈이 동시에 입을 열어 항변하려 했다.

하지만 그들이 미처 말을 꺼내기도 전에 파린이 단호하게 말했다. "모두 여기서 기다리세요."

"보내 주긴 하지만 영 내키지 않아." 렘볼트가 말했다.

"가자, 뤼베. 벌써 두 번째네. 착잡한 심정으로 이 저주받은 성에 들어가는 게. 지난번에도 딱 지금 같은 마음이었는데."

천천히 성문 쪽으로 다가갔다. 병사들이 성벽 안쪽에 자리를 잡는 게 보였다. 모두 활을 들고 있었다. 파린은 목소리가 들릴 만한 지점에 말을 멈춰 세웠다. "스콰이어 파린이 성문을 열어 줄 것을 청한다. 에미코 기사님께 전할 중요한 소식을 가져왔다."

한 번도 본 적 없는 사내가 사령관 제복 차림으로 보초병들 사이에 나타났다. "네 요청을 거부한다. 영주님은 방문객을 맞지 않으신다."

"나는 방문객이 아니다. 기사님의 방패를 드는 스콰이어, 즉 그분의 최측근이다. 그러니 예를 갖추고 성문을 열라."

"이미 분명히 말했다. 그 누구도 지게스문트 성에 들어올 수 없다. 쥐새끼 한 마리도, 스콰이어도, 그 어떤 기사도. 심지어 폐하일지라도. 그러니 어서 물러서라! 그렇지 않으면 병사들에게 활을 쏘라고 명령하겠다."

제길. 상황이 좋지 않았다. 그래도 한 번만 더 시도해 보기로 했다. "기사님께 사람을 보내라. 가서 정말로 당신의 스콰이어에게 활을 쏴도 좋은지 여쭤보아라." 무엇에 희망을 걸어야 할지 알 수 없었지만 시도해 보지도 않고 물러설 수는 없었다. 에미코는 원래 의지가 굳은 사람이었다. 어쩌면 의식의 일부라도 붙들고 있다가 그를 만나 줄지도 몰랐다. 그렇지 않다면 어떻게 약을 먹여야 하지?

"귀가 먹었는가?" 사령관이 팔을 들었다. 네 명의 궁수가 활시위를 당겼다. "내가 명령을 내리면 발사한다!" 사령관이 단호하게 경고했다.

안 되겠어! 파린은 하는 수 없이 말을 돌렸다.

불가능

그들은 지게스문트 성과 적당한 거리를 두고 밤을 지새웠다. 프레니아에게도 제안했지만 천막에 머무르겠다는 그녀의 결심은 확고했다. "용감한 기사가 나 같은 노파 하나를 죽이겠다고 병사를 보낸다면 그건 운명일 테지."

파린은 여독을 풀기 위해 몇 시간 눈을 붙였다. 하지만 새벽 무렵부터는 어떻게 하면 성으로 들어갈 수 있을지 고민하느라 뒤척였다. 악령의 도움을 받는다 해도 철통같은 방어벽을 뚫고 성안으로 들어가기란 거의 불가능에 가까워 보였다. 징글징글과 얘기를 하다 보면 좋은 방법이 떠오를까?

"징글징글, 일어났어?"

지금 방금.

"어떻게 해야 할지 정말로 모르겠어. 어떻게 기사님을 만날 수 있을까?"

무슨 질문이 그래? 마치 파린에게 꿀밤이라도 때릴 것 같은 말투였다. **생각해 보면 간단하잖아. 기사는 성안에 있어. 성안으로 들어가는 유일한 방법은 성문을 지나는 거야. 네가 들어가거나, 아니면 그가 나오거나.**

아하, 그렇구나. 악령의 귀에는 뭐든지 그렇게 간단하게 들리는 모양이었다. "둘 중 어느 쪽이 더 불가능한지 모르겠다."

초르그호로차 보르그헤차! 불가능하다는 말은 불가능해. 뭐가 그렇게 화가 나는지 망상이 씩씩댔다. 그럼 방법은 단 한 가지뿐이네. 벌레처럼 질질 짜면서 약도 네가 다 마셔 버리고 기적 같은 일이 일어나기를 기다려 봐.

"불가능한 조언 고마워." 파린이 생각에 잠겼다가 말을 이었다. "설령 기사님을 성 밖으로 나오게 하는 데 성공한다고 해도 어떻게 약을 먹이지? 그게 갓난아이에게 엄마 젖을 먹이는 것처럼 쉬운 일은 아니잖아?"

흠.

"뭐?"

흠.

"뭔가 대충의 계획이 있는 것 같은데?"

난 원래 대충 하는 거 좋아해. 일어나 봐. 얼른 주머니랑 검을 차고 말 위에 올라 성으로 가는 거야. 이번에도 혼자. 다른 동료들을 위험에 빠지게 할 수는 없잖아?

"뭘 어쩌려고? 어제랑 다른 게 하나도 없잖아."

질문은 나중에 하라고. 일단 나한테 네 정신을 넘겨. 내가 할게.

"하지만… 어제도 봤잖아. 궁수들이 나한테 화살을 쏘아 댈 거라고. 아니면 사령관이 병사 전체를 보내 나를 공격하든지."

그것참 재미있겠네.

"그래, 넌 재밌겠지. 하지만 우리한텐 전혀 그렇지 않다는 게 문제지."

그거 알아? 네 잔소리가 날이 갈수록 심해지고 있어. 그거 혹시 나이 탓이야? 잔소리는 나이 들고 현명한 자들의 특권이라는 거 잊었어? 그러니까 인간의 시간으로 수천 년을 넘게 살아온 나쯤은 되어야 그럴 권한이 있다고.

무슨 말이 필요할까? 그냥 입을 다무는 게 좋을 것 같았다. 더 캐묻지 않고 그냥 망상을 믿기로 했다. 말싸움해 봤자 어차피 말리게 될 거라면 미리부터.

파린은 일행들이 눈치채지 않게 조용히 뤼베의 등에 올랐다. 그리고 빠른 구보로 말을 몰아 견고한 성문 앞에 도착했다. 보초병들이 큰 소리로 파린의 도착을 알렸다. 물론 문은 열리지 않았다. 어제 본 병사들의 우두머리는 보이지 않았다. 그가 나타나기에는 너무 이른 시간이었다.

매장꾼의 아들은 말안장에 버티고 앉아 태연한 척 기다렸지만 속마음은 초조했다. 언제 무슨 일이 일어날지 알 수 없었다. 점점 많은 병사가 총안 뒤편에 모여들어 아래를 내려다보았다. 나중에는 여자들 몇 명도 합류했다. 그들의 표정은 제각각이었다. 몇몇은 화가 난 것처럼 보였고 다른 몇몇의 얼굴에는 호기심이 가득했다. 성주의 행동이 이상하다는 소문이 아직 주민들에게까지는 퍼지지 않은 것 같았다.

"징글징글, 이제 어떻게 할 거야? 완전히 거대한 산 앞에 선 바보가 된 느낌이야."

아니, 아니. 절대로 그런 생각을 할 필요가 없어. 넌 거대한 성문 앞에 선 얼간이니까. 말에서 내려서 뤼베를 저들의 사정거리 밖으로 데려가.

굉장한 계획이 이런 거였어? 파린은 한숨을 쉬며 뤼베의 등에서 내려왔다. 그리고 말을 조금 멀리까지 데려간 뒤 토닥이며 안심시켰다. "내가 금방 돌아올 수 있으면 좋겠다." 이제 다시 걸어서 성문 앞으로 갔다.

나한테 좀 더 많이 넘겨 봐!

파린은 망상이 시키는 대로 했다.

조금만 더.

이번에도 파린은 망상의 말을 따랐다.

사람들은 호기심에 머리를 내밀고 파린을 내려다보고 있었다.

천둥 같은 목소리가 쩌렁쩌렁 울렸다. "애비가 천 명이나 되는 너희들의 기사 에미코에게 훼방꾼을 보고도 나타나지 않으면 비열한 겁쟁이라고 전해라!"

파린은 한참 후에야 그 목소리가 자신의 입에서 나왔다는 사실을 깨닫고 소스라치게 놀랐다. "으, 너 정말 제대로 말하고 있는 거 맞아?"

네가 그렇게 원한다면 다시 저쪽 대장하고 공손하게 대화를 나누든

가. 징글징글이 파린의 목소리를 흉내 내며 말했다. **아주 밝고 명랑하게 '문을. 열어. 주시면. 대단히. 감사. 하겠습니다.'라고 말이야. 그런 식으로는 성공할 확률이 거의 없을 것 같지만 뭐.**

성 주민들도, 군인들도 놀란 얼굴이었다. 몇몇은 소리를 지르고 몇몇은 키득거리며 웃고 있었다. 뭔가 심상치 않은 일이 벌어지고 있다는 소문은 순식간에 퍼져 나갔다. 점점 더 많은 얼굴들이 성벽 위로 나타났다.

보초병들이 칼을 허공에 휘저어대며 그를 위협했다. 궁수들이 집결했다. 어제 보았던 사령관도 격노하여 얼굴을 내밀었다. "또 너야? 저 비열한 침입자를 사살하라." 그가 팔을 들었다. 병사 넷이 그에게 화살을 겨누었다. "조준!"

"에…." 파린이 당황해서 중얼거렸다.

"발사!" 사령관의 팔이 내려갔다.

화살이 날아들었다. 이렇게 가까운 거리에서라면 아무리 가죽 갑옷을 입었다 해도 가슴에 화살이 박힐 게 불 보듯 뻔했다. 파린이 고양이처럼 가볍게 몸을 돌렸다. 화살 네 개가 그를 스치고 지나갔다. 징글징글의 독보적인 시력과 민첩함이 새삼 놀라웠다. 하지만 안심할 수는 없었다. 그가 무사히 화살을 피할 수 있었던 데에는 또 다른 이유가 있었기 때문이었다. 바로 궁수들이 모두 같은 곳을 조준하고, 동시에 발사했다는 사실이었다.

사람들의 웅성거림이 점점 커졌다. 파린이 다시 큰 소리로 외쳤다. "이게 성주의 대답인가? 비겁하게 무장하지 않은 사람을 화살로 공격하다니. 그것도 자신이 직접 임무를 주고 원정길에 오르게 한 스콰이어에게, 그 임무를 성공적으로 완수하고 돌아온 충직한 스콰이어에게 말이지."

"더 많은 궁수에게 집결을 명한다!" 사령관이 붉으락푸르락한 얼굴로 명령했다.

"닥쳐!" 사나운 손길이 사령관을 뒤로 밀쳐 냈다. 그리고 그 자리에 누군가가 모습을 드러냈다. 큰 키에 건장한 몸. 파린의 기사 에미코였다. 평소와 다름없는 모습이었다. 친숙함을 느낄 새도 없이 마음 한구석이 저려 왔다. 에미코가 내뱉은 달갑잖은 환영사 때문이었다.

"한 번 더 항복하러 왔나, 매장꾼? 교수대가 널 기다리고 있다." 비웃음이 성벽을 타고 내려왔다. 감히 부를 수 없는 존재가 에미코의 정신을 제멋대로 지배하고 있는 게 분명했다.

"기사님과 대결을 청합니다."

비웃음이 울려 퍼졌다. "두더지 따위가 사자에게 맞서겠다고? 내 귀한 시간을 그따위 일에 허비할 수는 없지. 너는 끝났어. 궁수들! 쏴라! 이번에는 머리와 가슴과 다리를 모두 겨냥한다. 한 명씩 차례로."

스무 개나 되는 금속 화살촉이 그를 겨누었다. 이번엔 공격을 피할 방법이 없었다.

파린이 무시무시한 목소리로 외쳤다. "나는 하우펜 출신의 파린이다. 그대의 지위, 그대의 성, 그대의 왕국을 가지러 왔다. 나는 나 자신의 주인이자 영웅이다. 따라서 슈타인드라헨 성의 제1기사에게 결투를 신청한다. 빌텐 제국의 오랜 전통에 따른 양자 대결이 바로 그것이다. 나의 영웅이 패한다면 후퇴를 명하겠다. 그가 승리한다면 이 성과 그대의 퇴위를 요구한다."

성벽 위에서 사람들이 수군대는 소리가 들렸다. 수백 년간 이어져 내려온 전통에 백성들이 여전히 관심을 보이고 있었다. 잠시 기사의 얼굴이 굳어졌다. 파린은 에미코를 너무 잘 알고 있었다. 심장이 두 번 뛸 정도의 짧은 시간이었지만 그가 당황했다는 사실을 분명히 느낄 수 있었다.

하지만 머뭇거림도 잠시, 에미코가, 아니 에미코를 지배한 악령이 다시 소리쳤다. "궁수들은 잠깐 멈춰라! 너 혼자 나에게 도전하고, 오랜 전통에 따른다는 맹세를 하겠다고?" 그의 목소리는 한층 더 매서워졌다. "너를 보낸 군주는 어디에 있는가? 너의 군대는 어디에 있는가? 분명한 수적 열세에도 불구하고 너의 도전을 지원하고 나선 전사들은 어디에 있는가?"

"그런 겁쟁이 같은 질문은 우리가 전통을 따르는 데 전혀 중요하지 않다. 하지만 이해는 가는군. 군대 뒤에 숨겠다는 거지. 그대는 기사가 아니라 비겁한 겁쟁이였어!"

징글징글은 대체 무슨 생각일까? 물론 제1기사들의 오래된 의식을 거론한 건 노련한 한 수였다. 하지만 감히 부를 수 없는 존재와 하나가 된 에미코는 그런 도전에 응하기엔 너무나도 교활했다.

곧바로 에미코의 대답이 돌아왔다. "가소롭군! 솔직히 말해 너의 그 필사적인 시도가 가상하긴 하구나. 절대로 나와의 양자 대결에서 이길 수 없다는 걸 알면서도 몸부림치는 걸 보면 말이지."

"내가 겨우 그런 자라면 대결에서 그대가 패할 일은 없겠군."

에미코가 가엾다는 듯 고개를 흔들었다. "중요한 건 내가 얻을 게 없다는 사실이야. 그런 어리석고 맥 빠진 도발 따위로 내가 너의 기괴한 요구를 들어줄 거라 생각하는가? 벨텐 제국은 벌써 내 손바닥 위에 있는 것과 마찬가지야. 이제 너 따위는 필요 없지." 그가 두 팔을 하늘을 향해 뻗었다. "불의 제국이 온다. 하우펜 출신의 매장꾼 따위는 상관없지. 이제 두더지는 땅을 파고 그 구멍으로 기어들어가 버려라!"

"너는 늘 결정적인 사실을 간과하지. 벨텐 제국 내에서 절대적인 권력을 소유하기 위해서는 나와 한 몸이 되어 힘을 합쳐야 한다는 걸 말이야. 형제여, 자신 있으면 어디 가져가 봐!"

에미코의 얼굴에 동요하는 기색이 스쳤다. 눈에서는 격렬한 분노가 뿜어져 나왔다. "네가… 정말로? 게다가 나에게 맞서겠다고? 형제여, 나에 대한 도전이 너의 진심이란 말인가?" 그 무언가가 에미코의 입을 빌려 씩씩거렸다.

"에미코 기사! 알다시피 너도 양자 대결에서 분명 얻을 게 있지. 결정해. 계속해서 성안에 숨어 있든지, 그렇게 자신 있다면 대결에 나서든지!"

다시 에미코의 저음이 울려 퍼졌다. "하우펜 출신의 파린은 들어라. 너는 우리의 성을, 우리의 지위와 우리의 명예와 우리의 권력을 요구한다." 그가 두 손을 비비며 말을 이었다. "이 무슨 숙명이고 아이러니이며, 극악무도한 요괴의 비열한 장난인지? 형제여! 네가 정원한다면 너를 죽임으로써 백성의 운명을 결정하기 위해 친히 결투장으로 나가겠다." 목소리의 주인공이 양팔을 성벽에 짚고 거만하게 덧붙였다. "네 엉덩이를 갈기갈기 찢어 주마, 이 돼지 똥 같은 빌어먹을 자식."

징글징글이 파린에게 속삭였다. **하, 마지막 발언은 지난 수세대에 걸쳐 내려온 전통 의식에서 방어자가 차리던 격식과는 딴판인걸.** 이제 매장꾼의 아들이 대답할 차례였다. **"나의 경쟁자가 심히 내 비위를 거스르는군. 영웅들의 양자 대결을 위해 지위와 명예와 권력을 건다."**

성벽 위에서 당황한 사람들이 서로 마주 보며 웅성거렸다. 큰 소리를 내며 거대한 성문이 열렸다. 순간 다리에 힘이 풀렸다. 바로 지금이야, 재빨리 말을 타고 전속력으로 달려 도망치고 싶은 충동을 느꼈다. 하지만 그는 성문이 끝까지 열릴 때까지 잠자코 서 있었다. 악령의 지배를 받는 에미코가 약속한 대로 양자 대결에 응할까? 첫 단추를 계획대로 채울 수 있게 될지 곧 알게 되겠지.

한동안은 모든 것이 그대로였다. 아무도 성벽 뒤에서 사라지지 않았고, 아무도 성문 밖으로 나오지 않았다.

아까부터 무언가가 자꾸 신경이 쓰였는데… 마치… 벌레가 기어가는 것처럼. "징글징글, 그런데 너희는 왜 서로를 형제라고 부르는 거야? 무슨 이유가 있어?"

인간들도 그렇게 부르잖아. 특히 상대가 남성일 때에는.

"혹시… 지금 감히 부를 수 없는 존재가 네 형제라는 말…은 아니겠지?"

흠… 우린 같은 부모한테 태어났고 음… 생각하면 생각할수록…

"뭐라고? 그 말을 이제야 하는 거야?"

그거야 네가 물어본 적이 없으니까.

"나보고 뭘 어떻게 물어보라는 거야?"

헤? 그게 그렇게 어려운 건 아니잖아? 그러니까 '징글징글, 감히 부를 수 없는 존재가 네 형제야?'라든가…. 그랬다면 내가 대답했겠지. '당연하지!'라고 말이야.

"내가 어떻게 그런 생각을 할 수가 있어?"

그것 봐. 그러니까 날 원망하면 안 된다는 뜻이지. 내가 또 얼마나 많은 네 질문에 대답해야 하지? 시간도 별로 없는데.

"이건 정말 말도 안 돼."

도대체 넌 지금 누구랑 싸우려는 거야? 에미코야 아니면 집 나간 네 정신이야?

결정이고 선택이고 할 것도 없었다. 그러기엔 이미 너무 멀리 와 버렸으니까. 기사가 성큼성큼 걸어 나오고 있었다. 뒤를 따르려는 병사들에게 그가 호통을 쳤다. **"멈춰라! 나 혼자 처리한다."** 마치 이런 일을 예견한 사람처럼 그는 사슬 갑옷을 입고 있었다. 허리춤에서 검이 흔들렸다. 에미코가 가장 좋아하는 무기, 파린이 늘 깨끗이 닦고 광을 내던 바로 그 검이었다. 그리고 이제 그 검이 파린을 찌르려 하고 있었다.

5미터 전방에서 에미코가 걸음을 멈췄다. 분노가 사라진 무덤덤한 얼굴이었다. 아니 의도적으로 분노를 사그라뜨린 것이었다. 에미코는 폐하의 제1기사, 벨텐 제국 최고의 검술사였다. 생사를 건 양자 대결은 너무 여러 번 겪은 익숙한 일이겠지. 그러니 감정을 드러내지 않고 무덤덤할 수 있겠지. 이제부터 고도의 집중력과 정확성이 중요했다. 상대가 에미코라는 사실만으로도 쉽지 않은데 게다가 얼마나 센 존재인지 알 수 없는 악령이 그의 몸과 정신을 지배하고 있었다.

"징글징글, 우리가 아주 불리한 싸움이야."

아주 잘 하고 있어. 계속 그렇게 나한테 용기를 북돋워 줘. 알겠지?

"우린 기사님을 죽이려는 게 아니야, 알지? 싸울 수 없게 만들어서 약을 먹여야 해. 하지만 그는 죽기 살기로 싸울 거라고."

알아, 안다고. 지금은 내가 집중 좀 하게 해 줄래? 쉽지 않을 거야. 감히 부를 수 없는 존재가 지금 에미코에게 들어가서 노발대발하고 있으니까.

파린도 최대한 집중했다. 무엇보다도 악령에게 최대한 자신의 정신을 넘기는 게 중요했다.

"아우야, 이제 어디 한번 만고의 승부를 펼쳐 보자꾸나." 에미코가 칼집에서 칼을 빼 들었다. "팡파르는 생략하지. 그런 법석은 다 쓸데없는 짓이니까. 빨리 끝내자. 더 할 말이 있는가?"

"아니 없어, 그건 시간 낭비야. 나의 고상한 언어는 어차피 네가 감당해 낼 수준이 아니니까."

에미코가 공격을 시작했다. 맹수처럼 빠른 동작으로 검을 내뻗었다.

파린은 어느새 자신이 검을 쥐고 있다는 사실에 놀랐다. 어쩔 수 없었다. 검이 있어야 공격을 막아 낼 수 있었다. 공격은 위, 아래, 오른쪽, 왼쪽, 그리고 정면에서 쉬지 않고 계속되었다. 우선은 계속 방어만 했다. 금속이 부딪치는 소리가 귓가에 울렸다. 머릿속에서 그는 같이 싸우고 있었다. 막아 내는 동작 하나하나마다 집중하려고 했다. 하지만 검의 속도는 생각으로도 따를 수 없을 정도로 빨랐다. 실제로 지금 그의 역할은 성벽 위의 관중들과 다르지 않았다. 징글징글에게 자신의 정신을 최대한 많이 넘기는 것, 그리고 희망을 거는 것 말고 다른 무슨 방법이 있을까. 징글징글이 아니었다면 에미코의 두 번째 공격에서 머리가 날아가 버렸을 게 분명했다.

사람들이 고함을 쳤다. 그들이 무슨 말을 하는지 이해할 수는 없었다. 둘의 움직임은 점점 빨라지고 점점 더 격렬해졌다. 기사는 오른쪽 위에서 오른팔 견장 아래쪽을 공격하려 했다. 토렘의 오래된 가죽 갑옷은 아주 유용했다. 검의 날을 효과적으로 막아 주면서도 몸의 움직임을 저해하지 않았다. 가죽 갑옷으로도 막을 수 없는 위험한 공격을 한 번 더 피했다. 기사가 빙그르르 몸을 돌렸다. 둘의 검이 가슴 높이에서 부딪쳤다. 맞대진 두 검이 미끄러져 내려갔다. 크로스 가드가 얽혔다. 둘은 온 힘을 다해 상대의 힘에 맞섰다. 파린은 에미코의 숨결을 느꼈다. 그의 눈을 보았다. 갈색 눈에서 노란 불꽃이 튀고 있었다. 망상이 말했던 대로였다. 그들의 적인 악령이 에미코의 정신과 몸속에 있었다.

"너를 영원히 없애 주겠어." 에미코가 소리쳤다.

그의 외침이 한동안 파린의 귓가에 메아리쳤다.

기사의 어깨너머로 걸음을 재촉하는 플라우디우스와 렘볼트, 바랄돈, 그리고 프레니아의 모습이 보였다. 하지만 그들도 파린을 도울 수는 없었다. 제1기사의 대결에 끼어드는 자는 사형에 처하기 때문이었다. 그러니 그들이 할 수 있는 최선은 그저 지켜보며 응원하는 것뿐이었다.

"또 그놈의 헛소리. 네가 뭐 항상 그렇지."

둘이 서로를 밀쳐 냈다. 대결은 계속됐다. 이제 징글징글이 주도권을 잡는 순간이 더 많아졌고 공격도 잦아졌다. 물론 에미코의 방어 기술도 완벽했다.

귓가에 술렁이는 소리가 울렸다. 바람 소리인지 파도 소리인지 아니면 사람들의 고함인지 구분할 수 없을 만큼 파린은 고도로 집중하고 있었다. 이제 움직임은 한층 더 빨라졌다. 파린은 이젠 눈도 깜빡이지 않았다. 찰나의 부주의는 곧 죽음으로 이어질 테니. 딱 한 번 에미코를 쓰러뜨릴 수 있는 일격을 가할 기회도 있었다. 하지만 물론 그래서는 안 되었다.

노련한 검술사인 에미코는 자신의 방어가 뚫린 순간을 금방 눈치챘다. 그리고 그 사실이 그를 더욱 화나게 했다.

공격, 페인팅, 방어. 금속과 금속이 부딪치는 소리도 점점 빨라졌다. 이렇게 팽팽한 대결이 벨텐 제국 역사상 단 한 번이라도 있었을까? 군중들이 질러 대는 환호성만 들어도 대답은 분명했다.

파린은 망상의 집중력을 느낄 수 있었다. 그가 다리를 한 발 빼며 오른쪽에서 찌르는 척하다가 갑자기 공격의 방향을 바꿨다. 에미코는 이런 속임 동작에도 당황하지 않았고, 이어진 공격을 가볍게 막아 냈다.

파린이 검을 머리 위로 들었다. 에미코는 위에서 내려치는 공격을 예상하고 검을 번쩍 들었다. 하지만 징글징글은 검의 날이 아닌 칼자루로 내리칠 계획이었다. 에미코도 금세 의도를 파악했지만 한 발 늦고 말았다. 칼자루가 그대로 기사의 후두부로 날아들었다. 투구를 쓰고 있는데도 엄청난 충격이 가해졌다. 황소처럼 튼튼한 목에서 우두둑 소리가 났다. 에미코의 자세가 흐트러졌다. 다시 공격. 이번에는 칼자루가 턱 아래쪽을 가격했다. 기사는 고개가 뒤로 젖혀지며 쓰러졌다. 파린은 그 순간을 놓치지 않고 에미코에게 몸을 날리며 검을 쥔 손을 붙들었다. 정신이 혼미해진 에미코가 숨을 헐떡였다. 파린은 두 손으로 검을 빼앗아 최대한 멀리 던져 버렸다. 그리고 재빨리 주머니에서 유리병을 꺼냈다. 입으로 코르크 마개를 열고 병의 입구를 에미코의 입술로 가져갔다. 에미코는 잠시 힘없이 반항했지만 약은 어느새 그의 목구멍으로 넘어가고 있었다.

한동안 꼼짝도 하지 않고 하늘만 바라보던 에미코가 서서히 기운을 차리기 시작했다. 파린은 그의 가슴 위에 앉아서 팔을 꽉 잡았다. 이제 기다려야 했다. 힘들게 만들어진 정화의 영약이 효과가 있기를. 그리고 얼마 후… 눈동자의 노란 점이 서서히 사라지더니 마침내 완전히 사라졌다.

"성공했어! 감히 부를 수 없는 존재가 사라지고 있어." 파린이 기뻐했다.

에미코가 놀란 얼굴로 파린을 응시했다. "무슨 일이지?" 그는 눈을 몇 번 깜빡이다가 마침내 파린을 알아보고는 외쳤다. "파린! 돌아왔구나. 널 걱정했었다." 그가 주위를 둘러보며 말했다. "우리가 왜 성문 앞에서 이런 꼴로 뒹굴고 있는 게냐? 무슨 일이 있었지?"

벌

아로스는 선원들 숙소에 있는 그물침대에 누워 있었다. 도무지 잠이 오지 않았다. 그녀의 목숨이 위태로운 상황이었다. 지금까지는 그들이 그녀의 목숨을 노리고 있다는 그 어떤 뚜렷한 조짐이 없었다. 하지만 그들은 그녀가 독 안에 든 쥐 신세여서 도망갈 구멍이 없다는 걸 잘 알고 있었기에 적당한 때를 기다리고 있었던 것뿐이었다.

이제 어떻게 하지? 무작정 기다려야 하나? 론둘프가 곧 그녀를 '처리'하려 들 텐데? 기다린다고 상황이 나아지진 않을 테니 먼저 움직여야 해. 무엇보다 판단력이 중요한 시점이었다. 배 안에서 항해장과 부항해장보다 더 큰 권력을 가진 사람은 누구일까? 바로 선장이지. 그랬다, 이 작은 세상에서 그녀의 유일한 구세주가 바로 붉은 수염이었다. 늦은 시간이긴 했지만 바로 그를 찾아야 하지 않을까? 안 될 이유가 없었다. 그녀는 잃을 게 없었다.

상부 갑판에는 등불 몇 개가 희미하게 빛을 발하고 있었다. 뱃사람들은 기본적으로 불을 두려워했다. 물론 물을 제일 두려워했지만. 사방이 목재인 배 안에서 화재가 일어난다면 삽시간에 모든 게 파괴될 수도 있었다.

아로스는 슬그머니 워드룸으로 향했다. 이곳에도 초 두 개만이 흐릿한 빛으로 공간을 밝히고 있었다. 오른편 나무 벽을 따라 한 걸음 한 걸음 나아갔다. 손가락으로는 나뭇결을 더듬었다. 그리고 드디어 무언가를 발견했다. 문이었다. 눈에 띄지 않는 손잡이가 달린 숨겨진 문. 지금까지는 왜 몰랐을까? 문 뒤로 나타난 복도는 길이가 채 3미터도 되지 않았고 위쪽으로 문이 하나 더 있었다. 금빛 손잡이와 화려한 장식이 돋보이는 문이었다. 여기가 확실해. 잠시 망설이다가 노크를 했다. 아무 소리도 들리지 않았다. 이번에는 더 크게, 더 절실하게, 더 간절한 희망을 담아 노크를 하고 '들어오세요!' 하는 목소리가 들리기를 기다렸다. 하지만 여전히 인기척이 없었다.

여기가 아니라면 선장은 대체 어디에 있는 걸까?

문은 당연히 잠겨 있겠지. 별 기대 없이 문손잡이를 돌렸다. 딸깍 소리와 함께 문이 열렸다. 재빨리 안으로 들어가 문을 닫았다.

인제 어쩌지? 심호흡을 하며 용기를 내려고 애썼다. 혹시 자고 있는 건 아닐까? 그렇다면 선장의 존재라도 확인하고 싶었다.

아로스는 눈을 동그랗게 뜨고 화려하게 꾸며진 방 안을 둘러보았다. 놀랍게도 그곳은 워드룸만큼이나 넓은 공간이었다. 네 개의 거대한 창문으로 달빛이 들어오고 있었다. 창틀과 천장과 떡갈나무 들보엔 표장과 꽃장식이 섬세하게 조각되어 눈길을 끌었다. 방의 한가운데에 놓인 원형 탁자 위에는 지도들이 펼쳐져 있었다. 벽 쪽으로 눈을 돌리니 여러 개의 장 안에 아로스가 처음 보는 물건들이 보였다. 그녀의 시선이 한쪽 구석에 걸린 침대에서 멈췄다. 사용한 흔적이 없는 빈 침대. 팔에 소름이 돋았다. 혹시 선장은 유령일까?

선실 다른 쪽에는 등받이가 높은 흔들의자가 그녀 쪽으로 등을 보이고 있었다.

범선에 흔들의자라니.

아로스는 계속해서 주위를 둘러보았다. 곳곳의 화려한 나무 조각들이 감탄을 자아냈다. 섬세하게 조각된 문양들이 벽과 선반 지지대를 장식하고 있었다. 뺨이 포동포동한 천사들 옆에는 한 번도 보지 못한 기이한 동물 조각들이 놓여 있었다. 갈기 달린 살쾡이가 입을 크게 벌리고 송곳니를 자랑하고 있었다. 예전에 그림에서 본 적이 있는 동물이었다. 사자. 그 옆에는 최소 그보다 다섯 배쯤 큰 낯선 동물이 있었다. 귀는 방패보다 크고 긴 꼬리가 두 개였다. 그녀는 경탄의 손길로 장식들을 어루만져 보았다.

"그건 코끼리야." 부드러운 목소리가 말했다. 그리고 목소리에 맞춰 흔들의자가 천천히 흔들렸다.

아로스는 나무 조각처럼 굳어 버렸다. 그제야 론돌프와 야콥과 대화를 나누던 제3의 인물이 누구였는지 분명해졌다. 곧바로 눈치채지 못한 게 당연했다. 그는 이 배가 아니라 나벤슈타인의 지하 세계에 속한 사람이었으니까. 하지만 어떻게…? 그녀의 이마가 뜨거워졌다. 갖가지 생각들이 그녀의 머릿속에서 빠르게 빙빙 돌았다.

"앉아라, 흙투성이 발 아로스. 넌 항상 나에게 귀한 손님이라는

461

걸 알고 있지?" 그가 어르듯 말했다.

소스라치게 놀란 걸 숨기지 못한 자기 자신에게 화가 났다. 먼바다 위, 바르바로사 호의 선장실에서 그녀는 벨텐 제국 최고의 범죄자와 마주쳤다.

붉은 수염은 어디에 있지? 내 목소리는 어디로 갔지?

그가 두 팔을 벌리고 생색을 내듯 말했다. "미안하지만 오늘은 네가 앉도록 의자를 밀어 줄 수가 없구나. 의자들은 모두 고정이 되어 있거든. 우리가 있는 곳은 배 안이니까 말이야."

가까스로 정신을 차린 아로스가 목청을 가다듬으며 생각했다. 목소리가 제대로 나올지는 모르겠지만 일단 말을 해 보자. "생각지도 못했어요, 졸칸 대공." 아로스가 일부러 또렷하게 힘주어 대답했다.

"우리의 만남이 벌써 네 번째군. 이 정도면 우정이 싹틀 만도 한데?"

"그렇긴 하죠. 성당에서, 그리고 '제시간에'에서는 다소 스릴이 있긴 했지만요."

"바로 그거야. 널 만나면 언제나 스릴이 넘치지. 안타깝게도 우리는 서로 다른 목표를 좇고 있어. 우리 사이에 놓인 거라고는 그것뿐이야."

지금 나더러 의자에 앉아 맛있는 음식을 기다리는 사람처럼 기뻐하라는 거야? 달리 뾰족한 수가 없으니 어쩌면 그것도 한 방법이긴 하겠지.

졸칸이 입술을 비죽이며 말했다. "스승은 너를 반드시 없애 버리라고 하셨다. 어떻게 너처럼 어린아이가 그토록 강력한 분의 심기를 건드릴 수가 있지?"

"대공이 스승 아니었나요?"

졸칸이 웃음을 터뜨렸다. "이거 영광인데. 나는 스승의 재물을 관리할 뿐이야. 스승께 금을, 그것도 아주 많은 금을 조달하지. 전쟁도 돈으로 이기는 거니까. 뇌물, 무기, 용병… 무슨 말인지 알겠지?" 그가 흔들의자에서 벌떡 일어나 팔을 뻗어 기다란 성냥으로 책상 위에 놓인 램프에 불을 붙였다. 감히 부를 수 없는 존재의 낙인! 이미 나벤슈타인 저택에서 아로스는 그의 팔뚝에 새겨진 그 표식을 보았었다. 다만 그때는 그게 무엇을 의미하는지 몰랐었지.

그의 푸른 눈이 반짝였다. 물결치는 곱슬머리는 어깨까지 내려왔다. "빔이라는 멍청한 녀석이 제대로 말을 못 하는 바람에 이해하기까지 시간이 좀 걸렸어. 이제 다시 네 얘기를 해 볼까, 친구? 어떤가, 이젠 네 출신에 대한 비밀에 좀 더 가까이 다가가지 않았나?"

아로스는 곰곰이 생각해 보았다. 졸칸 대공은 벌써 두 번이나 그녀를 죽이려고 했었다. 그런데 왜 지금 나와 대화를 시작하려는 걸까? 왜 곧바로 세 번째 살해 시도를 하지 않는 거지?

뭐라고 말해야 할지 모른다면 질문을 해, 누군가가 말했었다. "붉은 수염 선장은 어디 있죠?" 이런 끔찍한 압박감 속에서 좋은 질문을 찾는다는 건 쉬운 일이 아니었다. 아로스는 일단 그 정도에 만족했다.

463

우아한 졸칸 대공이 우아한 미소를 지었다. "9년 전에 죽었어. 그때부터 내가 바르바로사를 맡아 관리하고 있지. 내 집에서 벌써 얘기한 것 같은데. 캐러웨이 차와 멀리 이국에서 온 도자기를 벌써 잊은 건 아니겠지?"

"난 대공이 무역을 한다고만 생각했어요. 전혀 뱃사람처럼 보이지 않았으니까. 더군다나 선장이라니…."

"오호, 그렇다면 네가 나를 너무 과소평가했구나. 대공이란 원래 육지의 선장이지." 졸칸은 세 걸음을 걸어 화려한 창문 앞에 섰다. 그리고 깊은 생각에 잠긴 사람처럼 은빛으로 빛나는 바다를 바라보았다.

대공은 자신이 해야 할 일을 잘 알고 있었다. 그리고 그녀에 대해서도. 그제야 탁자와 침대 사이 바닥에 장식처럼 보이는 문양이 아로스의 눈에 들어왔다. 밝은 색조의 목재를 끼워 넣어 상감한 펜타그램! '제시간에'에서 그들이 머물렀던 작은 방이 떠올랐다. 이제야 알 것 같았다. 졸칸은 이 오각형 별을 통해 공간을 이동하는 게 분명했다. 그래서 대성당이 무너질 때도 무사히 빠져나올 수 있었고, 느닷없이 여관에 나타날 수도 있었던 것이었다. 그리고 마찬가지 방법으로 바르바로사 호가 어디에 있건 원할 때마다 바르바로사에 모습을 드러낼 수도 있었다. 이런 마법의 여행마저도 가능하다니, 감히 부를 수 없는 존재는 얼마나 강력한 힘을 가진 악령일까.

"아쉽지만 벌써 14년 전 이 배에서 일어났어야 할 일을 슬슬 마무리 지어야겠어."

"그 피비린내 나는 사건 말이군요."

"그때 스승은 네 어미를 처치하려고 했지. 배 속의 아이와 함께."

"그런데 그녀가 선원의 사분의 삼을 죽게 했죠. 기적처럼 아이는 살아남았고."

"바로 그거야. 그 아이는 쥐만큼이나 끈질겼지. 결국 세상을 보고야 말겠다고 기어이 태어났고, 살아남았어. 아주 화나는 일이지." 그가 물결치는 머리카락을 흔들었다. "네 어미는 돌란인이었어."

얼마나 긴장했던지 허리가 아팠다. 두려웠지만 반드시 알아내고 싶었다. 그래서 졸칸의 말을 끊지 않으려고 숨을 죽이고 들었다.

대공은 입술을 한껏 앞으로 내밀더니 말을 이었다. "먼 대륙에서 온 마법사. 전에는 그런 말 따위는 믿지 않았어. 스승이 내 생각을 바로잡아 주기 전까지는 말이야."

"악령 말이군요."

"그 마법이 어디에서 오는 건지는 부수적인 문제지. 중요한 건 그게 유용하다는 사실이야."

"지금 대공의 정신 속에 악령이 있나요?"

"아니, 스승은 여러 인간을 조종하고 그들에게 명령을 내릴 수 있지만 한 번에 한 명의 정신 속에만 들어갈 수 있어. 그러니 늘 바쁠 수밖에. 스승에겐 제자가 아주 많거든. 하지만 넌 벌써 스승을 만났어. 우리가 '제시간에'에서 만났을 때 스승이 내 안에 있었지. 너도 당연히 스승의 어마어마한 힘을 기억하고 있겠지?"

"하지만 키와 나는 결국 도망쳤죠. 그렇게 강력한 힘을 가진 당신의 스승이 왜 나를 두려워하죠?"

상황은 심각했지만 아로스는 조금 우쭐했다. 자신이 던진 질문이 꽤 마음에 들었다.

"하! 나의 주인은 두려움 따위를 모르시지. 그분은 적이 보지 못하는 것을 보고, 적보다 몇 발자국 앞서 생각할 뿐이야. 그런 스승이 이제 나에게 가르침을 주었지. 그리고 네가 바르바로사에서 나의 보호를 받게 된 것에 몹시 만족하시더구나. 그분께 너의 죽음은 예방 조치의 하나일 뿐이야."

그의 끈적끈적한 미소가 역겨웠다. 아로스도 미소로 응수했다. "그러니까 그 귀한 손님인 제가 배에서 내리지 못하게 하려고 대공이 저를 공격한 거였군요."

"바로 그거야. 나벤슈타인 부두에서 흙투성이 발 아로스를 발견했지. 졸때기로 데리고 있기에 썩 좋은 조건은 아니었지만 말이야." 그가 펜타그램 한가운데에 섰다. "그리고 이틀 전, 스승께서 지시하셨지. 다시 바르바로사로 가서 일이 잘 되고 있는지 확인하라고 말이야. 그러니 이제 내가 맡은 임무를 완수해야 할 차례야. 자, 어떻게 죽고 싶으냐? 개인적인 감정은 없다만, 결국 내가 해야 할 일이니까. 너를 그냥 바다에 던져 버려도 살아남을 가능성은 없겠지만 그것만으로는 부족해."

"아하, 그럼 개자식 론둘프에게 죽을 때까지 채찍질하라고 시키면 되겠군요." 아뿔싸, 왜 하필 그런 말을 입에 담았던 걸까? 대답보다는 질문을 했어야 했는데.

졸칸이 신이 난 얼굴로 입맛을 다셨다. "아주 좋은 아이디어야! 졸때기가 벌을 받다 죽는다는 극적인 결말. 게다가 상상도 못 한 반전도 있지. 알고 보니 그 졸때기는 여자아이였다!" 그의 목소리가 한결 섬세해졌다. "아주 멋진 비극의 결말이 되겠군. 론둘프는 그 방면에 전문가거든. 그럼 그렇게 하도록 하지." 그가 우아한 손을 비볐다. 우아한 손톱이 여전히 돋보였다. 그가 문 옆에 달린 종을 치자 금세 갑판장과 또 다른 고급 선원이 들어왔다가 졸때기를 보고 깜짝 놀랐다.

"졸때기가 몰래 선실에 들어와서 돈을 훔치려고 했다. 일단 가둬라. 내일 아침에 합당한 벌을 받을 거야."

이렇게 간단한 일이었군. 쓰디쓴 현실을 인정할 시간조차 없었다. 졸칸, 론둘프, 야콥, 그리고 다른 두 명의 고급 선원은 모두 악령의 지배하에 있었다. 그들은 대륙과 대륙 사이의 상거래를 감시하고 스승의 명령을 실행했다. 파린의 말대로 지게스문트 성에 남아서 그와 함께 사탄과 싸워야 했는지도 몰랐다.

선원들이 아무 말도 없이 아로스를 선장실에서 끌어내 쇠사슬로 결박했다. 그녀는 남은 밤을 바르바로사의 선미 깊숙한 곳에 있는 작은 방에서 보냈다. 쇠사슬은 아무리 애를 써도 풀리지 않았다. 도망칠 방법이 없었다. 그녀의 눈에 눈물이 흘렀다. 하지만 울지는 않았다. 저들은 그녀와 비밀 동맹을 맺은 친구가 이 배에 있다는 사실을 몰랐다. 어쩌면 키가 도와줄 수 있을지도 몰라.

새로운 하루의 두 번째 교대 시간을 알리는 종이 울릴 때 항해장 둘과 선원 셋이 나타나 아로스를 갑판 위로 끌고 갔다. 갑판 선원들의 눈이 휘둥그레졌다.

론둘프는 오늘따라 더욱 기세등등했다. "와하! 오늘은 배신과 눈먼 탐욕을 벌하는 기막힌 날이다! 졸때기가 도둑질을 하려고 선장실에 몰래 들어갔다. 우리가 현장을 덮쳤을 때 졸때기의 손에 은화가 들려 있었지. 그건 선원들에게 줄 급여였다. 그러니 졸때기, 네가 우리 모두의 재산을 탐한 거야."

한쪽에서 깜짝 놀란 선원들이 중얼댔다. 또 다른 선원들은 미간을 찌푸리며 귓속말을 했다. 선원들은 부항해장을 증오했고, 그의 말을 믿지 않는 눈치였다. 반면 졸때기는 선원들과 돈독한 관계였다.

"전례 없는 파렴치한 행동이긴 하지만, 우리는 이 아이가 아직 어리다는 점을 고려해 채찍 다섯 대의 벌만 내리기로 했다."

겨우 다섯 대? 다섯 대도 끔찍하긴 했지만 사실 아로스는 그보다 더 많이 맞을 거라 생각했었다.

주위를 두리번거렸다. 키는 어디 있을까? 혹시 이번에도 그가 믿을 수 없는 능력을 발휘해 그녀를 도울 수 있을까? 하지만 지금 같은 상황에서도 그녀를 도울 방법이 있을까?

땅딸보 론둘프가 그녀의 생각을 읽은 듯했다. "졸때기에게 공범이 있다. 누구나 예상할 수 있는 공범… 바로 우리의 무임 승객이 졸때기와 함께 절도를 공모했다."

이번에는 키가 쇠사슬에 묶인 채 갑판 위로 끌려왔다. 왜 미처 생각지 못했을까? 졸칸 대공은 '제시간에'에서부터 이미 키가 아로스의 친구라는 사실을 알고 있었다. 키마저 붙잡혀 버렸으니 이제 아로스의 마지막 희망도 물거품이 되어 사라졌다.

조리장의 말이 맞았다. 바르바로사는 빌어먹을 배였다. 빌어먹을 저주받은 배. 끔찍한 악령과 그 악령을 섬기는 자들이 장악한 배. 아로스는 혼자의 힘으로 그들을 이길 수 없었다. "난 훔치지 않았어! 아무 잘못도 없어!" 그녀가 허공에 대고 소리쳤다.

"오호! 이것 참 딱하게 됐군. 범죄자가 참회는커녕 죄를 부정하다니, 이런 안타까운 일이 있나." 고뇌하던 론둘프가 결론을 내렸다. "그렇다면 할 수 없지. 벌을 두 배로 늘리는 수밖에. 채찍질 열 대."

"저자의 말을 믿지 마. 바르바로사 선장은 없어. 선장은 죽었다고!" 아로스가 울부짖었다.

론둘프가 충격에 휩싸인 사람을 연기하며 고개를 저었다. "스무 대."

아로스는 이제야 깨달았다. 부항해장이 진작부터 그녀가 맹렬히 저항할 거라 예상했다는 사실을. 다섯 대만 맞았으면 목숨을 건질 수 있었다. 하지만 이제 아로스는 스스로 열다섯 대의 매를 보탰다.

론둘프가 야비한 얼굴로 꼬리 아홉 개 달린 고양이의 손잡이를 자신의 손바닥에 두드렸다. 이십 대를 맞으면 허리가 부러지겠지만 그녀는 독하고 끈질겨서 목숨을 건질 수 있을지도 몰랐다. 그걸 위안으로 삼아야 하나, 생각하는 찰나, 채찍 끝에 무언가가 아침 햇살에 반짝였다. 자세히 보니 가죽끈마다 끄트머리에 낚싯바늘이 끼워져 있었다. 이십 대의 채찍질은 그녀를 갈기갈기 찢어 놓을 게 분명했다. 아로스는 너무 놀라 할 말을 잃고 고개를 돌려 버렸다. 망망대해를 바라보며 스무 대를 견디느니 차라리 익사하는 편이 낫겠다고 생각했다.

"묶어라!" 론둘프가 명령했다.

선원 둘이 아로스를 돛대에 묶었다. 손목과 팔목의 밧줄이 그녀의 살갗을 파고들었다. 하지만 곧 닥칠 고통에 비하면 이 정도는 아무것도 아니겠지.

선원 하나가 안타까운 얼굴로 아로스의 이 사이에 나무토막을 물려 주었다. 하지만 론둘프가 그 장면을 놓칠 리 없었다. "당장 빼. 참회의 말을 듣지 못했으니 최소한 후회의 비명이라도 들어야지. 꾸밈없는 진짜배기 비명 말이야."

선원들의 손이 입으로 들어오기 전에 아로스는 스스로 나무토막을 뱉어냈다. 나무 바닥에 떨어진 작고 딱딱한 것이 달그락 소리를 내며 굴렀다.

구경하는 선원들 사이에 졸칸 대공의 모습이 보였다. 바르바로사의 비밀스러운 선장은 이 광경을 놓치고 싶지 않은 게 분명했다. 게다가 그는 그녀의 죽음을 확인하라는 스승의 명령을 이행해야 했으니까. 그는 우아한 미소를 띠고 야콥 옆에 서 있었다. 선원들 대부분도 그를 처음 보았는지 여기저기서 수군거리는 소리가 들렸다. 저 선원들은 알까? 이 배가 악마의 손아귀에 조종되고 있다는 사실을?

"이제 정의를 바로 세워 볼까?" 론둘프가 새된 소리로 말했다.

정의를 바로 세운다고 했어? 정의에 대한 정말 끔찍한 조롱이군. 나의 하루야, 네가 해냈어. 이렇게 절망적이고, 끔찍하고, 야비한 아침은 지금까지 내가 꾼 가장 심한 악몽 속에서도 없었어. 나의 하루야, 오늘이 해가 저물기도 전에 너를 칭찬하는 마지막 날이 되겠지.

아로스는 돛대 쪽으로 고개를 돌렸다. 이제 그녀의 시야에는 길고 비스듬한 그림자뿐이었다.

"하나!"

그림자가 돌진했다. 채찍이 그녀의 등을 아홉 번 할퀴었다. 채찍이 옷과 피부와 인간의 존엄성을 찢었다. 그녀의 폐도 함께 찢기는 것 같았다. 공기가 부족했다. 숨을 쉴 수가 없었다. 피부의 쓰라림을 느끼는 것과 동시에 눈물이 왈칵 쏟아졌다. 몇 대나 더 맞아야 정신을 잃을 수 있을까? 몇 대를 더 맞으면 몸에 감은 리넨 천 조각이 남김없이 찢어질까? 선원들은 언제쯤 그녀가 사실은 여자아이

471

라는 사실을 알게 될까?

투덜거리는 소리가 사방에서 들렸다. 무슨 일일까? 지독한 고통에 그녀는 제대로 생각할 수도 없었다. 억지로 이마를 돛대에 대고 눈을 깜빡이며 저절로 나온 달갑지 않은 눈물을 짜내 버렸다.

빔과의 대화를 떠올렸다. 그때 그녀를 뭐라고 불렀더라? 고통의 수호자, 고통의 수집가, 고통의 전달자인 돌란인 계집.

"**안 돼! 멈춰!**" 키의 목소리였다. 그의 쇠사슬이 철컥댔다.

"소리를 지르지 않는군!" 론둘프의 화난 목소리가 천천히 의식 속으로 들어왔다. "왜 소리를 지르지 않는 거지?" 그 말은 거의 절규에 가까웠다. 듣고자 했던 소리를 듣지 못하는 이 상황을 도저히 참을 수 없는 것 같았다.

아니, 소리 지르지 마! 나는 절대로 소리 지르지 않아. 하지만 인간의 한계를 넘어서는 고통은 어떻게든 분출되어야 했다. 고아원 원장의 매질보다 더 극심한 고통. 15번 회초리, 아니 그 이상이었다. 그녀의 내면에서 고통과 분노가 뒤섞였다. 손목과 발목을 마구 당겼다. 소용없었다. 밧줄은 너무 두껍고 너무 단단하게 매여 있었다.

"결국 소리 지르게 될 거야, 그러게 되어 있어. 내가 갈기갈기 찢어 주마." 론둘프의 히스테리가 극에 달했다.

다시 그림자가 다가오고 있었다.

아로스는 서서히 고개를 돌려 뒤를 보았다. 론둘프가 비웃는 얼굴로 입술을 핥고 있었다. 그는 온 힘을 다해 매질하려고 최대한 정신을 집중하는 중이었다. 그의 분노에, 두 번째 채찍질에 아로스의 척추가 튀어나올지도 몰랐다.

맞을 짓을 한 건 내가 아니라 이 짐승만도 못한 비열한 자식이야, 그녀가 생각했다.

바로 그때 아로스는 이상한 느낌을 받았다. 지금껏 살면서 이만큼 이상야릇한 느낌은 처음이었다. 육체의 고통과는 별도로 고문자의 야비한 표정과 경멸 어린 눈빛이 고통을 더 보태고 있다는 걸 깨달았다. 부당함과 그에 저항하지 못하는 무력감도 마찬가지였다. 그건 등의 피부에서 전해지는 고통과 달리 머릿속에서 생기는 고통이었다. 그녀의 정신이 피를 흘리고 있었다.

론둘프는 탐욕스러운 눈으로 먹잇감을 바라보았다. 둘의 시선이 엉켰다. 아로스는 머릿속에서 칼날이 부딪치는 소리를 들었다.

그녀의 증오가 외마디의 음절을 형성해 냈다. 그리고 그녀의 입술을 타고 밖으로 흘러나왔다. 처음엔 이를 악무는가 싶더니 뱀의 '쉬익' 소리가 났고 급기야 짧고 단호한 외마디 음절을 이루었다. **"죽어!"** 하지만 아무에게도 들리지 않았다.

"둘!" 긴 그림자가 앞으로 움직였다. 긴 그림자가 멈춰 섰다! 론둘프가 애지중지하는 마우지가 긴 그림자 안으로 툭 떨어졌다.

아로스가 몸을 비틀어 뒤를 돌아보았다. 론둘프가 손으로 얼굴을 부여잡고 있었다. **"아야! 이게 뭐지…? 안돼에에!"** 그의 손가락 사이로 피가 흘러내렸다. 입과 코와 눈과 귀에서 붉은 핏줄기가 솟아나고 있었다. 론둘프가 비명을 질렀다. 정확히 무슨 일이 일어났는지는 알 수 없었다. 분명한 건 단 한 가지. 그녀가 방금 자신이 느낀 고통을 그에게 보내는 상상을 했다는 사실이었다.

론둘프가 갑판 위로 털썩 주저앉았다. 다리와 팔이 버둥거리고 얼굴은 알아볼 수 없을 정도로 피범벅이 되어 있었다. 날카로운 비명이 끝없이 울려 퍼졌다. 가장 높은 돛대보다도 훨씬 더 높은 고음이었다.

주위에 서 있던 선원들이 공포에 휩싸여 얼어붙었다.

아로스는 몸을 움찔거리는 론둘프를 무덤덤하게 노려보았다. 그의 몸속에 있던 것들이 모두 바깥으로 기어 나오는 것 같았다. 마지막 비명이 울려 퍼지고, 커다란 핏덩어리는 이제 다시는 특유의 '아하'를 내뱉을 수 없게 되어 버렸다. 영원히!

그녀의 적은 사방에 있었다. 졸칸! 아로스가 그를 보았다. 그는 피를 흘리는 부항해장을 보고 있었다. 몹시 놀라고 당황한 얼굴이었다. 그의 우아한 얼굴은 두려움 때문에 볼썽사납게 변해 있었다. 그리고 아로스와 시선이 마주치자 두려움은 극한의 공포로 변했다.

이젠 너도 믿을 수 있게 해 줄게, 아로스가 생각했다. 방금 론둘프에게 어떻게 했었더라? 그녀는 정말로 스스로 느낀 고통을 무기로 만들 수 있는 걸까?

아로스는 파괴적인 분노를 느끼며 졸칸을 노려보았다. 자기 자신을 지독히도 사랑했던 우아한 얼굴이 혼비백산하고 있었다. 통쾌했다. 지금까지 본 중 가장 마음에 드는 졸칸의 얼굴이었다. 도망치던 졸칸이 미끄러지며 넘어졌다. 하지만 다시 벌떡 일어난 그는… 갑자기 무언가의 통제를 받는 사람처럼 태연해 보였다. 그는 미소를 짓고 있었다.

왜 웃는 거지? 졸칸의 당당함에 아로스는 다시 절망했다. 그녀의 힘이… 그녀의 능력이 졸칸 앞에서 갑자기 작동을 멈췄다.

그는 예전의 거만한 모습으로 아로스에게 다가와 입술을 귀에 가져다 댔다. 그의 숨결이 느껴졌다. 숨결을 타고 그의 가슴속 굉음이 아로스의 귓전에 울렸다. "소용없어, 이 순진한 계집." 졸칸이 그녀를 노려보았다. 그의 눈동자 속에 노란 반점들이 춤을 추고 있었다. "이 세상 저편에서 매장꾼 스콰이어를 지금 막 혼내 주고 있지. 승리와 조롱, 둘 다 내 것이다! 예언가와 뼈를 보는 사람의 꼴사나운 동맹은 오늘로 끝이 나는 거야." 으스스한 웃음소리가 울려 퍼졌다. 떨고 있는 건 그녀 자신일까, 아니면 그녀가 묶여 있는 돛대일까? 그녀에게 말하고 있는 건 졸칸이 아니었다. 인간의 육신에 올라탄 악령이었다. 악령의 발톱이 그녀의 목을 감싸고, 서서히 조여 오기 시작했다.

광기, 그리고 또 광기

파린은 여전히 거친 숨을 몰아쉬며 에미코를 내려다보고 있었다. "기사님, 성공했어요. 정화의 약이…"

"기억이 나는구나." 에미코가 파린의 말을 끊었다. "네가 나를 도우려고 원정길에 올랐지. 네가 자랑스럽다, 스콰이어." 그가 신음하며 일어나 자신의 커다란 두 손을 살펴보았다. 그리고 그제야 그들을 둘러싼 군인들과 사람들의 놀란 얼굴을 발견했다. "우리가 결투를 했나?"

"예, 어쩔 수가 없었습니다. 제1기사의 결투였어요. 성과 지위를 건."

흠. 감히 부를 수 없는 존재는 분명 에미코의 정신에서 떠났어. 난 그의 존재를 느낄 수 있거든.

파린이 안도하며 다시 자신의 육신과 정신의 통제력을 되찾아왔다. "굉장한 결투였어, 징글징글. 네가 이긴 것 축하해!"

에미코가 자신의 이마를 짚으며 말했다. "믿을 수가 없어." 마치 낯선 장소에 방금 도착한 사람처럼 그가 사방을 둘러보았다. 그리고 바닥에 떨어진 자신의 검을 발견했다. "내 검을 돌려주면 고맙겠구나."

그제야 군중들이 웅성거리기 시작했다. 군인들과 관객들, 성의 거주민들, 동료들, 그들 중 누구도 방금 일어난 사건의 영문을 파악하지 못하고 있었다. 한쪽에서 군인들이 환호했다. 하지만 궁수들은 대부분 아직 의심의 눈초리로 둘을 관찰하고 있었다.

파린이 검을 집어 들어 기사에게 건넸다.

그리고 프레니아와 플라우디우스, 바랄돈, 그리고 렘볼트에게 손을 흔들었다. 악령을 쫓아낸 건 그들 모두의 공이기도 했다.

* * *

아로스는 졸칸 대공의 눈동자를 응시했다. 작은 불꽃처럼 기이하고 작은 점들이 춤을 추고 있었다. 악령이 그녀의 목을 조르고 있었다. 평범한 인간의 손처럼 생긴 차갑고 앙상한 악령의 앞발이. 숨을 쉴 공기가 필요했다. 돛대에 묶여 있지 않았어도 악령의 힘에 저항할 수는 없었을 것이다. 선원들 가운데 누구도 감히 그녀를 도울 생각을 하지 못했다. 오십 명이나 되는 선원들이 어쩔 줄을 모른 채 그들 주위를 둘러싸고 있었다. 그들 중 누구도 눈앞에서 벌어지는 일을 제대로 이해할 수 없었다. 마치 악령이 시간에 마법을 걸기라도 한 걸까? 순식간에 너무 많은 일이 일어났다.

어떻게 해야 하지? 그녀의 내면에는 아직 사용하지 않은 무언가가 숨겨져 있었다. 하지만 그게 뭘까? 고통? 고통이라면 그녀의 내면에 아직 차고 넘칠 만큼 쌓여 있었다. 14년간 살아오며 겪은 고통들. 그녀가 눈을 부릅떴다. 증오와 분노의 눈길로 졸칸을 노려보았다. 그에게 자신의 고통을 전하려고, 그리하여 그를 파괴하려고 했다. 하지만 아무 일도 일어나지 않았다. 왜 론둘프에게는 성공했는데 지금은 안 되는 거지?

악령에게 사로잡힌 졸칸은 그녀의 실패를 즐기고 있었다. "돌란인 계집. 네 빈약한 속임수는 나에게 안 통해. 네가 머릿속 고통의 파장을 쏘아 보내 상대의 피를 끓게 할 수 있는 대상은 인간뿐이거든. 인간은, 너희 유한한 존재들은 너무 어리석고, 너무 쉽게 예측 가능하고, 너무도 나약하지."

곧 정신을 잃을 것만 같았다. 그녀의 폐 속 공기가 서서히 바닥나고 있었다. 그녀가 힘없이 헐떡거렸다. 악령은 그녀의 목을 더 강하게 조여 왔다.

* * *

모여 있는 사람들 가운데 플라우디우스를 발견한 파린이 반갑게 손을 흔들었다. 파린은 무척 지쳐 보였지만 한결 마음이 가벼워진 모습이었다. 하지만 플라우디우스는 여전히 불안한 표정으로 에미코를 바라보고 있었다.

마지막 공격이 너무 싱거웠어. 갑자기 무언가가 감히 부를 수 없는 존재의 집중력을 흐트러뜨린 게 분명해. 징글징글이 생각을 전했다.

매장꾼의 아들은 머릿속이 흐릿한 느낌이었다. 회오리바람 한가운데에 있는 것 같은 기분이 들었고, 무슨 일이 일어나고 있는지 파악할 집중력이 부족했다. 하지만 무언가 마음에 걸리는 게 있었다. '내 검을 돌려주면 고맙겠구나.'… 파린은 좀 더 집중하려고 애썼다. '내 검을 돌려주면 고맙겠구나.'라고 에미코가 말했었다. 그제야 정신이 번쩍 들었다. 언제부터 기사님이 나에게 저렇게 조심스럽게 부탁했지?

"속임수야! 아직 다 낫지 않았어! 조심해!" 파린이 외쳤다.

에미코가 얼굴을 찡그리며 뒤를 돌았다. 험악한 표정에 낯선 목소리가 으르렁댔다. "가만히 두지 않겠어! 하필 고아원 계집을 처리하려는데 감히 나를 방해해?"

노란 불꽃이 다시 눈동자에서 춤을 추기 시작했다. 감히 부를 수 없는 존재가 그들을 속이고 조롱했다. 실망과 놀라움이 파린을 뒤흔들었다. 하지만… 약은 어떻게 된 거지?

에미코의 움직임은 거침이 없었다. 순식간에 검이 날아왔다. 파린은 반사적으로 머리를 뒤로 움직였다. 검의 끝이 아슬아슬하게 파린의 목을 스쳤다. 하마터면 목이 날아갈 뻔했다. 놀란 사람들이 비명을 질렀다. 곧바로 다음 공격. 사슬 글러브를 낀 에미코의 왼손이 날아들어 파린의 턱을 가격했다. 어금니가 부러지는 소리가 났다. 입안에 피비린내가 퍼졌다. 반쯤 정신을 잃은 채 무릎을 꿇었다. 이번에는 에미코의 발이 날아왔다. 파린은 그대로 쓰러졌다. 에미코는 사악하게 웃으며 바닥에 누운 파린의 가슴에 검을 가져다 댔다. 그의 심장이 뛰는 바로 그곳에. 그의 기사 에미코의 입에서 악령의 목소리가 울려 퍼졌다. "동화책에나 나올 법한 그런 우스운 물약 한 모금 따위로 나를 이길 수 있다고 생각했는가? 하하! 내가 네 속셈을 모를 줄 알았어? 물론 그 책에 뭐라고 쓰여 있는지 나도 잘 알고 있지. 정화의 영약이라… 하하, 가소롭기 짝이 없지. 잘 들어라, 그 누구도 나의 낙인에 저항할 수 없다."

* * *

아로스의 감각이 사라져 가고 있었다. 졸칸은 여전히 해골 같은 얼굴로 섬뜩하게 웃고 있었다.

"그 아이를 놓아줘!" 누군가가 외쳤다. 야콥인 것 같았다.

"이제 거의 끝났어. 조금 남은 네 목숨 조각은 곧 마저 처리해 주지." 졸칸이 비웃었다. 그리고… 그의 눈에 작은 불꽃들이 사라졌다. 아로스에게는 승리한 자의 야비한 조롱에 분노할 힘도 남아 있지 않았다. 정신을 잃기 직전이었다. 뭐지!? 그의 눈에서 불꽃 반점이 사라졌어!

마지막 의지력을 실어 아로스가 입을 열었다. 들릴 듯 말 듯 힘없는 속삭임이었다. "죽어."

졸칸이 갑자기 팔을 들더니 비명을 질러 대기 시작했다. "**아아아아**…!" 그의 머리에 금이 가기 시작하더니 바닥에 내동댕이쳐진 삶은 달걀 같은 모습으로 변했다. 갈라진 틈으로 피가 새어 나왔다.

코와 입과 눈과 귀에서도 마찬가지였다. 팔과 다리를 움찔대며 졸칸이 바닥에 쓰러졌다.

아로스는 멍한 얼굴로 발아래를 응시했다. 생기가 느껴지지 않는 두 개의 몸뚱이가 피로 흥건한 바닥에 널브러져 있었다. 부항해장 론둘프와 졸칸 대공. 그들의 모습은 마치 도살당한 돼지처럼 보였다. 하지만 여전히 화가 풀리지 않았다. 아직 대가를 치러야 할 이들이 남아 있었다. 그녀의 고통을 즐겼던 사내들. 지금 이 자리에서 14년 전 피비린내 나는 사건이 재현되고 있었다. 그녀가 14년 전 그 날을 다시 되돌리고 있었다. 모두 지옥으로 보내 줄게! 그녀가 천천히 고개를 들었다.

무언가 강한 힘이 그녀의 머리를 울렸다. 그들도 곧 알게 될 것이다. 진정한 고통이 무엇인지 경험하고 느끼게 될 것이다.

"아로스! 안 돼! 아로스!"

누가 그녀의 이름을 부르는 걸까? 이 배에서 그의 이름은 졸때기였는데. 아니면 니켈이거나. 그건 바로 그녀의 친구 키의 목소리였다. 친구가 친구 아가씨의 이름을 부르고 있었다. 그리고… 키가 처음으로 그녀를 아로스라고 불렀다. 그만큼 중요한 일이라는 뜻이었다. 아로스는 다시 시선을 바닥으로 떨어뜨리고 호흡을 진정시켰다. 그녀의 눈 위에 작고 차가운 손이 느껴졌다. "다 끝났어. 친구 아가씨는 이제 안전해."

* * *

파린은 검의 날 끝이 서서히 자신의 심장을 향해 가슴 보호대를 파고드는 것을 느꼈다. "스콰이어, 너의 멍청한 예언가 친구도 지금 이 순간 너와 함께 죽는 거야. 수치스러운 동맹의 비극적 결말이지."

동시에 두 개의 장례식에 오고 간다?

"맞아, 형제의 심장이여. 넌 어떻게 된 거지? 매장꾼에게 통제력을 빼앗기셨나? 너무 싱겁게 쓰러지는군. 이건 너무 시시하잖아."

그래, 지금 나는 그냥 구경꾼 같은 존재야. 징글징글이 말했다. 감히 부를 수 없는 존재와 파린만이 그의 목소리를 들을 수 있었다.

"내가 인간을 너와 반대로 다루는 이유가 바로 그거야. 넌 인간들과 어울려 다니면서 유약해졌어. 이제 더는 파렴치한 결정을 내리지도 못하는 신세가 됐지. 악령으로서의 품위는 어디로 갔지?"

말도 안 되는 소리! 우리 둘 가운데 내가 훨씬 더 전략적인 사고를 했다고. 넌 내가 이 매장꾼 벌레로 뭘 해냈는지조차 몰라.

"전혀! 넌 아무것도 해내지 못했어."

해냈다니까 그러네! 서부산맥의 깊은 동굴 속에서 궁극의 유물을 발견했어.

"시간 끌려는 속셈인 거 다 알아."

말도 안 돼. 봐! 그게 벌레의 주머니 안에 있어. 게다가 벌레는 어떻

482

게 하면 효과를 보는지도 알고 있다고. 매장꾼의 숨통은 그 이후에 끊어도 늦지 않아.

기사는 아주 잠깐 생각에 잠겼다가 오른손은 검을 그대로 들고 왼손으로 파린의 주머니를 뒤지기 시작했다. 그리고 엄지와 검지로 정화의 약이 담긴 두 번째 병을 집어 들었다. 웃음소리가 울려퍼졌다. "나보고 이것도 마시라고? 이것도 보나 마나 맛이 없게 생겼어." 그가 바위에다 약병을 힘껏 던졌다. 유리병이 산산조각 나며곳곳에 얼룩을 남겼다.

이런 걸 형제라고 불러야 한다니 정말 부끄럽다, 부끄러워. 그 약 말고! 징글징글이 크게 한숨을 쉬었다. 펜던트 말이야! 가혹한 폭정의 펜던트!

"그건 또 뭐야?"

무서웠지만 파린이 용기를 내어 물었다.

에미코는 자신의 희생양에게서 시선을 떼지 않은 채 다시 주머니를 뒤졌다. 그가 토렘의 목걸이를 꺼내 들었다. 그리고 의심의 눈길로 푸른색 빛이 감도는 펜던트를 살펴보았다. "특이한 금속이긴 하지만 그렇다고 특별한 점도 없잖아." 갑자기 그가 인상을 찌푸렸다. "이 빌어먹을 물건이 나를 물었어."

봤지? 그게 바로 엄청난 위력의 증거야. 그러니까 잘 보라고.

"이게 대체 뭐지? 아아아! 아프다고!" 그가 놀라서 펜던트를 파린의 가슴 위에 떨어뜨렸다.

483

파린이 재빨리 목걸이를 잡아 기사의 머리에 씌웠다.

에미코는 손에 쥐고 있던 검을 던져 버리고 괴로운 듯 그르렁대며 목걸이를 빼내려고 했다. 그러다 무릎이 꺾이고, 고통스럽게 신음하며 바닥에 엎드렸다. 파린이 거칠게 고함을 지르며 그를 덮쳤다. 그의 기사 에미코는 반항하지 못했다. 그저 사나운 시선으로 파린을 노려볼 뿐이었다. 눈동자의 노란 반점이 하나씩 사라져 갔다.

정적이 흘렀다.

여기까지는 아까와 똑같아, 파린이 생각했다. 그리고 온 힘을 다해 기사의 팔을 붙들었다.

에미코의 숱이 많은 눈썹이 위로 올라갔다. "지금 내 스콰이어가 나를 깔고 앉아 뭘 하는 거지? 내가 왜 여기 누워 있는 건가? 당장 내려오지 않으면 네 이를 모두 뽑아 콧구멍에 쑤셔 넣어 버리겠다!"

파린의 기쁨은 이루 말할 수 없었다. 익숙한 호통. 듣는 것만으로도 기분이 좋아지는 협박. 그의 기사가 돌아왔다. 이번에는 의심의 여지가 없었다. 진짜 에미코, 그의 기사였다.

다른 대륙

눈을 떴다. 여기가 어디지? 물론 바르바로사 안이라는 것만큼은 분명했다. 하지만 배 안의 어디일까? 그녀는 작은 선실에 엎드린 채 누워 있었다. 그도 그럴 것이 등허리의 통증 때문에 다른 자세로 눕는 건 아예 불가능했다. 간신히 몸을 돌려 모로 누운 뒤 주위를 둘러보았다. 그곳은 왼쪽에 둥근 창문이 있는 작은 선실이었다. 맞은 편에는 투박한 장이 놓여 있었다. 무슨 일이 있었지? 아, 그래. 다시는 입에 담기도 싫은 일이었지. 론둘프가 그녀를 죽이려고 채찍을 휘둘렀고, 졸칸 대공이 돛대에 묶인 그녀의 목을 졸랐다.

나의 하루야, 아직 나를 살려 뒀구나. 이러다 네가 나를 조금은 좋아한다고 믿게 될지도 모르니 조심해.

그녀의 팔은 밝은 리넨 셔츠의 긴 소매 속에 숨겨져 있었다. 몸을 일으켰다. 소매를 걷어 올리고 곰곰이 생각해 보았다. 누군가가 그녀의 상처에 붕대를 감아 주었다. 붕대의 천이 등에 생긴 상처에 엉겨 붙어 따끔거렸다. 누가 그녀를 여기로 데려오고 치료해 주었을까? 어찌 되었건 그 사람은 이제 졸때기 놈이 아닌 졸때기 년이 이 배에 타고 있다는 사실을 알게 되었겠지. 또 뭐가 기억나지? 아, 맞아. 그녀는 론둘프와 졸칸에게 자신의 고통을 보냈었다. 방법은 아직 확실치 않았지만 어쨌든 그들이 열 배의 고통을 느끼게 해 주었지. 피 흘리는 두 개의 볼품없는 몸뚱이가 떠올랐다.

폭풍에도 끄떡없도록 벽감 안에 놓인 작은 물 항아리가 보였다. 그녀는 곧바로 몇 모금을 마셨다. 혀에 얇은 막이 한 꺼풀 낀 것처럼 입안이 까끌거렸다.

노크 소리가 났다. 뭐지? 누구지? 머리가 멍했다. 아, 누군가가 들어가도 되는지 물은 뒤 밖에서 그녀의 대답을 기다리고 있어. 지금껏 그녀는 늘 밖에서 문을 두드리는 역할이었고, 이렇게 뒤바뀐 상황은 처음이었다.

"들어와요." 그녀가 대답했다.

문이 열렸다. 항해장 야콥이 들어와 문을 닫았다. "잘 잤어, 아로스? 이틀 동안이나 잠만 잤어. 몸은 좀 어때?"

"배고파요!" 그리고 불안해요. 하지만 두 번째 말은 입 밖에 내지 않기로 했다. 야콥은 그녀의 진짜 이름을 불러 주었다. 일단은 그녀가 이곳에서 받는 대우는 나쁘지 않았다. 하지만 앞으로도 그럴까?

"배가 고프다는 건 좋은 신호야." 야콥이 미소를 지었다. "그건 우리가 해결할 수 있는 문제니까. 그런 문제라면 벌써 준비해 둔 것도 있고." 그가 장에 기대섰다. 키가 커서 천장에 머리가 부딪치지 않도록 목을 조금 움츠려야 했다. 야콥은 호기심 어린 시선으로 아로스를 바라보며 자신의 코를 꼬집었다.

"고마워요, 항해장님." 아로스가 얌전하게 말했다. 이제 어떻게 나오나 볼까?

"선장님." 그가 호칭을 바로잡았다. "네가 내 승진에 크게 기여했어." 그리고 미간을 조금 찌푸리며 말을 이었다. "내가 원한 건 아니었지만 가장 계급이 높은 선원이 나여서 어쩔 수 없이 선장 모자를 쓰게 됐으니까."

"이전 모자가 더 멋있었는데요." 아로스가 솔직하게 말했다.

"네 말이 맞을지도 몰라." 그가 웃으며 말했다. "고급 선원들과 네 친구 키와 함께 배에서 일어난 일에 대해 오랫동안 회의를 했어."

"키는 어디 있어요? 키는 쇠사슬에 묶여 있었는데, 내 눈을 감겨 준 기억이 나요."

"키는 무사해. 네 옆에서 스무 시간을 지켜보다가 이제 겨우 눈을 붙이러 갔어."

다행이었다. 아로스는 부드러운 눈길로 야콥을 응시했다. 야콥은 또 무엇을 알고 있을까? 그리고 무엇을 원하는 걸까? 그가 어른이라는 점이 놀라웠다. 사실 아로스는 처음부터 그가 마음에 들었다. 처음 만난 순간부터 키에게 끌렸듯이. 이제 아로스가 좋아하는 어른이 둘이나 생겼다. 오래 생각하지 않고 아로스가 물었다. "내가 여자아이라는 사실을 또 누가 알고 있죠?"

"키와 나뿐이야. 내가 치료법에 관한 지식이 좀 있거든. 그래서 네 등에 약을 바르고 붕대를 감았어." 그가 다시 제 코를 꼬집었다. 적당한 단어가 떠오르지 않을 때 나오는 습관 같았다. "앞으로도 다른 선원들에게는 알리지 않는 편이 좋을 것 같구나. 지금까지 겪은 일만으로도 선원들이 굉장히 혼란스러워하고 있거든."

다시 노크 소리. 아까보다 더 작고, 더 머뭇거리는 노크 소리였다. 아로스가 선장의 눈치를 살폈다. 선장은 어깨를 으쓱해 보였다. "들어오세요!" 아까보다 대답하기가 한결 편해졌다.

하필 멍청이 캐빈 보이 그레고르가 문을 열었다. 음식이 차려진 쟁반을 든 채였다. 달걀, 고기 한 덩이, 빵과 치즈 등이었다. 아로스가 침대에 앉아 있는 걸 보자마자 그는 머리끝까지 화가 끓어오른 얼굴로 협박하기 시작했다. "그러니까 여기 숨어 있었다 이거지, 졸때기? 여기 네가 찾는 건 없어. 여긴 고급 선원들만 잘 수 있는 방이야. 아니면 선장님의 특별한 손님들께만 음식을 가져다드리지. 헤헤, 이제 선장님이 널 가만두지 않으실 거야."

캐빈 보이는 문 앞에 서 있었기 때문에 문 뒤에 서 있는 야콥이 보이지 않았다.

"선장님께 말하지 말아 줘. 부탁이야, 그레고르." 아로스가 간청했다.

"당연히 말씀드려야지. 넌 정말 재수 없어. 졸때기들은 다 재수가 없지. 내가 너의 파렴치한 행동을 선장님께 말씀드리면 안 되는 이유를 한 가지라도 말해 보시지!"

"선장님이 벌써 알고 계시니까?" 아로스가 말했다.

낮은 음성이 들려왔다. "쟁반을 거기다 두거라, 그레고르."

그레고르는 얼굴이 벌게져서 윗입술과 아랫입술을 질겅질겅 물었다. 배 안의 모든 돛대가 우지끈 무너지는 것과 맞먹는 충격을 받은 듯했다. 어떻게 멍청한 졸때기가 어느 날 갑자기 선미 갑판의 선실을 떡하니 차지하고 선장과 스스럼없이 마주할 수가 있지?

그레고르가 음식을 내려놓았다.

"좋아! 그럼 이제 나가거라!"

캐빈 보이가 간신히 대답했다. "예, 선장님. 즉시 나가겠습니다. 선장님 죄송합니다. 그러니까 저는… 그러니까…" 그가 한 마리 도마뱀처럼 잽싸게 밖으로 나간 뒤 문을 닫았다.

"조금만 먹어 봐도 될까요?" 아로스가 쟁반 위의 음식을 힐끔거리며 물었다.

"너를 위해 부탁한 음식들이야."

얼른 빵과 치즈를 집어 들었다. "그러니까 그 이후에… 무슨… 일이 있었던 거죠?"

"새로 선장이 된 나의 첫 명령은 '졸칸과 론둘프의 시신을 바다에 버려라'였어."

아로스가 빵을 씹다 말고 잠시 멈췄다.

야콥이 말했다. "나는 내막을 알고 있는 몇 안 되는 사람이고 졸칸 대공의 계략에 대해 잘 알고 있었지. 론둘프는 그의 도구였어. 잔인하고 파렴치했지. 게다가 항해장으로서도 선원들이 견디기 힘들어하던 존재였어. 그 둘이 너를 죽이려고 했어. 그리고 하마터면 정말로 그 계획대로 될 뻔했고. 네 행동은 정당한 방어였어. 그러니 네 잘못이 아니다."

"론둘프의 채찍에…" 생각하는 것만으로도 눈가에 눈물이 맺혔다. "…낚싯바늘이…" 그녀는 금세 다시 진정했다. 울면 울보야. 쥐들의 여왕은 울지 않아. "론둘프가 나를 만신창이로 만들어 죽이려고 했어요."

"안다. 현장을 목격한 증인도 아주 많아. 어떤 선원들에게 너는 영웅이다. 하지만 몇몇은 너를 시신들과 함께 던져 버리자고 했지. 그들은 너를 두려워해. 14년 전 그 사건의 재현이라고 의심하는 사람들이 많아."

"그분은… 제 어머니였어요. 그때도 아이를 보호하려고 자신을 방어한 것뿐이었고요."

선장이 고개를 끄덕였다. "키가 벌써 말해 줬어. 그는 체구는 작아도 정말 굉장한 사내야. 지금까지 그렇게 단시간에 선원들에게 인정받은 사람은 없었지. 늘 온화하고 못 하는 일이 없어. 뱃일하는 데 필요한 거의 모든 지식과 임무에 능통하다니까. 게다가 조용하고 겸손하기까지 하다니. 그가 선원들 앞에서 너를 옹호해 준 덕분에 너에 대한 두려움이 조금 누그러진 거야."

아로스가 침을 꼴깍 삼켰다. "키는 정말 특별한 사람이에요."

"너처럼 특별하지, 졸때기." 선장은 낮은 음성으로 마지막 단어를 특별히 강조했다. 그리고 그녀의 눈을 똑바로 보고 말을 이었다. "앞으로도 달라지는 건 없을 거야. 넌 계속해서 졸때기의 임무를 완수한다. 그래야 우리가 어느 정도 일상으로 돌아갈 수 있어. 누가 묻거든… 너는 갑판에서 일어난 끔찍한 일이 기억나지 않는 거다. 어때?"

문이 열리고 키가 들어왔다. 그리고 익숙한 미소를 지으며 아로스를 꼭 안아 주었다. "친구 아가씨가 한결 나아졌어." 그리고 선장에게 가볍게 몸을 굽혀 인사했다.

"지금 막 얘기가 끝났소." 야콥 선장이 몸을 구부리고 문 쪽으로 갔다. "자, 모든 건 그대로야. 단 한 가지 예외만 빼고. 너는 항해가 끝날 때까지 이 선실을 쓰도록 해라." 그가 대답도 듣지 않고 밖으로 나갔다.

"선장은 정말 좋은 사람이야." 키가 자신의 의견을 말했다. "그리고 친구 아가씨는 강해지고 있어."

불편한 기억 하나가 마음에 걸렸다. 그녀가 키에게 속삭였다. "키, 네가 아니었다면 아마 나는 거기에 있던 선원들을 몽땅 죽여 버렸을 거야."

"친구 아가씨는 자신의 능력에 성큼 다가간 거야. 그리고 결론적으로 그렇게 하지 않았잖아."

"고통의 전달자라고?" 아로스가 작은 소리로 말했다. 그런 사람이고 싶지 않았다.

"호칭은 그냥 소리일 뿐이야. 중요한 건 그 사람이 어떤 사람이냐지. 친구 아가씨는 어느 때고 자신의 힘을 제어하는 방법을 익혀야 해."

그녀가 물을 한 모금 마시고 말했다. "힘이나 권력은 결코 좋은 게 아니야. 인간을 파멸로 이끌 뿐이지."

"그걸 깨닫지 못한 사람들에게는 그렇지. 권력은 책임이야."

키의 말을 확실히 이해한 건지는 알 수 없었다. 그때 다른 생각이 떠올랐다. "빔은 어떻게 됐어?"

"종지기는 그대로 종지기이야. 선장이 그를 감시하고 있어. 이번이 그의 마지막 항해가 될 거고, 항구에 도착하는 대로 그는 바르바로사에서 내려야 해." 키는 가슴 앞에 두 손을 모았다. "화가가 친구 아가씨의 붕대를 갈아 줄게."

"고마워, 키. 그럼 얼른 먹고 나서 시작하자." 쥐들은 치즈를 좋아했다. 그녀는 재빨리 치즈 한 조각을 입에 넣었다.

초저녁 무렵에 졸때기는 뱃머리 쪽 난간에 기대어 바다를 바라보았다. 야콥 선장은 지금까지 해 왔던 것과 똑같이 생활하라고 말했다. 하지만 모든 게 달라진 지금, 실행은 말처럼 쉽지 않을 것이었다. 물론 일부 선원들은 아로스를 두려워하거나 의심했다. 하지만 그녀가 대단하다고 생각하는 쪽이 훨씬 많았다. 갑판에서 만난 선원들은 대부분 그녀에게 호의적인 미소를 보냈다. 그녀가 선장실에서 물건을 훔쳤다는 말 따위는 아무도 믿지 않았다. 알 수 없는 이유로 졸칸과 론둘프가 졸때기를 죽이려고 무리수를 두었고, 졸때기는 있는 힘껏 저항했을 뿐이다. 선원들도 그 사건을 거론할 때 그녀가 정당방위를 행사했음을 강조하곤 했다. 그녀가 가장 많이 한 말은 바로 "난 정말 아무것도 기억이 나지 않아!"였다.

아로스는 생각에 잠긴 채 다시 갤리 쪽으로 갔다. 어른들은 이제 그녀를 어른으로 대해 주었다. 끔찍했다.

그녀의 머리 위 돛이 바람에 삐걱거렸다. 선원들은 돛대 위를 오르고 밧줄을 잡아당겼다. 배가 규칙적으로 출렁였다. 반복적인 움직임에 마음이 편해졌다. 혹시 배 위의 생활이 조금 좋아졌다는 뜻일까?

종소리가 울렸다. 빔은 오늘도 자신의 자리를 지키고 있었다. 마치 아무 일도 없었다는 듯이. 종지기로서의 마지막 날들이 가고 있었다.

아로스가 갤리에 들어섰다.

"재료가 다 떨어져 가고 있어. 이제 남은 거라고는 정어리 한 통과 소금에 절인 고기가 다야. 츠비바크마른 빵도 얼마 남지 않았어." 조리장이 코를 후비며 말했다. 혹시 코 안에 쓸 만한 재료라도 남아 있나 찾아보려는 걸까? "닭도 어제 마지막 한 마리까지 다 잡았어. 감자도 거의 다 먹었고. 양배추는 곰팡이가 슬어 못 먹게 되었고, 깨끗한 마실 물도 다 떨어졌어."

"그럼 이제 어떻게 하죠? 우린 모두 굶어야 하는 건가? 아니, 그러기 전에 먼저 목이 말라 죽겠네." 아로스가 물었다.

"둘 다 아니야. 왜냐하면 우린 내일 아바스토란 항구에 도착하거

493

든." 조리장이 씩 웃었다.

"오!" 생각지도 못했던 소식이었다. 언젠간 이 배도 어딘가에 정박할 거란 걸 까맣게 잊고 살았다. "아바스토란? 특이한 이름이네. 큰 도시인가?"

"그곳에 비하면 나벤슈타인은 그냥 작은 마을이지. 가 보면 너도 알게 될 거야."

아로스가 조리장을 곁눈질로 보았다. 갑자기 그가 밉지 않다는 사실이, 그동안 맞은 꿀밤이 몇 개였는지 벌써 잊었다는 사실이 놀라웠다.

다시금 최근에 겪은 사건을 떠올렸다. 그러니까 이제껏 경험했던 죽다 살아난 사건들 중 최근의 것.

끔찍한 악령이 무슨 말을 했더라? '매장꾼 스콰이어를 지금 막 다른 곳에서 혼내 주고 있지.'

딱히 설명할 수는 없었지만 가슴 깊은 곳에서 밀려오는 직감으로 그녀는 알 수 있었다. 파린은 살아 있다. 그는 어떻게 지내고 있을까?

진전

걱정 어린 눈으로 파린이 기사를 바라보았다. 그날 저녁 그는 서재에서 에미코와 마주 앉아 있었다. 에미코는 두 팔꿈치를 탁자 위에 올려 두 손을 모으고 미간을 찌푸렸다. 성문 앞 사건 후 에미코는 곧바로 성 안뜰에 신하들을 모아 놓고 악령의 계략과 수법에 관해 열정적인 연설을 했다. 경악한 신하들이 모두 소매를 걷고 팔뚝을 확인했지만 다행히 낙인이 찍힌 사람은 아무도 없었다. 성안은 이내 들뜬 분위기가 되었다. 성민들도 악령에 미혹됐던 그들의 영주가 되돌아왔다는 사실을 알게 되었다.

이제 둘은 본관으로 돌아왔다.

"그 목걸이는 어디서 났지?" 에미코가 먼저 말문을 열었다. 그리고 목에 건 펜던트에 새겨진 뜻 모를 세 개의 글자를 손가락으로 짚어 보았다.

"저습지로 가는 길에 만난 어떤 사람이 '사악한 밤의 악령을 막아 준다.'고 말하며 선물로 주었어요."

"어떤 사람?" 에미코가 언짢은 기색을 보이며 미심쩍은 부분을 집요하게 파고들었다. "어떤 사람이라는 말은 '그 누구도 아닌 사람'과 동의어지."

"물론입니다, 기사님. 그리고 지금은 그 누구도 신뢰해서는 안 된다는 사실을 누구보다 잘 알고 계시죠?"

에미코가 씩씩거렸다. "나와 말장난을 하려거든 어디 한번 해 봐. 하지만 감히 나를 갖고 장난칠 생각은 하지 마라. 존경하는 스콰이어께서 또 나에게 숨기는 게 있는 거지?"

"죄송합니다. 비밀을 지키기로 약속했어요. 제 입장을 이해해 주세요. 게다가 저희가 수행한 임무의 중대함에 비하면 펜던트의 출처는 사소한 문제입니다."

헤헤. 그래 봐야 그 누군가가 에미코의 아버지를 죽였다는 사실은 변하지 않아. 그러니 덮어.

에미코는 의자 등받이에 몸을 기대고 머리 뒤로 팔짱을 꼈다. 의자의 삐걱거리는 소리도 그의 목소리도 똑같이 위협적이었다. "언제부터 스콰이어가 기사를 대신해서 사소하고 사소하지 않은 문제를 결정하지?"

"기사님의 말투가 수상하게 공손해졌던 그때부터요?"

헤헤, 내 말이 그 말이야.

파린의 입에서 자신도 모르게 튀어나온 그 말은 대답이라기보다는 질문에 가까웠다. 에미코가 그를 사형에 처하기 전에 최대한 빠른 부연 설명이 필요했다. "죄송합니다, 기사님. 제 말은 다만 우리가 지금 특수한 상황에 처해 있다는 뜻이었습니다."

붉게 달아오르던 에미코의 얼굴이 다소 진정되었다. 심호흡을 깊게 하고 팔꿈치를 다시 탁자 위에 올린 뒤 턱을 긁적였다. 좋은 징조였다. 그가 다시 펜던트를 손가락으로 더듬었다. 사실대로 털어

놓을 수 없는 파린의 입장을 이해하려고 애쓰는 게 분명했다. "흠! '가혹한 폭정의 펜던트' 같은 멍청한 이름은 누가 지었을까? '어떤 사람'일까? 아니면 '누구도 아닌 사람'일까?"

"그건 그냥 즉흥적으로 지어낸 이름이었습니다. 감히 부를 수 없는 존재의 호기심을 자극하려고요."

특히 그 자식의 탐욕을 노린 거지!

"다행히 의도가 적중했습니다. 그저 내면 깊은 곳에서 그런 느낌이 들었어요. 이 장신구가 악령에게 엄청난 고통을 주었고, 그 덕분에 악령을 기습 공격으로 물리칠 수 있었습니다."

그 금속 말이야. 불쾌하기 짝이 없는 따끔따끔한 금속. 토템과 성찬을 들 때부터 싫었다고.

징글징글이 이렇게 야단법석을 떠는 건 본 적이 없었다.

"이 별것 아닌 펜던트가 일단 나를 구했어." 에미코가 혼잣말을 중얼거렸다.

"이 펜던트가 악령의 힘을 약화시킬 수 있을지도 모른다는 아이디어 덕분에 우리가 살았어요. 그것도 저의 악령 덕분입니다."

바로 그거야! 그래도 네가 내 굉장한 활약을 가로채는 파렴치한 짓은 안 해서 아주 다행이야. 아주 예외적인 일이긴 한데, 아까 그걸 에미코의 목에 걸 때는 너도 제법 침착했어.

"그렇다면 한 가지 더 궁금한 게 있다, 스콰이어. 네가 말한 누구도 아닌 그 누군가는 어디에서 그 펜던트를 얻었지? 혹시라도 여러

개를 구할 수 있다면 좋을 텐데."

곤란한 질문이었다. 하지만 이번에도 대답을 피할 수는 없었다. "원래는 그라쿠스 폐하에게서 받은 것이라 들었습니다."

기사의 눈썹이 위로 올라갔다. "폐하라고? 그런데 누구도 아닌 그 누군가가 지나가던 스콰이어에게 그걸 그냥 주었다고? 아무리 봐도 네가 분명 매우 특별한 사람들을 만난 것 같은데…."

"폐하께 여쭤보아야 합니다. 감히 부를 수 없는 존재의 힘을 약하게 할 수만 있다면 뭐든지 해야 합니다."

"말을 돌리는군." 기사가 매서운 눈으로 파린을 노려보았다.

파린은 한숨을 쉬고 침묵했다.

에미코가 눈을 가늘게 떴다. "그럼 말해 보아라! 어떻게 렘볼트와 문제없이 잘 지낼 수 있었지?"

"물론 처음에 렘볼트는 저를 원정대의 대장으로 인정하지 않으려고 했습니다. 하지만 시간이 지나 전적으로 믿을 수 있는 대원이 되었고, 이제는 친구가 되었습니다."

"용병을 '전적으로 믿을 수 있는 대원이자 친구'라고 부를 수 있는 사람은 너뿐이다. 하지만 네 말이 맞아. 너희가 돌아온 뒤 렘볼트와 몇 마디를 나눴는데 원정대의 대장이었던 너를 극찬하더구나. 혹시 추가로 포상금을 지급하겠다고 약속이라도 했나?"

파린이 발끈하려는 순간 얼핏 에미코의 눈동자가 반짝이는 것을 보았다. 에미코의 농담이었을까? 노란 불꽃만 아니라면 아무래도 괜찮았다. "기사님, 플라우디우스와 바랄돈도 시종일관 저를 믿어주고 서로 도우며 훌륭하게 대원의 임무를 수행했습니다."

에미코가 투덜거렸다. "그럼 더는 너를 나무라지는 않겠다. 하지만 대원들 칭찬은 그만! 네 뜻은 잘 알겠으니." 그가 파린에게 자신의 팔을 내밀었다. "한번 보거라. 희망의 빛이 비치고 있어. 낙인이 흐려지고 있다."

정말로 펜타그램과 원은 거의 알아보기 힘들 만큼 흐릿한 흔적으로 변해 있었다.

"혹시 약 덕분이 아닐까요? 어쩌면 약효가 나타나기까지 시간이 필요한 걸지도 모르잖아요. 아니면 기사님이 걸고 계신 펜던트 덕분일까요?"

기사가 어깨를 으쓱했다. "지금으로서는 뭐라 말하기 힘들지. 하지만 나에게도 기회가 한 번 더 생겼어."

"프레니아의 공도 컸습니다. 약을 조제한 것뿐이 아니었어요. 프레니아가 아니었다면 시간이 지체되었을 거고, 그랬다면 저습지로 출발하기까지 몇 주가 더 걸렸을 것입니다."

혹시 재치 넘치는 악령 얘기는 벌써 했던가? 빛나는 아이디어와 지략이 넘쳐흐르는 썩은 구덩이. 아니면… 성공의 주춧돌이라고나 할까?

망상의 칭찬과 인정에 대한 집착은 끝이 없었다.

"네가 이 자리에 없었으면 더 많이 칭찬했을 텐데." 파린이 내면에 대고 말했다.

좋아, 그럼 이제부터 조용히 있어 줄게. 그리고 아주 멀리. 그리고 네 말에 귀도 안 기울일 거야. 악령의 명예를 걸고 맹세하지.

파린은 악령의 명예를 건 말에 어느 정도의 가치가 있는지 깊이 생각할 여유가 없었다. 그의 머릿속은 다른 질문들로 가득 차 있었다. "기사님, 드로그단이 염려됩니다. 지금 상태가 어떻습니까?" 마음 한곳이 아려왔다.

기사가 아래턱을 앞으로 내밀었다. 그의 얼굴은 침울하기 그지없었다. "지금 바로 같이 가서 드로그단을 만나자. 너도 알다시피 내가 성에 다시 들어와 처음으로 내린 명령이 바로 '드로그단을 의원에게 데리고 가라.'였다. 지금쯤 치료를 받으며 기운을 회복하고 있을 거야. 내가 악령의 지배를 받았을 때 그만… 그를 감옥에 가두고 고문하라고 지시했다."

파린의 얼굴이 창백해졌다. "네…에?"

"감히 부를 수 없는 존재가 드로그단이 알고 있는 사실들에 대해 캐내려고 했어. 교도관이 벌써 그의 손톱을 뽑았지 뭐냐. 그 역시 내 명을 따른 것뿐이었어."

냉혹한 기사의 얼굴이 마치 자신의 손톱이 뽑히기라도 하는 듯 고통스러운 표정이었다. "어떻게… 그런 끔찍한 일이…. 하지만 기사님이 그러신 게 아니에요." 파린이 위로했다.

"하지만 그 책임은 전적으로 나에게 있다." 그가 안타까움을 드러내며 말했다. "이제 그에게 빚을 갚는 것도 내 의무이다." 그가 괴로운 듯 고개를 흔들었다. "어떻게 해도 용서받을 수는 없겠지만. 유일한 방법이라면 이제부터 내 온 힘을 다해 악령과 네코르인과의 싸움에 전념하는 것뿐이겠지."

"성문 앞 결투에서 우리가 이겼습니다."

"달콤한 소리를 너무 많이 하는구나! 대체 무슨 생각을 하는 거지, 스콰이어?" 에미코가 발끈했다. "우린 그저 졌다고 믿었던 체스판에서 우리에게 유리한 한 수를 둔 것뿐이야. 결코 그 이상은 아니다! 네코르인들은 무서운 기세로 세력을 확장하고 있어. 스승의 정체에 대해서도, 그가 머무르는 장소에 대해서도 여전히 알려진 바가 없고." 에미코가 자리에서 일어났다. "이제 드로그단에게 가 보자. 제길, 사죄하는 건 너무 어려운 일이야. 하지만 이번 일은 특별한 경우니까. 내 잘못에 책임을 져야지."

그가 탁자 옆을 돌아 파린에게 왔다. 파린은 에미코가 여러 가지 면에서 참 대단하다는 생각이 들었다. 분노마저도 에미코를 더 강하게 만들었다. 그가 오른손을 파린의 어깨에 얹었다. "스콰이어! 내가 악령을 찾으러 다니다가 그날 하우펜 마을에 가게 된 게 얼마나 다행인지 모른다."

파린은 늦은 밤이 되어서야 공동 침실로 돌아왔다. 바랄돈과 플라우디우스는 벌써 깊이 잠들어 있었다. 드로그단은 아직 의원이 돌봐 주고 있었다. 프레니아도 함께 그의 곁을 지키고 있어서 한결 마음이 놓였다. 드로그단의 얼굴엔 생기가 없었고, 그새 십 년쯤 나이가 더 들어 보였다. 하지만 그는 담대하게 괜찮다고, 석 달이면 새 손톱이 돋아날 거라고 말했다. 에미코는 드로그단과 단둘이 거의 두 시간이나 대화를 나눴다. 그 이전에도 그 이후에도 파린은 에미코가 그렇게 자책하는 모습을 보지 못했다.

파린도 직접 감옥에 갇힌 경험이 있어 그 안이 얼마나 끔찍한지 잘 알고 있었다. 드로그단이 그 안에서 잃은 건 손톱뿐이 아니라는 것도. 하지만 도대체 왜 이런 일이…? 이 모든 일은 몇몇 사악한 자들의 권력을 향한 욕망이 초래한 결과였다.

"기사님을 도와서 반드시 네 형제를 죽이고 말 거야." 파린이 생각했다.

마음대로 해, 나도 말릴 생각은 없으니까. 그러고 보니 너 에미코한테 감히 부를 수 없는 존재가 내 형제라는 말은 안 했네.

"기사님이 물어보지 않으셨으니까. 물어보셨다면 아마 '당연히 감히 부를 수 없는 존재가 징글징글과 형제가 아니면 누구겠어요?' 라고 대답했겠지."

벌레, 학습이 제법 빠른걸. 잠만 충분히 자고 조금만 더 노력하면 쓸 만하겠어.

"나한테는 눈 뜨곤 못 봐 줄 사부가 있으니까."

'눈 뜨곤 못 봐 줄' 말고… 이를테면 '어디서도 볼 수 없는' 같은 좋은 표현을 좀 써 봐. 징글징글이 제안했다.

"아하, 그렇구나."

잠시 침묵이 흘렀다. 파린이 잠자코 있는 망상에게 속삭였다. "그럼 오늘 소중한 네 형제가 동시에 나와 아로스를 상대했다는 뜻이야."

그래, 두 개의 장례식을 오간다고 말했잖아. 정말 그런 것 같았어. 그래서 그가 힘을 쓰지 못한 거야.

"뭐라고 했더라? '네 고아 친구는 너와 같은 시간에 죽는다. 수치스러운 동맹의 비극적 결말이지.'라고 했던가? 맞지?"

걔가 그렇게 말하긴 했어.

"아직 끝나지 않은 것 같아."

딱히 설명할 수는 없었지만 가슴 깊은 곳에서 밀려오는 직감으로 그는 알 수 있었다. 아로스는 죽지 않았다. 그녀는 어떻게 지내고 있을까?

—《매장꾼의 아들 3》끝—

《매장꾼의 아들》은 4권으로 대단원의 막을 내립니다.

감사의 말

독자 여러분, 매장꾼 아들 파린의 여행에 함께 해 주셔서 감사합니다.

시간이 되신다면 아마존에 독자평을 남겨 주세요. 프리랜서 작가에겐 독자들의 긍정적인 댓글이 유일하고 효과적인 광고가 됩니다.

직접적인 피드백도 기대하겠습니다. 칭찬이나 비판, 또는 제안, 그 어떤 내용도 감사드리며 성심껏 답변 드리겠습니다.

저의 이메일 주소는 sam.feuerbach@t-online.de입니다.

원하시는 독자께는 뉴스레터를 통해 샘 포이어바흐와 그의 문학 세계에 대한 소식을 드립니다. 저의 홈페이지 www.samfeuerbach.de 에서 회원 가입을 하실 수 있습니다.

감사합니다.

샘 포이어바흐